내가 여기 있나이다 1

죄녀선 사프란 포어 장편소설 · 송은주 옮김

HERE I AM

내가 여기 있나이다 1

조너선 사프란 포어 장편소설 송은주 옮김

민음사

JONATHAN SAFRAN FOER

나를 꿰뚫어보는
에릭 친스키에게,
그리고 나에게 견딜 힘을 주는
니콜 애러기에게

1부

전쟁 전

행복으로 돌아가다

이스라엘의 파괴가 시작되었을 때 아이작 블록은 자살할지 유대인 요양원으로 옮길지 저울질하고 있었다. 예전에 그는 책이 천장까지 쌓여 있고 주사위라도 숨길 수 있을 만큼 두꺼운 깔개들이 깔린 아파트에서 살았다. 그다음엔 흙바닥인 방 하나 반 짜리 집에서, 무심한 별들 아래서 숲을 바닥 삼아서, 지구 반 바퀴와 4분의 3세기 떨어진 곳에서 자신의 의로움을 기리기 위해 나무를 심었을 한 기독교인의 마룻장 밑에서, 매우 여러 날 동안 무릎을 절대로 다 펴지 못할 구덩이 속에서, 집시와 빨치산과 그만저만한 폴란드인들 속에서, 임시·피난민·난민 수용소에서, 불면증 걸린 어느 불가지론자가 기적같이 배를 만들어 집어넣은 유리병이 있는 배에서, 그가 결코 완전히 건너지 못할 대양 건너편에서, 그가 소소한 이문을 위해 수리하고 팔면서 자기 자신을 죽여왔던 여섯 개의 식료품점 위에서, 자물쇠를 계속 다시 확인하다 급기야 그것들을 부수었던, 아직도 뇌 속에서 분열중인 살해당한 어머니의 세포 말고는 목구멍에서 칭찬 한마디 뱉어 내지 못하고 마흔둘의 나이에 죽은 한 여자 옆에서, 마지막으로 사반세기 동안은 스노글로브 속처럼 고요한 실버스프링의 복층 주택에서 살았다. 커피 테이블 위에는 빛바래 가는 로만 비시니애크*의 사진 4.5킬로그램이 있고, 전 세계에서 마지막으로 남은 작동 가능한 VHS 플레이어 속에는 자기(磁氣)가 소거된 「적 그리고 사랑 이야기」 테이프가 있고, 예쁘고 똑똑하고 종양이 없는 증손자들의 사진으로 미라처럼 감싸인 냉장고에는 조류 독감으로 변해가는 달걀 샐러드가 있는 집이었다.

독일인 원예사들이 갈리치아 땅으로 돌아가는 내내 아이작의 가족을 가지치기했다. 그러나 그는 행운과 직관 덕에 하늘의 도움 없이도 워싱턴 D. C.의 인도에 옮겨져 뿌리를 내리고 가지들이 다시 자라는 걸 볼 만큼 살았다. 그리고 미국이 유대인을 공격하지만 않는다면(아들 어브라면 공격할 때까지는이라고 정정할 것이다.) 나무는 계속 가지를 뻗고 새순을 틔울 것이다. 물론 그때쯤이면 아이작은 다시 구덩이 속으로 돌아가 있을 것이다. 그는 절대 무릎을 펴지 않으려 할 테지만. 몇 살쯤일지 알 수 없는 나이에, 치욕이 아무리 가까이 다가와도 알지 못한 채로 그의 유대인 주먹을 펴고 종말의 시작을 인정해야 할 때가 바로 그때일 것이다. 인정과 수용에 어떤 차이가 있다면, 그것은 우울함이다.

* 홀로코스트 이전에 중부와 동부 유럽에서 유대인의 문화를 찍은 사진으로 유명해진 러시아계 미국인 사진작가.

이스라엘의 파괴는 둘째 치더라도 타이밍이 좋지 않았다. 만증손자의 바르 미츠바*가 불과 한 달 뒤였다. 막내 증손자가 태어날 때로 정한 예전의 결승선을 넘은 후로, 아이작이 그의 삶의 결승선으로 정해 둔 때가 그때였다. 그러나 늙은 유대인의 영혼이 언제 그의 몸을 빠져나가고, 언제 그의 몸이 대기자 명단에 있는 다음 몸을 위해 아끼던 침실 하나짜리 집을 비울지의 문제는 마음대로 결정할 수 있는 일이 아니었다. 누구도 성년을 앞당기거나 연기할 수 없다. 또 한편으로는 지난 동계 올림픽 이후부터 달력에 표시해 둔 바르 미츠바를 위해 환불 불가 비행기표를 여섯 장 사고, 워싱턴 힐튼 호텔을 예약하고, 2만 3000달러의 보증금을 걸어 둔다 해도, 꼭 그것이 제대로 치러지리라는 보장도 없다.

아다스 이스라엘 회당 복도에서는, 사춘기의 제로섬 게임 속에서 성장중인 뇌와 성장중인 성기 사이로 피가 솟구쳤다 돌아오기가 반복되는 나이의 남자아이들이 서로 깔깔대고 주먹질을 하며 어슬렁거리고 있었다.

"하지만 정말로 말이야." 한 소년이 두 번째 ㅁ이 구개 확장 장치에 걸린 듯 발음하며 말했다. "입으로 빨아 주는 거에 딱 하나 좋은 점이 있다면 그거 하면서 손으로도 할 수 있다는 거야."

"아멘."

---

* 유대교에서 남자아이가 열세 살이 되면 치르는 성인식.

"그게 아니면 물을 씹어 마시는 거나 다름없지, 뭐."

"그게 무슨 의미가 있겠어?"『해리 포터와 죽음의 성물』의 에필로그를 떠올리기만 해도 여전히 오싹해지곤 하는 붉은 머리 소년이 말했다.

"허무주의적이야."

신이 있어서 판결을 내린다면, 이 소년들이 자신 안에 있는 자신 바깥의 힘에 휘둘리고 있으며 그들 또한 신의 형상을 본떠 만들어졌다는 것을 알기에 무엇이든 용서했을 것이다.

그들이 마고 와서먼이 물을 찰박이는 모습을 보려고 발걸음을 늦추자 침묵이 흘렀다. 그녀의 부모는 차가 다섯 대여서 세 대는 차고에 넣고 두 대는 밖에 주차한다고 했다. 그녀의 포메라니안은 아직 중성화 수술을 하지 않았고 거기에서 꿀물이 흘러나온다는 이야기도 있었다.

"제기랄, 내가 저 분수였으면 좋겠다." 페레츠이자크라는 히브리어 이름을 지닌 소년이 말했다.

"나는 저 가랑이 없는 속옷의 빠진 부분이었으면 좋겠어."

"난 수은을 내 물건 속에 채우면 좋겠다."

잠시 침묵.

"그건 또 뭔 소리야?"

"있잖아." 원래 이름이 차임 벤 칼만인, 마티 코헨로젠바움이라는 소년이 말했다. "그러니까…… 내 물건을 온도계로 만드는 거야."

"거기다 스시라도 먹여서?"

"아니면 그냥 거기에 수은을 넣던가. 주사로. 아니면 뭐든. 멍청이, 다 알면서 그래."

넷이 고개를 젓는다. 그들의 머리는 의도하지 않았으나 탁구 경기 구경꾼들처럼 동시에 움직였다.

그가 속삭이듯 말했다. "쟤 엉덩이에 넣으려고."

나머지 아이들은 운 좋게도 요새는 체온을 잴 때 디지털 체온계를 귀에 넣는다는 사실을 아는 21세기 어머니들을 두었다. 그리고 차임에게는 다행히도, 그를 평생 따라다닐 별명으로 그를 부르기 전에 아이들의 관심이 다른 곳으로 쏠렸다.

샘이 고개를 푹 숙이고 화형당하기를 기다리는 수도승처럼 무릎 위에 놓은 손바닥에 눈길을 박은 채 랍비 싱어의 사무실 바깥의 긴 의자에 앉아 있었다. 아이들은 멈춰 서서 자신들의 자기 혐오를 그에게 돌렸다.

"우린 네가 뭐라고 썼는지 들었어." 하나가 샘의 가슴팍을 손가락으로 쿡 찌르며 말했다. "도가 지나쳤더라."

"진짜 심했어, 짜식."

샘은 보통 위협이 수그러든 다음에야 땀을 비 오듯 흘리곤 했는데, 그건 좀 이상한 일이었다.

"내가 쓰지 않았어. 그리고 난 네 (손으로 따옴표 표시를 하면서) 짜식이 아니야."

그는 그렇게 말할 수도 있었지만 그러지 않았다. 또 왜 모든 게 보기와는 다른지 설명할 수도 있었다. 그러나 그러지 않았다. 대신 영화관에서 잘 안 보이는 자리에 앉았을 때처럼 그냥 받아들였다.

　랍비의 사무실 문 반대편 랍비의 책상 맞은편에는 샘의 부
모 제이컵과 줄리아가 앉아 있었다. 그들은 그곳에 있고 싶지 않
았다. 그곳에 있고 싶은 사람은 아무도 없었다. 랍비는 2시에 랠
프 크렘버그라는 인물을 땅에 묻기 전에 그에 대해 신중하면서
도 듣기 좋은 단어들로 상찬을 늘어놓을 준비를 해야 했다. 제이
컵은 「항상 죽어 가는 민족」에 대한 지침서를 쓰든가, 잃어버린
전화기를 찾아 집 안을 뒤지든가, 그도 아니면 적어도 도파민이
솟도록 인터넷 서핑을 하는 편을 선호했을 것이다. 그리고 오늘
은 줄리아가 쉬기로 한 날이었는데, 그녀는 쉬지도 못하게 되어
버렸다.

　"샘도 여기 있어야 하지 않나요?" 제이컵이 물었다.

　"제 생각에는 어른들끼리 이야기하는 게 제일 좋을 것 같습
니다." 랍비 싱어가 말했다.

　"샘도 다 컸어요."

　"아직은 아이예요." 줄리아가 말했다.

　"샘이 하프타라* 다음의 축도 다음의 축도에서 시 세 편을
덜 끝내서?"

　줄리아가 제이컵을 무시하며 랍비의 책상에 손을 올리고 말
했다. "선생님께 말대답한 건 분명 용납할 수 없는 일이지요. 저
희도 바로잡을 방법을 찾고 싶습니다."

---

* 유대교의 안식일이나 축제일에 유대교 회당에서 낭독하는 구약 예언서의 일부.

"하지만 그렇다고 해도요." 제이컵이 끼어들었다. "전반적으로 볼 때 정학은 좀 가혹하지 않습니까, 사실 그렇게 큰일도 아니잖아요?"

"제이컵……."

"왜?"

줄리아는 랍비 모르게 남편과 의사소통을 하려는 뜻에서 두 손가락으로 이마를 누르고 콧구멍을 벌름거리면서 부드럽게 고개를 가로저었다. 그녀는 아내이자 엄마이면서 파도로부터 아들의 모래성을 지키려 하는 공동체의 일원이라기보다는, 야구 삼루 코치처럼 보였다.

"아다스 이스라엘은 진보적인 유대 교회입니다." 랍비의 말에 제이컵은 욕지기가 일 때처럼 반사적으로 눈을 굴렸다. "우리는 어느 특정 시기의 문화적 관습에 갇히지 않고, 모든 이에게서 신성한 빛을 찾아내는 길고 자랑스러운 역사를 지녔습니다. 이곳에서 인종 차별적 욕설을 했다는 건 대단히 큰 문제입니다."

"뭐라고요?" 줄리아가 자세를 바로잡으면서 물었다.

"그럴 리가 없어요." 제이컵이 말했다.

랍비가 한숨을 쉬고 줄리아에게 책상 너머로 종이 한 장을 내밀었다.

"그 애가 이런 말을 했다고요?" 줄리아가 물었다.

"그렇게 썼습니다."

"뭐라고 썼는데?" 제이컵이 물었다.

줄리아가 믿을 수 없다는 듯 고개를 저으면서 조용히 목록을 읽었다. "더러운 아랍 놈, 되놈, 쌍년, 쪽바리, 호모, 남미 거지 새끼, 유대 놈, 깜둥……."*

"그 애가 '깜둥'라고 썼나요? 아니면 깜둥라는 말을 정말로 썼나요?" 제이컵이 물었다.

"단어 자체를 썼습니다." 랍비가 대답했다.

아들의 곤경에 먼저 관심을 두어야 마땅했지만, 제이컵은 입 밖으로 소리 내 말할 수 없는 것이 그 단어뿐이라는 사실에 잠시 정신이 팔렸다.

"오해가 있는 게 틀림없어요." 줄리아가 마침내 제이컵에게 종이를 건네며 말했다. "샘이 동물들을 돌봐 주는데……."

"신시내티 보타이? 이건 인종 차별적 욕설이 아니잖아요. 이 건 성행위인데. 제가 알기로는요."

"전부 욕설은 아니에요." 랍비가 말했다.

"저기, '더러운 아랍 놈'도 성행위가 틀림없어요."

"그 말씀도 고려는 해 보겠습니다."

"제 말은 우리가 이 목록을 완전히 잘못 이해한 걸 수도 있 다는 겁니다."

다시 줄리아가 남편을 무시하고 말했다. "샘은 뭐라고 하던 가요?"

랍비는 턱수염을 잡아당기며 이를 찾는 마카크원숭이처럼 할 말을 찾았다.

---

* 흑인을 비하하는 표현인 'nigger'를 입에 올릴 수 없어 'n-word'라고 표현한 상황 이다.

"자기가 안 썼다고 하더군요. 큰소리로 부인했어요. 하지만 수업 시간 전에는 그 말이 씌어 있지 않았고, 그 책상에 앉은 사람은 그 애밖에 없습니다."

"우리 애가 하지 않았어요." 제이컵이 말했다.

"그 애 필체인데." 줄리아가 말했다.

"열세 살짜리 남자애들 필체는 다 똑같다고."

랍비가 말했다. "거기에 어떻게 그런 글이 씌어 있는지 다른 설명을 내놓지 못했습니다."

제이컵이 말했다. "그 애는 이런 짓 안 해요. 그리고 어쨌거나 샘이 저런 말을 썼다 해도 대체 왜 그걸 책상에 뒀겠어요? 그렇게 대놓고 놔뒀다는 자체가 그 애가 결백하다는 증거입니다. 「원초적 본능」에서처럼요."

"하지만 「원초적 본능」에서는 그 여자가 범인이었어." 줄리아가 말했다.

"그랬던가?"

"얼음송곳으로 했잖아."

"그런 것 같네. 하지만 그건 영화고. 진짜 인종 차별적인 생각을 가진 아이가 샘한테 앙심을 품고 한 짓이 분명해."

줄리아가 랍비에게 말했다. "샘에게 그 애가 쓴 것이 다른 사람에게 큰 상처를 줄 수 있다는 점을 분명히 이해시키겠습니다."

"줄리아." 제이컵이 불렀다.

"선생님께 사과드리면 원래 계획대로 바르 미츠바를 치를 수 있을까요?"

"제가 하려던 말이 바로 그겁니다. 하지만 그 애가 쓴 말이 공동체에 다 퍼질까 걱정됩니다. 그래서……."

제이컵이 좌절의 한숨을 푹 쉬었다. 그가 샘에게 가르쳤거나 그 애에게 배운 제스처였다. "그런데 대체 누구에게 상처가 된다는 겁니까? 남의 코를 부러뜨리는 것과 섀도복싱은 다르지 않습니까?"

랍비가 제이컵을 쳐다보았다. 그가 물었다. "샘이 집에서도 문제를 일으키나요?"

"숙제가 너무 많아서 힘들어했어요." 줄리아가 말을 시작했다.

"그 애가 한 짓이 아니라니까요."

"그리고 그 애는 바르 미츠바를 위해 준비해 왔어요. 적어도 원칙상으로는 매일 밤 한 시간씩 더요. 그리고 첼로하고 축구도 하고요. 게다가 동생 맥스가 실존적 문제를 겪느라 모두를 힘들게 하고 있어요. 그리고 막내 벤지는……."

랍비가 말했다. "여러 가지로 복잡한 상황이었던 모양이군요. 물론 저도 이해합니다. 우리는 아이들에게 많은 것을 요구해요. 우리가 요구받았던 것 이상으로요. 하지만 인종 차별은 절대 용납할 수 없습니다."

"당연하지요." 줄리아가 말했다.

"잠깐만요. 지금 샘이 인종 차별주의자라고 하시는 겁니까?"

"그렇게 말하지는 않았습니다, 블록 씨."

"그러셨어요. 방금 그러셨다고요. 줄리아⋯⋯."

"정확히 뭐라고 하셨는지는 기억 안 나."

"이렇게 말했습니다. '인종 차별은 절대 용납할 수 없습니다.'"

"인종 차별은 인종 차별주의자들이 표현하는 거죠."

"거짓말해 보신 적 있습니까, 블록 씨?"

제이컵이 반사적으로 전화기를 찾아 다시 재킷 주머니를 뒤졌다.

"누구나 살다 보면 그러듯이 아버님도 거짓말을 하실 겁니다. 하지만 그렇다고 아버님을 거짓말쟁이라고 하지는 않아요."

"제가 거짓말쟁이라고 하시는 겁니까?" 제이컵이 아무것도 없는 주머니를 헤집으며 물었다.

"아버님은 지금 섀도복싱을 하는 겁니다."

제이컵이 줄리아 쪽으로 고개를 돌렸다. "예, 깜뭐는 분명 나쁜 말이지요. 아주, 아주 나쁜 말입니다. 하지만 그건 많은 단어들 중 하나였어요."

"여성 혐오, 동성애 혐오, 변태라는 더 큰 맥락에서 보면 그게 낫다는 말씀이신가요?"

"하지만 그 애가 하지 않았다니까요."

랍비가 의자에서 자세를 고쳐 앉았다. "잠시 솔직한 말씀을 드리자면⋯⋯." 그가 잠시 말을 끊고 그다지 말하고 싶지 않은 듯 콧구멍 안쪽을 문질렀다. "샘의 경우에는 쉽지가 않습니다. 어빙 블록 씨의 손자니까요."

줄리아는 몸을 뒤로 기대고 모래성과, 쓰나미가 발생하고 이 년 뒤 오리건으로 쓸려 올라온 신사(神社)의 문에 대해 생각했다.

제이컵이 랍비에게 몸을 돌리며 말했다. "뭐라고요?"

"아이의 역할 모델로서……."

"이거 재미있는데."

랍비가 줄리아에게 말했다. "제 말뜻 아실 겁니다."

"무슨 말씀이신지 알아요."

"우린 무슨 뜻인지 모르겠습니다."

"어쩌면 샘한테는 어떤 말을 하더라도 아무렇지 않아 보였……."

"로버트 카로*가 쓴 린든 존슨의 전기 2권 읽어 보셨나요?"

"읽어 보지 않았습니다."

"선생님이 세속을 멀리하지 않는 랍비이시고 그 장르의 고전인 그 책을 읽어 본 적이 있다면, 432쪽부터 435쪽까지 어빙 블록이 워싱턴이나 어디에서나 할 것 없이 선거권법의 통과를 위해 그 누구보다 많은 일을 했다는 내용이 나와 있다는 걸 아실 겁니다. 아이에게 그보다 나은 역할 모델은 찾을 수 없을 걸요."

"애가 그걸 볼 필요도 없었지." 줄리아가 앞을 똑바로 쳐다보고 말했다.

---

* 미국의 언론인이자 작가. 퓰리처상을 수상했다.

"지금…… 우리 아버지가 유감스러운 내용을 블로그에 올리셨다는 거야? 그래. 그러셨지. 유감스러운 일이었어. 아버지도 후회하셔. 후회란 후회는 다 하시지. 하지만 아버지의 정의로운 행동이 손자에게 영감이 되지 못한다는 뜻으로 하는 말이라면……."

"죄송하지만 블록 씨……."

제이컵이 줄리아에게 말했다. "나가자."

"샘에게 필요한 것을 찾아야지."

"샘은 이런 곳에서는 아무것도 필요 없어. 샘한테 바르 미츠바를 하라고 강요한 게 잘못이었어."

"뭐? 제이컵, 우린 그 애한테 강요하지 않았어. 유도는 했을지 모르지만……."

"우리는 그 애가 할례를 받도록 유도했어. 바르 미츠바의 경우도 그런 식이었고."

"지난 이 년간 당신 할아버지는 오로지 샘의 바르 미츠바를 보려고 버티신다고 말씀하셨잖아."

"그러니까 더더욱 하지 말아야지."

"그리고 우리는 샘에게 그 애가 유대인임을 알려 주려고 했던 거잖아."

"그 애가 그걸 모를 수 있겠어?"

"유대인이 되는 것 말이야."

"유대인, 그래. 하지만 종교적인 건?"

제이컵은 "종교가 있습니까?"라는 질문에 뭐라고 대답해야 좋을지 도대체 알 수 없었다. 그는 유대교 회당에 적을 두지 않은 적도 없고, 카슈룻*을 따르기 위해 뭐라도 하는 척하지 않은 적도 없고, 아이를 어느 정도 유대교의 경전과 관습에 따라 키우겠다고 생각하지 않은 적도(이스라엘이나 아버지나 미국 유대인들이나 신이나 신의 부재 때문에 가장 큰 좌절을 겪을 때조차) 없었다. 그러나 이중 부정은 절대 종교를 지탱해 주지 못했다. 혹은 샘의 동생 맥스가 삼 년 후 바르 미츠바 연설에서 말하듯이 "놔주기를 거부하는 것만 계속 가지게 되는 것"이라고 해야 할까. 제이컵이 (역사, 문화, 사고, 가치의) 연속성을 원했던 만큼, 그에게뿐 아니라 그의 자식들과 그들의 자식들에게까지 유용한 더 깊은 의미가 있다고 믿고 싶었던 만큼, 빛이 그의 손가락 사이로 비추었다.

제이컵과 줄리아가 데이트를 시작했을 때 그들은 종종 '둘을 위한 종교'에 대해 이야기했다. 그 이야기에 기품이 어려 있지 않았다면 꽤 당황스러울 수도 있는 소재였다. 그들의 안식일은 이랬다. 금요일 밤마다 제이컵은 한 주 동안 줄리아에게 쓴 편지를 읽어 주고 그녀는 외우고 있던 시를 암송해 주었다. 촛불 아래에서 전화기 플러그를 뽑아 놓고, 시계는 빨간색 코듀로이 안락의자 쿠션 밑에 쑤셔 박고, 그들은 천천히 같이 준비한 저녁을 천천히 먹었다. 그리고 욕조에 물을 받으면서 물이 찰 동안 사랑을 나누었다. 수요일에는 해가 뜰 무렵 산책을 했다. 의도치

---

* 유대교의 식사에 관련된 율법. 예를 들어 돼지고기와 조개류, 갑각류를 금하고 육류와 유제품을 섞어서 사용하는 것도 금한다.

않았으나 산책이 의식이 된 듯 매주 걷고 또 걸어서, 마침내 그 인도가 그들의 길이라는 인상이 박혔다. 감지할 수는 없지만 그 자리에 그런 인상이 남았다. 로시 하샤나* 날이면 예배에 참석하는 대신 타슐리흐** 의식을 치렀다. 포토맥강에 지난 한 해 동안 후회되는 일을 상징하는 빵부스러기를 던진 것이다. 어떤 것은 가라앉고, 어떤 것은 물결에 쓸려 강 건너편까지 떠갔고, 어떤 것은 갈매기들이 아직 눈도 뜨지 못한 새끼들에게 먹이려고 채 갔다. 아침마다 침대에서 일어나기 전 제이컵은 줄리아의 다리 사이에 키스했다. 성적인 것이 아니라(그 의식은 키스가 다른 것으로 이어져서는 안 된다고 명했다.) 종교적인 행동이었다. 그들은 여행하면서 안이 바깥보다 큰 것들을 모으기 시작했다. 조개껍데기에 담긴 바다, 다 쓴 타자기 리본, 거울 속의 세상 등이었다. 모든 것이 의식을 향해 움직이는 듯했다.(화요일에 근무가 끝난 줄리아를 데리러 가는 제이컵, 침묵 속에서 함께 마시는 모닝커피, 제이컵의 책갈피를 작은 쪽지로 바꿔 주는 줄리아.) 그러다가, 결국 한계까지 팽창했다 시작점으로 수축하는 우주처럼 모든 게 원상태로 돌아갔다.

어떤 금요일 밤은 너무 늦었고, 어떤 수요일 아침은 너무 일렀다. 힘든 대화를 한 후에는 다리 사이에 키스를 하지 않을 때도 있었다. 너그러운 기분이 되지 않으면 많은 것이 어떻게 정말로 바깥보다 안이 큰 것이 될 자격을 얻겠는가.(분노를 접어 둘 수

---

* 유대교의 신년제.
** 신년제 첫날 오후에 하는 유대 관습으로, 냇가에 모여 참회 기도를 하고 자신의 죄를 물속에 털어 넣어 흘려보내듯 옷을 흔든다.

는 없다.) 그들은 자신들이 할 수 있는 것을 고수했고, 스스로 얼마나 세속적으로 변해 가는지 인정하지 않으려 했다. 그러나 가끔, 대개는 모든 선한 천사의 애원에도 불구하고 스스로를 방어하기 위해 상대를 비난하지 않을 수 없는 순간이 찾아오면, 둘 중 하나가 말하곤 했다. "우리 안식일을 깜박했어."

샘의 출생은 맥스와 벤지 때 그랬듯이 또 한 번의 기회처럼 느껴졌다. 셋, 넷, 다섯을 위한 종교. 그들은 의식을 치르듯 새해 첫날마다 아이들의 키를 문틀에 표시했다.(세속적이면서 유대적인 행위였다.) 늘 아침에 일어나자마자, 중력이 키를 줄이기 전에 키부터 쟀다. 그들은 매년 12월 31일에 그해의 다짐을 써서 불 속에 던져 넣었다. 화요일마다 저녁 식사 후에 아거스를 데리고 온 가족이 산책을 나갔고, 평소에는 금지된 오렌지와 레몬 맛 탄산 음료를 사러 바체에 가는 길에 성적표를 소리 내어 읽었다. 정해진 순서, 정해진 정교한 규칙에 따라 아이들을 재웠고, 생일에는 다들 한 침대에서 잤다. 그들은 (매주까지는 아니라도 자주) 홀푸드 할라*와 케뎀 포도주스, 멸종된 조상들의 은촛대에 꽂은 멸종 위기인 벌들의 가늘게 만든 밀랍으로 안식일을 지켰다. 기도를 하고 나서 먹기 전에 제이컵과 줄리아는 아이들에게 가서 한 명씩 머리를 안아 주고, 그 주에 그들이 자랑스러워할 만한 일을 귓가에 속삭여 주었다. 머리카락에 손가락을 넣는 극단적인 친밀감, 비밀은 아니지만 속삭여야 하는 애정이 희미해진 전구의

---

* 유대인이 안식일 같은 축일에 먹는 영양가 높은 흰 빵.

필라멘트를 통해 떨림을 전했다.

저녁 식사 후 그들은 어디부터 시작되었는지 아무도 기억하지 못하고 무슨 의미인지 아무도 따져 묻지 않는 의식을 치렀다. 눈을 감고 집 안을 돌아다니는 것이었다. 말을 하거나 장난을 치거나 웃는 것은 괜찮았지만 언제나 눈을 감으면 저절로 입도 다물게 되었다. 시간이 지나면서 그들은 어둠 속의 고요를 잘 참을 수 있게 되었고, 십 분, 그다음에는 이십 분까지 버틸 수 있게 되었다. 그들은 주방 식탁에 다시 모여 함께 눈을 떴다. 그 순간은 매번 경이로웠다. 두 가지 경이였는데, 아이들이 평생 살아온 집이 낯설어 보인다는 것과 눈을 뜨고 보는 것이 낯설다는 것이었다.

어느 안식일에 아이들의 증조할아버지 아이작을 방문하러 가는 길에 제이컵이 말했다. "어떤 사람이 파티에서 술에 취해 집으로 돌아가는 길에 아이를 치어 죽였단다. 다른 사람도 똑같이 술에 취했는데 집까지 무사히 돌아갔지. 왜 두 번째 사람은 아무 일도 없었던 듯이 다음 날 아침 잠에서 깨어났는데, 첫 번째 사람은 평생 철창신세가 되었을까?"

"아이를 죽였으니까요."

"하지만 잘못된 일을 했다는 점에서는 둘 다 똑같이 죄가 있지."

"하지만 두 번째 사람은 아이를 죽이지 않았어요."

"그가 죄가 없어서가 아니라 운이 좋았던 거지."

"하지만 그래도 첫 번째 사람은 아이를 죽였어요."

"하지만 죄에 대해 생각할 때는 결과뿐 아니라 행동과 의도도 염두에 둬야 하지 않겠니?"

"어떤 파티였어요?"

"뭐?"

"어, 그러니까 애가 그렇게 늦게 밖에서 뭐 하고 있었냐고요?"

"그게 중요한 게 아니라……."

"부모가 아이를 안전하게 돌봐 줘야 하잖아요. 그 부모가 감옥에 가야 해요. 하지만 제 생각에는 그러면 아이에게 부모가 없어질 거예요. 부모와 함께 감옥에서 산다면 몰라도요."

"그 아이가 죽었다는 걸 잊었구나."

"아, 맞아요."

의도가 중요하다는 말은 샘과 맥스를 사로잡았다. 한번은 맥스가 배를 움켜쥐고 울면서 주방으로 뛰어 들어왔다. "내가 때렸어요." 샘이 거실에서 말했다. "하지만 고의로 그런 건 아니에요." 아니면 맥스가 복수로 샘의 반쯤 만든 레고 집을 짓밟고 이렇게 말했다. "고의로 그런 거 아니에요. 그 밑의 깔개를 밟으려 했을 뿐이에요." 식탁 밑의 아거스에게 브로콜리를 먹이면서는 "우연이에요." 퀴즈 공부를 "고의로 안 한 건 아니에요." 제이컵에게 처음으로 "입 닥쳐요."라고 말했을 때(테트리스 변형 게임에서 그날의 최고 득점 10위권에 막 들려는 순간에 하필 타이밍도 나쁘게 제이컵이 이제 좀 그만하라고 하자 대답으로) 맥스는 제이컵의 전화기를 내려놓고 그에게 달려가 그를 꼭 껴안고는 두려움 가득한 눈으로 "그런 뜻으로 한 말이 아니었어요."라고 말했다.

왼손 손가락들이 무거운 철문 경첩에 끼여 으스러졌을 때 샘은 "왜 이런 일이 생겼어요?"라고 몇 번이나 거듭 소리쳤다. 줄리아가 그를 꼭 껴안자, 아기 우는 소리를 들으면 모유가 솟듯이 셔츠가 피로 젖었다. "사랑한다, 엄마 여기 있어." 제이컵이 말했다. "응급실에 가야겠다." 의사가 할 수 있는 어떤 처치보다 의사를 더 무서워하는 샘이 애원했다. "싫어요! 싫어요! 고의로 그랬어요! 고의로 그런 거라고요!"

시간이 흐르고 세상은 제 나름 흘러갔고, 제이컵과 줄리아는 고의로 하는 일들에 대해 잊어 가기 시작했다. 그들은 흘려보내기를 거부하지 않았다. 그해의 다짐, 화요일의 산책, 이스라엘에 사는 친척들의 생일에 전화하기, 매달 첫날마다 유대인 식품점에서 증조할아버지 아이작에게 가져갈 음식을 쇼핑백 세 개가 넘치도록 사기, 학교를 빼먹고 워싱턴 내셔널스 팀의 시즌 첫 경기에 가기, 하이에나 에드를 타고 자동 세차기를 통과하면서 「빗속에서 노래하며(Singin' in the Rain)」 부르기, '감사 일기', '귀 검사', 해마다 호박을 따서 조각하고 씨를 볶고 한 달 동안 썩히기와 마찬가지로, 자랑스러운 일 속삭여 주기도 서서히 사라졌다.

삶의 안쪽이 바깥보다 훨씬 작아져서 구멍, 텅 빈 곳이 생겨났다. 그래서 바르 미츠바가 그렇게 중요하게 느껴졌던 것이다. 그것은 올이 풀려 가는 밧줄의 마지막 남은 실이었다. 샘이 그토록 간절히 바라듯이, 제이컵이 지금 속마음과 반대로 제안하고 있듯이, 그것을 싹둑 잘라 버린다면 샘뿐 아니라 온 가족을 그

텅 빈 곳으로 떠내려 보내는 셈이 될 터였다. 삶을 지속하려면 충분한 산소 이상의 뭔가가 필요하다. 하지만 과연 어떤 종류의 삶이어야 한단 말인가?

줄리아가 랍비에게 몸을 돌렸다. "샘이 사과를 한다면……."

"뭐에 대해서?" 제이컵이 물었다.

"그 애가 사과한다면……."

"누구한테?"

"모두에게요." 랍비가 대답했다.

"모두에게요? 죽은 자와 산 자 모두에게요?"

제이컵은 그 표현(죽은 자와 산 자 모두)을 앞으로 일어나게 될 모든 일에 비춰서가 아니라 그 순간의 칠흑 같은 어둠 속에서 끼워 맞췄다. 그것은 통곡의 벽에 기도문이 가득 꽂히기 이전, 일본의 위기 이전, 1만 명의 아동 실종과 100만 인 행진 이전, '아디아'가 인터넷 역사상 가장 많이 검색된 단어가 되기 이전이었다. 궤멸적인 여진이 있기 전, 9개국 군대가 동맹을 맺고 아이오딘 알약을 배포하기 전, 미국이 F16을 보내기 전, 메시아가 다른 데 정신이 팔렸거나 존재하지 않아서 산 자나 죽은 자를 깨우지 않았던 때 이전이었다. 샘은 성인이 되어 가고 있었다. 아이작은 자살을 할지, 유대인 요양원으로 이주할지 저울질하고 있었다.

"우리는 이 문제를 지난 일로 돌리고 싶어요." 줄리아가 랍비에게 말했다. "문제를 바로잡고 바르 미츠바를 계획대로 치르면 좋겠어요."

"모두에게 모든 일에 대해 사과를 하고?"

"우리는 다시 행복해지고 싶어요."

제이컵과 줄리아는 그 단어가 방 안으로 흩어졌다가 쌓아 둔 종교 서적 더미 위와 얼룩이 묻은 카펫 위로 내려앉을 동안, 그 말의 희망과 슬픔과 낯섦을 되새겼다. 그들은 길을 잃고 나침반도 잃었지만 돌아갈 수 있으리라는 믿음만은 잃지 않았다. 그녀가 말하는 행복이 정확히 무엇인지는 몰라도.

랍비가 딱 랍비답게 깍지를 끼고 말했다. "하시드파 속담에 이런 말이 있습니다. '행복을 좇다 보면 만족에서 멀어진다.'"

제이컵이 일어서서 종이를 접어 주머니에 쑤셔 넣고 대답했다. "우리 애는 그럴 애가 아닙니다."

나는 여기 없다

샘이 랍비 싱어의 사무실 바깥에 있는 긴 의자에서 기다리는 동안, 사만타가 비마*로 다가갔다. 샘은 마치 전기가 흐르는 바닥 위에 놓인 무고한 개들처럼 무력함을 배웠던 일 년 전, 가상의 담수 호수를 만들어 작은 숲을 가라앉혀 놓았다가 바닥에서 가상의 느릅나무 고목을 건져 내어 그 비마를 만들었다.

아빠가 말했다. "네가 바르 미츠바를 원하는지 여부는 중요하지 않아. 어쨌든 그 행사가 너한테 도움이 될 거라고 생각해 보렴."

어쨌거나 왜 샘은 그렇게 동물 학대에 집착했을까? 인류에 대한 그의 확신이 더 강해지기만 하리라는 걸 알면서 왜 그런 동영상에 거부할 수 없을 만큼 끌렸을까? 그는 엄청난 시간을 들여

---

* 유대교 회당에서 랍비가 토라를 읽고 예배를 이끄는 연단. 토라는 유대교에서 모세 오경(「창세기」, 「출애굽기」, 「레위기」, 「민수기」, 「신명기」)을 이르는 말이다.

폭력을 찾았다. 동물 학대도 있었지만 동물끼리의 싸움(인간이 싸움을 붙인 것도 있고 자기들끼리 싸우는 것도 있었다.)과 사람을 공격하는 동물, 대가를 치르는 투우사들, 대가를 치르는 스케이트보드 타는 사람들, 반대 방향으로 꺾인 운동선수들의 무릎, 부랑자들의 싸움, 헬리콥터에 머리가 잘린 사고 정도에서 그치지 않았다. 쓰레기 처리 사고, 자동차 안테나 뇌엽 절제술, 화학전의 민간인 희생자들, 수음으로 인한 부상, 수니파 담장 말뚝에 꽂힌 시아파의 머리, 실패한 외과 수술, 증기에 덴 희생자들, 자동차에 치여 죽은 동물들의 불명확한 부위들을 잘라 내는 데 관한 교육용 동영상(마치 명확한 부위라도 있다는 듯이), 고통 없는 자살에 관한 교육용 동영상 등등 끝이 없었다. 그런 이미지들은 그가 스스로에게 휘두르는 날카로운 물체였다. 그의 안에 너무나 많은 것이 있어 밖으로 나가야 했지만, 그 과정에서 상처를 피할 수가 없었다.

차를 타고 말없이 집으로 돌아가는 길에 그는 비마 주위로 빙 둘러 지은 예배당을 탐색했다. 무게가 없는 듯한 2톤짜리 신도석의 발가락 세 개 달린 발, 복도에 늘어뜨린 긴 깔개 끝의 복잡하게 묶은 매듭 술, 주님은 하나이시며, 주군께서는 홀로이시며…… 절대자는 외따로 계시며…… 같은 식으로 표현 하나하나가 계속 다른 동의어로 반복되는 기도서들. 한참을 그렇게 가다 보면 기도하는 이들은 한순간이라도 그들의 기원으로 돌아가는 때가 있을 것이다. 그러나 평균적 기대 수명이 한 해가 지날 때마다 일 년씩 계속 늘어난다 해도, 영원히 살려면 영겁의 시간이 필요하니 아무도 그것을 보지 못할 것이다.

샘의 풀어놓지 않은 내면의 압력은 종종 공유할 수 없고 쓸모도 없는 탁월함으로 나타나곤 했다. 아빠와 형제들, 조부모가 아래층에서 점심을 먹는 동안, 그들이 분명히 그가 무슨 일로 비난을 받았고 그를 어떻게 하면 좋을지 이야기하고 있을 동안, 아무도 굳이 의미를 따지지 않을 하프타라의 히브리어 단어들과 유대식 선율을 그가 외워야 했을 시간 동안, 샘은 형태가 바뀌는 스테인드글라스 유리창을 만들었다. 사만타의 오른쪽 유리창에는 아기 모세가 두 어머니 사이에서 나일강을 떠내려가는 모습이 그려져 있었다. 그것은 하나의 고리였지만 이어 붙이니 끝없는 여행을 떠올리게 했다.

샘은 예배당의 가장 큰 유리창이 유대인의 현재에 관한 계속 이어지는 묘사라면 멋지겠다고 생각했다. 그래서 머저리 같고 아무 짝에도 쓸모없는 아슈리*를 익히는 대신 유대인과 관련된 구글 뉴스 피드에서 키워드들을 뽑는 스크립트를 작성한 다음, 그것들로 대충 만든 동영상 검색을 돌렸고(겹치는 것들, 관계없는 것, 반유대주의 선전은 걸러냈다.) 대충 만든 동영상 필터에 그 결과들을 돌려(원형 프레임에 가장 잘 맞도록 이미지들을 조정하고 연속성이 느껴지도록 색을 보정했다.) 유리창에 쏘았다. 그것들은 실제보다 그의 머릿속에 있을 때 더 나았지만, 모든 게 그런 법이다.

그는 예배당 주위로 빙 둘러 유대교 회당을 지었다. 문자 그대로 끝없이 두 갈래로 갈라지는 복도로 이루어진 미궁이었다.

---

* 적어도 하루 세 번 되풀이하게 되어 있는 유대교의 기도.

물 대신 오렌지 맛 탄산음료를 뿜는 분수, 상아 밀렵꾼의 뼈로 만든 소변기, 남성 전용 클럽의 사교실 수납장에 숨겨 둔 깜찍하고 여성 혐오적이지 않은 페티시 포르노물, 유모차 보관소의 아이러니한 장애인용 자리, 빨리, 고통 없이 죽기를 바라긴 하지만 어쨌든 그의 생각에 죽었으면 싶은 사람들(예전에 가장 친했던 친구들, 여드름 패드를 일부러 따끔하게 만드는 사람들 등등)의 이름 곁에 불이 들어오지 않는 조그만 전구들이 있는 추모의 벽, 다정하고 적당히 재미있는 여자애들이 아메리칸 어패럴 광고처럼 차려입고 퍼시 잭슨 팬 픽션을 쓰면서 얼뜨기들에게 자신들의 완벽한 가슴을 빨아 보게 해 주는 다양한 가짜 동굴들, 똑똑한 체하는 재수 없는 녀석들, 십오 년만 있으면 지겨운 직업과 땅딸막한 부인을 가진 배불뚝이 얼간이가 될 게 불 보듯 뻔한(샘 말고는 아무도 모르지만) 돌대가리 왕따 주동자들이 손톱으로 긁으면 600볼트의 전기가 오르게 하는 칠판이 있었다. 그리고 지붕까지 올라가는 사다리가 존재하고, 지붕이 존재하고, 영원히 버퍼링을 하는 신이 존재하는 이유는 바로 사만타의 은혜, 그녀의 근본적 선함, 자비와 공정함과 증거 불충분 시 무죄 추정에 대한 그녀의 애정, 품위, 타고난 가치, 무독성의 깔끔함이라는 걸 모두에게 알리는 작은 명판들이 모든 표면을 뒤덮고 있었다.

유대교 회당은 원래 잘못을 저지른 개들이 수치심을 표현하는 동영상들에 대한 애정을 공유하며 발전해 온 커뮤니티의 가장자리에 있었다. 그는 그런 동영상에서 발견한 매력에 너무 깊이 빠져들지 않으면서도 하루 종일이라도 그것을 볼 수 있었다.(그런 적도 여러 번이었다.) 그가 개에게 공감했다는 게 명백한 이유일 것이다. 거기에는 분명 얼마간의 진실이 있었다.("네가 그런 짓을 했니, 샘? 네가 그 말을 썼니? 네가 나쁜 짓을 했어?) 그러나 그는 또한 개 주인들에게 끌렸다. 동영상들은 하나도 빠짐없이 자기 개를 자신보다 사랑하는 이들이 만든 것이었다. 이 '수치심 주기'는 항상 우스꽝스럽게 과장되어 그려졌고, 자애로운 분위기였으며, 모두 화해로 끝났다.(그는 이런 동영상을 직접 만들려고도 해 보았지만 아거스는 너무 늙어서 실례만 했기 때문에 수치심을 주려는 어떤 시도도 자애로운 분위기로 이어질 수 없었다.) 그래서 그것은 죄인과 판사와 용서받지 못하리라는 두려움과 다시 사랑받게 됐다는 안도감과 관련돼 있었다. 어쩌면 다음 생에는 그가 온통 감정에만 몰두하지 않고 자신의 일부를 이해하기 위해 남겨 둘 수 있게 될지도 모른다.

원래 위치에 딱히 문제는 없더라도 대충 만족할 만하면 실제 삶에서는 넘어가 버릴 것들도, '아더 라이프'에서는 뭐든지 그것이 있었으면 하는 곳에 둘 수 있었다. 샘은 모든 것에 열망할 능력이 있고, 나아가 모든 것이 항상 열망을 품고 있다고 남몰래 믿었다. 그래서 그날 어머니에게 호되게 야단을 맞고 굴욕을 겪은 뒤, 그는 디지털 이사 업체에 디지털 화폐를 지불하고 회당을 제일 큰 트럭에 맞게 제일 큰 부분들로 해체해 옮겨 스크린 그랩에 따라 재조립해 달라고 부탁했다.

"아빠가 회의 끝나고 집에 오시면 얘기해야겠지만 지금 할 말이 좀 있다. 꼭 해야 할 얘기야."

"좋아요."

"'좋아요.'란 말 그만하렴."

"죄송해요."

"'죄송해요.'도 그만하고."

"제가 사과를 해야 한다는 게 요점이라고 생각했는데요?"

"네가 한 짓이 있으니."

"하지만 제가 하지 않……."

"너한테 정말 실망했다."

"알아요."

"그게 다니? 달리 할 말은 없니? '제가 그랬어요. 죄송해요.'라든가?"

"제가 하지 않았어요."

"어질러진 것 좀 치워. 너무 지저분하잖아."

"제 방이에요."

"하지만 우리 집이야."

"체스 판은 옮길 수 없어요. 게임을 아직 반밖에 끝내지 못했어요. 아빠가 제 상황이 해결되면 끝낼 수 있을 거라고 하셨어요."

"왜 네가 늘 아빠를 이기는지 아니?"

"아빠가 제가 이기게 해 주시니까요."

"그건 벌써 몇 년 전 얘기야."

"아빠가 대충 하시니까요."

"그렇지 않아. 아빠는 흥분해서 말을 잡아 버리지만 너는 늘 네 수 앞질러 생각하니까 이기는 거야. 덕분에 넌 체스에 능숙해지고 사는 데도 능숙해졌어."

"전 사는 데 능숙하지 않아요."

"깊이 생각할 때는 능숙해."

"아빠는 사는 데 서툴러요?

이사는 거의 완벽하게 진행되었지만, 이사업체 사람들 자체가 나머지 인류들보다 덜 완벽했다. 작은 사고가 있었지만, 다 거의 눈에 띄지 않았다. 샘이 아니면 누가 유대의 별이 살짝 찌그러져 거꾸로 매달려 있다는 것을 알았겠는가. 특히 처음에는 거의 아무것도 눈에 띄지 않았는데. 하지만 완벽에서 조금만 멀어져도 다 엉망진창이 된다.

아빠가 그에게 강제 수용소에서도 땅속에 가상의 회당을 파고, 삭정이를 말없는 회중 삼아 그 안에 가득 꽂고 바르 미츠바를 치른 사람에 대한 기사를 준 적이 있었다. 물론 아빠는 샘이 진짜로 그것을 읽으리라고는 짐작도 하지 못했고, 그에 관해 이야기를 나누지도 않았다. 어떤 것을 계속해서 생각한다면, 그것을 기억하는 것이라 보아도 좋지 않을까?

모든 게 바르 미츠바를 위한 것이었다. 조직화된 종교의 체계란 모두 단순히 짧은 의식을 구상하고 구축하고 섬기기 위한 것이었다. 아더 라이프는 불가해할 정도로 넓은 곳이지만 그곳에 유대교 회당은 없었다. 그리고 진짜 회당에는 발을 딛는 것조차 내키지 않았지만, 그곳에는 회당이 있어야 했다. 그는 회당을 원치 않았지만 회당이 필요했다. 존재하지 않는 것을 파괴할 수는 없으니까.

행복

불행한 아침이 다 비슷하듯이 행복한 아침은 모두 비슷하다. 그리고 그것이 불행한 아침들을 그렇게나 지독히 불행하게 만드는 근본적인 이유이다. 이런 불행이 전에도 있었고 불행을 피하려 노력해 봐야 불행을 더할 뿐이고 훨씬 악화시킬 수도 있다는 느낌, 온 우주가 무언가 상상도 할 수 없는 불필요하고 부당한 이유로 옷 입기, 아침 식사, 이 닦기, 심하게 뻗친 머리카락 정리, 백팩 메기, 신발 신기, 재킷 입기, 인사하기라는 무해한 순서에 맞서 음모를 꾸미고 있다는 느낌.

제이컵은 랍비 싱어와 만나러 갈 때 줄리아가 차를 따로 가져가야 한다고 우겼다. 그래야 거기에서 바로 떠나서 휴일을 계속 즐길 수 있다는 것이었다. 학교를 지나 주차장까지 걷는 길은 지나치게 조용했다. 샘은 미란다 원칙에 대해 들어 본 적은 없지만 그런 상황임을 직감적으로 알았다. 그것이 중요하지는 않았지만, 그의 부모는 둘이 먼저 이야기하고 나서 샘과 대화를 하고 싶었다. 그래서 그들은 차로 가면서 그를 주차장 입구에서 일본 만화가 그려진 카드로 게임을 하는 콧수염 난 남자아이들 틈에 내버려 뒀다.

"내가 뭐 사 갈 거 있어?" 제이컵이 물었다.

"언제?"

"지금."

"당신은 집에 가서 부모님과 브런치 먹어야지."

"당신 어깨에서 짐을 좀 덜어 주고 싶어서 그래."

"샌드위치용 빵이 필요해."

"어떤 종류로?"

"우리가 늘 먹는 것 있잖아."

"그게 뭔데?"

"뭐냐니 뭐가?"

"당신 귀찮아하는 것 같아."

"당신이 귀찮은 거 아니고?"

그녀가 그 전화기를 찾아냈나?

"저기에서 방금 일어난 일에 대해 얘기하려던 거 아니야?"

아직은 못 본 모양이다.

"물론 해야지. 하지만 여기 주차장에서는 말고. 샘이 계단에서 우리를 기다리고 있고, 집에서는 부모님이 기다리고 계시잖아."

"그럼 언제?"

"오늘 밤?"

"오늘 밤? 그거 나한테 물어본 거야? 아니면 오늘 밤이라고 말한 거야?"

"오늘 밤."

"약속했다?"

"줄리아."

"그리고 쟤가 아이패드 갖고 방에 뚱하니 박혀 있게 놔두지 마. 쟤도 우리가 화났다는 거 알아야지."

"쟤도 알아."

"그래, 하지만 내가 없을 때도 알았으면 좋겠어."

"알게 될 거야."

"약속하지?" 그녀가 이번에는 말끝을 올리지 않고 내려서 물었다.

"하늘에 걸고 맹세해."

그녀는 아직 할 말이 더 있었다. 최근의 일 가운데서 뭔가 예를 들거나, 그녀가 걱정하는 건 처벌이 아니라 부모로서 그들의 역할이 거의 화석처럼 굳어지고 완전히 어긋나 버렸으며 그런 현상이 점점 심해지는 점이라고 설명할 수도 있었다. 그러나 그러는 대신 그녀는 그의 팔을 부드럽게 쥐었다.

"오후에 봐."

과거에는 스킨십이 늘 그들을 구해 주었다. 아무리 화가 나거나 마음이 상해도, 아무리 외로움이 깊어도, 슬쩍 스치는 가벼운 스킨십만 있으면 그들이 오랫동안 함께했음을 떠올릴 수 있었다. 손바닥으로 목을 건드리기만 해도 그 모든 세월이 되살아났다. 어깨에 머리를 기대면 화학작용이 솟구치고 사랑의 기억이 피어났다. 때때로 몸 사이의 거리를 가로지르기가, 서로에게 닿기가 거의 불가능할 때도 있었다. 때로는 완전히 불가능했다. 어두운 침실의 침묵 속에서 같은 천장을 바라보면서 그들은 서로 그 느낌을 너무나 잘 알았다. 손가락을 펼 수만 있다면 내 마음의 손가락도 열릴 텐데. 하지만 할 수가 없어. 그 거리를 가로질러 닿고 싶고 저 사람이 나에게 닿아 주면 좋겠어. 그러나 그럴 수 없어.

제이컵이 말했다. "오늘 아침 일은 유감이야. 당신이 하루를 온전히 다 썼으면 했는데."

"그런 말을 당신이 쓴 것도 아닌데, 뭐."

"샘이 쓴 것도 아니야."

"제이컵."

"왜?"

"우리 중 하나는 샘을 믿고 하나는 믿지 않는 일은 있을 수 없고 있지도 않을 거야."

"그러니까 그 애를 믿어 줘."

"분명히 샘이 한 짓이야."

"어쨌든 그 애를 믿어. 우리는 그 애 부모야."

"그건 맞아. 그리고 샘에게 행동에는 결과가 따른다는 것을 가르쳐 줘야 해."

"그 애를 믿어 주는 게 더 중요해." 제이컵이 말했다. 그 대화가 너무 빨리 진행돼서 그는 자신이 말해 놓고 그 말의 의미를 따라가지 못했다. 왜 이런 싸움을 택했을까?

줄리아가 말했다. "아니, 그 애를 사랑하는 게 더 중요해. 그리고 벌을 받을지라도, 가끔 그 애를 괴롭게 한다 해도 샘은 가장 마지막에 남는 건 우리의 애정이라는 사실을 알게 될 거야."

제이컵이 줄리아를 위해 차 문을 열어 주고 말했다. "다시 얘기하자."

"그래, 다시 얘기해. 하지만 우리가 지금 같은 입장이라고 말해 주면 좋겠어."

"나도 샘을 믿지 않는다고?"

"당신이 뭘 믿건 우리가 실망했고 샘이 사과해야 한다는 점을 분명히 하도록 나를 도와줘야 해."

제이컵은 이 상황이 싫었다. 줄리아가 그에게 샘을 배신하라고 강요하는 게 싫었다. 그녀에게 맞서지 못하는 자신이 싫었다. 그러고도 남은 증오가 있다면 그것은 샘을 향한 것일 터이다.

"좋아." 그가 대답했다.

"알았지?"

"알았어."

"고마워." 그녀가 차에 타며 말했다. "오늘 밤에 다시 얘기하자."

"좋아." 그가 대답하고 차 문을 닫았다. "오늘은 당신이 원하는 만큼 시간을 써."

"하루로 안 되면 어떡하지?"

"그리고 나 HBO 회의 있어."

"무슨 회의?"

"7시 넘어서야. 말했는데. 하여간 그때까지는 당신이 돌아오겠지."

"그야 모르지."

"주말이라 좀 짜증 나지만 한두 시간이면 될 거야."

"좋아."

그가 그녀의 팔을 꼭 쥐고 말했다. "나머지는 가져."

"뭘?"

"하루."

집으로 차를 타고 돌아가는 길은 NPR* 방송 소리 빼고는 조용했다. 그 소리는 어디에나 있어서 침묵 비슷하게 느껴졌다. 제이컵이 백미러로 샘을 힐끗 보았다.

"제가 당신의 참치 한 캔을 다 먹어 치웠답니다, 데이지 씨."**

"아빠 지금 뇌졸중이라도 왔어요?"

"이건 영화 얘기랍니다. 그리고 어쩌면 연어였을지도 몰라요."

샘이 뒷좌석에서 아이패드를 쓰지 못하게 해야 했지만, 그 딱한 아이는 오늘 오전 당할 만큼 당했다. 조금은 위안거리를 주어야 공정할 것 같았다. 그리고 지금 당장, 실은 앞으로도 하고 싶지 않은 대화를 그 덕에 미룰 수 있었다.

제이컵은 근사한 브런치를 준비할 계획이었지만 9시 15분에 랍비 싱어에게 전화를 받은 뒤에 그는 부모인 어브와 데버러에게 일찍 와서 맥스와 벤지를 좀 돌봐 달라고 부탁했다. 이제 리코타 치즈를 넣은 브리오슈 프렌치토스트는 없을 것이다. 렌틸콩 샐러드도 방울양배추 샐러드도 없을 것이다. 고칼로리 음식이나 먹어야 할 것이다.

"부드러운 땅콩버터를 바른 호밀 빵, 대각선으로 잘라서." 제이컵이 접시를 벤지에게 건네며 말했다.

맥스가 음식을 가로챘다. "그건 사실 제 거예요."

"맞아." 제이컵이 벤지에게 그릇을 건네주며 말했다. "네가 허니 넛 치리오스에 쌀 음료를 부어 먹으니까."

맥스가 벤지의 그릇을 살펴보았다. "저건 꿀을 넣은 플레인 치리오스예요."

"그래."

"그럼 왜 벤지한테 거짓말하셨어요?"

"고맙다, 맥스."

"그리고 저는 토스트 해 달라고 했지, 홀랑 태워 달라고 하지 않았어요."

"홀 태워?" 벤지가 물었다.

"불에 너무 태웠다고." 데버러가 말했다.

"카뮈가 무슨 일 때문에 그러지?" 어브가 물었다.

"가만 내버려 두세요." 제이컵이 말했다.

"얘, 맥시." 어브가 손자를 끌어당기며 말했다. "옛날에 어떤 사람한테 가장 믿기 어려운 동물원 얘기를 들었는데……."

"샘은 어디 갔니?" 데버러가 물었다.

"거짓말은 나빠요." 벤지가 말했다.

맥스가 웃음을 터뜨렸다.

"재밌어. 그렇지?" 어브가 말했다.

"오늘 아침 히브리어 학교에서 사소한 문제가 생겨서 자기 방에서 시간을 보내고 있어요." 그러고는 벤지에게 말했다. "아빠 거짓말 안 했다."

맥스가 벤지의 그릇을 힐끔 넘겨다보고 그에게 말했다. "너 그거 꿀도 아닌 거 알지. 아가베 시럽이야."

"엄마가 있으면 좋겠어."

"엄마는 오늘 쉬는 날이잖아."

"우리 없이 쉬는 날이야?" 벤지가 물었다.

"아니, 아니. 엄마는 너희 없이 쉬는 시간이 필요한 게 아니야."

"그럼 아빠 없이 쉬는 시간이에요?" 맥스가 물었다.

"내 친구 조이는 아빠가 둘이래요. 하지만 아기는 질에서 나와. 왜 그래요?"

"왜냐니 뭐가?"

"왜 저한테 거짓말했어요?"

"아무도 거짓말하지 않았어."

"저 냉동 부리토 먹고 싶어요."

"냉장고가 고장 났어." 제이컵이 말했다.

"아침으로?" 데버러가 물었다.

"브런치로요." 맥스가 바로잡았다.

"시 세 푸에데."* 어브가 말했다.

"나가서 하나 사다 줄까?" 데버러가 제안했다.

"냉동으로요."

지난 몇 달 동안 벤지의 식습관은 실현되지 않은 음식이라 부를 만한 것들로 방향을 틀었다. 냉동 채소(먹을 때에도 언 채로), 요리하지 않은 오트밀, 끓이지 않은 라면, 밀가루 반죽, 생 퀴노아, 물도 섞지 않은 치즈 가루를 뿌린 말린 마카로니 등이었다. 제이컵과 줄리아는 쇼핑 목록을 조정할 때 말고는 그 이야기를 하지 않았다. 너무 심리적인 문제여서 건드릴 엄두가 나지 않았기 때문이다.

"그럼 새미가 무슨 짓을 했다는 거냐?" 어브가 입안 가득 빵을 씹으며 물었다.

"나중에 말씀드릴게요."

"냉동 부리토 주세요."

"나중은 없을지도 몰라."

"듣자 하니 그 애가 수업 시간에 종이에 나쁜 말을 썼대요."

"듣자 하니?"

---

* Si se puede. '나는 할 수 있다.'라는 뜻의 스페인어.

"샘은 자기가 안 했다고 하고요."

"흠, 그 애가 했니?"

"저도 몰라요. 줄리아는 그랬다고 생각해요."

"사실이 뭐건, 너희가 각자 어떻게 믿건 그 문제에 함께 접근해야 해." 데버러가 말했다.

"알아요."

"그리고 그 나쁜 말은 뭐냐?" 어브가 물었다.

"상상해 보세요."

"모르겠구나. 나쁜 문맥은 상상할 수 있어도……."

"히브리어 학교의 말이나 문맥과는 분명히 맞지 않았어요."

"무슨 말인데?"

"그게 그렇게 중요한가요?"

"중요하다마다."

"중요하지 않아요." 데버러가 말했다.

"깜뭐라는 말도 있었다는 말만 할게요."

"냉동, 깜뭐가 뭐예요?"

"이제 만족하세요?" 제이컵이 아버지에게 물었다.

"그 말을 적극적으로 썼냐, 수동적으로 썼냐?"

"나중에 말해 줄게." 맥스가 동생에게 말했다.

"그 말을 수동적으로 쓰는 법은 없어요." 제이컵이 어브에게 말했다. "그리고 안 돼, 말하지 마." 그가 맥스에게 말했다.

"나중은 없을 수도 있어." 벤지가 말했다.

"내가 정말로 무슨 단어에 뭐를 붙여 말하는 아들을 키웠단 말이냐?"

제이컵이 대답했다. "아뇨. 아빠는 아들을 키우지 않았잖아
요."

벤지가 안 된다는 말을 절대 하는 법이 없는 할머니에게 갔
다. "저를 사랑하시면 냉동 부리토 주고 깜뭐가 뭔지 말씀해 주
세요."

"그리고 어떤 맥락이었냐?" 어브가 물었다.

제이컵이 대답했다. "그건 중요하지 않아요. 그리고 그 얘기
는 이제 그만해요."

"그보다 중요한 건 없어. 맥락이 없으면 우리는 모두 괴물이
될 거다."

"깜뭐." 벤지가 말했다.

제이컵이 포크와 나이프를 내려놓았다.

"좋아요, 물어보셨으니 대답해 드리는데, 맥락은 샘이 아침
마다 뉴스에서 아빠가 스스로를 웃음거리로 만드는 걸 보고, 밤
마다 심야 프로그램에서 아빠가 웃음거리가 되는 꼴을 본다는
거예요."

"아이들한테 텔레비전을 너무 많이 보여 주는구나."

"애들은 텔레비전 거의 안 봐요."

"우리 텔레비전 보러 가도 돼요?" 맥스가 물었다.

제이컵이 그를 무시하고 다시 어브에게 말했다. "샘은 사과
하겠다고 할 때까지 정학이에요. 사과하지 않으면 바르 미츠바
도 못 해요."

"누구에게 사과를 해?"

"프리미엄 케이블 봐도 돼요?" 맥스가 물었다.

"모두에게요."

"그럴 바에는 아예 우간다에 넘겨서 음낭에 전기 고문이라도 받게 하지그러냐?"

제이컵이 맥스에게 접시를 건네주고 그의 귀에 대고 무언가를 속삭였다. 맥스가 고개를 끄덕이고 식탁을 떠났다.

"샘은 잘못된 일을 했어요." 제이컵이 말했다.

"표현의 자유를 실천한 거?"

"증오 표현의 자유죠."

"너는 그런데도 선생의 책상을 쾅 내리치지도 않았단 말이냐?"

"아뇨, 아뇨, 천만에요. 랍비와 대화를 했고, 이제는 어떻게든 바르 미츠바를 구해 보자는 상황이에요."

"대화를 했다고? 넌 우리가 대화로 이집트나 엔테베에서 빠져나온 줄 아냐? 천만에. 전염병이랑 우지 기관단총 덕분이었어. 대화로 얻을 수 있는 거라고는 샤워기도 없는 데서 샤워하려고 줄서다가 좋은 자리를 얻는 정도지."

"맙소사, 아빠. 항상 왜 그러세요?"

"당연히 항상 이래야지. '항상' 이래야 '다시는 절대' 그런 일이 없지."

"흠, 제가 알아서 하게 맡겨 두시면 안 돼요?"

"네가 아주 잘하고 있으니까?"

"샘의 아버지는 제이컵이니까요." 데버러가 말했다. "당신이 아니라."

제이컵이 말했다. "제 개가 싼 똥을 치우는 거랑 제 아빠가 싼 똥을 치우는 건 다른 일이니까요."

"똥." 벤지가 되풀이했다.

"엄마, 위층에서 벤지한테 책 좀 읽어 주실래요?"

"난 어른들이랑 있고 싶어요." 벤지가 말했다.

"여기에서 어른은 나뿐이구나." 데버러가 말했다.

어브가 말했다. "분통을 터뜨리기 전에 나도 충분히 이해한다는 건 확실히 해 두고 싶구나. 네 말은 남들이 오해하는 내 블로그에서 나온 한 줄이 샘의 수정 헌법 1조* 문제를 일으켰다는 거지?"

"아빠 블로그를 오해하는 사람은 아무도 없어요."

"엄청나게 잘못 해석하고들 있지."

"아빠는 아랍인들이 제 자식을 미워한다고 쓰셨잖아요."

"틀렸어. 난 유대인에 대한 아랍의 증오가 제 자식에 대한 애정을 넘어선다고 썼지."

"그리고 아랍인은 동물이라고요."

"그래. 그렇게 썼다. 그들은 동물이야. 인간은 동물이지. 그건 정의상의 문제잖아."

"유대인도 동물인가요?"

---

* 언론, 종교, 집회의 자유를 명시한 미국의 헌법 조항.

"그건 그렇게 간단하지 않아."

"깜뭐가 뭐예요?" 벤지가 데버러에게 귓속말로 물었다.

"깜빡이란다." 데버러도 속삭임으로 대답했다.

"아니, 아니에요." 그녀가 벤지를 안아 주방에서 데리고 나갔다. "깜뭐는 깜깜이예요. 그렇지요?"

"그래."

"아니, 아니에요."

"필 박사*가 활약할 시점은 이미 지났어." 어브가 말했다. "이제 새미한테 필요한 건 해결사야. 이건 표현의 자유에 관한 문제다. 너도 알겠지만 난 미국시민자유연맹 전국위원회에 있을 뿐 아니라 거기 회원들이 유월절마다 내 이야기를 한단다. 네가 나라면⋯⋯."

"저라면 가족을 구하기 위해서라면 자살이라도 할 거예요."

"넌 시민의 자유를 수호하는 기쁨을 위해서라면 세속적 보상쯤은 희생한, 비상식적으로 똑똑하고 자폐증에 가까울 만큼 편집광적인 변호사를 위해 아다스 이스라엘이라는 바다에 밑밥을 뿌린 거다. 자, 나야 누구 못지않게 기꺼이 부당함에 대해 욕을 할 사람이지만, 제이컵, 너라면 할 수 있어. 샘은 네 아들이야. 네가 네 힘으로 해결하지 못한다고 너를 비난할 사람은 아무도 없을 거다. 하지만 네 아들을 돕지 못한다면 아무도 너를 용서하지 않을 거다."

---

* 텔레비전 프로그램에 출연해 고민을 상담해 주는 심리 치료사.

"아빠는 인종 차별주의, 여성 혐오, 동성애 혐오를 미화하고 계세요."

"너 카로가 쓴······."

"그 영화 봤어요."

"난 내 손자를 곤경에서 구해 주려는 거다. 그게 잘못됐냐?"

"그 애가 빠져나와야 하는 상황이 아니라면요."

벤지가 방으로 총총 걸어 들어갔다. "감나무예요?"

"감나무라니?"

"깜뭐요."

"감나무는 ㄱ으로 시작하잖아."

벤지가 돌아서서 나갔다.

"네 엄마가 좀 전에 너랑 줄리아가 이 문제에 함께 접근해야 한다고 그랬지? 그 말은 틀렸어. 넌 샘을 지켜 줘야 해. 실제로 무슨 일이 일어났는지는 다른 사람들이 걱정하게 두고."

"전 샘을 믿어요."

그때 마치 처음으로 줄리아의 부재를 알아차렸다는 듯이 어브가 물었다. "그건 그렇고, 줄리아는 어디 갔니?"

"쉬는 날이에요."

"뭘 쉬어?"

"쉰다고요."

"고맙구나, 앤 설리번.* 하지만 네 말은 들었다. 뭘 쉬느냐고?"

---

* 헬렌 켈러의 선생님으로 유명한 미국의 교육가.

"그냥 쉰다고요. 그만 물어보시면 안 돼요?"

"그러마." 어브가 고개를 끄덕였다. "그것도 선택이지. 하지만 성모 마리아도 모르는 지혜의 말 몇 마디만 해 주마."

"기대되네요."

"아무것도 사라지지 않는다. 저절로 사라지지 않아. 해결을 봐야 해. 그러지 않으면 네가 당하는 거다."

"이것도……."

"솔로몬도 완벽하지 않았어. 인간의 모든 역사에서 저절로 사라진 건 아무것도 없었다."

"방귀는 저절로 사라져요." 제이컵이 샘의 부재에 경의를 표하듯이 말했다.

"네 집에서 냄새가 난다, 제이컵. 너야 냄새를 못 맡겠지. 네 집이니까."

제이컵은 어딘가 방 세 개 반경 안에 틀림없이 아거스의 똥이 있는 거라고 대꾸할 수도 있었다. 그는 현관 문을 열자마자 그것을 알아챘으니까.

벤지가 주방으로 다시 들어왔다. "질문할 게 기억났어요." 그가 무언가를 기억해 내려던 참이라는 말도 하지 않았으면서 그렇게 말했다.

"응?"

"시간의 소리요. 그 소리에 무슨 일이 생겼어요?"

손은 아빠 손만 하고 집은 이 집만 해요

줄리아는 시선이 몸이 닿을 수 없는 데까지도 닿을 수 있다는 게 좋았다. 대충 쌓았는지 거장의 솜씨인지 구분하기 어렵게 불규칙하게 쌓은 벽돌을 좋아했다. 팽창을 암시하면서도 에워싸는 느낌을 좋아했다. 전망이 창문 중앙에 있지 않을 때도 좋아하지만 자연의 본질상 전망이 중앙에 있음을 기억하는 것도 좋았다. 누구나 계속 잡고 있고 싶어 하는 문손잡이를 좋아했다. 올라가는 계단, 내려가는 계단을 좋아했다. 다른 그림자 위로 겹쳐져 드리운 그림자를 좋아했다. 아침을 먹는 긴 의자를 좋아했다. 가벼운 목재(너도밤나무, 단풍나무)를 좋아하고 '남성적인' 목재(호두나무, 마호가니)는 좋아하지 않았다. 강철은 좋아하지 않고 스테인리스 스틸은 싫어했다.(긁힌 자국으로 뒤덮이면 괜찮았다.) 천연 재료를 모방한 제품은 모조 티가 노골적으로 나는 경우라면 몰라도 참을 수가 없었다. 노골적으로 티가 나는 경우에는 매우 아름다울 수도 있었다. 눈에는 낯설어도 손가락과 발의 감촉으로 익숙하게 아는 질감을 좋아했다. 거실 한가운데 있는 주방 한가운데 있는 벽난로를 좋아했다. 필요 이상으로 많은 책장을 좋아했다. 샤워실에 있는 천창을 좋아하지만 그것이 다른 곳에 있는 건 싫었다. 의도적 불완전함은 좋아하지만 무심함은 참을 수 없었다. 그러나 또한 의도적 불완전함이란 있을 수 없음을 기억하기를 좋아했다. 사람들은 항상 느낌이 좋은 것과 보기에 좋은 것을 혼동한다.

당신의 꽉 조이는 질에 넣어 달라고 애원하지만 아직은 안 돼

그녀는 단일한 질감은 좋아하지 않았다. 그것은 자연스럽지가 않았다. 방 한가운데 있는 깔개도 좋아하지 않았다. 좋은 건축은 지평선이 보이는 동굴 속에 있는 듯한 기분을 느끼게 해야 한다. 높이가 두 배인 천장은 좋아하지 않았다. 유리가 너무 많은 것도 좋아하지 않았다. 창문의 기능은 빛이 들어오게 하는 것이지 시야를 구획 짓는 게 아니다. 천장은 집의 거주자 중 가장 큰 사람이 까치발로 서서 손을 들었을 때 뻗은 손가락이 살짝 닿지 않는 정도의 높이여야 한다. 신경 써서 배치한 자질구레한 장식들을 좋아하지 않았다. 어울리지 않는 것들이었다. 3.3미터의 천장은 너무 높다. 길을 잃은 듯한, 버려진 듯한 기분이 든다. 3미터의 천장도 너무 높다. 모든 것이 손에 닿지 않는 기분이 들었다. 2.7미터의 천장도 너무 높다. 느낌이 좋은 것(안전하고 편안하고 살

기 좋게 디자인되었다는 느낌)은 항상 보기에도 좋게 만들 수 있다. 매입형 조명이나 벽 스위치로 제어하는 램프, 돌출 촛대, 샹들리에를 좋아하지 않았다. 숨겨 둔 기능들(패널 뒤의 냉장고, 거울 뒤의 화장 소품, 장 속으로 내려가는 텔레비전)도 좋아하지 않았다.

당신은 아직 충분히 원하지 않아
당신 항문까지 푹 젖는 걸 보고 싶어

모든 건축가는 자기만의 집을 짓는 상상을 하고, 모든 여자도 마찬가지이다. 줄리아는 작은 주차장이나 개발하지 않은 공터를 지나칠 때면 기억할 수 있는 한 언제나 비밀스러운 전율을 느꼈다. 가능성. 무엇을 위한? 아름다운 것을 지을? 지적인? 새로운? 아니면 그저 집처럼 느껴질 수도 있는 집을 짓기 위한? 그녀의 기쁨은 온전히 그녀만의 것이 아니라서 나눌 수 있었지만, 전율은 혼자만의 것이었다.

건축가가 되고 싶었던 적은 한 번도 없지만 늘 혼자만의 집을 짓고 싶었다. 그녀는 상자를 비우려고 그 안에 들어 있던 인형들을 버렸다. 침대 밑 빈 공간은 여름용 비품을 넣어 두는 곳으로 썼다. 벽장을 쓸모 있는 것을 넣느라 낭비할 수 없어서 옷은 죄다 벽에 가득 걸어 놓았다. 자부심과 수치심을 동시에 느끼며 종이에 혼자만의 집을 설계하기 시작하면서부터 그녀는 '자기 자신'의 의미를 이해하게 되었다.

"이거 진짜 근사하다." 제이컵이 평면도를 살펴보면서 말했다. 줄리아는 그가 대놓고 요구하지 않는 한 자신의 개인적 작품을 절대 공유하지 않았다. 비밀은 아니지만 공유하는 경험을 하면 항상 수치심이 남는 것 같았다. 그는 충분할 정도로 열광하거나 적절한 방식으로 반응을 보인 적이 없었다. 그가 열을 올릴 때면 너무 귀해서 절이라도 해야 할 선물처럼 느껴졌다.(그 진짜가 모든 것을 망쳤다.) 그는 다음번에 그녀가 그에게 자기 작품에 대해 열광하지 않는다고 말할 때 벌충하기 위해 열광을 아껴 두었다. 그리고 그의 열광이 필요하고, 심지어 자신이 그것을 원한다는 사실에도 그녀는 굴욕감을 느꼈다.

이렇게 원하고 필요로 하는 것이 문제일까? 아니다. 그리고 자신이 서 있는 곳과 늘 상상했던 것 사이의 크게 벌어진 거리가 꼭 실패를 뜻하는 것도 아니다. 실망이 실망스러울 필요는 없다. 원하는 것, 필요로 하는 것, 거리, 실망은 성장하는 것, 아는 것, 헌신하는 것, 서로의 곁에서 나이 들어 가는 것이다. 혼자라면 누구나 완벽하게 살 수 있다. 하지만 그것은 삶이 아니다.

"굉장해." 그가 그녀의 상상을 이차원으로 구현한 설계도를 거의 코끝이 닿을 정도로 바짝 들여다보며 말했다. "놀라워, 진짜로. 이런 것들을 어떻게 생각해 내는 거야?"

"내가 생각해 내는 것 같진 않아."

"이건 뭐야, 실내 정원인가?"

"응, 계단이 빛줄기 주위로 올라갈 거야."

"샘이라면 이렇게 말할 텐데. '줄기…….'"

"그리고 당신은 웃겠지. 난 못 들은 척하고."

"아니면 우리 둘 다 못 들은 척할 거야. 하여간 이건 진짜진 짜 근사해."

"고마워."

제이컵이 손가락으로 평면도를 짚고 방들을 따라, 늘 그랬 듯이 문을 통해 손가락을 움직였다. "나 이런 거 잘 볼 줄 모르지 만 아이들은 어디에서 자?"

"무슨 뜻이야?"

"여기에서 내가 뭔가 오해한 게 아니라면 침실이 하나뿐인 것 같아서."

줄리아가 눈을 가늘게 뜨고 고개를 기울였다.

제이컵이 말했다. "결혼한 지 팔십 년 만에 이혼한 부부 얘 기 알아?"

"아니."

"다들 물어봐. '왜 지금 와서? 수십 년 전에, 아직 살 날이 남 았을 때 하지 그랬어? 아니면 그냥 끝까지 가든가?' 그러면 이렇 게 대답한대. '증손자들이 죽기를 기다리느라.'"

줄리아는 인쇄가 가능한 계산기를 좋아했다. 더 전도유망한 수많은 업무용 기계들을 제치고 고집스럽게도 오래 살아남은 사 무용품점의 유대인이랄까. 아이들이 학용품을 챙길 동안 그녀는 숫자들을 두드렸다. 한번은 벤지가 대학에 갈 때까지 몇 분이나 남았는지 계산했다. 그녀는 그것을 증거로 거기에 남겨 두었다.

그녀의 집들은 의미 없는 소소한 연습이나 취미였다. 그녀 와 제이컵은 절대 그만한 돈을 벌지 못할 테고 그럴 시간과 에

너지도 없을 것이다. 주거용 건축은 할 만큼 해 봤던 그녀는 행복을 몇 방울 더 짜내 보겠다는 욕심 때문에, 항상 운이 좋아 손에 넣을 수 있었고 어리석어서 인정하지 않았던 행복이 거의 예외 없이 망가진다는 사실을 알고 있었다. 늘 그렇게 된다. 4만 달러짜리 견적의 주방 리모델링은 7만 5000달러짜리 주방 리모델링이 되고(다들 작은 차이가 큰 차이를 만든다고 믿게 되기 때문에) 정원으로 나가는 새 출구가 되고(새로 고친 주방으로 빛이 더 잘 들어오게 하려고) 새 욕실이 되고(기왕 작업을 위해 바닥을 덮은 김에⋯⋯) 집이 똑똑해지도록 배선을 멍청하게 몽땅 바꾸고(그래야 주방에서 전화기로 음악을 컨트롤할 수 있으니까) 새 책장에 다리를 달지 말지를 놓고 수동 공격적인 태도가 되고(무늬를 새긴 바닥 가장자리가 보여야 하니까) 어디서부터 시작되었는지도 기억해 낼 수 없는 공격적인 태도가 돼 버린다. 완벽한 집이란 지을 수는 있지만, 그곳에서 살 수는 없다.

내 혀가 당신의 꼭 다문 입술 사이로 파고드는 게 좋아?
보여 줘
내 입 위에서 절정을 느껴

펜실베이니아에 있는 여관에서 결혼 초에 하룻밤을 보낸 적이 있었다. 그녀와 제이컵은 마리화나를 나눠 피웠다. 대학 때 이후로 처음이었다. 그리고 벌거벗은 채 침대에 누워 모든 것을, 수치스러운 것이든 불편한 것이든 상처를 줄지도 모르는 것이든 예외 없이 모든 것을 공유하자고 약속했다. 두 사람이 서로에게 할 수 있는 가장 야심 찬 약속 같았다. 근본적인 진실을 말한다는 게 계시처럼 느껴졌다.

"예외는 없어." 제이컵이 말했다.

"하나라도 예외가 있으면 모든 게 무너지는 거야."

"침대에 오줌 싼 일. 그런 것들."

줄리아가 제이컵의 손을 잡고 말했다. "그런 걸 공유하면 내가 당신을 얼마나 사랑할지 알아?"

"하여간 난 침대에 오줌 싸지 않아. 그냥 한계를 정했을 뿐이지."

"한계는 없어. 그게 중요해."

"과거의 성 경험도?" 제이컵이 물었다. 그는 그것이 자신의 가장 취약한 부분임을 알았다. 언제나, 그녀를 만지거나 그녀가 자신을 만져 주기를 바라는 욕구가 사라진 후조차, 그녀가 다른 남자를 만진다거나 다른 남자가 그녀를 만지는 건 생각도 하기 싫었다. 그녀가 사귄 사람들, 주고받은 쾌락, 신음했던 것들. 그는 다른 상황에서라면 불안정한 사람이 아니었지만, 영원히 반복되는 트라우마에서 빠져나오지 못하듯 그녀가 다른 사람과 성적으로 깊은 관계를 맺는 상상을 멈추지 못했다. 그녀가 그에게 했던 말 가운데 어떤 것을 그들에게 했을까? 왜 그런 상상의 반복이 최대의 배신처럼 느껴질까?

그녀가 말했다. "당연히 그런 건 괴롭겠지. 하지만 중요한 건 내가 당신에 관해 모든 걸 알고 싶다는 게 아니야. 당신에 대한 어떤 것도 숨겨지기를 원치 않는다는 거지."

"그럼 숨기지 않을게."

"나도 숨기지 않을게."

그들은 몇 차례 마리화나를 주고받으면서 용감해지고 젊어지는 기분이 들었다.

"지금 당신이 숨기는 건 뭐야?" 그녀가 현기증을 느끼며 물었다.

"지금은 없어."

"하지만 숨긴 적은 있고?"

"고로 나는 존재한다."

그녀가 웃었다. 그녀는 그의 기민함, 그의 마음과 연결된 묘하게 편안한 따스함을 사랑했다.

"나에게 마지막으로 숨긴 건 뭐야?"

그는 생각에 잠겼다. 약에 취해 생각하기가 더 어려웠지만 생각을 공유하기는 더 쉬워졌다.

"좋아." 그가 말했다. "사소한 거야."

"난 전부 원해."

"좋아. 며칠 전에 우리가 집에 있을 때였어. 아마 수요일이었던가? 그리고 내가 당신에게 아침을 만들어 줬지. 기억나? 염소젖 치즈 프리타타."

"응." 그녀가 그의 허벅지에 손을 올리며 말했다. "근사했어."

"당신을 자게 놔두고 몰래 아침을 만들었어."

그녀가 가능해 보이는 것보다 오래 형태를 유지하도록 연기를 내뿜고는 말했다. "지금 줘도 엄청 먹을 수 있을 텐데."

"당신한테 잘해 주고 싶어서 만들었어."

"나도 그런 마음 느꼈어." 그녀가 손을 그의 허벅지 위쪽으로 옮기며 그를 발기하게 만들었다.

"그리고 접시에 아주 근사해 보이게 놓았어. 옆에 샐러드도 약간 담고."

"레스토랑처럼." 그녀가 손으로 그의 성기를 감싸며 말했다.

"그리고 당신이 처음 한 입 먹고 나서……."

"그리고?"

"남들이 숨기는 데는 다 이유가 있어."

"우리는 남들이 아니야."

"좋아. 당신이 한 입 먹고 나서 나한테 고맙다거나 맛있다고 말하는 대신 소금을 넣었느냐고 물었어."

"그래서?" 그녀가 주먹 쥔 손을 위아래로 움직이며 물었다.

"그래서 기분이 엿 같았지."

"내가 소금 넣었느냐고 물어서?"

"아마 엿 같은 건 아니었을 거야. 짜증이 났어. 아니면 실망했거나. 어떤 기분이었건 간에 당신한테 말하지 않았어."

"하지만 난 진짜 그냥 물어본 것뿐이었는데."

"이거 좋은데."

"좋아, 자기."

"하지만 내가 당신을 위해 노력한 걸 생각하면 소금 넣었느냐고 물어보는 게 고맙다는 뜻보다는 비난의 뜻으로 들릴 수 있다는 거 알잖아?"

"나에게 아침을 만들어 준 게 노력처럼 느껴져?"

"특별한 아침이었어."

"이건 기분 좋아?"

"정말 좋아."

"그럼 앞으로는 음식에 간이 부족하다고 생각돼도 그냥 가만히 있을까?"

"아니면 내 상처를 혼자 간직해야 한다는 말처럼 들리네."

"당신의 실망감 말이지."

"나 벌써 왔어."

"그럼 해."

"아직은 싫어."

그녀는 속도를 느리게 하고 천천히 꼭 쥐었다.

그가 물었다. "지금 당신이 숨기는 건 뭐야? 그리고 내가 상처받거나 짜증 나거나 실망해서 당신도 약간 상처받고 짜증 나고 실망했다는 말은 하지 마. 당신은 그걸 숨기지 않으니까."

그녀가 웃었다.

"그래서?"

"난 아무것도 숨기지 않아." 그녀가 말했다.

"잘 찾아봐."

그녀가 고개를 저으며 웃었다.

"뭐야?"

"차에서 당신이 「그저 사죄할 뿐(All Apologies)」을 부르는데, '수치심에서 알 수 있네.'라고 계속 불렀잖아."

"그래서?"

"그러니까 그런 가사가 아니거든."

"당연히 그런 가사야."

"청록색 바다 거품 수치야."*

"뭐라고!"

"맞아."

"청록색. 바다 거품. 수치라고?"

"유대 성서에 손을 얹고 맹세해."

"지금 나의 완벽하게 말이 되는 가사, 그 자체로나 문맥으로나 말이 되는 가사가 사실은 뭐가 됐든 내 억눌린 무언가의 무의식적 표현일 뿐이고 커트 코베인이 의도적으로 청록색 바다 거품 수치라는 단어들을 연결해 놓았을 뿐이라고 말하는 거야?"

"바로 그 말이야."

"흠, 믿을 수가 없군. 그와 동시에 굉장히 당혹스럽네."

"그러지 마."

"당혹스러워하는 사람한테 그런 말이 잘도 먹히지."

그녀가 웃음을 터뜨렸다.

"그건 쳐 줄 수 없어. 좋은 걸로 내놔 봐."

"좋은 거?"

---

* "aqua seafoam shame"을 "I can see from shame."으로 잘못 들은 상황이다.

"진짜로 어려운 거."

그녀가 미소를 지었다.

"뭐야?" 그가 물었다.

"아무것도 아니야."

"뭔데?"

"아무것도 아니라니까."

"있는 게 확실한데."

"좋아. 나 숨기는 게 있어. 진짜로 어려운 거."

"훌륭해."

"하지만 그걸 털어놓을 수 있을 만큼 진화했는지는 모르겠어."

"공룡도 마찬가지였지."

그녀가 베개에 얼굴을 파묻고 다리를 꼬았다.

"나뿐이잖아." 그가 말했다.

"좋아." 그녀가 한숨을 쉬며 말했다. "좋아. 저, 여기 약에 취해, 벌거벗고 누워서, 원하는 게 하나 있었어."

그는 본능적으로 그녀의 다리 사이로 손을 뻗어 벌써 젖어 있는 것을 발견했다.

"말해 봐." 그가 말했다.

"못 해."

"할 수 있어."

그녀가 웃었다.

"눈을 감아. 그러면 더 쉬워질 거야."

그녀가 눈을 감았다.

"아니. 더 쉬워지지 않아. 당신도 눈을 감을래?"

그가 눈을 감았다.

"내가 원하는 건 이런 거야. 어디에서 비롯된 건지는 나도 몰라. 왜 그런 걸 원하게 됐는지도 모르고."

"하지만 원하잖아."

"그래."

"말해 봐."

"내가 원하는 건 이런 거야." 그녀가 다시 웃음을 터뜨리고 그의 겨드랑이에 얼굴을 파묻었다. "내 다리를 벌리고 싶어. 당신이 머리를 아래쪽으로 내린 다음 내가 절정을 느낄 때까지 나를 봐 주면 좋겠어."

"보기만 하라고?"

"손가락도 안 돼. 혀도 안 되고. 당신 눈으로 내가 느끼게 해 주면 좋겠어."

"눈을 떠 봐."

"그럼 당신도 눈을 떠."

그는 한마디도 하지 않고 소리도 내지 않았다. 충분히 그러나 너무 세지 않게 힘을 주어 그녀를 엎드리게 했다. 그는 그녀를 보되, 그녀 쪽에서는 자신을 볼 수 없게 해야 한다는 걸 직감으로 알았다. 그것이야말로 넘겨줄 수 없는 최후의 안전이었다. 그는 그녀의 신음 소리로 자신이 옳았음을 알 수 있었다. 그는 자신의 몸을 그녀의 몸 아래쪽으로 움직였다. 그녀의 다리를 떼고 더 넓게 벌렸다. 그녀의 냄새를 맡을 수 있을 만큼 얼굴을 바짝 갖다 댔다.

"나를 보고 있어?"

"보고 있어."

"보이는 게 마음에 들어?"

"보이는 것을 원해."

"하지만 만지면 안 돼."

"만지지 않을게."

"하지만 나를 보면서 자위는 해도 돼."

"하고 있어."

"보이는 거랑 하고 싶지?"

"하고 싶어."

"하지만 안 돼."

"그래."

"내가 얼마나 젖었는지 느껴 보고 싶지?"

"그래."

"하지만 안 돼."

"그래도 볼 수는 있어."

"하지만 내가 느끼기 직전에 얼마나 조여지는지는 볼 수 없어."

"그래."

"내가 어때 보이는지 말해 주면 느낄 거야."

그들은 서로를 만지지 않고 함께 절정을 느꼈다. 거기에서 끝낼 수도 있었다. 그녀는 몸을 옆으로 굴려 그의 가슴에 머리를 기댈 수도 있었다. 함께 잠이 들 수도 있었다. 그러나 무언가가 일어났다. 그녀가 그를 보고, 그와 시선을 마주치고, 눈을 감았다. 제이컵도 눈을 감았다. 그리고 거기에서 끝날 수도 있었다. 침대에서 서로를 탐색할 수도 있었지만 줄리아는 일어서서 방을 탐색했다. 제이컵은 그녀를 보지 못했다. 그는 눈을 뜨면 안 된다는 것을 알았다. 하지만 소리는 들렸다. 아무 말도 하지 않고 그도 일어났다. 그들은 각자 침대 발치의 긴 의자, 책상, 펜을 꽂은 컵, 커튼 장식 띠에 달린 술을 만졌다. 그는 문에 있는, 밖을 볼 수 있는 작은 구멍을 만졌고, 그녀는 천장 선풍기를 조절하는 계기판을 만졌다. 그는 소형 냉장고의 따뜻한 윗부분에 손바닥을 대 보았다.

그녀가 말했다. "당신은 나에게 말이 돼."

그가 말했다. "당신도 그래."

"정말로 사랑해, 제이컵. 하지만 '나도 알아.'라고만 말해 줘."

그가 말했다. "나도 알아." 그리고 벽을 따라, 벽에 붙인 퀼트 천을 따라 더듬어 가다가 전등 스위치에 손이 닿았다. "내가 방금 불을 끈 것 같아."

줄리아는 일 년 후 샘을 임신했다. 그다음에는 맥스 그리고 벤지. 그녀의 몸은 변했지만 제이컵의 욕망은 변하지 않았다. 변한 것은 그들이 숨기는 것의 양이었다. 언제나 둘이 동시에 흥분하려면 자극이 필요하게 되거나(밸런타인데이에 술을 마시고 침대에서 제이컵의 노트북으로 「가장 따뜻한 색 블루」를 보면서) 자의식이나 부끄러움을 느낄지 모른다는 두려움을 뚫고 키스 없이 큰 오르가슴에 이르는 식이 되기는 했지만 여전히 섹스를 했다. 그들은 여전히 가끔씩 너무 굴욕적으로 느껴질 정도의 것들을 말해서 절정에 이른 다음 목이 마르지도 않은데 일부러 물을 마시러 간다는 핑계로 자리를 피해야 했다. 그런 상상들은 실제 삶과는 아무 관계도 없고 가끔은 다른 사람이 포함되기도 했지만, 그래도 여전히 상대를 생각하며 자위를 했다. 그러나 펜실베이니아에서 보낸 밤의 기억조차 숨겨 두어야 했다. 그것은 문틀에 그은 금 같은 것이었으므로. 우리가 얼마나 변했는지 봐.

제이컵은 원하는 것들이 있었고 그것들을 줄리아에게 원했다. 그러나 줄리아에게 그것들을 말할 필요가 커질수록 욕구를 공유할 가능성은 줄어들었다. 그녀의 경우도 마찬가지였다. 그들은 함께 있기를 좋아했고, 항상 홀로 있거나 다른 누군가와 함께 있기보다 둘이 함께 있기를 택하는 편이었지만 그들이 함께 더 많은 위안을 찾을수록, 더 많은 삶을 공유할수록 그들의 내면의 삶으로부터는 점점 멀어졌다.

처음에 그들은 항상 서로를 소비하거나 함께 세계를 소비했다. 아이라면 누구나 자꾸 키가 커서 문틀에 그은 표시가 위로 올라가는 것을 보고 싶어 한다. 하지만 똑같이 머물러 있는 데서 발전을 볼 수 있는 부부가 몇이나 되겠는가? 더 많은 돈을 벌면서 그것으로 살 수 있는 것을 생각하지 않을 수 있는 부부가 얼마나 되겠는가? 아이를 가질 수 있는 시기가 끝나 가면서 벌써 적당한 수의 아이들을 가졌다는 것을 알 수 있는 부부가 몇이나 있겠는가?

제이컵과 줄리아는 원칙상으로는 관습에 저항하는 성향이 결코 아니었지만 자신들이 아주 인습적인 사람이 될 수 있다는 생각도 해 본 적이 없었다. 그들은 차를 두 대 샀고(자동차 보험도 두 개 들었다.) 수강 과목 목록이 스무 쪽이나 되는 체육관을 다녔으며, 세금을 직접 납부하지 않게 되었다. 가끔은 와인을 돌려보내기도 했고, 세면대 두 개가 나란히 놓인 집을 샀으며(주택 보험도 들었다.) 세면도구가 두 배가 되었다. 쓰레기통 주위에 티크 목재로 울타리를 둘렀고, 난로를 더 좋아 보이는 것으로 바꾸었다. 아이를 낳았다.(생명 보험도 들었다.) 캘리포니아에서 비타민을, 스웨덴에서는 매트리스를 주문했고, 유기농 의류를 할부로 사서 많이 입지도 않았다. 그들에게 필요한 것은 아이를 하나 더 낳는 정도였다. 그들은 아이를 또 가졌다. 깔개가 제 값어치가 있는지 따져 보고, 종류별로 최고의 것을 골라낼 수 있게 되었다.(밀레 진공청소기, 바이타믹스 믹서기, 미소노 나이프, 패로 앤드 볼 페인트.) 프로이트적인 양의 스시를 소비했고, 일하는 동안 아이들을 최고로 잘 돌봐 줄 사람들에게 비용을 지불할 수 있도록 더 열심히 일했다. 그들은 아이를 또 가졌다.

그들의 내적인 삶은 모든 생활에 압도당했다. 다섯 명의 가족에게 요구되는 시간과 에너지 면에서뿐 아니라 어떤 근육이 강해져야 하고 어떤 것이 약해지는지가에서도 그랬다. 아이들을 대하며 흔들림 없이 평정을 지키는 줄리아의 성격은 무슨 일이든 참을 수 있는 정도까지 강해졌으나, 남편에게 절박함을 표현하는 능력은 문자로 보내는 오늘의 시 한 편 수준으로 줄어들었다. 손대지 않고도 줄리아의 브라를 풀던 제이컵의 마법 같은 솜씨는 계단을 오르면서 팩앤드플레이*를 조립할 수 있는 인상적이지만 맥 빠지는 능력으로 바뀌었다. 줄리아는 이로 갓난아이의 손톱을 잘라 주고 라사냐를 만들면서 모유를 먹일 수 있었으며 핀셋 없이도 아프지 않게 몸에 박힌 가시를 뽑았다. 아이들한테 이 잡는 빗을 쓰라고 사정했고 이마를 문질러 주며 억지로 재웠다. 그러나 그녀는 남편을 만지는 법은 잊어버렸다. 제이컵은 아이들에게 아빠와 아파의 차이를 가르쳐 주었지만 아내에게 말 거는 법은 이제 알지 못했다.

그들은 은밀히 내면의 삶을 키워 나갔다. 줄리아는 혼자 집을 설계했고, 제이컵은 그의 지침서를 쓰고 전화기를 하나 더 샀다. 그러면서 그들 사이에 파괴적 순환이 생겨났다. 줄리아가 절박함을 표현할 수 없게 되면서 제이컵은 줄리아가 자신을 원한다는 확신을 확 잃었고, 바보 같은 짓을 하게 될까 봐 더 두려워하게 되었다. 그러면서 줄리아의 손과 제이컵의 몸은 거리가 더 멀어지고 제이컵은 할 말이 없어졌다. 욕망은 그들의 가정생활에 위협(적(敵))이 되었다.

맥스는 유치원에 다닐 때 가진 것을 다 나눠 주곤 했다. 아이들이 놀러 올 때마다 꼭 플라스틱 자동차나 봉제 동물 인형을 얻어 갔다. 맥스는 자신이 얻은 돈(길에서 주운 잔돈, 그럴듯한 주

---

* 이동식 아기 침대의 제품명.

장을 폈다고 할아버지한테 받은 5달러짜리 지폐)을 슈퍼마켓 계산대 줄에서 줄리아에게 내놓거나 주유기에서 제이컵에게 내놓았다. 그는 샘에게 디저트를 원하는 만큼 가져가라고 했다. "괜찮아." 그는 샘이 점잔을 뺄 때면 이렇게 말하곤 했다. "가져가, 가져가."

맥스는 다른 사람들의 필요에 반응하는 것이 아니었다. 오히려 여느 아이들처럼 그런 것을 무시하는 능력이 있는 듯했다. 그리고 그는 너그럽지 않았다. 너그러우려면 무엇을 주는지 알아야 하는데, 그에게는 정확히 그런 면이 없었다. 누구에게나 기꺼이 공유하고 싶고 공유할 수 있는 것을 세상으로 내보내며, 기꺼이 받고 싶고 받을 수 있는 것을 온 세상에서 받아들이는 파이프라인이 있다. 맥스의 관은 남의 것보다 크지는 않았고, 그저 막혀 있지 않을 뿐이었다.

제이컵과 줄리아는 처음에는 그런 아들을 자랑스러워하다가 점차 걱정하게 되었다. 저러다 맥스가 빈털터리가 되겠어. 그가 사는 방식에 무언가 문제가 있다는 암시는 삼가더라도 그들은 부드럽게 가치의 개념과 자원의 유한성에 대해 심어 주려 했다. 처음에는 아이가 저항했다. "항상 더 많이 있잖아요." 그러나 아이들이 그러듯 그는 자신이 살아가는 방식에 무언가 문제가 있다는 사실을 이해하게 되었다.

그는 비교 가치에 집착하게 되었다. "집 한 채면 차 마흔 대를 살 수 있어요?" ("그건 집과 차에 따라 다르지.") 혹은 "아빠는 다이아몬드 한 줌이랑 집 한 채만큼의 은 중에 어떤 게 더 좋아요? 손은 아빠 손만 하고 집은 이 집만 해요." 그는 강박적으로 거래를 하기 시작했다. 친구들과 장난감을 바꾸고, 샘과 소지품을 바꾸고, 부모와는 행동을 놓고 거래했다.("이 케일 다 먹으면 잠자는 시간 이십 분 늦춰 주실 거예요?") 페덱스 운전사와 음악 교사가 되는 것 중에서 어느 쪽이 나은지 알고 싶어 했고, 부모가 '낫다'라는 표현을 지적하자 좌절했다. 그는 자신의 친구 클리브를 동물원에 데려갈 때 아빠가 입장권을 한 장 더 사야 하는데 괜찮은지 알고 싶어 했다. "나는 인생을 낭비하고 있어요!" 아이는 아무 일도 하지 않을 때는 종종 그렇게 외치곤 했다. 어느 이른 새벽에 그들의 침대로 기어들어 와 그것이 죽는 것과 같은지 알고 싶다고 했다.

"그게 뭐니, 애야?"

"아무것도 갖지 못하는 거요."

제이컵과 줄리아의 관계에서 성적 욕구를 숨기는 일은 가장 원초적이면서 좌절감을 주는 것이었지만 가장 해로운 것은 아니었다. 소외를 향해 나아가는 움직임(서로로부터, 그들 지신으로부터)은 훨씬 작고 미묘한 단계에서 일어났다. 그들은 항상 무언가를 할 때, 그러니까 끝도 없이 늘어나는 일상적인 일을 힘을 합쳐 한다든가 온종일 점점 많이 대화하고 문자를 보내고(더 효율적으로) 아이들이 만들어 놓은 난장판을 함께 치울 때 점점 가까워졌다. 그리고 감정적으로는 더 멀어졌다.

한번은 줄리아가 속옷을 좀 샀다. 딱히 관심이 있어서가 아니라 자신의 어머니처럼 가게 상품을 만져 보고 싶은 충동을 누를 수 없어서 보드라운 속옷 더미에 손바닥을 놓아 보았다. 현금 자동 입출금기에서 500달러를 인출해서 신용 카드 청구서에는 내역이 나오지 않았다. 그녀는 그 일을 제이컵과 나누고 싶었고, 몇 번이나 적당한 타이밍을 찾으려 했다. 어느 날 밤 아이들이 잠든 후 그녀는 그 팬티를 입었다. 계단을 내려가 책상에 앉아 있는 제이컵을 찾아 말로 하지 않고 전하고 싶었다. 내가 어때 보이는지 봐. 하지만 그럴 수가 없었다. 그가 알아차리지 못할까 두려워 침대 앞에서 속옷을 입을 수 없었듯이. 그가 나타나 물어봐 주기를 바라며 침대에 속옷을 펼쳐 놓을 수조차 없었듯이. 속옷들을 환불할 수 없었듯이.

한번은 제이컵이 지금껏 쓴 것 중에서 최고라고 생각되는 글을 한 줄 썼다. 그것을 줄리아와 나누고 싶었다. 스스로가 자랑스러워서가 아니라 아직도 전에 그랬듯이 그녀에게 가 닿을 수 있을지, 그녀에게 "당신은 나의 작가야." 같은 말을 끌어낼 수 있을지 확인해 보고 싶어서였다. 그는 주방으로 종이를 가져가 조리대 위에 뒤집어 놓아두었다.

"어떻게 돼 가?" 그녀가 물었다.

"돼 가고 있어." 그가 정확히 자신이 제일 싫어하는 방식으로 대답했다.

"진전이 있었어?"

"응, 제대로 된 방향인지는 확실치 않지만."

"제대로 된 방향이 있어?"

그는 말하고 싶었다. "그냥 이렇게 말해 봐. '당신은 나의 작가야.'"

그러나 그는 존재하지 않는 거리를 건널 수는 없었다. 그들이 공유하는 삶이 너무나 광범위해서 각자의 특이성을 공유하기란 불가능했다. 그들에게는 숨기는 거리가 아니라 손짓할 수 있는 거리가 필요했다. 제이컵은 다음 날 그 종이를 다시 보고 여전히 훌륭하다는 사실을 깨닫고 놀라는 한편 슬퍼했다.

한번은 줄리아가 아거스가 싼 똥을 또 치우고 나서 욕실 세면대에서 손을 닦고 있었다. 손가락 사이의 비누 거품을 보고 있는데 벽에 달린 실내등이 깜박거리면서도 꺼지지는 않았다. 그 순간 그녀는 갑자기 아무 의미도 없지만 그 무게를 견딜 수 없을 정도로 고통스러운 슬픔 비슷한 감정에 사로잡혔다. 그녀는 그 슬픔을 제이컵에게 가져가고 싶었다. 자신도 이해할 수 없는 것을 그는 이해할지 모른다는 희망에서가 아니라 자신이 나를 수 없는 것을 나르도록 도와줄 수 있을지 모른다는 희망에서였다. 그러나 존재하지 않는 거리는 너무도 멀었다. 아거스는 자신의 잠자리에 똥을 싸 놓고는 쌌다는 것도 모르거나 귀찮아서 움직이지 않았다. 똥이 개의 옆구리와 꼬리에 온통 맥질이 되었다. 줄리아는 사람이 쓰는 샴푸와 한때는 마음을 아프게 했던 어느 잊힌 축구팀의 젖은 티셔츠로 똥을 닦아 내면서 개에게 말했다. "자. 좋아. 거의 다 끝났어."

한번은 제이컵이 줄리아에게 줄 브로치를 살까 생각했다. 그는 이리저리 보다가 코네티컷 거리에 있는 상점에 들어갔다. 재생 목재로 만든 샐러드 그릇, 뿔 손잡이가 달린 샐러드 집게 따위를 파는 곳이었다. 딱히 무언가를 살 생각으로 들어간 건 아니고 당장 선물을 줘야 할 특별한 일이 있는 것도 아니었다. 점심 약속을 한 상대한테 쓰레기차 뒤에서 막혀 오도 가도 못하고 있다는 문자가 왔고, 책이나 신문을 가져갈 생각도 미처 하지 못했으며, 스타벅스는 희미하게 베일이 덮인 회고록을 끝내기 전에 빈약해지는 삶을 끝내려는 듯한 사람들이 의자를 다 점령하고 있어서 제이컵이 아주 얇은 자기 전화기 속으로 깊이 들어갈 자리가 없었다.

"이거 괜찮은가요?" 그가 진열장 건너편에 있는 여자에게 물었다. "바보 같은 질문이죠."

"저는 아주 마음에 들어요." 여자가 말했다.

"물론 마음에 드시겠죠."

"저건 별로예요." 여자가 진열장 안의 팔찌를 가리키며 말했다.

"이거 브로치 맞지요?"

"네. 진짜 나뭇가지에 은을 씌운 거예요. 하나밖에 없는 거죠."

"그럼 저건 오팔인가요?"

"맞아요."

그는 다른 쪽으로 걸어가 상감 세공을 한 판을 자세히 살펴보는 척하다가 다시 브로치로 돌아갔다. "그래도 이거 괜찮지요? 좀 과해 보이는지 모르겠네요."

"전혀 그렇지 않아요." 그녀가 진열장에서 그것을 꺼내 벨벳으로 안감을 댄 진열판에 놓았다.

"글쎄요." 제이컵이 그것을 집어 들지 않고 말했다.

괜찮은가? 위험 부담이 있었다. 사람들이 브로치를 다나? 케케묵고 화려한가? 보석함 속으로 들어가 다시는 나오지 않다가 결국 아들들의 신부 중 하나가 가보로 물려받고, 그녀도 보석함에 넣어 두었다가 어느 날 다시 누군가에게 물려주게 될까? 저런 것에 750달러가 적절한 가격일까? 문제는 돈이 아니었다. 잘못된 일을 할지도 모른다는 위험, 시도했다가 실패할 경우의 창피스러움이 문제였다. 사지를 쭉 펴면 구부리고 있을 때보다 훨씬 부러지기 쉽다. 점심 식사 후 제이컵은 다시 상점에 들렀다.

"죄송합니다만 좀 이상하게 들릴지 몰라도 그걸 한번 달아 봐 주실 수 있을까요?" 그가 자신을 도와주었던 여자에게 말했다.

그녀가 브로치를 스웨터에 달았다.

"무겁지 않은가요? 옷감이 처지지 않나요?"

"아주 가벼워요."

"화려한가요?"

"드레스나 재킷, 스웨터 어디든지 달 수 있어요."

"그럼 누군가가 이걸 당신한테 선물하면 기쁘시겠어요?"

거리는 거리를 낳는다. 하지만 거리가 아무것도 아니라면, 그것은 어디에서 비롯됐을까? 잘못을 저지른 적도, 가혹하게 군 적도 없고, 무관심했던 적조차 없었다. 원래 거리는 가까웠다. 지하의 수치를 극복할 수 없다면 더 이상 땅 위에 집을 가질 필요가 없다.

네 애액을 줘

그럼 내 그걸 넣어 줄게

줄리아는 마음속 은밀하고 깊은 곳에서만 자신의 집이 어떤 모습일지 생각해 볼 수 있었다. 그녀가 얻을 것과 잃을 것. 매일 아침저녁으로 아이들을 보지 않고도 살 수 있을까? 그리고 그럴 수 있다고 인정한다면 어떻게 될까? 650만 분이 지나면 그래야만 할 것이다. 아이들을 대학에 보낸다고 어머니를 나쁘게 볼 사람은 아무도 없다. 보내는 것은 죄가 아니었다. 죄는 놓아 버리기로 선택하는 것이었다.

당신 항문에 내 걸 넣어 주기는 아까워

그녀가 혼자서 새 삶을 꾸리면 제이컵 역시 그럴 것이다. 그는 재혼할 것이다. 남자들은 그러니까. 그들은 극복하고 다시 시작한다. 매번. 그가 맨 처음 데이트하는 사람과 결혼하리라고 쉽게 상상할 수 있었다. 그는 자기만의 상상의 집을 짓지 않는 사람을 가질 자격이 있었다. 그는 줄리아를 가질 자격이 없었지만 줄리아보다 나은 여자를 가질 자격이 있었다. 잠을 깨면 몸을 웅크리기보다 쭉 펴는 사람을 가질 자격이 있었다. 먹기 전에 쿵쿵거리며 냄새를 맡지 않는 사람. 반려동물을 짐으로 여기지 않고 그를 위해 반려동물의 이름을 지어 주고 친구들 앞에서 그가 자신을 함부로 대해 줘서 좋다고 농담하는 사람. 새로운 사람으로 통하는 새롭고 잘 뚫린 파이프라인. 결국 실패로 끝날 운명이라도, 적어도 그런 실패를 맞기 전까지는 행복이 있을 것이다.

이제 당신 항문에 넣어 줄게

그녀에게는 쉬는 날이 필요했다. 시간을 어떻게 채울지 모르겠다는 기분, 목적지 없이 록 크리크 공원을 헤매는 기분, 아이들이 절대 참아 주지 않을 음식을 진짜로 음미하는 기분, 감정이나 향료를 잘 정리하는 법에 관한 토막 기사보다 길고 실속 있는 것을 읽는 기분을 느껴 보아야 했다. 그러나 고객 한 명이 문 부품을 고르는 일을 도와 달라고 했다. 당연히 토요일이어야 했다. 맞춤 부품을 살 여유가 있는 사람이 토요일 말고 언제 샘플을 볼 시간이 있겠는가? 그리고 당연히 문 부품 보는 일은 아무도 도와줄 필요가 없지만 마크와 제니퍼는 양립할 수 없는 그들의 취향 부족과 타협해야 할 상황이 오자 평소 같지 않게 속수무책이 되었다. 문손잡이는 중요하지 않으면서도 중재가 필요할 만큼 상징적인 것이었다.

줄리아는 마크와 제니퍼가 샘의 친구의 부모라는 점, 그들이 제이컵과 줄리아를 친구로 생각한다는 점, 일을 마치고 서로 안부를 나누기 위해 함께 커피를 마시고 싶어 한다는 점 때문에 더 짜증이 났다. 줄리아는 그들을 좋아했고, 가족 외의 관계에 대한 열정을 끌어모을 수 있는 한 그들을 친구로 여겼다. 그러나 많이 끌어모으기는 어려웠다. 최소한 그녀 자신을 돌보는 것이 먼저였다.

사람들을 보거나 전화 통화를 하거나 편지나 이메일, 문자를 쓰지(혹은 읽지) 않고서도 가까워질 수 있는 방법을 누가 고안해 주면 안 될까? 시간 귀한 줄 아는 사람이 엄마들뿐이란 말인가? 정말로 그런 방법은 없단 말인가? 누군가와, 심지어 아주 만나기 어려운 사람하고도 커피 한 잔 마실 짬이 없다. 문 밖으로나가는 데만 이십 분이 걸리는 건 물론이고 카페까지 가는 데만삼십 분(그것도 운이 좋다면), 또 집까지 돌아오는 데 삼십 분이걸리고(역시 운이 좋다면) 커피 한 잔만 급히 올림픽 시나리오 수준으로 마시는 데도 결국 사십오 분이 걸리기 때문이다. 그리고그날 아침 히브리어 학교에서 끔찍하게 길고 복잡한 절차가 있었고, 이스라엘에서 친척들이 오려면 이 주도 채 안 남았으며, 바르 미츠바는 중환자실에서 숨이 넘어갈 참이었다. 도움을 얻을수야 있지만 그러면 기분이 나빠지고 수치심이 든다. 식료품을온라인으로 주문해 배달받을 수 있지만 그러면 실패자가 된 기분이 들고 엄마로서의 의무(엄마로서의 특권)를 저버린 것 같다.좋은 상품이 있는 더 먼 가게까지 차를 몰고 가서 써야 할 때 알맞게 익을 아보카도를 고르고 카트나 장바구니에서 으깨지지 않게 담아 집으로 다시 차를 몰고 오는 것, 그것이 엄마가 할 일이다. 일이 아니라 기쁨이다. 그것을 기쁨이 아니라 일로만 하게 되면 어떻게 될까?

그녀는 자신을 위해 더 많은 시간을, 공간을, 고요를 원하는기분을 어떻게 하면 좋을지 도저히 알 수 없었다. 여자아이들이라면 달랐을지 모르지만 그녀에게는 아들만 있었다. 일 년 동안 그녀는 아이들 때문에 자신을 비난했지만, 잠을 이루지 못한 휴일 뒤에도 아이들에게 시달렸다. 아이들은 고함을 질러대고 씨름을 하고 식탁을 북처럼 두드리고 경쟁하듯 방귀를 뀌어 대고 제 사타구니에 관심을 끊지 못했다. 그녀는 그런 것을, 그 모든 것을 사랑했지만 시간과 공간, 고요가 필요했다. 딸이었다면, 아이들이 더 생각이 깊고 덜 난폭하고 더 건설적이고 덜 동물적이었다면. 이런 생각이 살짝만 스쳐도 그녀는 항상 자신이 좋은 엄마였음을 알면서도 엄마답지 못하다는 기분이 들었다. 그러니까 이게 왜 이렇게까지 복잡할까? 자신이 증오하는 일을 하는 데 마지막 한 푼까지 털어 쓰는 여자들이 있었다. 성경 속 불임인 여성들에게 약속된 모든 축복이 그녀의 벌린 두 손에 비처럼 쏟아졌다. 그리고 두 손 사이로 빠져나갔다.

네 항문에서 나오는 정액을 핥고 싶어

그녀는 철물 전시장에서 마크를 만났다. 그곳은 우아하면서도 불쾌한 곳이었다. 시리아 어린이들의 시체가 해변으로 쓸려 올라오는 세상에서, 그곳은 비윤리적인 정도까지는 아니라도 천박했다. 그러나 그녀는 수고비를 더 받을 수 있었다.

도착해 보니 마크는 벌써 샘플을 보고 있었다. 그는 좋아 보였다. 머리를 짧게 치고 희끗희끗한 턱수염을 길렀다. 일부러 꼭 맞게 입은 옷은 세트로 묶어서 파는 종류의 옷이 아니었다. 그에게는 10만 달러 이하의 은행 계좌 내용은 일일이 확인하지 않는 사람에게서 오는 육체적 자신감이 있었다. 매력적이지는 않았지만 무시할 수 있는 것도 아니었다.

"줄리아."

"마크."

"우리 치매가 오지는 않았나 봐."

"치매라니?"

이성 간의 악의 없는 장난은 활력을 불어넣어 주었다. 말로 부드럽게 간지럼을 태워 상대의 자아를 부드럽게 간질이는 것이다. 그녀는 그런 일에 능숙했고 아주 좋아했으며 늘 했지만 기혼자이기 때문에 점점 죄책감이 들었다. 그런 장난이 아무 문제도 없다는 걸 알았고, 제이컵도 그런 장난을 쳤으면 했다. 그러나 또한 그의 비이성적이고 억제할 수 없는 질투심도 알았다. 그리고 좌절스럽더라도(그녀는 절대 자신의 로맨틱하거나 성적인 과거 경험을 입에 올릴 엄두조차 내지 못했고, 지금도 털끝만큼이라도 오해받을 행동은 지나칠 정도로 분명히 밝혀 두어야 했다.) 그런 점도 그의 일부이므로 신경 써 주고 싶었다.

그리고 질투심은 그녀를 끌어들이는 그의 일부였다. 그의 성적 불안정은 너무 심각해서 깊은 원천에서 솟아 나온 게 틀림없었다. 그에 대해 모든 것을 안다고 느낄 때조차 안심시켜 주기를 원하는 그의 채워지지 않는 욕망이 어디에서 나오는지는 알 수 없었다. 결백하지만 그의 위태로운 평화를 망칠 게 뻔한 일을 고의로 가끔씩 숨기면서, 그녀는 애정을 담아 남편을 바라보며 생각하곤 했다. 당신 대체 무슨 일이 있었던 거야?

"늦어서 미안." 그녀가 옷깃을 바로잡으며 말했다. "샘이 히브리어 학교에서 문제가 좀 생겨서."

"아이고 저런."

"그러게. 하여간 나 왔어. 몸도 마음도."

"우선 커피 한 잔 하러 갈까?" 마크가 제안했다.

"나 커피 끊을 생각이야."

"왜?"

"커피에 너무 의존해서."

"커피는 가까이 없을 때만 문제잖아."

"그리고 제이컵 말이……."

"제이컵은 가까이 있을 때만 문제고."

줄리아는 그의 농담에 웃는 것인지, 커피의 매력에 저항할 수 없는 자신 때문에 웃는 것인지 알 수 없었지만 쿡쿡 웃었다.

"카페인 좀 섭취해 볼까?" 그녀가 그의 손에서 낡은 느낌이 나는 갈색 문손잡이를 받아 들며 말했다.

"그리고 전해 줄 소식이 있어." 마크가 말했다.

"나도. 제니퍼를 기다릴까?"

"그럴 필요 없어. 그리고 이건 내 소식이야."

"무슨 말이야?"

"제니퍼와 나, 이혼하기로 했어."

"뭐라고?"

"5월부터 별거했어."

"이혼이라며."

"별거 중이야. 이혼할 거고."

"아냐." 그녀가 손잡이를 꼭 잡으며 말했다. "그런 적 없으면서."

"그런 적 없다니?"

"별거 말이야."

"그건 내가 알지."

"하지만 우리는 계속 함께 있었잖아. 케네디 센터에도 갔고."

"응, 우리가 연극을 한 거야."

"두 사람은 웃고 서로 어루만졌어. 내가 봤다고."

"우리는 친구야. 친구끼리 웃잖아."

"친구끼리 스킨십을 하지는 않아."

마크가 손을 뻗어 줄리아의 어깨를 어루만졌다. 그녀가 반사적으로 몸을 움츠리자 둘은 웃음을 터뜨렸다.

"우리는 한때 부부였던 친구야." 그가 말했다.

줄리아가 귀 뒤로 머리를 넘기고 말했다. "아직도 부부지."

"이제 곧 남남이 될 거야."

"그건 옳지 않은 것 같아."

"옳아?"

"그런 일이 일어나는 거."

그가 반지 뺀 손을 들어 보였다. "햇볕에 그을린 자국이 없어질 만큼 오래전 일이야."

날씬한 여자가 다가왔다.

"오늘은 무얼 도와드릴까요?"

"내일쯤요." 줄리아가 대답했다.

"지금은 괜찮습니다." 마크가 미소를 띠며 대답했다. 그 미소가 줄리아에게는 그가 그녀에게 자주 하는 장난처럼 보였다.

"저는 저쪽에 있을게요." 여자가 그렇게 말하며 멀어져 갔다.

줄리아는 약간 지나치게 힘을 주어 문손잡이를 내려놓고 다른 것, 스테인리스로 된 팔각형 손잡이를 집어들었다. 우스꽝스러울 정도로 만듦새가 정교하고, 반감이 들 만큼 남성적이었다.

"저, 마크…… 무슨 말을 해야 좋을지 모르겠어."

"축하해?"

"축하라고?"

"그럼."

"그건 전혀 아닌 것 같은데."

"하지만 여기에서 당신과 이야기를 나누는 내 기분은 그래."

"축하라고? 정말?"

"난 젊어. 간신히 젊은 축에 들지만 그래도 아직은."

"간신히는 아니지"

"당신 말이 맞아. 우리는 누가 뭐래도 젊어. 우리가 칠십이라면 얘기가 다르겠지. 육십이나 오십이어도 그럴 거야. 그럼 나는 이렇게 말하겠지. 이게 나야. 이게 내 팔자라고. 하지만 난 마흔넷이야. 아직 남은 날이 더 많아. 그리고 제니퍼도 마찬가지고. 우리는 다른 삶을 살면 더 행복해지리라는 걸 알았어. 그건 좋은 일이지. 가장하거나 억누르거나 그 역할을 맡아야 한다는 책임감에 모든 걸 빼앗겨 버리고 그게 과연 내가 선택한 역할인지 절대 묻지 않는 것보다 당연히 나아. 나는 아직 젊어, 줄리아. 나는 행복을 택하고 싶어."

"행복?"

"행복."

"누구의 행복?"

"나의 행복. 제니퍼의 행복이기도 하고. 우리의 행복, 하지만 따로따로."

"행복을 좇다 보면 만족에서는 멀어지는 법이야."

"흠, 내 행복도 만족도 그녀와 함께 있지 않아. 그리고 그녀의 행복 역시 분명 나와 함께 있지 않고."

"그게 어디 있는데? 소파 쿠션 밑에?"

"실은 그녀의 프랑스어 개인 교사 밑에 있어."

"맙소사." 줄리아가 의도한 것보다 세게 손잡이를 이마로 가져갔다.

"희소식에 왜 그런 반응을 보이는지 모르겠네."

"제니퍼는 프랑스어를 할 줄도 모르는데."

"그리고 이제 왜 그런지 알았지."

줄리아가 거식증 환자 같은 직원을 찾았다. 무엇이든 마크로부터 눈을 돌릴 것이 필요했다.

"그럼 당신의 행복은?" 그녀가 물었다. "당신은 뭐 배우는 언어 없어?"

그가 웃었다. "당분간은 혼자로 만족해. 지금까지는 내 인생을 전부 다른 사람들과 함께 보냈어. 부모님, 여자 친구들, 제니퍼. 아마 이제는 다른 것을 원하나 봐."

"외로움은?"

"홀로 있다고 외로운 건 아니야."

"이 문손잡이 진짜 보기 흉하네."

"화났어?"

"너무 적은 괴로움, 너무 많은 괴로움, 이건 그리 이해하기 어려운 일은 아니야."

"그러니까 어려운 일은 전문가들한테 맡기는 거지."

"아이들 얘기는 한마디도 않다니 믿을 수가 없어."

"괴로우니까."

"아이들도 그럴 거야. 아이들을 온전히 내내 보지 못하면 당신도 그럴 거고."

그녀가 진열장에 몸을 기대고 몸을 비스듬히 기울였다. 아무리 자세를 바꿔도 이 대화가 편해질 수는 없겠지만 적어도 충격을 모면할 수는 있었다. 그녀는 들고 있던 손잡이를 내려놓고, 정직하게 비교하면 십육 년 전 처녀 파티 때 받은 자위 기구에 델 만한 것을 집어 들었다. 그 딜도는 이 문손잡이가 문손잡이답지 않게 생긴 것만큼 음경을 닮지 않았었다. 여자 친구들이 웃음을 터뜨렸고 그녀도 웃었다. 넉 달 후 그녀는 포장을 뜯지 않은 말차 거품기를 다른 사람에게 선물로 주려고 옷장 속을 뒤지다가 그것을 발견했다. 그녀는 문득 지루해서인지 호르몬 탓인지 그것을 한번 써 보고 싶어졌다. 아무 성과도 없었다. 너무 건조했다. 너무 의지가 없었다. 그러나 그 우스꽝스러운 문손잡이를 들고서 그녀는 그것 말고 다른 생각은 전혀 할 수가 없었다.

"난 내면의 독백을 잃어버렸어." 마크가 말했다.

"내면의 독백이라고?" 줄리아가 무시하듯 쿡쿡거리며 되물었다.

"그렇다니까."

그녀가 그에게 손잡이를 건넸다. "마크, 당신의 내면의 독백한테서 연락 왔어. 나이지리아에서 당신의 이드에게 강도를 당했다고 오늘 안에 25만 달러를 송금해 달래."

"바보같이 들릴 수도 있겠지. 이기적으로 들릴 수도 있고……."

"그래 맞아."

"하지만 나는 나를 나로 만들던 것을 잃어버렸어."

"당신은 어른이야, 마크. 시골 별장이나 그 비슷한 걸 만들려고 나무를 잘라 내고 그루터기에 대고 감상에 빠져 바보 같은 실수를 했다고 곱씹는 셸 실버스타인 소설 속 인물이 아니라."

"당신이 나를 세게 밀어낼수록 당신도 같은 의견이라는 확신이 드는걸." 그가 말했다.

"같은 의견이라고? 뭐하고 같은 의견이란 말이야? 우린 지금 당신 인생에 대해 얘기하고 있잖아."

"우리는 온종일 이를 앙다물고 끝없이 아이들을 걱정해야 하고 배우자와 밤새 소득 없는 싸움을 끝없이 되풀이해야 하는 것에 대해 이야기하고 있어. 혼자라면 더 행복하고 더 야심 차고 생산적인 건축가가 될 것 같지 않아? 덜 지칠 것 같지 않아?”

“뭐, 내가 지쳤다고?”

“당신이 농담을 더 할수록 더 확실히……”

“물론 덜 지치겠지.”

“그럼 휴가는 어떨까? 혼자면 휴가도 더 즐거울 것 같지 않아?”

“너무 크게 얘기하지 마.”

“당신이 인간이라는 거 누가 들을까 봐?”

그녀가 엄지손가락으로 손잡이의 머리 부분을 문질렀다.

“당연히 난 아이들이 그리울 거야. 당신은 그립지 않을까?” 그녀가 말했다.

“내가 물은 건 그게 아니잖아.”

“그래, 난 아이들과 함께 있는 편이 더 좋고 휴가를 아이들과 함께 보내는 편이 더 좋아.”

“늦잠 한 번 자지 못하고 밥 한 번 느긋하게 먹지 못하고 비치체어에 등 한 번 대지 못하고 의자 끄트머리에 앉아 신경을 곤두세우고 지켜봐야 하는데?”

“그런 만족감은 다른 어디에서도 얻지 못해. 아침이면 제일 먼저 생각하고 밤마다 제일 마지막으로 생각하는 게 아이들이야.”

“바로 그게 문제라고.”

“아니, 그 반대야.”

“당신 자신에 대해서는 언제 생각해?”

"지금부터 불과 몇 시간 후처럼 느껴질 수십 년 후의 어느 날 혼자 죽음을 맞게 될 때. 다만 나는 혼자가 아니겠지, 내 가족들에게 둘러싸여 있을 테니까."

"잘못 죽는 것보다 잘못 사는 게 훨씬 나빠."

"이런! 어젯밤에 뽑은 포춘 쿠키에서 나온 말인데."

마크가 줄리아에게 더 가까이 몸을 기울였다.

"어디 말해 봐. 시간과 마음을 되돌리면 좋겠다는 생각 안 해 봤어? 당신 남편이나 아이를 헐뜯으라는 게 아니야. 당신이 어떤 것에도 그 반만큼도 마음 써 본 적 없고, 어느 것에도 더 관심 가질 수 없다는 거야 당연한 얘기지. 당신이 하고 싶거나 해야 한다고 느끼는 답을 요구하는 게 아니야. 생각하기 어렵고 말하기는 더더욱 어렵다는 거 알아. 하지만 솔직해져 봐. 혼자라면 더 행복해질 것 같지 않아?"

"당신은 행복이 궁극적인 야망이라고 생각하는군."

"아니야. 그냥 혼자라면 더 행복해질지 물어보는 것 뿐이야."

물론 그녀가 이런 질문을 맞닥뜨린 게 처음은 아니었지만 다른 사람으로부터 받은 건 처음이었다. 피할 수 없었던 것도 처음이었다. 혼자라면 더 행복할까? 난 엄마야. 그녀는 생각했다. 그것은 받은 질문에 대한 답이 아니었고, 그녀에게 행복보다 궁극적인 야망도 아니었지만 그녀의 궁극적 정체성이었다. 그녀에게는 자기 삶과 비교해 볼 다른 삶이 없었고, 자신의 고독에 견주어 재 볼 다른 비슷한 고독도 없었다. 그저 마땅히 해야 한다고 생각하는 일을 할 따름이었다. 올바른 삶이라고 생각하는 삶을 살 따름이었다.

그녀가 대답했다. "아니. 난 혼자라면 더 행복해지지 않을 것 같아."

그가 손가락으로 이상적인 구형의 손잡이를 쓸면서 말했다. "그럼 당신은 다 가졌네. 복도 많지."

"맞아. 난 복이 많아. 정말로 그렇게 생각해."

잠시 말없이 차가운 금속을 만지던 마크가 손잡이를 다시 카운터에 내려놓으며 물었다. "그래서?"

"뭐가?"

"그래서 당신 소식은 뭐야?"

"무슨 소리야?"

"당신도 전할 소식이 있다고 했잖아."

"아, 맞아." 그녀가 고개를 저었다. "아니, 그건 소식이 아니야."

소식이 아니었다. 그녀와 제이컵은 시골에 어떤 장소를 찾는 일을 두고 이야기해 왔다. 곱씹어 상상해 볼 만한 깜찍한 것이었다. 이야기한 정도가 아니라 너무 오래 농담을 해서 재미가 없어질 정도였다. 그것은 소식이 아니었다. 과정이었다.

십오 년 전 펜실베이니아에 있는 여관에서 밤을 보내고 다음 날 아침 줄리아와 제이컵은 자연 보호 지역으로 하이킹을 갔다. 늘 그렇듯 수다스러운 입구의 환영 안내판에는 지금 사용되는 길은 원래부터 있던 것이 아니라 사람들이 지나다니면서 생긴 '희망 길'이라는 설명이 적혀 있었다. 사람들이 지름길을 계속 밟고 다니다 보니 시간이 지나면서 일부러 만든 길처럼 보이게 되었다는 것이다.

줄리아와 제이컵의 가정생활은 과정, 끝없는 협상, 소소한 조정으로 점철되었다. 올해는 큰마음 먹고 과감하게 창문 방충망을 치워 버려야 할 것 같다. 펜싱은 맥스에게는 과하고 부모에게는 너무 부르주아적인 운동인지도 모른다. 금속 뒤집개를 고무 뒤집개로 바꾼다면 암을 유발하는 테플론 가공 팬을 그렇게 많이 바꾸지 않아도 될지 모른다. 좌석이 세 줄인 차를 사야 할지도 모른다. 그 견적들 중에서 하나는 괜찮을 수도 있다. 샘의 첼로 선생의 말이 맞았고 「나를 봐(Watch Me)」*라도 샘이 좋다면 연주하라고 해야 할지도 모른다. 더 많은 자연이 답의 일부일지도 모른다. 식료품을 배달시키면 실제로는 요리를 더 잘할 수 있게 되고, 식료품을 배달시키는 데 대한 불필요하지만 떨칠 수 없는 죄책감이 누그러질지 모른다.

그들의 가정생활은 옆구리를 찌르고 고쳐 주는 일들의 총합이었다. 무한정의 작은 증가들. 소식은 응급실과 변호사 사무실 그리고 보아하니 알리앙스 프랑세즈에서 온다. 그것은 가진 것을 다 바쳐 찾으면서도 피해야 하는 것이다.

"철물은 다음에 보기로 해." 줄리아가 손잡이를 핸드백에 슬쩍 넣으며 말했다.

"우리 집수리는 안 할 거야."

"안 한다고?"

---

* 힙합 그룹 사일렌토의 노래.

"이젠 거기에 사는 사람도 없을 테니."

"그렇군."

"미안해, 줄리아. 물론 돈은 지불⋯⋯."

"아냐, 그렇지. 당연한 일인데. 오늘 머리가 잘 안 돌아가는 것뿐이야."

"당신이 애 많이 썼는데."

눈이 내리면 희망 길만 남는다. 그러나 언제나 날은 풀리는 법이고, 응당 그래야 하는 것보다 시간이 더 걸려도 언젠가는 반드시 눈이 녹고 선택한 것이 드러난다.

난 당신이 느끼든 말든 상관 안 해. 하지만 어쨌든 느끼게 만들어 줄게

열 번째 결혼기념일을 맞아 그들은 펜실베이니아에 있는 여관을 다시 찾았다. 처음에는 우연히 찾은 곳이었다. GPS가 나오기 전, 트립어드바이저가 있기 전, 자유의 희귀함이 자유를 망치기 전이었다.

기념일 방문을 위해 일주일 동안 준비했는데, 여행은 여관의 위치를 다시 찾아내는 가장 어려운 임무로 시작되었다.(아미시파가 사는 시골 어딘가의 침실 벽에 걸린 퀼트, 붉은색 대문, 대충 다듬은 난간, 나무가 줄지어 선 진입로가 있지 않았나?) 그들은 어브와 데버러가 와서 하룻밤 묵으면서 아이들을 봐 줄 수 있고, 둘 다 당장 급하게 할 일이 없고, 아이들한테 부모의 참석을 요하는 일

이 아무것도(교사 면담도 의사의 왕진도 공연도) 없고, 바로 그 방이 비는 밤을 찾아야 했다. 이 모든 조건이 맞아떨어지는 첫 번째 밤은 삼 주 후였다. 줄리아는 그것이 가깝게 느껴지는지 멀게 느껴지는지 알 수 없었다.

제이컵이 예약을 하고 줄리아가 일정을 짰다. 그들은 해가 지기 전에 도착하지 않고 해가 지는 동안 도착할 것이다. 다음 날 여관에서 아침을 먹고(그녀가 미리 전화를 걸어 메뉴를 알아 두었다.) 자연 보호 구역에서 하이킹의 처음 절반을 되풀이하고, 북동쪽에서 제일 오래된 헛간과 세 번째로 오래된 교회를 찾아가고, 골동품 가게를 몇 군데 들를 계획이었다. 수집할 만한 것을 찾을지도 모르니까.

"수집품이라고?"

"안이 바깥보다 큰 것 말이야."

"좋지."

"그리고 《레모델리스타》에서 읽은 작은 와인 농장에서 점심 식사. 아이들한테 가져다줄 작은 장난감 살 곳을 찾아야 한다는 얘기는 안 했다는 거 알지."

"알았어."

"그리고 가족 저녁 식사에 맞춰서 돌아올 거야."

"그걸 다 할 시간이 있을까?"

"선택권이 많은 편이 낫지." 줄리아가 말했다.

(휴가의 안이 바깥보다 컸기 때문에 그들은 골동품 가게는 가지 못했다.)

그들은 스스로에게 약속했으므로 데버러와 어브가 할 일을 써 놓지 않았고, 저녁을 미리 준비해 두거나 점심거리를 싸 놓지도 않았다. 샘에게 그들이 없는 동안 그가 "집안의 가장"이라는 말도 하지 않았다. 모두에게 그들이 확인 전화를 하지 않을 것이라고 분명히 말해 두었다. 하지만 물론 만약의 경우를 위해 휴대 전화를 가까이 두고 늘 충전해 놓을 것이라고 했다.

차를 타고 가면서 그들은 할 말이 떨어질 때까지 이야기를 했다. 아이들 이야기는 아니었다. 정적은 어색하거나 위협적이지 않고 편안하고 안전했다. 십 년 전처럼 가을의 끝자락이었다. 그들은 다채로운 색깔을 따라 북쪽으로 차를 몰았다. 몇 킬로미터 더 가니 기온이 조금 내려가고 색조는 더 밝아졌다. 십 년의 가을.

"팟캐스트 좀 틀어도 돼?" 제이컵이 기분 전환 거리와 줄리아의 허락을 둘 다 얻고 싶은 마음에 부끄러움을 느끼며 물었다.

"그거 좋지." 그녀가 원인은 모르지만 그의 부끄러움을 감지하고 덜어 주려고 이렇게 대답했다.

잠시 후 제이컵이 말했다. "아, 이건 들은 거네."

"그럼 다른 걸 틀어."

"아니야. 이거 정말 훌륭해. 당신도 들어 봐."

그녀가 그의 손 위에 손을 얹고 말했다. "자긴 참 다정해." 기대했던 "다정하네."에서 "자긴 참 다정해."까지의 거리는 다정함이었다.

팟캐스트는 1863년 세계 체커 챔피언십에 대한 설명으로 시작했다. 마흔 판의 게임이 전부 무승부로 끝났고, 게임 중 스물

한 판은 한 수 한 수 전부 똑같았다.

"스물한 판이 똑같았다니까. 한 수도 다르지 않고."

"믿을 수가 없군."

문제는 체커는 가능한 조합의 수가 비교적 제한돼 있고, 어떤 수는 다른 수보다 확실히 낫기 때문에 '이상적인' 게임을 알고 기억할 수 있다는 것이었다. 진행자는 책이라는 용어가 앞서 있었던 모든 게임의 전체 역사를 가리킨다고 말했다. 체커 판의 배치가 전에도 있었던 것이면 '책에 있는' 게임이다. 전에 없던 배치면 '책을 벗어난' 것, '책에 없는' 것이다. 체커 책은 비교적 작다. 1863년 챔피언십은 체커가 본질적으로 완벽해졌으며 그 책을 다들 외웠음을 보여 주었다. 그래서 단조로운 반복 외에는 아무것도 남지 않고 모든 게임이 무승부로 끝나게 되었다.

그러나 체스는 거의 무한히 복잡하다. 가능한 체스 게임의 수는 우주에 있는 원자보다 많다.

"생각해 봐. 우주에 있는 원자보다 많다니!"

"우주에 원자가 몇 개나 있는지 어떻게 알겠어?"

"세어 보면 되지."

"손가락이 몇 개나 필요할지 생각해 봐."

"재미있네."

"웃지도 않으면서."

"속으로 웃고 있어. 조용히."

제이컵이 줄리아의 손에 깍지를 꼈다.

체스 책은 16세기에 나왔는데 20세기 중반에는 모스크바

체스 클럽의 서재를 꽉 채웠다. 지금까지 둔 모든 전문적 체스 게임을 문서화한 카드를 가득 채운 상자가 수백 개나 되었다. 1980년대에 체스 '책'이 온라인에 올랐다. 많은 이들이 이를 체스 게임의 끝의 시작으로 보았다. 끝에는 결코 이르지 못할 테지만. 그 후로 두 선수가 붙으면 그들은 상대방의 역사, 다른 상황에서 그가 어떻게 대응했는지와 그의 강점과 약점, 그가 취할 법한 행동을 탐지할 수 있게 되었다.

책을 이용할 수 있게 되면서 체스 게임의 모든 부분이 체커와 비슷해졌다.(이상화하고 암기한 패턴들의 연속이라는 점에서.) 특히 시작이 그랬다. 처음 열여섯 수에서 스무 수까지는 책을 그저 '다시 인용'함으로써 똑같아졌다. 그러나 아주 보기 드문 체스 게임을 제외하고는 모든 게임에서 선수들이 우주 역사상 한 번도 나타난 적이 없는 말들의 배치, '참신함'에 도달하게 된다. 그다음 수부터 체스 게임 기록에 '책을 벗어난' 것으로 표시되고, 이는 두 선수 모두 이제 역사 없이, 길잡이 삼을 죽은 별 하나 없이 온전히 자기 힘으로 한다는 뜻이다.

제이컵과 줄리아는 십 년 전에 그랬듯이 해가 지평선 아래로 떨어지고 있을 때 여관에 도착했다. "조금만 천천히 가." 도착까지 이십 분 정도 남았을 때 줄리아가 제이컵에게 말했다. 그는 그녀가 팟캐스트를 마저 듣고 싶어 한다고 생각하고 감동했지만 그녀는 그로 하여금 십 년 전과 똑같이 도착하게 해 주고 싶었던 것이다. 그가 그 사실을 알았다면 감동했으리라.

제이컵은 차를 주차 공간에 거의 한 번에 넣고 기어를 중립으로 놓았다. 그는 팟캐스트를 끄고 자신의 아내 줄리아를 오랫동안 바라보았다. 지구가 돌면서 해가 지평선 아래로, 차 밑의 우주로 내려갔다. 날이 어두워졌다. 십 년의 일몰.

"하나도 바뀌지 않았네." 제이컵이 돌담을 손으로 쓰다듬으며 말했다. 십 년 전에 궁금해했듯이 이 벽을 어떻게 만들었을까 궁금해하면서.

"우리만 빼고 모든 게 기억나." 줄리아가 웃으며 말했다.

그들은 체크인을 했지만 방으로 짐을 가져가기 전에 불가로 먼저 가서 기억하지는 못했지만 그때 이후로는 기억하기를 멈출 수 없었던, 잠을 부르는 가죽 안락의자에 몸을 파묻었다.

"지난번에 여기 앉아서 뭘 마셨더라?" 제이컵이 물었다.

"나 진짜로 기억나. 당신 주문한 걸 보고 너무 놀랐거든. 로제 와인이었어."

제이컵이 유쾌하게 껄껄 웃음을 터뜨리고는 물었다. "로제 와인이 뭐 어때서?"

"어떻다는 건 아니야." 줄리아가 웃었다. "그냥 예상 못 한 거라서."

그들은 로제 와인을 두 잔 주문했다.

그들은 첫 방문에 얽힌 모든 것을 아주 사소한 세부 하나까지도 기억해 내려 했다. 무엇을 걸쳤는지(어떤 옷, 어떤 장신구), 언제 무슨 말을 했는지, 어떤 음악을 들었는지(들었다면), 셀프서비스 바 건너편의 텔레비전에서는 무슨 프로그램이 나왔는지, 무료 제공 애피타이저는 뭐였는지, 제이컵이 그녀에게 깊은 인상을 주려고 무슨 농담을 했는지, 그가 이야기하고 싶지 않은 화제를 다른 쪽으로 돌리려고 어떤 농담을 했는지, 각각 무슨 생각을 했는지, 그토록 많은 잠재적 상처의 틈을 건너 누가 그들이 있는 곳(근사하지만 신뢰할 수 없는)과 그들이 있고 싶은 곳(근사하고 신뢰할 만한) 사이의 보이지 않는 다리로 아직 얼마 되지 않은 결혼을 슬쩍 밀고 나아갈 용기를 낼지.

그들은 식당으로 가는 계단의 거친 난간을 손으로 쓸어 보고 거의 모든 음식을 여관 텃밭에서 난 재료로 차린 저녁을 촛불 밝힌 테이블에서 먹었다.

"내가 침대 옆 협탁에 안경을 놓기 전에 왜 접지 않는지 설명해 줬던 게 그 여행에서였던 것 같아."

"내 생각도 그래."

로제 와인 한 잔 더.

"당신이 화장실에 갔다 오고 이십 분이 지나서야 당신 접시에 있는 버터에 내가 쓴 걸 본 것도 기억나?"

"'당신은 나의 버터 반쪽이야.'"

"맞아. 내가 심하게 사레 들렸지. 그때는 미안했어."

"우리가 불가에 더 가까이 앉아 있었다면 사레 들리지 않았을 텐데."

"그랬으면 버터 웅덩이는 설명하기 어려웠겠지만. 아. 다음번에는 내가 버터에 쓸게."

"다음번이 바로 지금이야." 그녀가 말했다. 제안이자 요청이었다.

"그럼 내가 우유를 휘저으면 되나?" 그가 윙크하며 말했다.

"휘저어?"

"응, 알아들었어."

"당신의 금욕주의는 삼켜야 할 버터 사탕이야."

"알았으니까 좀 제대로 웃겨 봐."

"당신이 무슨 생각 하는지 알아. 버터로 말장난 하려는 거잖아, 장난도 우유분수지!"

둘은 쿡쿡 웃었다. 그녀는 반사적으로 웃음을 숨기고(그에게가 아니라 자신에게) 손을 뻗어 그를 만져 보고 싶은 충동을 갑자기 느꼈다.

"뭐? 그게 버터가 아니라니 믿을 수 없다고?"*

다시 웃음.

"버터는 본질에 선행해."

"그건 못 알아듣겠어. 빵으로 하는 말장난으로 옮겨 가든가 아니면 아예 대화를 하는 건 어때?"

"내가 우유를 너무 많이 짰나?"

"진정해, 제이컵."

"당신 누굴 부르는 거야? 염소젖 버터!"

"이제 됐어. 진짜 이제 그만하자고."

"우유 냄새를 없애기 위해 하는 말인데, 나보다 재미있는 남자 못 봤지?"

---

* 유니레버에서 생산하는 마가린의 제품명 'I Can't Believe It's Not Butter'의 패러디.

"벤지가 아직 남자가 못 되었으니까 아직까지는 그러네." 이렇게 대답하긴 했지만 남편의 압도적인 기민함과 사랑받고 싶은 커다란 욕구가 사랑의 파도를 몰고 와 그녀를 그 바닷속으로 쓸어 넣었다.

"총은 사람을 죽이지 못해. 사람들이 사람들을 죽이지. 토스터기는 토스트를 토스트하지 않아. 토스트가 토스트를 토스트하는 거야."

"토스터기가 빵을 토스트하지."

"실수를 때울 마가린이 너무 작아!"*

그가 원하고 그녀가 주기를 원하는 사랑을 그에게 주었더라면, 그녀가 이렇게 말했더라면 어떻게 되었을까? "내가 당신을 만져 주면 좋겠어?"

그가 제때 걸맞은 농담을 할 수 있었다면, 아니면 그러는 편이 낫지만 조용히 있었다면 어떻게 되었을까?

로제 와인 한 잔 더.

"당신이 책상에 있던 시계를 훔쳤어! 지금 막 기억났어!"

"난 시계를 훔치지 않았어."

"훔쳤어. 진짜 그랬다니까." 줄리아가 말했다.

그가 살면서 그때 딱 한 번 닉슨을 흉내 냈다. "나는 사기꾼이 아닙니다!"

"흠, 자기는 진짜 사기꾼이었다고. 그 시계는 조그맣고 접을

---

* 라이오넬 코헨의 노래 「실수를 때울 마가린이 없어(No Margarine for Error)」의 패러디.

수 있는 싸구려였어. 우리가 사랑을 나눈 후였어. 자기가 책상으로 가서 시계를 멈추더니 재킷 주머니에 집어넣었어."

"내가 왜 그런 짓을 했겠어?"

"낭만적으로 보일 것 같아서? 아니면 장난삼아? 그것도 아니면 당신이 얼마나 자연스럽게 그런 일을 해치울 수 있는지 보여 주려고? 모르겠어. 그때로 돌아가서 스스로에게 물어 봐."

"진짜 나 맞아? 다른 남자 아니야? 여관에서 보낸 다른 낭만적인 밤에 있었던 일 아냐?"

"난 다른 사람과 여관에서 낭만적인 밤을 보낸 적 없어." 줄리아가 말했다. 그런 말을 할 필요는 없었다. 그 말이 사실도 아니었다. 그러나 그녀는 제이컵을 배려해 주고 싶었다. 특히 그 순간에는 그랬다. 그들은 몇 발만 더 걸어가면 보이지 않는 다리라는 것을 몰랐다. 그 다리는 결코 끝나지 않으며, 그들이 함께할 남은 생애에는 신뢰의 걸음이 필요하고, 그 걸음은 신뢰의 다음 걸음으로 계속 이어진다는 것을 몰랐다. 그녀는 그때는 그를 배려해 주고 싶었지만 늘 그런 것은 아니었다.

그들은 웨이터가 식식거리며 사과의 말을 한참 늘어놓으면서 이제 늦어서 레스토랑이 문을 닫을 시간이라고 말할 때까지 자리를 지켰다.

"우리가 보지 않은 영화 제목이 뭐였더라?"

그들은 방으로 가야 할 터였다.

제이컵이 전에 그랬듯 침대 위에 더플백을 올려놓았다. 줄리아가 전에 그랬듯 그것을 침대 발치의 긴 의자로 옮겨 놓았다.

제이컵이 세면도구 가방을 꺼냈다.

줄리아가 말했다. "그러면 안 되는 줄 알지만 아이들이 지금 뭘 할지 궁금해."

제이컵이 쿡쿡 웃었다. 줄리아가 그녀의 '멋진' 잠옷으로 갈아입었다. 제이컵은 그녀를 지켜보았지만, 그녀의 몸을 거의 매일 봐 왔기 때문에 지난번 그곳에 간 후 십 년간 그녀의 몸에서 무엇이 변했는지 알아차리지 못했다. 그는 여전히 10대처럼 그녀의 가슴과 엉덩이를 슬쩍슬쩍 훔쳐보고, 그것이 진짜이면서 그의 것이라는 사실에 여전히 환상을 품었다. 줄리아는 자신을 지켜보는 시선을 느꼈고 그것이 좋아서 시간을 끌었다. 제이컵이 사각팬티와 티셔츠로 갈아입었다. 줄리아가 개수대로 가서 늘 하던 대로 뒷목을 길게 뺐다. 아래 눈꺼풀을 부드럽게 잡아당기면서(마치 콘택트렌즈를 끼려는 것처럼) 자신을 살펴보는 오래된 습관이었다. 제이컵이 칫솔 두 개를 꺼내 각각 치약을 바르고 그녀의 것은 솔을 위쪽으로 해 세면대에 놓았다.

"고마워." 줄리아가 말했다.

"아니. 무슨. 그런. 말을." 제이컵이 로봇 같은 목소리로 장난스럽게 대답했다. 갑작스러운 그런 행동은 지금 그들에게 기대되는 감정과 행동에 대한 불안의 표시인지도 모른다. 아니면 줄리아가 그렇게 생각했거나.

제이컵이 이를 닦고 생각했다. 안 서면 어떡하지? 줄리아가 이를 닦으며 보고 싶지 않은 무언가를 찾아 거울을 살폈다. 제이컵이 세타필 중복합성 세안용 클렌저로 세수를 하고 수건으로 물기를 닦은 다음 유세린 프로텍션 모이스처라이징 페이스 로션, 브로드 스펙트럼 SPF 30을 발랐다.(해는 몇 시간 전에 졌고 천장 아래에서 잠을 자지만.) 그는 뾰루지가 난 곳에 유세린 로션을 한 번 더 두드려 발랐다. 오호 통재라.(그가 신경증적인 구글 검색을 통해 알아 낸 말이었다. 오호 통재라, 가없은 요릭, 코가 없어지다니 안 됐어라.*) 눈썹과 눈꺼풀 사이였다. 줄리아의 양생법은 더 복잡했다. S. W. 기초 클렌저로 세안하고, 스킨수티컬즈 레티놀 1 맥시멈 스트렝스 리파이닝 나이트 크림을 바르고, 라네즈 워터뱅크 모이스처 크림을 바르고 랑콤 레네르지 리프트 멀티액션 나이트 크림을 눈가에 가볍게 두드려 발랐다. 제이컵이 침실로 가서 스트레칭을 했다. 척추 지압사가 앉아서 생활하는 습관을 가진 사람들에게는 꼭 필요하다고 주장했고 실제로 도움이 되었지만, 그 스트레칭은 온 가족에게 놀림거리가 되었다. 줄리아가 오랄비 글라이드 3D 플로스 픽으로 치실질을 했다. 그것은 환경에 좋지 않고 값이 비싸지만 구역질을 면할 수 있었다. 제이컵이 욕실로 돌아와 CVS 약국에서 찾을 수 있었던 것 중 가장 싼, 그냥 줄에 불과한 것으로 치실질을 했다.

"벌써 이 다 닦았어?" 줄리아가 물었다.

제이컵이 대답했다. "당신 옆에서 닦았잖아. 방금 전에."

줄리아가 손에 핸드크림을 발랐다.

그들은 침실로 갔다. 제이컵이 늘 그러듯이 말했다. "소변

---

* 〈햄릿〉에서 햄릿이 죽은 광대 요릭의 해골을 들고 하는 대사.

좀 보고 올게." 그는 욕실로 다시 들어가 문을 잠그고 밤마다 홀로 하는 의식을 치른 다음 완벽하게 위장하기 위해 쓰지도 않은 변기의 물을 내렸다. 그가 침실로 다시 들어갔을 때 줄리아는 침대 머리판에 몸을 기대고 앉아 구부린 허벅지에 로레알 콜라겐 리플럼퍼 나이트 크림을 바르고 있었다. 제이컵은 종종 그녀에게 그럴 필요 없다고, 그녀가 그를 있는 그대로 사랑하듯이 있는 그대로 그녀를 사랑할 것이라고 말해 주고 싶었다. 그러나 그가 그렇듯이 그녀는 스스로가 매력적이라고 느끼고 싶어 했고, 그런 점 또한 사랑받아야 했다. 줄리아가 머리를 뒤로 묶었다.

제이컵이 아래쪽에 현수막 모양으로 "미국의 상황: 1812년 전쟁"이라는 글귀가 적힌, 해전을 묘사한 퀼트 천을 만져 보며 말했다. "멋지네." 그녀가 이걸 기억할까?

줄리아가 말했다. "아이들한테 전화하지 말라고 나한테 말해 줘."

"아이들한테 전화하지 마."

"알았어." 그녀가 쿡쿡 웃었다.

"아니면 전화하든가. 우리가 휴가에 목숨 거는 사람들도 아닌데, 뭘."

줄리아가 웃음을 터뜨렸다.

제이컵은 그녀의 웃음소리에 아무래도 면역이 되지 않았다.

"이리 와." 그녀가 침대에서 옆자리를 토닥이며 말했다.

"내일은 굉장한 날이 될 거야." 제이컵의 그 말은 빠져나갈 비상구를 한꺼번에 여럿 비추는 것과도 같았다. 그들은 휴식이 필요하다. 내일이 오늘 밤보다 중요하다. 그러니 그녀가 지쳤다고 인정한대도 실망하지 않을 것이다.

"많이 피곤해 보여." 줄리아가 그에게 책임을 지우며 방향을 살짝 돌려 말했다.

"맞아." 그가 그 말을 거의 질문처럼, 거의 자신의 역할처럼 받아들이며 대답했다. "자기도 마찬가지야." 그녀도 자신의 책임을 받아들이라는 요구였다.

"이리 와." 그녀가 말했다. "안아 줘."

제이컵이 불을 끄고 접지 않은 안경을 협탁에 놓고 침대로, 십 년 된 아내 옆으로 들어갔다. 그녀가 옆으로 돌아누워 남편의 겨드랑이에 얼굴을 가져갔다. 그가 그녀의 정수리에 키스했다. 이제 그들은 역사 없이, 길잡이 삼을 죽은 별 하나 없이 둘만의 힘으로 나아갔다.

그들이 속마음을 털어놓았다면, 제이컵은 이렇게 말했을 것이다. "솔직히 말하면 기억하는 것만큼 근사하지 않아."

그녀는 이렇게 말했을 것이다. "그럴 수야 없겠지."

"어릴 적에 집 뒤 언덕에 자전거를 타러 가곤 했어. 탈 때마다 해설을 했어. 그러니까 '제이컵 블록, 착륙 속도 신기록을 시도하려 합니다. 과연 할 수 있을까요?' 이런 식으로. 난 거기를 '휴즈 힐'이라고 불렀어. 어린 시절에는 다른 무엇보다 그 언덕에 가면 용감해지는 기분이 들었어. 얼마 전에 거기를 다시 가 보았지. 회의하러 가는 길이었고 시간이 몇 분밖에 없었어. 못 알아보겠더라. 위치는 찾았거든. 아니면 그곳이었어야 하는 자리든가.

하지만 언덕은 없었어. 아주 완만한 비탈뿐이었어."

"당신이 자랐잖아." 그녀는 이렇게 말했을 것이다.

그들이 자신들이 생각하는 것을 말했다면 제이컵은 이렇게 말했을 것이다. "우리가 어떻게 섹스를 안 하고 있을까 생각 중이야. 자기는?"

그러면 방어적이 되거나 상처받은 기색 없이 줄리아가 이렇게 말했을 것이다. "응, 나도."

"여기에서는 자기한테 말해 달라고 할 게 하나도 없어. 약속할게. 그저 내가 어디 있는지 말해 주고 싶어. 괜찮겠어?"

"좋아."

그리고 보이지 않는 다리를 향해 위험을 무릅쓰고 한 발짝 더 들여놓으면서 제이컵이 이렇게 말했을 것이다. "당신이 나랑 섹스하고 싶어 하지 않을까 봐 걱정하고 있어. 당신이 나를 원하지 않을까 봐."

"그런 걱정은 할 필요 없어." 줄리아가 그의 얼굴로 손을 가져가며 이렇게 말했을 것이다.

"난 언제나 당신을 원해. 당신이 옷 벗는 것을 보고……." 그가 이렇게 말했을 것이다.

"알아. 나도 느꼈어."

"당신은 십 년 전이나 마찬가지로 구석구석 다 아름다워."

"그건 전혀 사실이 아니야. 하지만 고마워."

"나한테는 사실이야."

"고마워."

그리고 제이컵은 안전한 곳에서 가장 멀리 나아가 감춰진 상처의 틈 위, 보이지 않는 다리 한복판까지 가 있음을 깨달았을 것이다. "왜 우리가 섹스를 하지 않는다고 생각해?"

그러면 줄리아가 그의 옆에 서서 아래를 내려다보지 않고 말했을 것이다. "아마 기대가 너무 커서?"

"그럴 수도 있지. 그리고 우리가 진짜로 피곤해서일 수도 있고."

"난 정말 피곤해."

"말하기 쉽지 않지만 말할게."

"말해도 돼." 그녀는 약속했을 것이다.

그가 그녀 쪽으로 몸을 돌리고 이렇게 말했을 것이다. "요즘 내가 발기가 잘 안 된다는 얘기는 우리 한 번도 안 했지. 혹시 그게 당신 때문이라고 생각해?"

"응."

"당신 탓이 아니야."

"그렇게 말해 줘서 고마워."

그가 이렇게 말했을 것이다. "줄리아, 당신 탓이 아니야."

그러나 그는 아무 말도 하지 않았고 그녀 또한 마찬가지였다. 일부러 할 말을 감춰서가 아니라 그들 사이의 파이프라인이 그렇게 용감한 일을 하기에는 너무 막혀 버렸기 때문이다. 수많은 작은 것이 너무 많이 쌓였다. 잘못된 말들, 말의 부재, 강요된 침묵, 익히 아는 취약한 부분들에 대한 그럴듯하게 부인할 수 있는 공격들, 굳이 입에 올릴 필요가 없는 것들에 대한 언급, 오해들과 우연들, 나약함의 순간들, 아무도 기억하지 못하는 맨 처음의 잘못에 치사하게 보복하는 사소한 행동에 치사하게 보복하는 사소한 행동에 치사하게 보복하는 사소한 행동들. 혹은 전혀 모욕이 아닌 것에 대한 보복들.

그들은 그날 밤 서로에게서 멀어지지 않았다. 그들은 침대 양 끝에서 등을 돌리고 자지도, 두 개의 침묵 속으로 빠져들지도 않았다. 그들은 서로 껴안고 어둠 속에서 침묵을 나누었다. 그러나 그것은 침묵이었다. 아무도 지난번에 왔을 때처럼 눈을 감고 방을 탐색해 보자고 제안하지 않았다. 그들은 각자 따로 마음속으로, 서로의 옆에서 방을 탐색했다. 그리고 제이컵의 재킷 주머니에는 최적의 순간에 내놓기 위해 기다려 온 멈춘 시계(십 년간의 1:43)가 있었다.

그만해 달라고 애원해도 계속 느끼게 해 줄 거야

철물 전시장 주차장에서 그녀는 차 안에 앉아 있었다.(그녀의 차는 마음을 바꿀 수 없게 된 그 순간 색을 잘못 골랐음을 깨달은, 다른 이들의 것과 다를 바 없는 볼보였다.) 시간을 어떻게 보내야 할지 모르지만 무언가를 해야 한다는 것만 알았다. 그녀는 낭비할 필요가 있는 시간을 전화기를 만지며 낭비하는 데 그리 익숙하지 않았다. 그러나 적어도 조금은 낭비할 수 있었다. 그녀는 자신이 가장 좋아하는 건축용 나무 모형을 만드는 회사를 발견했다. 가장 실제 같은 것은 아니고 심지어 잘 만들지도 않았다. 그녀는 그것들이 나무를 연상시켜서가 아니라 나무가 연상시키는 슬픔을 떠올리게 한다는 이유로 좋아했다. 초점이 안 맞는 사진이 대상의 본질을 가장 잘 포착하기도 하는 것과 비슷했다. 제조업체가 그런 것을 염두에 두었을 리는 없겠지만 그럴 가능성도 있었다. 어느 쪽이냐는 중요하지 않았다.

그들은 새로운 종류의 가을 나무를 내세웠다. 어떤 사람이 이런 것을 살까? 주황색 단풍나무, 붉은 단풍나무, 노란 단풍나무, 가을 큰단풍나무, 밝은 주황색 사시나무, 물들어 가는 단풍나무, 물들어 가는 사시나무. 그녀는 긁히고 움푹 파인 조그마한 사브를 타고 조그맣고 거대한 무한의 별들 아래 조그맣고 물들어 가는 무한한 나무들이 늘어선 좁은 길을 달리는, 조그맣고 더 젊은 제이컵과 조그맣고 더 어린 줄리아를 상상했다. 조그맣고 어린 한 쌍은 그 나무들처럼 실제 같지 않고 잘 만들어지지도 않았다. 그들은 더 크고 나이 먹은 그들을 연상시키는 것이 아니라 그들이 자라서 연상시키게 될 슬픔을 떠올리게 했다.

마크가 그녀의 창문을 톡톡 두드렸다. 창을 내리던 그녀는 차에 시동을 걸어야 한다는 걸 깨달았지만 열쇠는 점화 장치에도 그녀의 손에도 없었다. 가방을 뒤져 봐도 열쇠를 찾을 수가 없어서 줄리아는 굼뜨게 문을 열었다.

"모의 유엔 회의 갈 때 봐."

"뭐?"

"이 주 후에. 내가 남자 보호자야."

"아. 몰랐어."

"그러니까 그때 다시 얘기하자고."

"할 얘기가 얼마나 더 있다고."

"할 얘기야 항상 더 있지."

"없을 때도 있어."

그러고 나서 그녀는 쉬는 날에 모든 것으로부터 그저 가능한 한 멀리 떨어져 있고만 싶어 하면서도, 어느새 집으로 가는 희망 길을 밟고 있음을 깨달았다.

내가 됐다고 말하면 된 거야

나는 여기 없다

>별 사진 찍는 법 아는 사람?

>하늘에 있는 거 아니면 젖은 보도에 손으로 그린 거?

>내 전화기 플래시는 다 하얗게 만들어 버려. 플래시를 껐더니
셔터가 너무 오래 열려 있게 돼서 조금만 움직여도 다 흐릿해져.

다른 손으로 팔을 꽉 잡아 봐도 여전히 흐릿해.

>전화기는 밤에는 소용없어.

>어두운 복도를 걸어갈 필요가 없다면야.

>내 전화기가 죽어 가.

>아니면 통화를 하든가.

>그냥 편히 쉬게 해 줘.

>사만타, 여긴 너무 밝아!

>미쳤군.

>넌 별이 보이는 데 어디 있는 거야?

>그 사람이 나한테 아무 문제 없다는 거야. 내가 그랬지. "아무 문제가 없다면 왜 고장이 났어요?" 그랬더니 그가 그러더라. "아무 문제 없다는데 왜 고장이라는 거야?" 그래서 내가 다시 보여 주려고 했지만 글쎄, 다시 작동이 되지 뭐야. 울 뻔했어. 아니면 그를 죽여 버리든가.

>근데 바르 미츠바에서는 뭘 하는 거야?

어느 때에나 세계에는 마흔 개의 시간이 있다. 또 하나 재미있는 사실은 중국에 다섯 개의 시간대가 있었지만 지금은 하나뿐이라는 것이다. 어떤 중국인들에게는 해가 10시가 되어야 뜬다. 또 하나. 우주여행이 가능해지기 오래전부터 랍비들은 우주에서 안식일을 어떻게 지킬지를 놓고 토론했다. 우주여행을 예상해서가 아니라, 불교도들은 질문과 함께 살고자 하지만 유대인들은 그러느니 차라리 죽는 쪽을 택하기 때문이었다. 지구에서 태양은 하루 한 번씩 뜨고 진다. 우주선은 지구를 구십 분에 한 번 돌기 때문에 아홉 시간마다 안식일이 될 것이다. 유대인은 기도와 의식에 의구심을 일으킬 장소에 있어서는 안 된다고 주장하는 의견도 있었다. 지구에서의 의무는 지상에 묶여 있으니 우주에서 일어나는 일은 우주에 머문다는 의견도 있었다. 어떤 이들은 유대인 우주인은 지구상에서와 똑같은 일상을 따라야 한다고 주장했다. 다른 이들은 그가 시계를 맞춘 시간, 즉 휴스턴 시간에 따라 안식일을 지켜야 한다고 주장했다. 지금까지 두 명의 유대인 우주인이 우주에서 죽었다. 안식일을 지킨 유대인 우주인은 없었다.

샘의 아빠가 그에게 우주에 간 유일한 이스라엘인인 아일란 라몬에 관한 기사를 주었다. 라몬은 떠나기 전에 홀로코스트 박물관에 가서 가져갈 물건을 찾았다. 그는 전쟁에서 죽은 이름 모를 소년이 그린 지구 스케치를 택했다.

샘의 아빠가 말했다. "그걸 그린 귀여운 아이를 상상해 보렴. 천사가 그 애 어깨에 내려앉아 '다음 생일을 맞기 전에 넌 죽임을 당할 거야. 그리고 육십 년 후에 유대 국가의 대표가 네가 그린, 우주에서 본 지구 그림을 우주로 가져갈 거란다.'라고 말해 주었다면……."

"천사가 있다면 걔가 죽지 않았겠죠." 샘이 말했다.

"그 천사가 좋은 천사라면."

"나쁜 천사를 믿으세요?"

"아마 아무 천사도 안 믿을걸."

샘은 지식을 즐겼다. 사실을 모으고 분류하다 보면, 과잉 자극에 시달리는 커다란 뇌의 정신적 요구에 믿음직하게 응답하지 못하는 미성숙하고 조그마한 몸을 가지고 살면서 느끼는 무력감과 정반대인, 통제력과 유용성의 느낌을 가질 수 있었다.

아더 라이프는 항상 해 질 녘이어서 '다른 시간'은 하루에 딱 한 번 그곳 시민들의 '실제 시간'과 일치했다. 어떤 이들은 그 순간을 '조화'라고 불렀다. 어떤 이들은 이를 놓치지 않으려 했다. 그 순간에 화면 앞에 있는 것을 좋아하지 않는 사람들도 있었다. 샘의 바르 미츠바는 여전히 가망이 없었다. 사만타의 바트 미츠바는 오늘이었다. 우주선이 폭발할 때 그 그림은 간단히 불에 타 버렸을까? 작은 조각이라도 남아 아직 궤도를 돌고 있을까? 바다로 떨어져서, 몇 주에 걸쳐 바다 밑바닥까지 내려가 바깥 우주에서 온 듯 낯선 심해 생물들을 덮었을까?

사만타가 아는 모든 사람, 샘은 한 번도 만난 적 없는 이들이 예배석을 채웠다. 그들은 교토, 리스본, 새크라멘토, 라고스, 토론토, 오클라호마시티, 베이루트에서 왔다. 스물일곱 번의 해질 녘. 그들은 샘이 만들어 낸 가상 성소에 함께 앉아 있었다. 그들은 그 아름다움을 보았다. 샘은 그곳의 모든 문제, 자신의 모든 문제를 보았다. 그들은 사만타를 위해, 그녀의 커뮤니티들의 커뮤니티를 위해 이곳에 왔다. 그들이 아는 한 행복한 행사였다.

> 그냥 누구 딴 사람한테 가져가. 그들에게 열어 보게 해.

> 네 전화기 그냥 다리에서 던져 버려.

> 누가 나한테 여기에서 무슨 일이 일어날지 설명해 줄 수 없어?

> 재미있는 건 내가 지금 막 다리를 건너고 있지만 나는 암트랙에 있고 창문을 열 수 없다는 거야.

> 나한테 강 사진 좀 보내 줘.

> 오늘은 사만타가 여자가 되는 날이야.

> 창문을 여는 방법은 여러 가지 있어.

> 걔 생리한대?

> 해변으로 쓸려 올라오는 수천 대의 전화기를 상상해 봐.

> 디지털 병 속의 러브레터네.

>왜 상상해? 인도에 가 봐.

>오늘 사만타가 유대 여자가 될 거라고.

>나도 암트랙에 있는데!

>어떻게 유대 여자가 돼?

>항의 투서에 더 가깝지.

>우리가 같은 기차에 타고 있는지 알아보려고 하진 말자, 알았지?

>이스라엘은 최악이야. 난 손톱만큼도 딱하다는 마음이 안 든다고.

>위키: "소녀가 12세가 되면 '바트 미츠바(계율의 딸)'가 되고, 유대 전통에 따라 성인과 동등한 권리를 갖는다고 인정받는다. 이제 도덕적으로나 윤리적으로나 자신의 결정과 행동에 책임을 지게 된다."

>네 카메라 폰 타이머를 맞춰 놓고 위로 향하도록 땅바닥에 놔.

>유대 놈들은 최악이야.

>똑똑.

>별 사진은 왜 찍겠다는 거야?

>거기 누구야?

>그들을 기억하려고.

>유대인 600만 명은 아니겠지!

>?

>웃겨 죽겠네.

>반유대주의자!

>하여간 죽겠어.

>난 유대인이야!

아무도 샘에게 왜 라틴계 소녀를 아바타로 택했는지 묻지 않았다. 맥스 말고는 아무도 그의 선택에 대해 아는 사람이 없었기 때문이다. 선택이 기묘해 보일 수도 있었다. 어떤 이들은 모욕적이라고까지 생각할지도 모른다. 그들이 틀렸다. 샘이 샘이라는 사실이야말로 기묘하고 모욕적이었다. 이렇게 활발하게 분비하는 침샘과 땀샘을 가졌다는 것. 걷는 동안에도 걷는 것에 대해 생각하지 않을 수 없다는 것. 등과 엉덩이에까지 난 여드름. 옷 쇼핑보다 굴욕적이거나 실존적으로 기를 죽이는 경험은 없었다. 그러나 어떤 옷도 그에게 절대 맞지 않는다는 것을 거울 달린 고문실에서 확인하느니, 잘 맞지 않는 옷을 대충 입는 편이 낫다고 엄마에게 어떻게 설명하겠는가? 소매는 제자리에서 끝나는 법이 없었다. 칼라는 항상 너무 뾰족하거나 너무 높이 올라가거나 각도가 이상했다. 모든 버튼다운 셔츠의 단추는 항상 위에서 두 번째 단추가 목선을 너무 조이거나 목이 너무 많이 드러나게 달려 있었다. 단추가 자연스러운 느낌과 효과를 내는 자리(문자 그대로 우주에서 단 한 자리)가 있었다. 그러나 그런 위치에 단추가 달린 셔츠는 하나도 없었다. 아마 상체 비율이 샘처럼 불균형한 사람은 없기 때문일 것이다.

　그의 부모는 기계치였기 때문에 샘은 그들이 주기적으로 그의 검색 기록을 확인한다는 사실을 알았다. 그는 주기적으로 검색 기록을 삭제하면서 유튜브에서 단추 다는 법에 관한 동영상을 보는 와이 염색체가 있는 사춘기 직전 아이의 처량 맞은 기분에 빠져 블랙헤드 낀 코를 문지를 뿐이었다. 그런 저녁이면 그는 침실 문을 잠그고 그의 부모가 그가 화기나 양성애, 이슬람을 검색하고 있다고 걱정하고 있을 동안 제일 싫어하는 셔츠의 위에서 두 번째 단추와 단춧구멍을 그나마 참을 만한 위치로 바꾸었다. 그가 하는 일의 반은 딱 게이들이 할 행동이었다. 사실 평균 크기의 개를 산책시키거나 잠을 자는 것처럼 이성애자의 특징도 게이의 특징도 갖지 않는 활동을 제하면 훨씬 큰 비중을 차지할지도 모른다. 그는 개의치 않았다. 그는 게이들과는 전혀, 심미적으로조차 아무 문제가 없었다. 그러나 할 수 있다면 기록을 정정하고 싶었을 것이다. 그에게 가장 큰 문제는 오해를 받는 것이었으니까.

어느 날 아침을 먹다가 엄마가 그에게 셔츠 단추를 떼고 다시 달았느냐고 물었다. 그는 무심하면서도 격하게 아니라고 대답했다.

엄마가 말했다. "깔끔하던데."

그래서 그때부터 그가 매일 입는 상의는 그의 부서질 듯 빈약한 상체에서 기이하게도 삐죽 솟은 젖꼭지가 광고하듯 다 드러난다 해도 아메리칸 어패럴 티셔츠로 바뀌었다.

헤어 제품을 아무리 몇 번이고 듬뿍 발라도 한 번도 얌전히 가라앉은 적이 없는 머리카락을 가진다는 건 기이한 일이었다. 걷는 것도 이상하게 느껴졌다. 자기도 모르게 과장되게(혹은 너무 소심하게) 멋 부리는 식으로 패션쇼에서처럼 걷고 있음을 알아차릴 때도 자주 있었다. 엉덩이를 좌우로 흔들고 벌레를 죽이는 정도가 아니라 학살이라도 하려는 듯이 발로 땅을 쿵쿵 찧으면서 걷는 것이다. 왜 그런 식으로 걸었을까? 아무렇지도 않게 걷고 싶었기 때문이다. 자연스럽게 걸으려고 지나치게 노력하다 보니 실제로 순시라는 단어를 쓰는 머리 뻗친 인간이 순시하는 끔찍한 광경이 되고 만 것이다. 의자에 앉아 있어야 하는 것도, 눈을 맞춰야 하는 것도, 자기 목소리인 줄 알지만 자기 목소리 같지 않은 목소리로 말하는 것도 기묘하게 느껴졌다. 그 목소리는 위키피디아 보안관을 자청하면서도 자기 자신 말고는 아무도 그의 전기 항목을 찾은 적이 없고 하물며 편집은 더더욱 해 준 적이 없는 사람의 목소리 같았다.

그는 자위할 때 말고도 자신의 몸이 편하게 느껴지는 때가 있다고 생각했지만 그런 때를 기억할 수가 없었다. 어쩌면 손가락을 으스러뜨리기 전? 사만타는 그의 최초의 아더 라이프 아바타는 아니었지만, 대수적으로 형성된 피부가 어울리는 최초의 인물이었다. 다른 누구에게도 그 선택에 대해 설명할 필요가 없었다.(맥스는 착하게도 눈을 휘둥그레 뜨거나 질문하는 일은 삼갔다.) 하지만 스스로에게는 어떻게 설명했을까? 여자애가 되고 싶지는 않았다. 라틴계였으면 하고 바라지도 않았다. 그리고 또 라틴계 여자아이였으면 하고 바라지도 않았다. 그는 거의 늘 후회하면서도 자신으로 살고 있다고 느꼈고, 결코 그 문제로 혼란을 느끼지 않았다. 문제는 세상이었다. 맞지 않는 것은 바로 세상이었다. 그러나 세상에 책임이 있다고 기록을 수정한들 얼마나 행복해지겠는가?

>3시까지 안 자고 우리 동네를 구글 스트리트 뷰로 돌아다녔는데, 나 자신을 봤어.

>이거 끝나고 파티 같은 게 있나?

>누구 PDF 다룰 줄 아는 사람? 배워 뒀어야 했는데 내가 좀 게을러서.

>내 유명인 회고록 제목이야. 최악의 시기였다, 최악의 시기였다.

>무슨 PDF인데?

>삼 년이면 메이플 시럽이 다 떨어진다고?

>이거 히브리어로 진행돼? 그렇다면 누구 나보다 덜 게으른 사람이 번역기 돌리게 대본 써 주면 안 될까?

>나도 그거 읽었어.

>왜 그게 믿을 수 없을 만큼 슬플까?

>누구 넥스트텍 USB 드라이브 있는 사람?

>그야 네가 와플을 너무 좋아하니까.

>내 유명인 회고록 제목이야. "나는 그 일을 당신 방식대로 했다."

>시리아 난민들에 대한 기사는 건너뛰었어. 끔찍한 상황인 거 알고 머리로는 슬픈 일인 줄 알지만 거기에 대해 도저히 진짜 감정을 느끼지 못하겠어. 하지만 시럽 때문에 침대 밑에 숨고 싶었어.

>그들은 몇 주 동안 일만 한대.

>그러니까 숨어서 네 단풍나무 눈물이나 흘려.

＞사만타, 네가 좋아할 만한 게 있어. 벌써 갖고 있지 않다면 아마 좋아할 거야. 하여간 지금 보내 줄게.

＞통로 맞은편에 앉은 여자애 이어폰에서 흘러나오는 너무너무 아름다운 노래가 들려.

＞오늘의 가장 많이 본 동영상: 번지 점프를 손수 제작해서 하는 러시아 아이들, 전기뱀장어를 물어뜯은 악어, 강도를 흠씬 두들겨 팬 나이 든 한국인 식료품점 주인, 웃어 대는 다섯 쌍둥이, 운동장에서 서로를 마구 때리는 두 흑인 여자아이…….

＞무슨 노래인데?

＞뭔가 엄청난 짓을 하고 싶어. 하지만 뭘?

＞잊어버려. 내가 알아냈어.

＞제기랄, 바트 미츠바에 선물을 가져와야 한다는 건 몰랐네.

＞전송이 끝나지 않네.

샘은 빌리가 토요일에 현대 무용 공연(아니면 쇼, 그것도 아니면 아무거나 부르는 대로)에 그를 끼워 줄지 물어보려고 문자 보낸 일을 생각했다. 그녀가 일기에 쓴 대로 근사하게 들렸다. 그는 빌리가 체육관에 있을 동안 보는 이 없이 홀로 놓인 그녀의 백팩에서 일기장을 꺼내 훨씬 크고 훨씬 재미없는 그의 화학 교과서 뒤에 숨겨서 정독했다. 그는 문자 보내기를 좋아하지 않았는데, 엄지손가락을 보아야 했기 때문이다. 최악으로 아문, 혹은 가장 안 좋게 치유된 손가락. 사람들이 못 본 척하려 하는 손가락. 다른 손가락들이 제 색과 모양을 얼추 되찾고 몇 주가 지나서도 엄지

손가락은 시커메진 채 손가락 관절에 삐딱하게 붙어 있었다. 의사는 낫지 않을 것이며 나머지 손을 감염에서 보호하기 위해 절단해야 할 거라고 했다. 샘의 아빠가 되물었다. "확실합니까?" 그의 엄마는 다른 의사의 말도 들어 보자고 고집했다. 두 번째 진단도 똑같았고, 아빠가 탄식했다. 엄마는 다른 의사한테 가 보자고 했다. 세 번째 의사는 당장 감염될 위험은 없다고 했다. 아이들은 거의 슈퍼맨에 가까운 회복력이 있다는 것이었다. "이런 경우 보통은 스스로 치유할 방법을 찾아낸답니다." 아빠는 그런 말을 신뢰하지 않았지만 엄마는 믿었다. 이 주가 지나자 시커멓던 색이 엄지손가락 끝으로 점점 빠져나갔다. 샘이 거의 여덟 살이 될 무렵이었다. 그는 의사들은 전혀 기억나지 않고 물리 치료조차 기억나지 않는다. 사고 자체가 기억에서 희미하고, 가끔 부모님의 기억을 기억하는 게 아닌지 의심마저 든다.

샘은 두려움이나 분노, 혼란 때문이 아니라 그 문제의 크기 때문에 자신이 목청껏 "왜 그런 일이 생겼어요?"라고 외친 일이 기억나지 않는다. 어떤 어머니가 깔린 아이들을 구하려고 차를 들어 올렸다는 이야기도 있지만, 엄마가 이성 잃은 그의 눈을 마주 보고 "너를 사랑해, 엄마 여기 있어."라는 약속으로 그 눈빛을 가라앉혀 주면서 초인적으로 유지한 평정심도 기억하지 못한다. 의사가 손가락 끝을 다시 붙일 동안 그의 몸을 꼭 누르고 있던 것도 기억나지 않는다. 사고 후 처음 잠깐 잠이 들었다 깨어나 보니 아빠가 「사탄의 인형」에 나오는 것들로 그의 방을 가득 채운 일도 기억나지 않는다. 그러나 그들이 하던 놀이는 기억한다.

엄지 가족 어디 있지? 엄지 가족 어디 있지? 찾았다! 찾았다! 그들은 사고 후에는 그 놀이를 절대, 단 한 번도 하지 않았다. 놀이를 그 만두었다는 걸 인정한 적조차 없었다. 그의 부모는 그 침묵이 암시하는 수치야말로 그가 면해야 할 것임을 알지 못한 채 그를 면해 주려 했던 것이다.

> 이런 앱이야말로 꼭 있어야 해. 전화기로 뭔가를 가리키면 바로 그것과 비슷한 것의 동영상이 나오는 거야.(물론 얼마나 많은 사람이 얼마나 자주, 얼마나 많은 것들을 동영상으로 찍어서 업로드하느냐가 중요하지만 벌써 많은 사람이 그러고 있잖아.) 그러니까 세상을 지금 막 일어난 일로 경험하게 되는 거야.

> 근사한 생각이야. 그리고 시간 지연을 늘리도록 설정을 바꿀 수도 있는 거야.

> ?

> 어제나 한 달 전이나 네 생일의 세상을 볼 수 있다고. 아니면 (이건 미래나 되어야 가능하겠지만 일단 동영상이 충분히 업로드되면) 사람들이 자기 어린 시절 속을 돌아다닐 수도 있게 될 거야.

> 죽어 가는 사람이 아직 태어나지도 않았는데 어느 날 어릴 때 살던 집을 돌아다닌다고 상상해 봐.

> 그게 무너졌으면 어떻게 돼?

> 그리고 유령들도 있게 될 거야.

> 유령이 어떻게?

>"죽어 가는 사람이 아직 태어나지도 않았는데."

>이거 시작하기는 하는 거야?

샘은 노크 소리에 화면의 다른 쪽으로 돌아왔다.

"꺼져."

"좋아."

"뭐야?" 그가 맥스에게 문을 열어 주면서 물었다.

"그냥 꺼질게."

"그건 뭐야?"

"음식 접시."

"아니, 그거 아니잖아."

"토스트는 음식이야."

"도대체 왜 내가 토스트를 먹어야 하는데?"

"형 귀를 막으려고?"

샘이 맥스에게 방으로 들어오라고 손짓했다.

"내 얘기 하고 계셔?"

"응."

"안 좋은 얘기?"

"형한테 「참으로 좋은 녀석이니까(For He's a Jolly Good Fellow)」* 따위를 불러 주려는 게 아닌 건 확실해."

"아빠가 실망하셨어?"

---

* 영미권에서 축하하는 자리에서 많이 부르는 노래.

"그런 것 같아."

샘은 화면으로 돌아가고 맥스는 무심한 척 형의 방을 샅샅이 봐 두려 했다.

"나한테?" 샘이 동생 쪽으로 얼굴도 돌리지 않고 물었다.

"뭘?"

"나한테 실망하셨느냐고?"

"몰라."

"아빠는 참 어쩔 땐 계집애 같다니까."

"응, 하지만 엄마는 참 어쩔 땐 사내자식 같고."

샘이 웃었다. "그렇지."

그는 로그아웃을 하고 맥스 쪽으로 얼굴을 돌렸다. "두 분은 일회용 밴드를 하도 천천히 떼서 그사이에 새로 털이 자라서 거기 붙을 정도야."

"어?"

"두 분이 벌써 이혼했으면 좋을 텐데."

"이혼?" 맥스의 몸이 뇌 가운데서 공포를 감추는 부분으로 피를 흘려 보냈다.

"뻔하잖아."

"정말?"

"너, 무지가 뭐게?"

"멍청한 거랑 비슷한 거?"

"알지 못하는 거."

"아냐."

"그래서." 샘이 손가락으로 아이패드의 테두리, 그러니까 물리적 세계에 난 직사각형의 틈새 주위를 쓸면서 물었다. "넌 누구를 택할래?"

"뭐?"

"택하느냐고. 같이 살 사람으로."

맥스는 그런 말이 마음에 들지 않았다.

"아이들이 시간을 나눠서 부모랑 보내지 않아?"

"응, 그렇게 시작될 거야. 하지만 너도 알다시피 항상 결국 선택하게 돼."

맥스는 그런 이야기가 싫었다.

"난 아빠가 더 재미있을 것 같아. 그리고 곤란한 일도 훨씬 적어질 거야. 그리고 아마 멋진 것들이랑 영화 보는 시간도 더……."

"영양 부족으로 죽든가 선크림을 안 발라서 피부암에 걸리거나 학교를 매일 지각해서 감옥에 가기 전까지는 맘껏 즐길 수 있겠지."

"그런 걸로 감옥에 간다고?"

"가야 하는 게 법이야."

"엄마가 보고 싶을 거야."

"엄마의 어떤 점?"

"엄마가 엄마라는 점."

샘은 그런 말이 마음에 들지 않았다.

"하지만 엄마랑 살기로 하면 아빠가 보고 싶어질 거야. 그러니까 나는 잘 모르겠어. 형은 누구를 선택할 건데?"

"마음을 못 정하겠어?"

"응. 나는 형이 사는 데서 살래."

샘은 그 말이 싫었다.

맥스가 머리를 젖히고 천장을 쳐다보며 눈물이 밖으로 흘러 나가지 않게 했다. 거의 로봇처럼 보였지만 이렇게 직접적인 인간적 감정을 직접적으로 대하지 못하는 모습은 인간적으로 보였다. 아니면 적어도 그의 아버지의 아들답게는 보였다.

맥스가 손을 주머니에 넣고(졸리 랜처* 포장지, 볼링장에서 가져온 몽당연필, 글자가 지워진 영수증) 말했다. "그러니까 한번은 동물원에 갔어."

"너 동물원에 여러 번 갔어."

"농담 얘기하는 거야."

"아."

"그러니까 한번은 동물원에 갔어. 세상에서 제일 멋진 동물원 같다고 들었거든. 그리고 형도 알지, 나 혼자 보고 싶었어."

"틀림없이 아주 굉장했을 거야."

"흠, 이상한 건 온 동물원에 동물이 딱 한 마리밖에 없었다는 거야."

"말도 안 돼."

"그랬다니까. 그리고 개였어."

---

* 사탕 제품명.

"아거스?"

"내 말 방해하지 마."

"마지막으로 한 말 다시 해 봐."

"처음부터 시작할래."

"좋아."

"그러니까 한번은 동물원에 갔어. 세상에서 제일 멋진 동물원 같다고 들었거든. 하지만 온 동물원에 동물이 딱 한 마리밖에 없었어. 그리고 그건 개였어."

"우아!"

"응, 시추였다니까. 알겠어?"

"정말 재미있네." 샘은 진심으로 정말 재미있다고 생각하면서도 웃을 수가 없었다.

"하지만 알지, 응? 시추?"

"응."

"시. 추."

"고마워, 맥스."

"나 때문에 짜증 나?"

"전혀 안 나."

"나잖아."

"그 반대야."

"짜증 나는 거 반대면 뭐야?"

샘이 고개를 젖히고 천장을 향해 눈길을 보내면서 말했다. "내가 정말 그랬는지 물어보지 않아서 고마워."

"아." 맥스가 엄지와 검지로 지워진 영수증을 문지르며 말했다. "난 신경 안 쓰거든."

"알아. 신경 안 쓰는 사람은 너뿐이야."

"알고 보니 거지 같은 가족이었어." 맥스가 방을 나간 다음에는 어디로 갈까 생각하며 말했다.

"그건 재미없다."

"아마 형은 이해 못 할 거야."

전형

"아빠?" 벤지가 할머니와 함께 다시 주방으로 들어오며 아빠를 불렀다. 그는 항상 아빠가 어디 있는지 묻듯이 끝을 올려서 불렀다.

"응, 얘야."

"어젯밤에 저녁 만드실 때 제 브로콜리가 제 닭고기에 닿았어요."

"그래서 지금 그 생각을 하고 있었니?"

"아뇨. 하루 종일 생각했어요."

"하여간 네 배 속에서 다 섞였어." 맥스가 문지방에서 말했다.

"어디 있다가 왔니?" 제이컵이 물었다.

"엄마의 질에서요." 벤지가 말했다.

"그리고 어쨌든 넌 죽을 거야." 맥스가 말을 이었다. "그러니까 닭고기에 뭐가 닿건 그게 뭐가 중요해? 어쨌든 이미 죽은 건

데."

벤지가 제이컵에게 몸을 돌렸다. "진짜예요, 아빠?"

"뭐가?"

"제가 죽는다는 거요?"

"왜, 맥스? 왜 굳이 그런 말을 했니?"

"나 죽느냐고요!"

"지금부터 아주아주 한참 더 있다가."

"그런다고 뭐가 달라져요?" 맥스가 물었다.

"더 나쁠 수도 있지." 어브가 말했다. "너 아거스가 될 수도 있어."

"아거스가 되는 게 왜 더 나빠요?"

"알잖아, 오븐에 한쪽 발을 넣고 말이야."

벤지가 애처로운 울음소리를 냈다. 그러자 어디에 있건 따라다니는 빛줄기처럼 줄리아가 문을 열고 달려 들어왔다.

"무슨 일이니?"

"당신은 뭐 하러 온 거야?" 제이컵이 그 순간 모든 것이 짜증 나서 물었다.

"아빠가 그러는데 나 죽는대요."

제이컵이 웃음을 참으면서 말했다. "내 말은 네가 아주아주 아주 오래 살 거라는 얘기였어."

줄리아가 벤지를 무릎에 앉히고 말했다. "네가 죽기는 왜 죽어."

"그럼 냉동 부리토 두 개 하려무나." 어브가 말했다.

"안녕, 얘야." 데버러가 말했다. "그렇잖아도 여기에 여성 호르몬이 좀 부족하다고 느끼던 참이었어."

"저 왜 와야 했어요, 엄마?"

"너 와야 한 데 없어." 제이컵이 대답했다.

"내 무릎." 벤지가 아무렇지도 않은 곳을 가리키며 말했다. "여기."

"넘어졌나 보구나." 줄리아가 말했다.

"왜요?"

"정말 와야 한 데 없어."

"다 넘어지고 하면서 사는 거야." 줄리아가 말했다.

"그게 삶의 전형이죠." 맥스가 대꾸했다.

"좋은 표현이구나, 맥스."

"전형?" 벤지가 되물었다.

"본질이라는 뜻이야." 데버러가 말했다.

"왜 넘어지는 게 삶의 전형이에요?"

"그렇지는 않아." 제이컵이 말했다.

"지구는 항상 태양을 향해 넘어지고 있잖아요." 맥스가 말했다.

"왜?" 벤지가 물었다.

"인력 때문에." 맥스가 대답했다.

"아니." 벤지가 제이컵에게 질문했다. "왜 넘어지는 게 삶의 전형이 아니에요?"

"왜 아니냐고?"

"네."

"네 질문을 잘 이해하지 못하겠는걸."

"왜요?"

"왜 내가 네 질문을 잘 이해하지 못하겠냐고?"

"네, 그거요."

"대화가 뒤죽박죽이 되었으니까. 난 아주 제한적인 지능을 가진 인간에 지나지 않거든."

"제이컵."

"난 죽을 거예요!"

"과장하지 마."

"아니에요, 아니라고요!"

"그래, 아니야."

"아니라니까요."

"그래, 벤지."

데버러가 말했다. "거기다 입 맞춰 주렴, 제이컵."

제이컵이 다치지도 않은 곳에 입을 맞췄다.

"나 우리 냉장고 옮길 수 있어요." 벤지가 울음을 그칠지 말지 망설이면서 말했다.

"그거 멋지구나." 데버러가 말했다.

"네가 하긴 뭘 해." 맥스가 말했다.

"맥스 형이 내가 절대 못 한대요."

"동생 좀 봐 주렴." 제이컵이 맥스에게만 들릴 정도로 목소리를 낮춰 속삭였다. "재가 냉장고를 들 수 있다고 한다면 냉장고를 들 수 있는 거야."

"난 멀리까지 옮길 수도 있어요."

"난 생각만으로 전자레인지를 제어할 수 있어." 맥스가 말했다.

"말도 안 돼." 제이컵이 너무 무심해서 별로 믿음이 가지 않는 말투로 줄리아에게 말했다. "우린 아주 잘하고 있어. 재미있게 잘하고 있었지. 당신이 딱 안 좋은 때 들어온 거야. 잘나가다가 하필 삐끗한 때. 하지만 다 잘되고 있다고. 오늘은 당신의 날이잖아."

"뭐를 쉬는 거예요?" 벤지가 엄마에게 물었다.

"뭐라고?"

"엄마가 뭐를 쉴 시간이 필요하냐고요?"

"누가 그런 말을 했어?"

"아빠가요."

"당신한테 하루 쉴 시간을 주는 거라고 했어."

"뭘 쉬어요?" 벤지가 물었다.

"그러니까 말이다." 어브가 말했다.

"그야 우리 없이 쉬는 거지." 맥스가 말했다.

모든 것이 다른 무언가로 승화되었다. 가족적인 친밀함은 친근감 있는 거리가 되고, 친근감 있는 거리는 부끄러움이 되고, 부끄러움은 체념이 되고, 체념은 두려움이 되고, 두려움은 분노가 되고, 분노는 자기방어가 되었다. 줄리아는 가끔 그들이 자신들이 숨긴 것의 근원으로 되밟아 올라갈 수만 있다면 그들의 열린 마음을 진짜 발견할 수 있을지도 모른다고 생각했다. 그 근원은 샘이 다친 일이었을까? 그 일이 어떻게 일어났는지 한 번도 묻지 않은 것이었을까? 그녀는 항상 그들이 그런 침묵으로 서로를 보호해 준다고 여겼지만 그들이 상처 입히려 한다면, 샘에게서 자신들에게로 상처를 옮기려 한다면 어떻게 될까? 아니면 그보다 오래된 것일까? 서로를 만나기도 전부터 서로에게 숨겼을까? 그러면 모든 것이 바뀌리라 믿으면서.

두려움이든 체념이든 수치심이든 거리든 친밀감이든 분노는 너무 무거워서 온종일, 매일같이 지고 다닐 수는 없었다. 그래서 어디에 내려놓았을까? 물론 아이들한테였다. 제이컵과 줄리아 둘 다 죄책감을 느꼈지만 제이컵이 더 심하게 느꼈다. 그는 아이들이 받아들이리라는 걸 알았으므로 점점 아이들에게 함부로 굴었다. 그는 아이들이 되받아치지 않을 줄 알았으므로 밀쳤다. 그는 줄리아를 무서워했지만 아이들은 무서워하지 않았다. 그래서 그들에게 그녀의 몫을 주었다.

"이제 그만!" 그가 맥스에게 으르렁거리며 목소리를 높여 외쳤다. "이제 됐어."

"아빠나 그만하세요." 맥스가 대꾸했다.

제이컵과 줄리아는 처음으로 당한 말대꾸에 서로 마주 보았다.

"뭐라고?"

"아무것도 아니에요."

제이컵이 열을 냈다. "너랑 토론하자는 게 아니야, 맥스. 토론이라면 이제 진절머리가 나. 우리 집에서는 토론을 너무 많이 해."

"누가 토론을 하는데요?" 맥스가 물었다.

데버러가 아들에게 다가가서 말했다. "진정해라, 제이컵."

"진정은 너무 많이 하고 있어요."

"잠시 위층에 올라가 있자." 줄리아가 말했다.

"싫어. 우리가 아이들을 데리고 올라가야지. 당신이 나를 데려갈 게 아니라." 그러고는 다시 맥스를 향해 말했다. "살다 보면 가끔은 가족끼리 언제까지나 분석하고 협상하기만 할 게 아니라 할 일을 해야 할 때도 있어. 넌 그 태도를 바꿔야 해."

"그래, '타도'를 바꿔." 어브가 아들을 흉내 냈다.

"아빠, 그만두세요. 아시겠어요?"

"난 주방을 통째로 들 수 있어요." 벤지가 아빠의 팔을 잡으며 말했다.

"주방은 들 수 없어." 제이컵이 말했다.

"들 수 있어요."

"아니, 벤지. 주방은 들 수 없어."

"넌 힘이 아주 세." 줄리아가 벤지의 양 손목을 감싸 쥐며 말했다.

"홀랑 태웠어요." 벤지가 말했다. 그러고는 속삭였다. "난 우리 주방을 들 수 있어요."

맥스가 어머니를 쳐다보았다. 그녀는 그의 동생에게 했듯이 그를 보호해 줄 마음이 없고 그럴 수도 없어서 눈을 감아 버렸다.

거리에서 벌어진 난데없는 개들의 싸움에 다들 창가로 몰려들었다. 진짜 싸움은 아니고 나무 위의 다람쥐를 보고 개 두 마리가 짖어 댄 것뿐이었다. 하지만 하늘이 도운 셈이었다. 가족들이 주방으로 다시 돌아왔을 때는 조금 전의 십 분이 십 년 전의 일처럼 느껴졌다.

줄리아가 주방에서 나가 위층으로 샤워를 하러 갔다. 그녀는 낮에는 절대 샤워를 하지 않았는데 자신을 그곳으로 잡아끄는 손의 힘에 놀라지 않을 수 없었다. 샘의 방에서 유리 화면을 손가락으로 가볍게 두드리는 소리가 들려왔다. 유형 생활의 첫 번째 계율을 무시하고 있는 게 분명했다. 그러나 그녀는 멈추지 않았다.

그녀는 욕실 문을 닫아걸고 가방을 내려놓고 옷을 벗은 다음 거울에 비친 자신의 몸을 살펴보았다. 팔을 위로 올리고 오른쪽 가슴 아래를 지나는 혈관을 더듬어 보았다. 가슴이 푹 꺼지고 배가 볼록 튀어나왔다. 이런 일들이 조금씩, 눈치채지 못할 만큼씩 쌓여 갔다. 배까지 난 음모 가닥이 검어졌다. 피부 자체가 그렇게 변색된 것 같았다. 새로울 것도 없고 그저 과정이었다. 그녀는 적어도 샘을 낳은 이후로 원치 않는 방식으로 몸이 변해 가는 걸 관찰하고 느껴 왔다. 가슴이 커졌다가 결국 쪼그라들고 허벅지가 늘어지고 얽은 자국이 생기고 단단했던 모든 게 느슨해졌다. 여관을 두 번째로 찾았을 때와 다른 때에도 몇 번 제이컵이 그녀의 몸을 예전과 다름없이 사랑한다고 말했다. 그러나 그의 말을 믿는다 해도 어떤 밤에는 그에게 사과하고 싶을 정도였다.

그때 그 기억이 떠올랐다. 물론 그녀가 한 짓이었다. 지금 이 순간 그녀에게 그 기억이 떠올랐다. 그때는 몰랐다. 살면서 아무것도 훔쳐 본 적 없는 그녀가 왜 도둑질을 했는지. 이것이 그 이유였다.

　그녀는 한쪽 발을 세면대에 올리고 입 속에 그 문손잡이를 넣었다. 문손잡이가 그녀의 숨결로 따스하고 축축해졌다. 음순을 벌리고 처음에는 부드럽게, 다음에는 좀 더 힘을 주어 누르고는 손잡이를 돌리기 시작했다. 첫 번째로 좋은 느낌이 전신으로 퍼져 나가는 것을 느끼면서 다리의 힘이 풀렸다. 쪼그려 앉아 옷의 목 부분을 잡아당겨 한쪽 가슴을 드러냈다. 혀로 손잡이를 다시 적시고 다시 음순 사이의 그 자리를 찾아 조그만 원을 그리며 클리토리스에 대고 누른 다음 가볍게 두드리기만 했다. 따뜻한 금속이 피부에 달라붙고 매번 조금씩 피부를 당기기 시작하는 느낌을 즐기면서.

　손으로 바닥을 짚고 무릎을 꿇었다. 아니다. 그녀는 서 있었다. 그곳이 어디였을까? 바깥이었다. 그랬다. 차에 기대어 서 있었다. 주차장. 들판. 아니, 허리를 구부려 윗몸은 차 뒷좌석에 넣고 발은 땅을 짚고 서 있었다. 바지와 속옷은 엉덩이가 드러날 만큼만 끌어 내려져 있었다. 얼굴로 좌석을 누르고 엉덩이는 밖으로 쑥 내밀고 있었다. 다리는 바지폭이 벌어지는 한 넓게 벌렸다. 다리를 붙이고 싶었다. 그러면서도 그러기 어렵기를 바랐다. 언제 들킬지 몰랐다. 서둘러야 해. 그에게 말했다. 그? 지금 나를 꽉 안아 줘. 제이컵이었다. 느끼게 해 줘. 당신이 원하는 대로 나를 안아 줘, 제이컵, 그러고서 가 버려. 허벅지로 정액이 뚝뚝 흘러내리는 채 나를 여기 내버려 두고. 아니. 그것이 움직였다. 이제 그녀는 맞춤 제작 철물 전시장에 있었다. 남자가 아니었다. 문손잡이일 뿐이었다. 클리토리스에 손잡이를 문질렀다. 세 손가락을 빨다가 절정의 수축을 느끼기 위해 손가락을 안으로 밀어 넣었다.

갑자기 쿵 하는 느낌이 왔다. 가끔씩 잠이 들려다 확 깨어나게 하는 격렬한 착륙과도 비슷했다. 그러나 그런 게 아니었다. 그녀가 바닥으로 쓰러진 게 아니라 뭔가가 그녀 위로 떨어졌다. 대체 어찌 된 일일까? 뇌에서 너무 많은 피가 너무 빨리 솟구쳐 일종의 신경계 장애를 일으킨 걸까? 자위가 정신적 노력과도 관련 있다고는 하지만, 그녀는 너무도 갑자기 상상 속으로 빠져들었다.

소나무 관 뚜껑 사이로 정장을 근사하게 차려입고 손에 삽을 든 샘이 위쪽에 서 있는 모습이 보였다. 그녀가 선택한 게 아니었다. 즐거운 일이 아니었다. 얼마나 잘생긴 아이인가. 얼마나 잘생긴 남자인가. 괜찮아, 애야, 사랑. 좋아, 좋아, 좋아. 두 사람은 짐승처럼, 그녀는 신음하고 그는 울부짖었다. 그가 흙을 한 삽 더 퍼서 그녀 위에 뿌렸다. 그러니까 바로 이런 식이야. 이제 알겠어, 아무것도 달라지지 않을 거야.

그러고는 샘이 자리를 떠났다.

제이컵과 맥스와 벤지도 떠났다.

그녀의 남자들이 모두 떠났다.

그리고 더 많은 흙이, 이번에는 한 번에 네 삽씩 낯선 이들의 삽으로 뿌려졌다.

그리고 그들도 떠났다.

그녀는 살면서 가장 작은 집에 홀로 남았다.

웅웅 대는 소리에 이끌려 세상으로, 삶으로 돌아왔다. 그 소리가 그녀를 원치 않는 환상에서 흔들어 깨웠다. 그녀는 자신이 말도 안 되는 짓을 하고 있음을 깨닫고 충격을 받았다. 내가 누구이길래 이러고 있나. 시댁 식구들이 아래층에 있고, 아들이 복도 끝에 있고, 그녀의 개인 퇴직 계좌의 규모는 예금 계좌보다 더 크다. 수치심이 느껴지지는 않았다. 멍한 기분이었다.

또다시 웅 소리.

어디에서 들려오는 소리인지 알 수 없었다.

전화기였다. 그러나 전에는 들어 본 적이 없는 소리였다.

제이컵이 작년 한 해 동안 엄청난 속도로 문자를 보내던 싸구려 플립 전화기 대신 샘에게 스마트폰을 주었나? 그들은 그의 바르 미츠바 선물로 전화기를 줄까 의논도 했지만 아직 몇 주가 남아 있었다. 샘이 문제를 일으키기 전이었고, 하여간 그들은 그러지 않기로 했다. 이미 너무 많은 것이 모든 사람을 어딘가 시끄러운 다른 곳으로 너무 멀리 끌어가 버렸다. 아더 라이프에서의 실험이 샘의 의식을 거의 납치해 가다시피 했다.

웅 소리가 들렸다.

세면 용품들이 가득 담긴 고리버들 바구니와 약품 상자를 뒤졌다. 작고 큰 애드빌 병들, 매니큐어 제거제, 유기농 탐폰, 아쿠아퍼, 과산화수소, 소독용 알코올, 베나드릴, 네오스포린, 폴

리스포린, 어린이용 이부프로펜, 슈다페드, 퓨렐, 이모디움, 콜라스, 아목시실린, 아스피린, 서모스캔 국부 체온계, 트리암시놀론 아세토나이드 크림, 리도카인 크림, 더모플라스트 스프레이, 디브록스 귀지 제거제, 식염수, 박트로반 크림, 치실, 비타민 이 로션……. 몸에 언제 필요할지도 모르는 온갖 것들. 언제 몸이 이렇게도 많은 것을 필요로 하도록 변했나? 그녀는 아무것도 필요하지 않게 된 지 오래였다.

웅 소리가 들렸다.

어디일까? 이웃집에서, 벽 건너편에서 들려오는 소리일 것이라고 자신을 납득시킬 수도 있었다. 아니면 상상일 뿐이라고 할 수도 있었다. 하지만 다시 웅 소리가 들렸고 이번에는 그 소리가 바닥의 구석 쪽에서 들려왔다.

손으로 바닥을 짚고 무릎을 꿇었다. 잡지 바구니 속인가? 세면 용품 뒤? 손을 뻗어 더듬으니 손이 닿자마자 그것이 다시 웅하고 울려 마치 그녀의 등을 만지는 것 같았다. 누구의 전화기일까? 마지막으로 한 번 웅 하고 울렸다. 줄리아에게 온 전화였다.

줄리아?

하지만 그녀가 줄리아였다.

무슨 일 생겼어?

이또한지나가지않으리라

샘은 모든 게 허물어지리라는 걸 알았다. 단지 정확히 어떻게 혹은 언제일지만 몰랐다. 부모는 곧 이혼할 테고 결국 서로 증오하고 일본 원자로처럼 파괴를 퍼뜨릴 터였다. 그들 생각에는 아닐지 몰라도, 그것만은 확실했다. 그는 부모의 생활을 의식하지 않으려 했지만 아빠가 자주 뉴스가 끝난 TV 앞에서 잠이 들고, 엄마는 자주 건축 모형의 나무들을 가지 치는 일 속으로 물러가 버리고, 아빠가 밤마다 후식을 내오고, 아거스가 손을 핥아 줄 때마다 엄마가 "공간이 필요"하다고 말하고, 엄마가 여행 섹션에 푹 빠져 있고, 아빠의 검색 기록이 다 부동산 사이트이고, 아빠가 방에 있을 때마다 엄마가 벤지를 무릎에 앉히고, 아빠가 건방진 운동선수들이 노력조차 하지 않는다며 격하게 미워하기 시작하고, 엄마가 NPR의 가을 모금 행사에 3000달러를 기부하고, 아빠는 그에 대한 보복으로 베스파 스쿠터를 사고, 레스토랑에서 애피타이저를 먹지 않게 되고, 벤지를 위한 세 번째 잠자리 동화가 끝나고, 눈 맞춤이 끝난 것을 모르는 척하기란 불가능했다.

그는 엄마나 아빠가 볼 수 없거나 스스로 보지 못하게 하는 것을 보았고, 그럴수록 더 짜증만 났다. 자신의 부모만큼 멍청하지 않다는 건 오렌지 주스인 줄 알고 마신 것이 우유였을 때처럼 구역질 나는 일이다. 그는 부모만큼 멍청하지 않았으므로 언젠가는 그가 선택하려 해도 선택할 필요가 없으리라는 걸 알았다. 그는 학교에서 잘 지내는 척하려는 마음도, 그럴 능력도 잃어 가기 시작할 것이고, 성적은 그가 숙달해야 하는 공식에 따라 기울어진 비행기처럼 곤두박질할 것이며, 부모님의 애정 표현은 그의 슬픔에 대한 그들의 슬픔에 반응해 부풀려질 것임을 알았다. 그는 무너져 버린 데 대한 보상을 받을 것이고, 그에게 그토록 많은 것을 요구한 부모의 죄 덕분에 단체 운동을 하는 고생을 면할 것이고, 텔레비전 시청 시간을 자신에게 유리하게 재협상할 수 있을 것이며, 저녁 식사는 유기농에서 멀어져 가고, 머지않아 부모가 서로 결투하듯 바이올린을 연주할 동안 그는 빙산을 향해 나아가게 될 것임을 알았다.

그는 재미있는 사실들을 아주 좋아했지만 자꾸 떠오르는 괴상한 생각들로 거의 항상 괴로웠다. 예를 들면 이런 것이었다. 기적을 목격한다면 어떻게 될까? 농담이 아니라는 것을 어떻게 납득시킬까? 갓난아이가 비밀을 말해 준다면? 나무가 걸어간다면? 더 나이 먹은 자신을 만나서 그가 피할 수 없을 모든 피할 수 있는 끔찍한 실수들에 대해 알게 된다면? 그는 엄마와 아빠, 학교의 가짜 친구들, 아더 라이프의 진짜 친구들과의 대화를 상상했다. 대부분은 다 웃어넘길 것이다. 어쩌면 한두 명쯤은 믿는 척해 주면서 서로 팔꿈치로 쿡쿡 찌를 수도 있었다. 맥스는 적어도 그를 믿고 싶어 할 것이다. 벤지는 그를 믿어 주겠지만, 그건 그가 뭐든지 믿기 때문이다. 어쩌면 빌리도? 아니다. 샘은 기적을 혼자 간직할 터였다.

그의 방문을 두드리는 소리가 들렸다. 회당의 문이 아니라 그의 침실 문이었다.

"꺼져, 바보 새끼." 그가 말했다.

"뭐라고?" 엄마가 문을 열고 들어왔다.

"죄송해요." 샘이 아이패드를 아래로 향하도록 책상에 뒤집어 놓으면서 말했다. "맥스인 줄 알았어요."

"네 동생이면 그렇게 말해도 되니?"

"아뇨."

"동생 아니라 누구한테라도?"

"아뇨."

"그럼 왜 그랬어?"

"저도 모르겠어요."

"너 자신한테 물어볼 시간을 주는 게 좋겠구나."

그는 이 제안이 수사적인 것인지 아닌지 알 수 없었지만 엄마가 무슨 말을 하건 문자 그대로 받아들여야 할 때라는 건 알았다.

잠시 스스로에게 물어본 후 그는 할 수 있는 최선의 답을 내놓았다. "저는 하면 안 되는 말인 줄 알면서 그런 말을 하나 봐요."

　　"내 생각도 그렇다."

　　"하지만 그 점은 고칠게요."

　　그녀가 방 안을 훑어보았다. 맙소사, 그는 엄마가 잠깐 숙제, 소지품, 겉모습을 훑어보는 것도 싫어했다. 엄마의 끊임없는 비판이 두 개의 기슭을 만드는 강처럼 그를 가르고 지나갔다.

　　"여기서 뭐 하고 있었니?"

　　"이메일을 보내거나 전화를 하거나 문자를 보내거나 아더라이프를 하지는 않았어요."

　　"좋아, 하지만 뭘 하고 있었어?"

　　"실은 저도 모르겠어요."

　　"어떻게 그럴 수 있는지는 모르겠다만 일단 좋아."

　　"오늘 쉬시는 날 아니에요?"

　　"아니. 쉬는 날 아니야. 미뤄 뒀던 일을 끝내는 날이지. 숨 좀 돌리고 생각도 하고. 하지만 너도 기억하겠지만 오늘 아침 예정에도 없던 일인데 우리가 아다스 이스라엘에 방문해야 했어. 그런 다음에 나는 고객을 만나야 했고……."

　　"왜 그러셔야 했어요?"

　　"그게 내 일이니까."

　　"하지만 왜 오늘이에요?"

　　"해야 할 것 같아서. 됐니?"

"됐어요."

"그런 다음에는 차에서 네가 바르 미츠바를 허사로 돌린 게 거의 확실하지만 그래도 계속 그걸 하게 될 것처럼 행동해야겠다는 생각이 갑자기 떠올랐어. 그런데 많고 많은 것 중에서 기억해야 한다고 기억한 딱 한 가지가 네 정장이더라."

"무슨 정장요?"

"내 말이."

"맞아요. 저는 정장이 없어요."

"전에 분명 한 번 한 얘기일 텐데, 그렇지?"

"네."

"얼마나 많은 것들이 그런 식인지 봐도 봐도 놀랍기만 하다니까."

"죄송해요."

"왜 네가 사과를 하니?"

"모르겠어요."

"너한테 정장을 사 줘야겠다."

"오늘요?"

"그래."

"진짜요?"

"우리가 처음에 가는 세 곳에는 우리가 원하는 게 없을 거야. 그럭저럭 괜찮은 걸 찾으면 맞지 않을 테고, 양복점 주인이 두 배로 망쳐 놓겠지."

"저도 가야 하나요?"

"어디?"

"정장 사는 데요."

"아니, 아니야. 물론 너는 안 가도 돼. 일을 쉽게 하려면 우리가 직접 아이스캔디랑 마카로니로 3D 프린터를 만들어서 내가 쉬는 날 정장 사는 데 혼자 가도 될 정도로 완벽하게 정밀한 네 해부학적 모형을 뽑아 내면 되니까."

"그 모형에게 제 하프타라를 가르쳐도 되나요?"

"지금 네 농담에 웃어 줄 기분 아니야."

"그런 말씀은 굳이 안 하셔도 돼요."

"뭐?"

"웃지 않으시는 거 뻔히 아는데 굳이 그 말을 하실 필요는 없다고요."

"그 말도 굳이 할 필요는 없어, 샘."

"좋아요. 죄송해요."

"아빠가 회의 끝나고 집에 오시면 얘기해야겠지만 지금 할 말이 좀 있다. 꼭 해야 할 얘기야."

"좋아요."

"'좋아요.'란 말 그만하렴."

"죄송해요."

"'죄송해요.'도 그만하고."

"제가 사과를 해야 한다는 게 요점이라고 생각했는데요?"

"네가 한 짓이 있으니."

"하지만 제가 하지 않⋯⋯."

"너한테 정말 실망했다."

"알아요."

"그게 다니? 달리 할 말은 없니? '제가 그랬어요. 죄송해요.' 라든가?"

"제가 하지 않았어요."

그녀가 허리에 양손을 올리고 벨트 구멍에 검지를 걸었다.

"어질러진 것 좀 치워. 너무 지저분하잖아."

"제 방이에요."

"하지만 우리 집이야."

"체스 판은 옮길 수 없어요. 게임을 아직 반밖에 끝내지 못했어요. 아빠가 제 상황이 해결되면 끝낼 수 있을 거라고 하셨어요."

"왜 네가 늘 아빠를 이기는지 아니?"

"아빠가 제가 이기게 해 주시니까요."

"그건 벌써 몇 년 전 얘기야."

"아빠가 대충 하시니까요."

"그렇지 않아. 아빠는 흥분해서 말을 잡아 버리지만 너는 늘 네 수 앞질러 생각하니까 이기는 거야. 덕분에 네가 체스에 능숙해지고 사는 데도 능숙해졌어."

"전 사는 데 능숙하지 않아요."

"깊이 생각할 때는 능숙해."

"아빠는 사는 데 서툴러요?"

"지금 그 얘기 하는 게 아니잖아."

"아빠가 집중만 하면 저를 이기실 수 있어요."

"그럴 수도 있지만 모르는 일이지."

"우리가 지금 하는 얘기는 뭐예요?"

그녀가 주머니에서 전화기를 꺼냈다.

"이게 뭐니?"

"휴대 전화네요."

"네 거니?"

"전 스마트폰 없잖아요."

"그러니까 이게 네 거라면 엄마가 열 받을 일이지."

"그러니까 열 받으실 일 없다고요."

"누구 거야?"

"저도 몰라요."

"전화기는 공룡 뼈가 아니야. 어디서 저절로 나타날 수는 없다고."

"공룡 뼈도 그러지는 않아요."

"내가 너라면 머리를 좀 덜 굴리겠다." 그녀가 전화기를 뒤집었다. 그리고 다시 뒤집었다. "어떻게 해야 이걸 볼 수 있지?"

"암호가 있을 거예요."

"그렇더라고."

"그렇다면 할 수 없죠."

"'this2shallpass'를 넣어 보면 어떨까?"

"해 보세요."

블록 집안의 모든 성인 남자들은 모든 것에 그 우스꽝스러운 암호를 썼다. 아마존에서 넷플릭스, 집 경보 시스템, 휴대 전화까지.

"안 되네." 그녀가 샘에게 화면을 보여 주며 말했다.

"시도해 볼 가치는 있었어요."

"매장에 가져가 볼까?"

"테러리스트의 전화기라도 안 열어 줘요."

"같은 암호를 대문자로 넣어 보면 어떨까?"

"해 보세요."

"대문자로 쓰려면 어떻게 해야 하니?"

샘이 전화기를 받아 들었다. 그가 빗방울이 천창을 때리듯 글자를 눌렀지만 줄리아의 눈에는 보기 흉해진 엄지손가락만 슬로 모션으로 보일 뿐이었다.

"안 되는데요." 그가 말했다.

"이걸 쳐 봐."

"뭘요?"

"t o o."

"그건 진짜 바보 같아요."

"모든 것에 똑같은 암호를 쓰는 거에 비하면 똑똑한 거지."

"t h i s t o o s h a l l p a s s……. 안 돼요. 죄송해요. 제 말은, 죄송하지 않아요."

"첫 글자를 대문자로 넣어 봐."

"네?"

"대문자 T에 숫자 부분은 t w o."

그는 더 천천히, 조심스럽게 쳐 넣었다. "흠."

"열렸니?"

"모르겠어요."

"모른다니?"

그녀가 휴대 전화로 손을 뻗었다. 샘은 아주 잠깐 전화기를 들고 있었을 뿐인데도 어색하게 말을 더듬었다. 그가 어머니를 쳐다보았다. 그녀의 거대하고 오래된 엄지손가락이 작은 유리산으로 단어들을 밀어 올렸다. 그녀가 샘을 바라보았다.

"왜요?"

"왜냐니 뭐가?"

"왜 저를 쳐다보세요?"

"왜 너를 쳐다보느냐고?"

"왜 그렇게 쳐다보시느냐고요."

제이컵은 잘 때는 꼭 팟캐스트를 들었다. 그는 정보가 마음을 달래 준다고 했지만 줄리아는 그것이 혼자라는 느낌을 덜어 주기 때문이라는 걸 알았다. 그가 잠자리에 들 때면 그녀는 보통 잠이 들어 있었다.(의식하지 못한 안무처럼.) 그러나 가끔씩 어느새 그녀 혼자서 듣고 있을 때도 있었다. 어느 날 밤에는 남편이 옆에서 코를 골고 있는데 수면 과학자가 자각몽(꿈꾸는 것을 의식하는 상태에서 꾸는 꿈)에 관해 설명하는 것을 들었다. 자각몽을 일으키는 가장 흔한 수법은 깨어 있을 때 텍스트를 보는 습관을 들이는 것이다. 책이나 잡지, 광고판, 전자 기기의 화면 따위를 보다가 눈을 돌렸다가 다시 쳐다본다. 꿈에서 텍스트가 똑같이 이어지지는 않는다. 그런 습관을 연습하면 반사 작용이 된다. 그리고 반사 작용을 연습하면 그것이 꿈으로 넘어간다. 텍스트의 불연속성으로 꿈꾼다는 사실을 알 수 있게 되는데, 그 정도가 되면 의식할 뿐 아니라 통제까지 할 수 있게 된다.

그녀가 전화기에서 눈을 돌렸다가 다시 보았다.

"네가 아더 라이프를 게임으로 하지 않는다는 거 알아. 네가 하는 건 뭐니?"

"네?"

"네가 하는 걸 뭐라고 부르느냐고?"

"산다?" 그가 엄마의 얼굴에 갑자기 떠오르는 변화를 이해하려 애쓰며 되물었다.

"아더 라이프에서 말이야."

"네, 알아요."

"네가 아더 라이프에서 산다고?"

"보통은 제가 거기에서 하는 일을 설명할 필요가 없지만 맞아요."

"너는 아더 라이프에서 살 수 있어."

"맞아요."

"아니, 내 말은 그래도 된다는 거야."

"지금요?"

"그래."

"벌 받는 중인 줄 알았는데요."

"맞아." 그녀가 전화기를 주머니에 넣으며 말했다. "하지만 네가 원한다면 지금 그곳의 삶을 살 수 있어."

"정장 사러 가도 되고요."

"다음에. 시간 있을 때."

샘은 다른 곳으로 눈을 돌렸다가 다시 어머니를 쳐다보았다.

그는 모든 장치를 확인했다. 화가 나지는 않았다. 그저 해야 할 말을 하고 그런 다음에는 회당을 폐허로 만들어 버리고 싶을 뿐이었다. 회당은 적절하지 않았고, 집이 아니었다. 그는 그럴 필요가 없는데도 모든 것에 두 배로 전선을 연결하고, 필요한 양의 세 배나 되는 폭발물을 설치했다. 모든 예배석 밑, 일용 기도서가 꽂힌 눈에 띄지 않는 책장 맨 위, 허리 높이의 나무 보관함 속의 수백 개의 야물크* 밑에 폭약을 묻었다.

사만타가 계약의 궤**에서 토라를 꺼냈다. 그녀가 외우고 있는 의미 없는 말들을 읊조리면서 토라의 덮개를 벗기고 자기 앞의 비마에 펼쳐 놓았다. 그 모든 아름다운 새까만 문자들. 역사로 사라졌어야 했고 여전히 사라질 수 있는 이야기들을 끝없이 되울리며, 합해져서 그 모든 아름다운 것들을 전하는 그 아름답고 압축적인 문장들. 기폭 장치는 토라 지시봉 속에 있었다. 사만타가 토라 지시봉을 잡고 두루마리에서 읽을 자리를 찾아 읊조리기 시작했다.

---

* 유대인 남자들이 정수리에 쓰는 작고 동글납작한 모자.
** 토라 두루마리를 보관하는 함.

＞바르추 에트 아도나이 함보라치*

＞뭐라는 거야?

＞남동생을 동물원에 데려갔는데 이 사자들이 교미를 시작하는 거야. 미쳤어. 동생은 그대로 서서 보고 있었어. 걔는 그게 재미있는 줄도 몰랐는데 그 점이 제일 재미있었어.

＞주목해!

＞남이 재미있는 줄 모를 때가 재미있지.

＞만나 본 적도 없는 사람을 어떻게 그리워할 수 있을까?

＞바루치 아도나이 함보라치 롤람 바에드.

＞난 언제나, 언제나, 언제나 가짜 정직함보다 부정직을 높이 치겠어.

＞앱: 당신이 하는 모든 말이 언젠가 당신에게 불리하게 작용할 것이다.

＞바루치 아타, 아도나이…….

＞알았다. 찬양받으소서…….

＞내가 아는 사람들이 어떻게 생겼는지 기억나지 않는 곳에서 이런 이상한 일을 겪은 적이 있어. 아니면 기억할 수 없다고 믿든가. 동생 얼굴을 상상해 보려고 해도 안 된다니까. 군중 속에서 동생을 가려낼 수 없다든가 동생을 알아보지 못한다는 게 아니야. 하지만 동생을 생각해 보려 해도 할 수가 없어.

＞엘로헤이누, 멜레치 할롤랑…….

---

* Bar'chu et adonai ham'vorach. '찬양받으소서.'라는 뜻의 토라 구절.

>베리PDF라는 프로그램을 다운로드 해. 아주 간단해.

>영원하신 신이여, 우주의 왕이시여……

>미안, 저녁 먹고 있었어. 나 교토야. 아까부터 별이 보여.

>누구 유대인 기자가 참수당하는 동영상 봤어?

>아셔 바차르 바누 미콜 하밍……

>베리PDF에는 버그가 무지 많아.

>우리가 당신을 섬기게 하시며……

>아이폰 때문에 뱃멀미가 나.

>브나탄 라누 에트 토라토……

>회전 기능을 잠가야 해. 홈 버튼을 두 번 누르면 멀티태스킹 바가 나와. 오른쪽으로 화면을 쓸어 넘기다 보면 돌아가는 화살표처럼 생긴 게 나와. 그것으로 회전 잠금을 실행하거나 해제할 수 있어.

>태양에 대한 영화를 보고도 장님이 될 수 있어?

>누구 중국인들이 만든다는 이 새 망원경에 대해 뭔가 아는 사람? 지금까지의 어떤 망원경보다 두 배는 멀리 과거의 시간을 볼 수 있다던데.

>바루치 아타, 아도나이……

>내 말이 취해서 하는 소리처럼 들리겠지만 네가 방금 한 말도 이상하다는 거 인정해야 하지 않을까? 과거의 시간을 두 배 멀리 볼 수 있다고?

>내가 지금까지 쓴 모든 단어를 USB 드라이브에 넣을 수 있어.

>무슨 뜻이야?

> 찬양 드리나니…….

> 엄청나게 큰 거울을 우리한테서 아주 멀리 떨어진 우주에 놓는 다고 상상해 봐. 그것에 망원경을 맞추면 과거의 우리도 볼 수 있지 않겠어?

> 무슨 뜻?

> 멀어질수록 우리의 과거를 더 깊이 들여다볼 수 있게 돼. 우리의 출생, 우리 부모님의 첫 키스, 동굴에 사는 사람.

> 공룡도.

> 바다에서 기어 나오는 생명체도.

> 노테인 하토라.

> 그리고 그것을 똑바로 맞춰 놓으면 거기에 없는 너 자신도 볼 수 있어.

> 토라의 증여자이시여.

사만타가 고개를 들었다.

근본적으로 선한 사람이 남들 눈에 보이려면 대체 무엇이 필요할까? 눈에 확 띄지 않지만 보이기는 한다. 진가를 인정받지 못하고 아낌을 받지도 못하고 사랑받지도 못한다. 그러나 완전히 다 보인다.

그녀가 아바타들로 이루어진 회중을 둘러보았다. 그들은 믿을 만하고 관대하고 근본적으로 선한 비현실적인 사람들이었다. 그녀가 만날 사람들 중에서 가장 근본적으로 선한 사람들은 그녀가 결코 만날 일 없는 사람들이었다.

그녀가 스테인드글라스에 그려진 유대인의 현재를 쳐다보는 동시에 그 너머를 보았다.

샘은 랍비 싱어의 문 건너편에서 한마디도 빠짐없이 다 엿들었다. 그는 아버지는 그를 믿고 어머니는 믿지 않는다는 걸 알았다. 그는 어머니가 자신이 최선이라고 생각하는 대로 하려 하고, 아버지도 자신이 최선이라고 생각하는 대로 한다는 것을 알았다. 하지만 누구를 위한 최선일까?

그는 어머니보다 하루 먼저 그 전화기를 발견했다.

사과해야 할 일이 한두 가지가 아니었지만 누구에게도 어떤 사과도 할 필요는 없었다.

헛기침도 하지 않고 사만타가 이야기를, 해야 할 말을 하기 시작했다.

전형

나이를 먹을수록 시간을 설명하기가 어려워진다. 아이들은 이렇게 묻는다. "아직 도착하려면 멀었어요?" 어른들은 이렇게 묻는다. "어떻게 이렇게 빨리 왔지?"

어쩌다 보니 늦었다. 어쩌다 보니 시간이 지났다. 어브와 데버러는 집으로 돌아갔다. 아이들은 이른 저녁을 먹고 일찍 목욕을 했다. 제이컵과 줄리아는 합심하여 서로를 피했다. 당신이 아거스를 산책시키면 나는 맥스 수학 공부를 도와주고, 당신은 빨래를 개고 나는 절대 없어서는 안 되는 레고 조각을 찾고, 당신은 물 새는 변기를 고칠 방법을 알아내는 척하고, 그렇게 어쩌다 보니 줄리아가 혼자 마음대로 쓰기로 하고 줄리아의 날로 시작되었던 하루가 제이컵이 HBO에서 온 누군가와 술을 마시러 나가고 줄리아는 온종일 어질러진 난장판을 치우는 것으로 끝났다. 그렇게 짧은 시간 동안 그렇게 적은 사람들이 그렇게 심한 난장판을 만들어 놓았다. 그녀가 설거지를 하는데 제이컵이 주방으로 들어왔다.

"이렇게 늦으려던 건 아닌데." 그가 선수를 쳤다. 더 나아가 죄책감을 담아 이렇게 말했다. "지루해서 죽는 줄 알았어."

"취했겠네."

"아냐."

"네 시간 동안 술을 마시고 어떻게 안 취해?"

"딱 한 잔 했어." 그가 재킷을 조리대 앞에 있는 스툴에 걸쳤다. "많이 마시지 않았어. 그리고 세 시간 반이었어."

"한 잔을 어떻게 그렇게 오래 마셔?" 그녀의 말투가 날카로웠지만 다른 일들 때문일 수도 있었다. 쉬는 날을 날려 버렸고, 아침부터 받은 스트레스에 바르 미츠바 문제도 있었다.

그녀가 세제 거품이 묻지 않은 팔뚝으로 이마를 훔치고 말했다. "우리 샘하고 이야기를 좀 해 봐야 할 것 같아."

좋지. 제이컵은 생각했다. 현재의 갈등들 중에서 그것이 제일 덜 무시무시했다. 샘이 사과를 하고 상황을 되돌리고 다시 행복해질 수 있었다.

"알았어." 그가 이에 남은 알코올 맛을 느끼며 대답했다.

"당신은 늘 '알았어.'라고 하지. 하지만 지금 밤인데 아직도 애랑 얘기를 못 했어."

"난 지금 막 들어왔다고. 물 한 잔만 마시고 얘기하러 가려고 했어."

"둘이 같이 얘기해 보려고 했는데."

"흠, 악역은 내게 맡겨 둬."

"당신 말은 샘이 악역을 만나지 않게 해 준다는 뜻이겠지."

"내가 둘 다 할게."

"아니, 당신은 구급 대원 노릇을 할 거야."

"무슨 소리인지 모르겠어."

"당신은 어떤 식으로든 그 애 행동을 고치려 해서 미안하다고 사과할 거야. 그리고 둘은 웃음으로 끝맺고. 나는 다시 짜증을 돋우고 꼬치꼬치 트집 잡는 엄마로 남겠지. 둘은 자기들끼리 칠 분짜리 눈짓을 하고, 나는 한 달 동안 분이 풀리지 않겠지."

"지금 한 말 다 틀렸어."

"맞아."

그녀가 탄 팬에 눌어붙은 찌꺼기들을 문질렀다.

"맥스는 자?" 그가 곁눈질을 하며 그녀에게 입을 맞추려 하면서 물었다.

"지금 10시 30분이야."

"샘은 제 방에 있어?"

"네 시간 동안 한 잔이라고?"

"세 시간 반이라니까. 게다가 중간에 누가 또 나타났어. 그래서……."

"그래, 샘은 제 감정의 방공호에 틀어박혀 있어."

"아더 라이프 하면서?"

"거기서 살면서."

그들은 빈 곳을 메울 아이들이 없으면 점점 불안해지게 되었다. 가끔씩 줄리아는 자신이 단지 정적에 맞서 자신을 지키기 위해 아이들을 깨어 있게 하는 건 아닐까, 인간 방패로 쓰려고 벤지를 자기 무릎으로 부르는 건 아닐까 싶었다.

"맥스는 밤에 어땠어?"

"우울해했어."

"우울해했다고? 아냐, 그 애는 그러지 않아."

"당신 말이 맞아. 선열이 있나 봐."

"겨우 열한 살인데."

"겨우 열 살이지."

"우울하다는 말은 너무 강한 표현이야."

"강한 경험을 표현하려면 그런 표현을 써야지."

"그리고 벤지는?" 제이컵이 서랍 속을 살펴보며 물었다.

"뭐 찾아?" 줄리아가 물었다.

"뭐라고?"

"계속 뭘 찾고 있잖아."

"벤지한테 키스해 주러 가야겠어."

"그러다 깨울라."

"닌자처럼 할게."

"재우는 데 한 시간 걸렸어."

"진짜 한 시간? 아니면 한 시간처럼 느껴졌다고?"

"죽음에 대해 생각하며 진짜로 육십 분을 보냈어."

"대단한 아이야."

"죽음에 집착해서?"

"예민해서."

제이컵이 우편물을 살펴보는 동안 줄리아는 식기세척기에 그릇을 넣었다. 레스토레이션 하드웨어에서 매달 보내오는 회색 가구 카탈로그, 수도 요금 고지서, 미국시민자유연맹이 매주 하는 프라이버시 침해, 조지타운 데이 학교에서 날아오지만 절대 뜯어 보지 않는 재정 후원 요청 편지, 이웃의 집을 얼마에 팔았는지 광고하는 교정기를 낀 부동산 중개인의 전단지, 고지서 없이 공과금을 냈음을 확인해 주는 다양한 종이들, 유아 시절은 금방 지나간다는 사실을 깨달을 만큼 마케팅 알고리즘이 정교하지 않은 아동복 회사에서 온 카탈로그 등이었다.

그녀가 전화기를 들어 보였다.

제이컵은 내면의 모든 것이 무너져 내렸지만 주먹을 맞아도 맞아도 계속 제자리로 돌아오도록 아래를 고정시키고 부풀린 광대 인형처럼 몸을 일으켰다.

"이거 누구 건지 알아?"

"내 거야." 제이컵이 전화기를 받으며 말했다. "새걸 샀어."

"언제?"

"며칠 전에."

"왜?"

"왜냐하면…… 다들 새 전화기를 사잖아."

그녀가 식기세척기에 세제를 너무 많이 넣고 너무 꽉 닫았다.

"암호 걸어 놨던데."

"응."

"예전 전화기에는 암호 안 걸었잖아."

"아냐, 그것도 걸어 놨어."

"아니, 안 걸었어."

"당신이 어떻게 알아?"

"내가 왜 모를 거라고 생각해?"

"그런 것 같군."

"나한테 하고 싶은 말 있어?"

제이컵은 대학 시절 표절로 걸린 적이 있었다. 표절을 찾아 낼 수 있는 컴퓨터 프로그램이 나오기 전의 일이었다. 그래서 웬만큼 티 나게 하지 않고는 걸리지 않았는데, 그는 걸렸다. 하지만 그는 걸린 게 아니라 얼떨결에 스스로 불었다. 그는 '미국의 서사시' 교수 연구실로 불려 갔다. 그는 자리에 앉아서 입 냄새를 맡으며 불안해하면서 교수가 읽던 책의 세 쪽을 마저 읽고 나서 책상 위에서 제이컵의 과제물을 찾아 서류들을 뒤적일 때까지 기다렸다.

"블록."

저것은 진술인가? 맞는 사람을 찾아냈다는 확인?

"네?"

"블록." 그가 과제를 룰라브*처럼 흔들면서 말했다. "이런 아이디어들이 어디에서 났지?"

그러나 교수가 미처 "자네 나이에서는 보기 드물게 세련된

---

* 버들가지, 야자 잎, 도금양으로 만든 유대교의 축일 꽃다발.

내용이야."라고 말할 틈도 주지 않고 제이컵이 냉큼 말했다. "해럴드 블룸*입니다."

학점을 깎였지만, 학사 경고를 받았지만 그는 실수를 저지른 것을 감사하게 여겼다. 정직이 그에게 중요해서가 아니라 죄를 지었다 발각되는 것만큼 그가 싫어하는 일은 없었기 때문이다. 죄가 들통나면 그는 겁에 질린 아이 꼴이 되었고 그 상황에서 벗어날 수만 있다면 무슨 짓이라도 했을 것이다.

제이컵이 말했다. "새 전화기에는 암호를 걸게 되어 있더라고. 원래 그런 건가 봐."

"아니라는 말을 묘하게도 하네."

"질문이 뭐야?"

"나한테 해야 할 말 없느냐고?"

"하고 싶은 말이야 항상 많지."

"해야 할 말이라고 했어."

아거스가 끙끙거렸다.

"무슨 얘기를 하자는 건지 도통 모르겠네. 그리고 대체 이 냄새는 뭐야?" 제이컵이 물었다.

그들이 함께해 온 그 많은 날들. 그 많은 경험들. 어떻게 십육 년을 보내고도 서로에 대해 이렇게 몰랐을까? 어떻게 그 모든 있음이 결국 소멸로 끝났을까?

그리고 그들의 첫아이가 막 성인의 문턱에 들어서고 막내가

★ 미국의 문학 평론가, 문화 비평가, 작가, 교수.

죽음에 대해 질문을 던지는 지금, 그들은 결국 이야기할 가치가 없는 것들과 함께 주방에 서 있었다.

줄리아가 셔츠에서 조그만 얼룩을 발견하고 그것이 오래되었고 지워지지 않는다는 것을 알면서도 얼룩을 문지르기 시작했다.

"드라이클리닝한 거 찾아오지 않았겠네."

그녀가 그 순간 느끼는 감정보다 싫어하는 것이 있다면 지금 같은 투로 말하는 것이었다. 어브는 골다 메이어가 안와르 사다트*에게 이렇게 말했다고 했다. "우리 아이들을 죽였어도 당신들을 용서할 수 있습니다. 하지만 우리가 당신들의 아이들을 죽이게 만든 죄는 절대 용서하지 않을 것입니다." 그녀는 제이컵 때문에 짜증과 분에 차서 바가지를 긁는 재미없는 아내처럼 말하게 되는 게 싫었다. 그렇게 되니 차라리 자살하는 편이 나았을 것이다.

"내가 기억력이 나빠서." 그가 말했다. "미안해."

"나도 기억력이 나쁘지만 다 잊어버리지는 않아."

"미안하다니까, 됐지?"

"됐느냐는 말만 안 했으면 더 받아 주기 쉬웠을 텐데."

"당신은 평생 실수한 적이 없는 것처럼 구는군."

"나 좀 도와줘. 이 집에서 당신이 잘하는 게 뭐야?"

"진심이야?"

---

* 이스라엘의 전 총리와 이집트의 전 대통령.

아거스가 길게 신음 소리를 냈다.

제이컵이 개 쪽으로 몸을 돌려 줄리아에게는 차마 할 수 없는 말을 내뱉었다. "그 아가리 좀 닥쳐, 아거스!" 그런 다음 자신이 만든 우스꽝스러운 상황을 인식하지 못하고 이렇게 말했다. "난 절대 언성 높이지 않아."

그녀가 그 말을 제대로 이해하고 말했다. "그건 아니지, 아거스?"

"당신이나 애들한테는."

"언성 높이지 않는다. 아니면 나를 때리거나 아이들을 괴롭히지 않는다. 그건 그렇지만 그렇다고 당신이 잘하는 게 있다고 할 수는 없지. 그건 기본이니까. 하여간 당신은 언성을 높이지 않아. 억눌려 있으니까."

"아니, 그렇지 않아."

"당신이 그렇게 말하지 않는다면."

"설사 그게 내가 언성을 높이지 않는 이유고 나는 그렇게 생각하지 않는다 해도 어쨌거나 좋은 건 좋은 거야. 소리 지르는 남자가 얼마나 많은데."

"그런 집 아내들이 부럽네."

"내가 나쁜 놈이면 좋겠어?"

"그냥 사람이면 좋겠어."

"그건 무슨 소리야?"

"진짜로 나한테 해야 할 말 없어?"

"왜 계속 그걸 묻는지 모르겠네."

"그럼 질문을 바꿔서 할게. 암호가 뭐야?"

"무슨 암호?"

"당신이 손에 꽉 쥐고 있는 휴대 전화 암호."

"이건 내 새 전화기야. 그게 뭐 별일이라고?"

"난 당신 아내야. 내가 별일이야."

"무슨 말도 안 되는 소리야?"

"꼭 말이 될 필요는 없지."

"원하는 게 뭐야, 줄리아?"

"당신 암호."

"왜?"

"당신이 나한테 말할 수 없는 게 뭔지 알고 싶으니까."

"줄리아."

"이번에도 내가 누군지 제대로 아네."

제이컵은 다른 어떤 방보다 주방에서 많은 시간을 보냈다. 언제 마지막으로 젖꼭지가 입에서 떨어졌는지 아는 아기는 없다. 어떤 아이도 어머니를 마지막으로 '음마'라고 부른 것이 언제였는지 알지 못한다. 어떤 어린 소년도 자기 전 읽어 주는 동화책이 마지막으로 덮인 것이 언제였는지 알지 못한다. 어떤 소년도 언제 마지막으로 형제와 함께 목욕하고 물을 뚝뚝 흘렸는지 알지 못한다. 어떤 젊은이도 처음으로 가장 큰 쾌락을 느끼면서 그가 다시는 결코 그런 느낌을 가져 보지 못하리라는 것을 알지 못한다. 어떤 여자도 잠들면서 사십 년이 지나 다시 깨어나 보면 더는 아이를 갖지 못하게 되리라는 것을 알지 못한다. 어떤 어머니도 마지막으로 음마라는 말을 듣고 있다는 것을 알지 못한다. 어떤 아버지도 그가 읽어 주는 마지막 잠자리 동화책을 언제 덮었는지 알지 못한다. 그후로, 다가올 수많은 세월 동안 평화가 이타카섬을 지배했고 신들은 오디세우스와 그의 아내와 아들을 따뜻한 눈길로 바라보았습니다. 제이컵은 무슨 일이 일어나건 주방을 다시 보게 되리라는 것을 알고 있었다. 그럼에도 그의 눈은 구석구석 세세한 것까지 다 빨아들였다. 간식 서랍의 반들반들해진 손잡이, 동석 판이 맞닿는 경계선, 아무도 모르게 아일랜드 식탁의 돌출부 아래에 붙인, 맥스의 마지막 이를 뽑고서 주었던 '용기에 주는 특별상' 스티커, 아거스가 하루에도 몇 번이나 보고 아거스만 본 스티커. 왜냐하면 제이컵은 언젠가는 이 마지막 순간들을 마지막 방울까지 쥐어짜리라는 것을 알았기 때문이다. 그것들이 눈물처럼 떨어지리라는 것을.

"좋아." 제이컵이 말했다.

"뭐가 좋아?"

"좋다고. 암호 알려 줄게."

그가 조리대 위에 전화기를 고장 낼 수도 있을, 딱 그럴 수도 있을 강도로 내려놓고 말했다. "하지만 이건 알아 둬. 앞으로는 우리 둘 다 항상 서로를 믿지 못하게 될 거야."

"그 정도는 감수할게."

그가 전화기를 바라보았다.

"암호가 뭔지 기억해 내려 하고 있어. 전화기를 사자마자 잃어버렸어. 사용해 본 적도 없는 것 같아."

그가 전화기를 집어 들고 뚫어져라 노려보았다.

"블록 집안 사람들은 모든 것에 같은 암호를 쓰지 않아?" 그녀가 말했다.

"맞아. 분명히 그걸 썼을 거야. this2shallpass. 그런데…… 안 되네."

"흠. 그건 아닌가 보네."

"매장에서 풀어 달라고 하면 될지도 몰라."

"그럴 수도 있지. 이건 그냥 짐작이지만 첫 글자를 대문자로 하고 숫자 대신 two를 입력할 수도 있지 않을까?"

"나는 그렇게 하지 않아." 그가 말했다.

"하지 않는다고?"

"응. 늘 똑같은 방식으로 해."

"그래도 한번 해 봐."

그는 이런 유치한 공포를 피하고 싶은 한편 어린아이가 되고 싶기도 했다.

"하지만 그렇게 하지 않는다니까."

"뭘 하게 될지 누가 알아? 그냥 해 보라니까."

그가 전화기를, 전화기를 쥔 자기 손가락을, 그들 주위의 집 안을 살펴보았다. 그는 억누를 수 없는 충동으로(망치로 무릎을 치면 다리가 올라가듯이 반사적으로) 전화기를 창으로 던져 유리를 깨 버렸다.

"열려 있는 줄 알았어."

그리고 기반암까지 내리치는 침묵.

줄리아가 말했다. "내가 우리 잔디밭에 어떻게 가는지 모를 거라 생각해?"

"난……."

"그럼 왜 복잡한 암호를 만들지 않았어? 샘이 짐작도 못 할 것으로?"

"샘이 전화기를 봤어?"

"아니. 하지만 그건 당신이 엄청나게 운이 좋았기 때문일 뿐이야."

"확실해?"

"어떻게 그런 것들을 쓸 수 있어?"

"뭘 말이야?"

"이 대화에서 그런 말을 하기에는 너무 늦었지."

제이컵은 너무 늦었다는 것을 알고 도마에 팬 구멍, 개수대와 창문 사이의 다육식물, 물 튐 방지판에 청테이프로 붙인 아이들의 그림에 정신을 집중했다.

"아무 뜻도 없었어." 그가 말했다.

"그렇게 많은 말을 하면서 뜻은 없을 수 있다니 유감이네."

"줄리아, 아무 의미도 없었다니까. 나한테 해명할 기회를 줘."

"아무 의미 없는 걸 왜 나한테 할 수는 없는 거야?"

"뭐라고?"

"당신은 당신 아이들의 엄마가 아닌 여자한테 항문에서 흘러나오는 정액을 핥고 싶다고 말하잖아. 아름답다고 느낀 사람은 델리 뒤편의 그 망할 한국인 꽃집 주인뿐이라고 했고. 그 사람은 꽃집 주인조차 아닌데."

"내가 들어도 구역질 나네."

"감히 그런 짓을 하다니."

"줄리아, 믿기 어렵겠지만 문자일 뿐이야. 문자 주고받은 게 다야."

"우선 믿기 어렵지 않아. 당신이 정말로 일탈할 용기도 없는 사람이라는 건 내가 누구보다 잘 알아. 당신은 너무 겁쟁이라 정액이 질펀하건 말건 진짜로 누구 항문을 핥지도 못할 위인이야."

"줄리아."

"하지만 더 중요한 건, 얼마나 많은 일이 일어나야 한다는 거야? 당신은 결과만 없으면 하고 싶은 대로 다 말하고 쓰고 다닐 수 있다고 생각해? 아버님이라면 그럴 수 있겠지. 어머님은 약한 분이라 그런 돼지 같은 짓거리도 참아 주실지 몰라. 하지만 나는 아니야. 품위 있는 행동이 있고 추잡한 행동이 있어. 두 가지는 달라. 좋은 것과 나쁜 것은 달라. 그걸 모르겠어?"

"물론 나도……."

"아니, 물론 당신은 몰라. 아내 아닌 여자에게 꽉 조이는 질 어쩌고 쓴 사람이?"

"진짜로 그렇게 쓰지는 않았어. 그리고 그 말을 한 맥락이……."

"그리고 당신은 실은 좋은 사람이 아니야. 그런 소리를 해도 괜찮을 맥락 같은 건 없어."

"잠깐 마음이 약해졌던 거야, 줄리아."

"그중 하나도 절대 지우지 않은 거 잊었어? 하루 이틀 된 게 아닌 것도? 그건 잠깐 약해졌던 게 아니야. 약한 인간인 거지. 그리고 내 이름 제발 입에 올리지 마."

"다 끝난 일이야."

"최악이 뭔지 알고 싶어? 난 아무렇지도 않아. 이 일에서 가장 슬픈 건 내가 슬프지도 않다는 사실이었어."

제이컵은 그 말을 믿지 않았지만 그녀가 그런 말을 한다는 것도 믿을 수 없었다. 애정 넘치는 관계인 척해 왔기에 그나마 애정 넘치는 관계가 아니어도 견딜 만했다. 그러나 이제 그녀가 가식을 벗어 버렸다.

"들어 봐, 내 생각에……."

"그녀의 항문에서 흘러나오는 정액을 핥는다고?" 그녀가 웃음을 터뜨렸다. "당신이? 당신 같은 겁쟁이에 결벽증 환자가? 그냥 그렇게 써 보고 싶었겠지. 그건 좋아. 심지어 훌륭해. 하지만 그런 척했을 뿐이라는 건 당신도 인정해. 당신은 성적으로 과충전된 삶을 원하기를 원하지만 실제로는 검문을 통과한 유모차랑 아쿠아퍼*를 원할 뿐이야. 바싹 말라 버린, 자위조차 안 하는 당신의 존재를 원할 뿐이야. 그래야 발기 걱정을 안 해도 되니까. 맙소사, 제이컵, 당신은 물휴지를 한 통씩 가지고 다녀서 화장지는

---

* 스킨케어 제품 상표로, 아기용 보습제가 유명하다.

절대 쓸 필요가 없는 사람이야. 그건 누구 항문에서 정액을 핥고 싶은 사람이 할 행동이 아니라고."

"줄리아, 그만해."

"하여튼 어쩌다 당신의 진짜 정액으로 푹 젖은 진짜 여자의 진짜 항문이 당신 혀를 손짓해 부르는 상황에 처하면 당신이 어떻게 할지 알아? 우스꽝스럽게 손을 덜덜 떨고 셔츠는 땀에 푹 젖은 채 처음에 운 좋게 간신히 세웠다 해도 발기한 게 4분의 1쯤은 죽을 거야. 그럼 아마 욕실로 발을 끌면서 물러나 유치하고 재미없는 동영상을 찾아 《허핑턴 포스트》를 뒤지든가 거북이를 칭송하는 팟캐스트를 다시 듣든가 하겠지. 진짜 일어날 일은 바로 그거야. 그리고 그녀는 당신이 농담거리밖에 안 된다는 걸 알게 될 거야."

"나는 셔츠를 입고 있지 않을 거야."

"뭐?"

"셔츠가 젖도록 땀을 흘리는 일은 없을 거라고. 셔츠를 입지 않았을 테니까."

"어떻게 그렇게 비열한 소리를 할 수 있어?"

"그만 몰아붙여."

"진심이야? 설마 그건 아니겠지. 진심일 리 없어." 그녀가 딱히 이유도 없이 개수대의 물을 틀었다. "그리고 막 나가고 싶은 사람이 당신뿐인 줄 알아?"

"당신 바람피우고 싶어?"

"다 끝장내 버리고 싶어."

"나 바람피우는 거 아니야. 다 끝장내고 있는 것도 아니고."

"오늘 마크를 봤어. 제니퍼랑 이혼한대."

"잘됐네. 아니면 끔찍하군. 내가 무슨 말을 하면 좋겠어?"

"그리고 마크가 나한테 집적거렸어."

"지금 뭐 하는 거야?"

"난 당신을 열심히 지켜 줬어. 당신의 애처로운, 아기새 같은 불안정함이 좋았어. 당신을 위해 순수한 것들을 아껴 주었고. 당신은 그것들을 망가뜨릴 권리가 없는데도 부숴 버렸어. 그리고 난 한 번도 성적 환상을 가져 본 적이 없는 줄 알아? 내가 자위할 때마다 당신을 생각하는 줄 알아? 정말로?"

"이런 무의미한 얘기는 그만두자."

"오늘 내가 조금은 마크랑 자고 싶었냐고? 맞아. 실은 조금 정도가 아니야. 하지만 그러지 않았어. 나는 그러지 않으니까. 난 당신 같지 않으니까……."

"나도 아무하고도 안 잤어, 줄리아."

"하지만 그러고 싶었지."

제이컵이 그 대화 도중 두 번째로 언성을 높였다. "제기랄, 이거 무슨 냄새야?"

"당신 개가 집 안에서 또 똥을 쌌어."

"내 개?"

"그래, 당신이 집에 데려온 개 말이야. 우리가 분명히 개를 키우지 않기로 합의했는데도 불구하고."

"아이들이 개를 원했어."

"아이들은 제 팔을 녹은 청키 멍키*로 가득 찬 링거 주머니에 연결하고, 뇌는 스티브 잡스의 정액 통에 연결하고 싶어 해. 아이들이 원하는 대로 다 해 주는 게 좋은 양육은 아니야."

"아이들에게 뭔가 슬픈 일이 있었어."

"누구에게나 뭔가 슬픈 일이 있어. 아이들 탓은 그만둬, 제이컵. 당신은 영웅이 되어야 했어. 아니면 나를 악당으로 만들어야 했거나……."

"그건 공정하지 않아."

"전혀 공정하지 않지. 개를 키우지 않기로 우리가 합의했는데도 당신이 집에 개를 데려와서 당신은 슈퍼히어로가 되고 나는 슈퍼 악당이 됐어. 이제 우리 거실 바닥에는 악취 나는 똥 무더기가 있지."

"그럼 치워야겠다는 생각은 안 들었어?"

"응. 당신이 그거한테 대소변 훈련을 시켜야겠다는 생각이 안 들었던 것처럼."

"그거가 아니라 그야. 그에게 대소변 훈련을 시킨다고. 그리고 그 불쌍한 녀석이 일부러 그러는 게 아니야. 그는……."

"아니면 산책을 시키든가, 수의사에게 데려가든가, 잠자리를 청소해 주든가, 심장사상충 약을 잊지 않고 먹이든가, 진드기가 없는지 확인하든가, 개 먹이를 사든가, 먹이를 주든가. 난 매일같이 개똥을 치워. 하루에 두 번도. 그 이상인 날도 있고. 맙소

---

* 아이스크림의 제품명.

사, 제이컵, 난 개가 싫어. 이 개가 싫다고. 이 개를 원한 적 없고 원하지 않아. 하지만 내가 없었다면 개는 벌써 한참 전에 죽었을 거야."

"개도 당신 말 이해해."

"하지만 당신은 이해 못 해. 당신 개가……."

"우리 개."

"내 남편보다 영리해."

그러자 그가 소리를 질렀다. 그가 그녀에게 언성을 높인 것은 처음이었다. 그의 안에 십육 년간의 결혼 생활, 태어나서 사십 년, 오백만 년의 역사 동안 쌓여 온 고함이었다. 그녀를 향한 고함이었지만 또한 산 자와 죽은 자 모두를 향한 것이기도 했고, 무엇보다도 자신을 향한 것이었다. 오랫동안 그는 늘 어딘가 다른 곳에, 언제나 30센티미터 두께의 문 뒤 지하에 있었고, 언제나 아무도(그 자신을 포함해서) 닿은 적 없는 내면의 독백이나 잠근 서랍 속에 가둬 둔 대화 속으로 피신해 있었다. 그러나 이것이 그였다.

그가 그녀 쪽으로 네 발짝 다가가서 그녀의 눈에 자신의 눈이 닿을 만큼 안경을 바짝 들이대고 소리 질렀다. "당신은 내 적이야!"

조금 전에 그녀는 슬프지 않다는 사실을 알게 된 것이 가장 슬프다고 말했다. 그 말은 그때는 사실이었지만 이제 더는 사실이 아니었다. 그녀는 눈물의 프리즘을 통해 주방을 보았다. 수도의 갈라진 고무 개스킷, 아직 좋아 보이지만 꽉 잡으면 틀이 바스러질 듯한 여닫이창. 식당과 거실을 보았다. 그곳들은 여전히 좋아 보였지만 십 년 전에 바른 밑칠 페인트 위에 페인트를 두 겹 더 발랐고 반쯤은 서서히 부식되었다. 그녀의 남편을 보았다. 그녀의 파트너가 아니라.

샘이 3학년 때 언젠가 집으로 돌아와 흥분해서 줄리아에게 말했다. "지구가 사과 크기라면 대기는 사과 껍질보다 얇을 거래요."

"뭐?"

"지구가 사과 크기라면 대기는 사과 껍질보다 얇을 거라고요."

"그게 왜 재미있다는 건지 엄마가 똑똑치 못해서 그런가 이해가 안 되는구나. 설명 좀 해 줄래?"

"위를 올려다보세요. 엄마한테는 얇아 보여요?"

"천장 말이니?"

"우리가 밖에 있다면요."

껍질은 아주 얇았지만 그녀는 언제나 안전하다고 느꼈다.

그들은 오래전 일요일에 집 마당에 중고품을 펼쳐 놓고 파는 데서 다트 판을 사다가 복도 끝에 있는 문에 걸었다. 아이들은 다트를 던질 때마다 판을 빗맞혔고, 문에서 다트를 뽑아낼 때마다 그 끝에 문의 예전 색깔이 묻어났다. 줄리아는 맥스가 어깨에서 피를 뚝뚝 흘리면서 거실로 들어와 이렇게 말한 후로 판을 치워 버렸다. "누구 잘못도 아니에요." 남은 것은 수백 개의 구멍들로 둘러싸인, 윤곽이 표시된 원뿐이었다.

주방의 껍질을 바라보면서 가장 슬픈 일은 그 밑에 무엇이 있고 약한 자리가 조금만 긁혀도 무엇을 드러낼지 그녀가 안다는 사실이었다.

"엄마?"

그들이 돌아보니 문간에 벤지가 서서 성장 표에 몸을 대 보며 있지도 않은 잠옷 주머니를 손으로 더듬어 찾고 있었다. 언제부터 저기 있었을까?

"엄마랑 아빠는 그저……."

"전형이란 뜻이에요."

"뭐라고, 얘야?"

"아빠가 적이라고 말했지만 전형이란 뜻이었어요."

"애한테 키스해 줘." 줄리아가 눈물을 닦고 대신 거품 자국을 묻힌 채 제이컵에게 말했다.

제이컵이 무릎을 굽히고 벤지의 손을 잡았다.

"나쁜 꿈 꿨니?"

"저 죽는 거 괜찮아요." 벤지가 말했다.

"뭐?"

"죽는 거 괜찮다고요."

"그래?"

"모두 저랑 같이 죽는다면 정말 죽어도 괜찮아요. 다른 사람들이 죽지 않을까 봐 겁날 뿐이에요."

"나쁜 꿈을 꿨구나?"

"아니에요. 엄마 아빠 싸웠죠."

"싸운 게 아니야. 우리는……."

"유리 깨지는 소리도 들었어요."

"싸웠단다. 인간은 다 감정이 있고 가끔은 나쁜 감정도 있어. 하지만 괜찮아. 이제 다시 가서 자렴." 줄리아가 말했다.

제이컵이 데려가자 벤지가 아빠의 어깨에 뺨을 묻었다. 아직도 얼마나 가벼운지. 앞으로 얼마나 무거워질까. 어떤 아버지도 마지막으로 아들을 안고 계단을 올라가고 있다는 것을 알지 못한다.

제이컵이 벤지의 이불을 잘 덮어 주고 머리를 쓰다듬었다.

"아빠?"

"응?"

"저도 아빠처럼 아마 천국이 없으리라고 생각해요."

"아빠는 그런 말 한 적 없는데. 확실히 알 수 없다고 그랬지. 그러니까 천국을 놓고 삶을 계획하는 건 그리 좋은 생각이 아닐지도 몰라."

"네, 저도 같은 생각이에요."

자신의 위안을 저버린 데 대해서는 스스로를 용서할 수 있지만, 어째서 다른 이들의 위안까지 모두 저버렸단 말인가? 어째서 다섯 살짜리 아들이 정당하고 아름답고 비현실적인 세계에서 행복하고 안전하도록 놔둘 수 없었단 말인가?

"그럼 아빠는 무엇을 놓고 우리 삶을 계획해야 한다고 생각하세요?" 벤지가 물었다.

"우리 가족?"

"제 생각도 그래요."

"잘 자렴, 우리 아기."

제이컵은 문으로 갔지만 나가지 못했다.

침묵 속에서 긴 몇 분이 지나고 벤지가 외쳤다. "아빠? 아빠가 필요해요!"

"아빠 여기 있다."

"왜 다람쥐들은 털이 복슬복슬한 꼬리가 있도록 진화한 거예요?"

"아마 균형을 잡으려고? 아니면 몸을 따뜻하게 하려고? 이제 잘 시간이다."

"아침에 구글에서 찾아봐요."

"그러자. 하지만 이제 자야지."

"아빠?"

"여기 있다."

"아주아주 오랜 시간이 흐르면 화석의 화석이 생길까요?"

"오, 벤지, 그거 정말 멋진 질문이구나. 아침에 얘기하자."

"네. 전 자야 돼요."

"그래."

"아빠?"

이제 제이컵은 인내심을 잃어 갔다. "벤지."

"아빠?"

"아빠 여기 있다."

그는 벤지의 숨소리가 무거워질 때까지 문가에 서 있었다.

제이컵은 위안을 저버린 남자였지만, 다른 사람들이라면 그대로 걸어 나가 버렸을 만큼 시간이 지난 후에도 오랫동안 문지방에 서 있었다. 그는 항상 카풀하는 차가 떠날 때까지 현관문을 열고 서 있었다. 샘이 탄 자전거 뒷바퀴가 모퉁이를 돌아 사라질 때까지 창가에 서 있었듯이. 자신이 사라지는 모습을 지켜보았듯이.

나는 여기 없다

〉오늘 그게 뭐건 이른바 성년으로 들어가는 통과의례를 치를 준비를 하고서 제가 이 비마에 서서 느끼는 감정은 역사 감각과 극도의 짜증입니다. 지난 반년 동안 제가 유대 자동인형으로 변하도록 도와주신 데 대해 캔터 플라이시먼에게 감사하고 싶습니다. 제가 앞으로 일 년간 이 중에서 뭐 하나라도 기억할 확률은 극히 낮은 데다 여전히 그게 무슨 의미인지도 알지 못하겠지만 그래서 감사합니다. 또 랍비 싱어에게도 감사드리고 싶습니다. 그분은 황산으로 만든 관장제예요. 제 증조부모 가운데 유일하게 생존해 계신 분은 아이작 블록입니다. 아빠는 저더러 증조할아버지를 위해 바르 미츠바를 치러야 한다고 하셨습니다. 증조할아버지는 저에게 한 번도 요구하신 적이 없지만요. 유대인 요양원으로 옮기라고 강요하지 말라는 것처럼 증조할아버지가 저희에게 요구하신 것들이 있기는 합니다. 우리 가족은 증조할아버지를 돌

봐 드리는 데 신경을 아주 많이 쓰지만 정말로 돌봐 드린다고 해도 좋을 만큼은 아니에요. 저는 오늘 제 낭송은 전혀 이해하지 못했지만 그건 이해합니다. 조부모님 어브 블록과 데버러 블록에게도 감사드리고 싶습니다. 그분들은 제 삶에 영감을 주시고 언제나 좀 더 열심히 노력하라고, 좀 더 깊이 파고들라고, 부자가 되라고, 제가 내킬 때마다 원하는 것은 뭐든 말하라고 격려해 주시거든요. 또 플로리다에 사시는 외조부모님 앨런 셸먼과 레아 셸먼에게도요. 매주 의무적으로 하는 스카이프 통화 시간과 제가 태어난 후로 물가 상승에 따라 조정된 적이 없는 하누카*와 생일 축하금만 아니었으면 저는 그분들이 영원히 살 수 없는 존재임을 깨닫지 못했을 겁니다. 남동생들 벤지와 맥스에게도 부모님의 관심을 상당 부분 가져간 데 대해 감사하고 싶습니다. 부모님의 사랑을 혼자서 온전히 감당해야 했다면 어땠을지 말 그대로 상상도 할 수 없습니다. 또 비행기에서 벤지에게 토했을 때 그 애가 이렇게 말했습니다. "토하는 거 얼마나 기분 나쁜지 나도 알아." 그리고 맥스는 언젠가 혈액 검사를 받겠다고 나서서 제가 받지 않게 해 줬습니다. 우리 부모님 제이컵 블록과 줄리아 블록 얘기를 해 볼까요? 사실 전 바르 미츠바를 하고 싶지 않았습니다. 손톱만큼도 하고 싶은 마음이 없었습니다. 세상에는 저축 채권이 충분치 않습니다. 우리는 바르 미츠바가 결국은 제 선택인 척 그것에 대해 대화를 나눴습니다. 그건 다 위장이었습니다. 이런 위장, 그러니

---

* 11월이나 12월에 여드레 동안 하는 유대교의 축제.

까 저의 유대인 정체성이라는 위장으로 가는 디딤돌에 불과한 것에 시동을 걸려는 위장이었습니다. 말하자면 그야말로 문자 그대로 부모님이 아니었다면 여기까지 오지도 않았을 겁니다. 그분들이 그런 분들이라는 이유로 탓을 하는 건 아닙니다. 하지만 제가 이런 인간이라고 탓을 하니까 결국 부모님 탓을 하게 되는 셈이죠. 감사의 말은 이 정도면 됐습니다. 그래서 제가 암송하기로 한 토라의 부분은 바예라*입니다. 토라에서 가장 유명하고 많이 연구된 부분이지요. 그 부분을 읽는 건 대단한 영광이라나요. 제가 토라에 관심이 전무하다는 점을 생각하면 진짜로 열심인 아이한테 그 부분을 줘 버리고 저한테는 자위하는 문둥이들을 다스리는 법에 대한 쓰레기 같은 부분이나 주는 편이 나을 텐데 말입니다. 농담이에요. 하나 더 말씀드리면 그 뒤에 나오는 해석 부분이 잘못되었습니다. 신이 아브라함을 시험한 얘기가 이렇게 나오지요. "나중에 하루는 하느님이 아브라함을 시험하셨다. 하느님이 그를 부르셨다. '아브라함!' '내가 여기 있나이다.' 아브라함이 대답했다." 대부분의 사람들은 시험이 이런 것, 그러니까 아브라함한테 아들 이삭을 제물로 바치라고 요구한 것이라고 생각합니다. 하지만 제 생각에 시험은 하느님이 그를 불렀을 때 이미 시작된 것일 수도 있습니다. 아브라함은 "무엇을 원하십니까?"라고 묻지 않습니다. "네?"라고 되묻지 않습니다. 그저 이렇게 대답하죠. "내가 여기 있나이다." 하느님이 그에게 무얼 요구하고 원하건 아

---

* '그리고 그가 나타났다.'라는 뜻의 히브리어로, 토라 강독에서 4주 차 부분.

브라함은 조건을 달거나 망설이거나 설명을 요구하지 않고 그저 온전히 하느님을 위해 있을 뿐입니다. '내가 여기 있나이다.'라는 뜻의 단어 '히네니'가 그 부분에서 두 번 더 나옵니다. 아브라함이 이삭을 모리아산으로 데려갈 때 이삭은 지금 자신들이 무얼 하는지, 그게 얼마나 말도 안 되는 일인지 알게 됩니다. 자신이 곧 제물이 되리라는 것을 모든 아이들이 항상 일이 막 벌어질 때가 닥쳐서야 알게 되는 식으로 아는 거죠. 이렇게 나옵니다. "그리고 이삭은 아버지 아브라함을 불렀다. '나의 아버지!' 아브라함이 대답했다. '내가 여기 있다, 아들아.' 그러자 이삭이 말했다. '불도 있고 장작도 있는데 제물로 바칠 양은 어디 있습니까?' 그러자 아브라함이 대답했다. '하느님께서 제물로 바칠 양을 맡아 주실 것이다, 아들아.'" 이삭은 아버지를 "아버지"라고 부르지 않습니다. "나의 아버지"라고 부르지요. 아브라함은 유대 민족의 아버지이지만 이삭의 아버지, 이삭 개인의 아버지이기도 합니다. 그래서 아브라함은 "무엇을 원하느냐?"라고 묻지 않습니다. "그래."라고 말하지도 않습니다. 그는 이렇게만 말했습니다. "여기 있다." 하느님이 아브라함을 찾을 때 아브라함은 온전히 하느님을 위해 있습니다. 이삭이 아브라함을 찾을 때 아브라함은 온전히 아들을 위해 있습니다. 하지만 그게 어떻게 가능할 수 있겠습니까? 하느님은 아브라함에게 이삭을 죽이라고 요구하고 이삭은 아버지에게 자신을 지켜 달라고 요구합니다. 어떻게 아브라함이 동시에 완전히 상반되는 두 가지가 될 수 있단 말입니까? '히네니'는 이야기에서 한 번 더, 가장 극적인 순간에 나옵니다. "그리고 그들이 하느님이 그에게 알려 준 장소에 닿아 아브라함이 제단을 쌓고 장작을 놓고 그의 아들 이삭을 묶어 장작더미 위의 제단에 놓았다. 그리고 아브라함이 손을 뻗어 아들에게로 큰 칼을 가져갔다. 그러자 하느님의 사자가 하늘에서 그를 부르며 이렇게 말했다. '아브라함, 아브라함!' 그가 대답했다. '내가 여기 있나이다.' 그러자 사자가 이렇게 말했다. '저 아이에게 손을 뻗어 아무 짓도 하지 마라. 네가 하느님을 두려워하고, 네 아들, 하나뿐인 아들을 내게 바치기를 거부하지 않았다는 것을 알았다.'" 아브라함은 이렇게 묻지 않았습니다. "무엇을 원하십니까?" "네?"라고 되묻지 않았습니다. 다만 이렇게 말했습니다. "내가 여기 있나이다." 제가 바르 미츠바에서 암송할 부분은 많은 것과 관련 있지만 제 생각에는 주로 우리가 누구를 위해 온전히 그 자리에 있는지, 그 사실이 어떻게 그 무엇보다 우리의 정체성을 정의하는지에 관한 것입니다. 제가 앞서 말한 증조할아버지가 도움을 청하셨습니다. 증조할아버지는 유대인 요양원에 가고 싶어 하지 않으십니다. 하지만 가족 중 누구도 "저 여기 있어요."라는 말로 대답한 적이 없습니다. 대신 증조할아버지는 무엇이 제일 좋은지 모르고 본인이 무얼 원하시는지조차 모른다고 설득하려고만 했지요. 실은 설득하려고도 하지 않았습니다. 그냥 할아버지가 어떻게 하셔야 한다고 말씀드렸을 뿐입니다. 저는 오늘 아침에 히브리어 학교에서 나쁜 말을 사용했다고 비난을 받았습니다. 사용했다는 표현이 맞는지도 모르겠습니다. 목록을 만들었다고 그 말을 사용한 건 아니니까요. 하여간 부모님이 랍비 싱어와 면담을 하려고 오셨을 때 저에게 이렇게 말씀하시지 않았습니다. "우리 여기 있다." 대신 이렇게 물으셨습니다. "너 무슨 짓을 한 거야?" 제 말을 믿어 주었으면 좋았을 텐데요. 저는 그럴 자격이 있으니까요. 저를 아는 사람들은 모두 제가 실수투성이 사고뭉치라는 걸 알지만 제가 좋은 사람이라는 것도 압니다. 하지만 제 말을 믿어도 되는 건 제가 좋은 사람이라서가 아닙니다. 제가 그분들의 아들이기 때문입니다. 저를 믿지 않더라도 믿는 척은 하셨어야 합니다. 우리 아빠가 언젠가 저에게 제가 태어나기 전 제 생명의 유일한 증거가 초음파 사진이었을 때 저를 믿어야 했다고 하셨습니다. 다시 말해서 아이가 태어나는 순간부터 부모는 더는 아이를 믿지 않아도 된다는 거지요. 좋아요, 와 주셔서 감사합니다. 이제 다들 나가 주세요.

>끝이야?

>아니. 사실은 아니야. 나는 이곳을 날려 버릴 거야.

>뭐라고?

>길 건너 오래된 컬러 필름 공장 지붕에 연회를 준비했어. 거기서 구경해.

>뛰어!

>컬러 필름이라고?

>뛸 필요 없어. 아무도 다치지 않을 테니까.

>그녀를 믿어 줘.

>구식 카메라에 쓰는 필름 말이야.

>나를 믿을 필요도 없어. 생각해 봐. 뛰어야 했다면 벌써 죽었을 거야.

>별 거지 같은 논리가 다 있네.

>하지만 진짜야.

>떠나기 전에 마지막으로. 왜 비행기가 이륙하거나 착륙하기 전에 조명을 어둡게 하는지 아는 사람?

>그래야 조종사가 더 잘 볼 수 있으니까?

>이제 그만 가자, 알았지?

>전력을 아끼려고?

>난 죽고 싶지 않아.

>좋은 추측이지만 아니야. 비행에서 가장 중요한 순간이라서 그래. 사고의 80퍼센트가 이륙과 착륙 중에 일어나. 연기로 가득 찬 비행기 안의 어둠에 눈이 적응할 시간을 주기 위해 조명을 어둡게 하는 거야.

>그런 걸 이르는 단어가 있어야 해.

>유대교 회당을 나가서 불 켜진 길을 따라가면 돼. 그러면 길이 보일 거야. 아니면 나를 따라오든가.

누구 좀! 누구 좀!

줄리아는 욕실에 있는 그녀의 세면대 앞에 있고, 제이컵은 그의 세면대 앞에 있었다. 나란히 놓인 세면대였다. 쪽모이 세공 바닥에 두른 정교한 가두리, 특이한 벽난로 선반, 개조한 가스 샹들리에처럼 오래된 클리블랜드 파크 저택에서 흔히 볼 수 있는 특징이었다. 집마다 거의 차이가 없어서 작은 차이라도 있으면 칭찬받아 마땅했다. 그렇지 않으면 모든 사람이 너무 적은 것을 위해 너무 힘들게 노력하는 셈이었다. 하지만 누가 정말로 나란히 놓인 세면대를 원할까?

"벤지가 나한테 뭘 물어봤는지 알아?" 제이컵이 세면대 위 거울을 보며 물었다.

"아주아주 오랜 시간이 흐르면 화석의 화석도 생기느냐고?"

"당신이 어떻게……."

"아기 모니터는 모르는 게 없으니까."

"그렇군."

제이컵은 보는 사람이 있을 때만 치실을 썼다. 사십 년 동안 치실은 가끔씩만 썼지만 충치는 세 개밖에 없었다. 시간이 절약되었다. 오늘 밤에는 아내가 보고 있었으므로 치실을 썼다. 나란히 놓인 세면대에서 조금이라도 시간을 더 끌고 싶었다. 아니면 한 침대에 드는 시간을 조금이라도 줄이고 싶든가.

"어릴 때 나만의 우편 체계를 만들었어. 냉장고 상자로 작은 우체국을 만들었지. 엄마가 나를 위해 제복을 바느질해 만들어주셨어. 할아버지의 얼굴이 찍힌 도장까지 있었다니까."

"왜 지금 그런 얘기를 하는 거야?" 그녀가 물었다.

"모르겠어. 그냥 생각이 났어." 그가 앞니 두 개 사이에 치실을 끼운 채 말했다.

"왜 지금 생각이 났어?" 그녀가 물었다.

그가 쿡쿡 웃었다. "당신 실버스 박사 같은 투로 말하네."

그녀는 웃지 않았다. "당신은 실버스 박사 꽤나 좋아해."

"배달할 게 아무것도 없었어. 그래서 엄마한테 편지를 쓰기 시작했지. 오로지 보낼 것이 필요해서 말이야. 내게 중요한 것은 우편 체계였어. 메시지는 아무래도 상관없었고. 하여간 첫 줄은 이랬어. '엄마가 지금 이 편지를 읽고 있다면 내 우편 체계가 잘 돌아가고 있다는 거예요!' 그게 기억나."

"우리."

"뭐라고?"

"우리. 우리 우편 체계. 내 우편 체계가 아니라."

"내,라고 썼을걸. 기억은 잘 안 나." 그가 손가락에서 치실을 풀자 동그랗게 치실 자국이 드러났다.

"기억나면서."

"모르겠어."

"기억할 수 있어. 그리고 그래서 그 얘기를 나한테 해 준 거야."

"우리 엄마는 훌륭한 엄마였어." 그가 말했다.

"나도 알아. 늘 알았어. 어머님은 남자아이들이 세상에서 자기보다 잘난 사람은 없다고 생각하면서도 자신이 누구보다 잘나지 않았다고 느끼게 만드시지. 그렇게 균형 잡는 거 쉽지 않아."

"아빠는 그런 느낌을 주지 않는데."

"아버님이 주시는 균형은 없어."

실 자국이 벌써 없어졌다.

줄리아가 칫솔을 들어 남편에게 건넸다.

제이컵이 나오려 하지 않는 것을 억지로 짜며 말했다. "치약이 떨어졌네."

"벽장 속에 새거 있어."

이를 닦는 동안은 잠시 조용했다. 그들이 매일 밤 잠자리에 들 준비를 하면서 십 분을 보냈다면(물론 그렇게 했다. 적어도 틀림없이 그 정도는 보냈다.) 일 년이면 예순 시간이 될 터였다. 함께 휴가를 보내는 것보다 함께 잠자리에 들 준비를 하는 데 더 많은 시간을 보내는 셈이었다. 그들은 결혼한 지 십육 년이 다 되었다. 그때까지 거의 항상 수요가 많고 외로운, 나란히 놓인 세면대에서 거의 항상 말없이 잠자리에 들 준비를 하는 데 사십 일에 상당하는 시간을 보낸 것이다.

이사를 와서 몇 달 후 제이컵은 아이들과 우편 체계를 만들었다. 맥스가 퇴행하고 있었다. 그는 웃음이 줄고 눈빛이 사나워지고 항상 창가 자리를 찾았다. 제이컵은 이를 스스로에게 부인할 수 있었지만, 다른 사람들이 알아채고 그 사실을 입에 올리기 시작했다. 데버러가 브런치를 먹다가 그를 한쪽으로 데려가서 물었다. "너 보기에 맥스가 어떠니?"

제이컵은 에치*에서 벽에 거는 오래된 우편함을 찾아서 아이들의 침실 문마다 걸어 주고, 하나는 자기 방문에 걸어 놓았다. 그는 아이들에게 이제 각자 자기만의 비밀 우편 체계를 갖게 되었으니 큰소리로 말할 수 없는 메시지들을 보내는 데 쓸 수 있다고 말해 주었다.

"사람들이 통곡의 벽에 쪽지를 남겨 놓는 것처럼 말이죠." 벤지가 말했다.

아니. 제이컵은 생각했다. 그러나 이렇게 말했다. "그래, 그 비슷한 거야."

"아빠가 하느님이 아니라는 것만 빼면요." 맥스가 말했다. 분명히 그렇기는 했고 제이컵이 아이들에게 바라는 태도(무신론자이자 제 부모를 두려워하지 않는 사람들)는 여전히 고민스러웠지만.

그는 자신의 우편함을 매일 확인했다. 편지를 쓰는 사람은 벤

---

* 직접 만든 액세서리나 공예품을 사고파는 온라인 사이트.

지뿐이었다. "세계 평화." "눈 오는 날." "더 큰 텔레비전."

부모 노릇만도 그렇게 어려웠다. 손은 두 개뿐인데 세 아이 등교 준비 시키기의 실행 계획은 히스로 공항 관제탑에서 조정해야 하는 운송량에 맞먹었고 멀티태스킹을 멀티태스킹해야 했다. 그러나 그에게 가장 어려운 것은 아이들과 친밀하게 이야기 나눌 시간을 찾는 일이었다. 아이들은 늘 같이 뭉쳐 다녔고, 늘 소란이 있고, 항상 끝내야 할 일이 있었다. 짐을 함께 나눠 질 사람이 없었다. 그래서 일대일로 있을 수 있는 상황이 오면 그는 그 순간을 잘 활용해야 한다는 욕구와(아무리 적당한 때가 아닌 것 같아 보여도) 너무 많이 말하거나 너무 적게 말할지 모른다는 오래된 두려움을 동시에 느꼈다.

우편 체계를 만들고 몇 주가 지난 어느 날 밤 샘이 잠자리에서 벤지에게 책을 읽어 주고 맥스와 제이컵은 한 변기에 오줌을 누고 있었다.

"겹치지 않게 조심해, 레이."

"네?"

"「고스트버스터」에 나오는 대사야."

"영화인 건 아는데, 보진 못했어요."

"농담이지?"

"아니에요."

"하지만 같이 본 기억이……."

"본 적 없어요."

"좋아. 하여튼 그들이 처음으로 프로톤인가 뭔가를 쏘는 근사한 장면이 있는데, 에곤이 이렇게 말해. '겹치지 않게 조심해, 레이.' 왜냐하면 거기서 실수하면 끝장이거든. 그 영화를 본 후로는 누군가랑 한 변기에 오줌을 눌 때면 늘 그 생각을 해. 하지만 우리 둘 다 거의 다 눈 것 같으니까 이제 맞지 않는 말이지."

"상관없어요."

"너는 내 우편함에 아무것도 안 넣었던데."

"네. 넣을게요."

"숙제는 아니야. 그냥 그게 마음에 걸리는 게 있을 때 털어내는 좋은 방법일 수도 있을 것 같아서."

"알았어요."

"다들 뭔가를 억누르잖아. 네 형제들도 그러고. 나도 그래. 엄마도 그러고. 하지만 그러면 인생이 진짜로 힘들어질 수도 있어."

"죄송해요."

"아니야, 너를 위해서 한 말이야. 난 내가 가장 두려워하는 것으로부터 스스로를 보호하려고 엄청나게 노력하느라 평생을 보냈어. 결국 두려워할 건 아무것도 없었다고 말한다면 틀린 말이겠지만, 아마 내 가장 나쁜 두려움이 현실이 되었다 해도 그렇게 나쁘지는 않았을 거야. 어쩌면 내가 노력한 게 더 나빴던 건지도 모르고. 공항으로 떠나던 날 밤이 기억나. 너희에게 다른 여행 때처럼 키스를 하고 이렇게 말했지. '한두 주 후에 보자꾸나.' 내가 떠날 준비를 할 때 엄마가 나에게 무얼 기다리느냐고 물었어. 엄마는 그게 대단한 일이니까 내가 큰일이라고 생각해야 하고, 너희 역시 그래야 한다고 했어."

"하지만 아빠가 다시 와서 무언가 다른 말을 하지 않았잖아요."

"너무 두려웠거든."

"뭐가 두려웠어요?"

"두려워할 건 아무것도 없었어. 그게 내가 너에게 하려는 말이야."

"정말로 두려워할 건 아무것도 없었다는 거 저도 알아요. 하지만 아빠는 뭐가 두려웠어요?"

"현실이 되는 거?"

"가는 거요?"

"아니. 우리가 가졌던 거. 우리가 가진 거."

줄리아가 입 속 깊숙이 칫솔을 물고 양 손바닥으로 세면대를 짚었다. 제이컵이 치약을 뱉고 말했다. "난 아버지가 우리를 실망시킨 것과 똑같이 내 가족을 실망시킬 거야."

"그러지 않을 거야." 그녀가 말했다. "하지만 아버님이 하신 실수를 피하는 걸로는 충분치 않아."

"뭐?"

그녀가 칫솔을 빼고 말했다. "그러지 않을 거라고. 하지만 아버님의 실수를 피하는 걸로는 충분치 않다고."

"당신은 훌륭한 엄마야."

"왜 그런 말을 해?"

"우리 엄마가 얼마나 훌륭한 엄마였는지 생각하던 참이었어.”

그녀가 화장대를 닫고 할 말을 고르는 것처럼 잠시 멈추더니 말했다. “당신은 행복하지 않아.”

“왜 그런 말을 해?”

“그게 진실이야. 당신은 행복해 보여. 자신이 행복하다고 감사할지도 몰라. 하지만 실은 그렇지 않아.”

“내가 우울해 보여?”

“아니. 내 생각에는 당신이 행복을 지나치게 강조하는 것 같아. 당신 자신과 다른 이들의 행복을. 그리고 당신은 불행이 너무 두려워서 배에 물이 샌다고 인정하느니 차라리 배와 함께 가라앉는 쪽을 택할 거야.”

“그건 아닌 것 같은데.”

“그리고 맞아, 당신 우울해 보여.”

“그저 선열 때문일 거야.”

“당신은 당신 게 아닌, 당신 빼고 모두가 사랑하는 드라마를 쓰는 데 진력이 났어.”

“모두 사랑하지는 않아.”

“흠, 당신은 분명 사랑하지 않지.”

“나도 좋아해.”

“그리고 당신은 당신이 하는 일을 좋아하기만 하는 것도 끔찍이 싫지.”

“모르겠어.”

“하지만 당신은 분명 알아. 당신 안에 무언가가(책이든 드라마든 영화든 뭐든) 있다는 걸 안다고. 그냥 풀어놓을 수만 있다면 당신이 지금까지 했다고 느끼는 모든 희생이 더는 희생으로 느껴지지 않을 거야."

"난 희생을 해야 했다고 느끼지……."

"당신이 문법을 어떻게 바꿨는지 알겠어? 난 당신이 지금까지 했다고 느끼는 희생이라고 말했어. 당신은 해야 했다고 말했고. 차이를 알겠어?"

"맙소사, 당신 정말 면허 따서 상담실이라도 차려야겠다."

"농담 아니야."

"알아."

"그리고 당신은 행복한 결혼 생활을 하는 척하는 데도 진력이 나고……."

"줄리아."

"당신 인생에서 가장 중요한 관계를 좋아하기만 하는 것도 끔찍이 싫은 거야."

제이컵은 자주 줄리아에게 분노가 치밀었고, 가끔은 그녀를 증오하기까지 했지만 그녀에게 상처를 입히고 싶은 적은 한순간도 없었다.

"그건 사실이 아니야." 그가 말했다.

"당신은 너무 다정하거나 너무 겁이 나서 인정하지 못하지만 사실이야."

"아니라니까."

"그리고 아빠이자 아들 노릇 하기가 싫증 난 거지."

"왜 나에게 상처를 주려는 거야?"

"그런 거 아니야. 그리고 서로에게 상처를 주는 것보다 나쁜 것들도 있어." 그녀가 선반에 놓인 다양한 노화 억제, 죽음 억제 제품들을 정리하고 말했다. "이제 그만 자러 가자."

이제 그만 자러 가자. 그 네 단어가 결혼을 다른 모든 관계와 다르게 만든다. 서로 동의할 방법을 찾지 못하겠지만 이제 그만 자러 가자. 그러고 싶어서가 아니라 그래야 하니까. 바로 이 순간 서로를 증오하지만 이제 그만 자러 가자. 자신에게로, 그러나 함께 물러가자. 얼마나 많은 대화가 그 네 단어로 끝났을까? 얼마나 많은 싸움이?

가끔 그들은 잠자리에 누워 그것을 헤쳐 나가기 위해 한 가지 노력을 더 했다. 가끔은 잠자리에 드는 것이 무한히 큰 방에서는 가능하지 않은 일들을 가능하게 해 주었다. 한 이불을 덮고 누웠다는 친밀감, 온기를 나누는 데 기여하는 두 개의 용광로, 그러나 동시에 서로를 보지 않아도 된다는 사실. 눈에 들어오는 천장, 천장이 생각나게 만드는 모든 것. 혹은 어쩌면 뇌에서 너그러움을 담당하는 부분은 모든 피가 모이는 뇌의 뒤쪽에 있는지도 모른다.

가끔 그들은 잠자리에 들어 매트리스 끝까지 굴러가 각자 그것이 킹 사이즈였으면, 각자 그것이 그냥 사라져 버렸으면 좋겠다고 생각했다. 그러나 그것이라는 단어를 억누르기에는 집게 손가락의 뼈만으로는 모자랄 정도였다. 그것은 밤인가? 그것은 결혼인가? 그것은 이 가족의 가정생활의 모든 곤경인가? 그들은 선택의 여지가 없어서 함께 잠자리에 든 게 아니었다. 케인 브리에레 이즈 오이치 아 브레이레. 랍비가 삼 주 후 장례식에서 말하게 되듯이 선택의 여지가 없는 것도 선택이다. 결혼은 자살의 반대지만 의지의 최종적인 행위라는 점에서는 유일하게 자살과 맞먹는다.

이제 그만 자러 가자…….

침대에 몸을 눕히기 직전에 제이컵이 당황한 표정을 짓고 갑자기 열쇠가 어디 있는지 모르겠다는 것을 깨달은 사람처럼 사각 팬티에 있지도 않은 주머니를 더듬으며 말했다. "오줌 누고 올게." 그가 매일 밤 이 순간에 하던 대로.

그는 문을 닫아걸고 약장 가운데 서랍을 열고 《뉴요커》 더미를 들춘 다음 히드로코르티손 아세테이트 좌약 상자를 꺼냈다. 목욕 수건을 바닥에 펼쳐 놓고 다른 한 장을 둘둘 말아 베개처럼 만든 다음 오른쪽 무릎을 구부리고 왼쪽으로 옆으로 누워 테리 샤이보*나 빌 버크너,** 아니면 니콜 브라운 심슨*** 을 생각하면서 좌약을 살며시 밀어 넣었다. 자신이 밤마다 무엇을 하는지 줄리아가 알지도 모른다고 생각했지만 차마 물어보지는 못했다. 그러려면 우선 자신이 인간의 몸 전체를 소유하고 있음을 인정해야 할 테니까. 그녀의 몸의 거의 전부를 거의 언제나 공유할 수 있듯이 그의 몸도 거의 전부를 거의 항상 공유할 수

---

* 1990년 심장 마비로 뇌 손상을 입은 상황에서 생명 유지 장치를 가족의 뜻에 따라 제거할지를 놓고 논란의 대상이 되었던 인물.
** 미국의 야구 선수로, 1986년 월드 시리즈 6차전에서 그의 결정적인 실수 때문에 그가 속한 팀이 우승을 놓쳤다.
*** O. J. 심슨의 전 부인으로, 그가 살인범으로 지목되었다.

있었지만 가끔은, 어떤 부분은 그럴 수 없었다. 그들은 아이들의 장운동을 분석하느라 셀 수 없이 많은 시간을 보냈다. 맨손으로 기저귀 발진 크림을 직접 발라 주기도 했고, 도노위츠 선생의 지시대로 아기의 변비를 풀어 주려는 노력으로 괄약근을 자극하기 위해 항문용 온도계를 돌리며 꽂기도 했다. 그러나 막상 서로의 일에 이르면 어떤 부분은 거부할 수밖에 없었다.

당신 항문에 아직 넣어 줄 수 없어

블록 집안의 모든 사람이 각자 나름대로 집착하는 항문은 제이컵과 줄리아의 부정의 진원지였다. 그것은 죽을 때까지 없어서는 안 되지만 결코 내놓고 말해서도 안 되는 것이었다. 누구나 가지고 있지만 숨겨야 하는 것이었다. 모든 것이 모이는 장소(인체의 매듭)이면서 아무것도, 특히 관심, 특히 손가락이나 성기, 특히특히 혀는 닿을 수 없는 곳이었다. 변기 옆에 놓여 있었던 그 성냥은 모닥불에 불을 댕기고 활활 타오르게 만들기에 충분했다.
밤마다 제이컵은 소변을 보고 온다는 핑계를 댔고, 밤마다 줄리아는 그를 기다렸다. 그녀는 그가 뚜껑 달린 쓰레기통 바닥에 좌약 포장지를 휴지로 싸서 숨기는 것을 알았다. 그가 변기 물을 내릴 때 실은 아무것도 흘려보내지 않는다는 것도 알았다. 숨기는 그 몇 분의 시간, 말없는 침묵의 시간에는 벽과 천장이 있었다. 그들의 안식일과, 자부심에 찬 고백을 속삭이는 자들이 시간의 건축을 만들어 왔던 것처럼. 요추 보호대를 한 사람을 고용하거나 주소 변경 안내문을 보낸 적은 없어도, 심지어 그들의 마음의 고리에 있는 열쇠 하나 다른 것으로 바꾼 적조차 없었으나, 그들은 한 집에서 다른 집으로 옮겨 갔다.

맥스는 예전에 숨바꼭질을 무척이나 좋아했다. 아무도, 심지어 벤지조차 그것을 참지 못했다. 집을 구석구석 환히 다 알고 샅샅이 다 탐색했기에 그 놀이는 체커 게임을 하는 것과 같았다. 그래서 특별한 경우에만(생일이나 아주 정직하게 행동한 데 대한 보상으로) 맥스가 숨바꼭질을 하자고 할 수 있었다. 그리고 그 놀이는 항상 모두 예상했듯이 지루했다. 누군가는 옷장 속 엄마의 블라우스 뒤에서 숨을 참고 있고, 누군가는 욕조에 똑바로 눕거나 싱크대 밑에 웅크리고 숨었으며, 누군가는 그렇게 하면 자신이 덜 보일 거라는 직감에 굴복하여 눈을 감고 숨었다.

아이들이 숨어 있지 않을 때조차 제이컵과 줄리아는 아이들을 찾았다. 두려움에서, 애정에서. 그러나 아거스는 없어져도 다들 몇 시간이나 눈치채지 못할 때도 있었다. 아거스는 대문이 열리거나 욕조에 물을 채우거나 식탁에 음식이 차려지면 나타났다. 다들 그가 돌아오는 걸 당연하게 여겼다. 제이컵은 저녁 식탁에서 아들들이 비판적으로 사고하는 달변가가 되도록 열띤 토론을 부추기려 했다. 이런 토론(예루살렘과 텔아비브 중 어느 곳이 이스라엘의 수도가 되어야 할까?) 중간에 줄리아가 아거스를 본 사람이 있느냐고 물었다. "아거스 저녁밥이 그대로 있는데."

고작 몇 분 아거스를 부드럽게 부르고 슬쩍 둘러보고 아이들은 겁에 질리기 시작했다. 초인종을 울렸다. 사람이 먹는 음식을 그릇에 담아 내놓았다. 맥스는 스즈키 피아노 교재 1권을 연주했다. 그러면 항상 낑낑대는 소리가 들려왔기 때문에. 그러나 아무 반응도 없었다.

방충 문은 닫혀 있었지만 현관 문은 열려 있었으므로 그가 밖으로 나가 버렸다고 생각할 수도 있었다.(누가 문을 열어 놨을까? 제이컵은 의아했다. 화가 났지만 누구를 향한 것은 아니었다.) 그들은 아거스를 처음에는 다정하게, 그다음에는 필사적으로 부르며 집 주변을 찾아다녔다. 몇몇 이웃들도 수색에 동참했다. 제이컵은 (물론 혼자 속으로만) 어떤 개들이 분명 그러듯이 아거스가 죽으러 사라진 것은 아닐까 생각했다. 날이 어두워져서 앞이 잘 보이지 않았다.

나중에 알고 보니 개는 위층 손님용 욕실에 있었다. 어쩐 일인지 그는 외부로부터 자신을 완전히 닫고 있었고, 너무 늙었거나 너무 순해서 짖지 않았다. 아니면 적어도 배가 고파질 때까지는 그곳에 있는 편이 더 좋았는지도 모른다. 그는 그날 밤 침대에서 자도록 허락받았다. 아이들이 허락받았듯이. 아이들이 개를 잃어버렸다고 생각했었기 때문에. 개가 내내 아주 가까이 있었기 때문에.

다음 날 저녁 식사 때 제이컵이 말했다. "결정했다. 아거스를 매일 밤 침대에서 재워도 돼." 아이들이 환호성을 질렀다. 제이컵이 미소를 지으며 말했다. "너희도 동의할 거라 믿는다."

웃음기 없는 얼굴로 줄리아가 나섰다. "잠깐, 잠깐, 기다려."

여섯 동물이 한 이불을 덮고 잔 것은 그때가 마지막이었다.

제이컵과 줄리아는 서로에게 숨긴 일 속에 자신을 숨겼다.

그들은 다른 누군가의 행복을 대가로 치르지 않아도 되는 행복을 구했다.

그들은 가정생활의 운영 뒤에 숨었다.

그들의 가장 순수한 찾기는 안식일에 있었다. 안식일에 그들은 눈을 감고 집과 그들 자신을 새롭게 했다.

제이컵이 욕실에 간다며 자리를 피하고 줄리아는 손에 든 책을 읽지 않은 그 몇 분의 건축이 그들의 가장 순수한 은신처였다.

이제 당신 항문에 넣어 줄게

줄리아는 잠옷을 입고, 제이컵은 티셔츠와 사각팬티 차림으로 잠자리에 들었다. 그녀는 브라를 하고 잤다. 브라가 받쳐 주는 편이 더 편안하다고 말했고, 아마도 전적으로 사실이었을 것이다. 그는 티셔츠를 입어야 따뜻해서 잠이 더 잘 온다고 했고, 아마 그 말도 전적으로 사실이었을 것이다. 그들은 불을 끄고 안경을 벗고 같은 천장, 같은 지붕을 보완은 할 수 있어도 결코 저절로 나아질 수 없을 나쁜 눈으로 응시했다.

"내가 어릴 적에 당신이 나를 알았으면 좋았을 텐데." 제이컵이 말했다.

"어릴 때?"

"아니면 그냥…… 전에. 내가 이렇게 되기 전에."

"나를 알기 전의 당신을 내가 알았으면 좋았을 거란 얘기야?"

"아니야. 못 알아듣는군."

"알아듣게 말해 봐."

"줄리아, 난…… 나 자신이 아니야."

"그럼 누군데?"

제이컵은 울고 싶었지만 그럴 수 없었다. 하지만 자신이 숨기고 있다는 것을 숨길 수도 없었다. 그녀가 그의 머리를 쓰다듬었다. 그녀는 그의 무엇도 용서하지 않았다. 아무것도. 문자도, 그 세월도. 그러나 그의 요구에 반응하지 않을 수 없었다. 그러고 싶지 않았지만 그러지 않을 수 없었다. 그것은 사랑의 한 형태였다. 그러나 이중 부정은 절대 종교를 지탱해 주지 못했다.

그가 말했다. "내가 느끼는 것을 말해 본 적이 한 번도 없어."

"한 번도?"

"응."

"그건 진짜 징벌인데."

"사실이야."

"흠." 그녀가 전화기를 찾아낸 후 처음으로 쿡쿡 웃으며 말했다. "당신이 잘하는 다른 것도 많잖아."

"조금은 나를 인정해 준다는 소리군?"

"뭐가?"

"당신! 웃음소리."

"그거? 아니, 그건 아이러니를 이해했다는 소리야."

잠들어. 그가 스스로에게 애원했다. 잠들라고.

"내가 뭘 잘하는데?" 그가 물었다.

"진심으로 묻는 거야?"

"한 가지만 대 봐."

그는 상처받았다. 그러나 그녀로서는 아무리 그가 상처받아 싸다고 생각해도 막상 그가 상처받으면 견딜 수 없었다. 그녀는 그를 보호하기 위해 자신의 아주 많은 부분을 잃어버리면서까지 헌신해 왔다. 그의 심한 나약함을 달래느라 얼마나 많은 경험, 얼마나 많은 대화 주제, 얼마나 많은 말들을 희생했던가? 그들은 그녀가 이십 년 전 남자 친구와 함께 가 본 도시에는 갈 수 없었다. 시부모 집에 경계가 없는 데 대해 가볍게라도 대화를 나눌 수 없었고, 하물며 육아에서 그의 선택은 아예 선택이라는 것이 없어 보일 때도 많았지만 그것에 대해서는 더더욱 한마디도 할 수 없었다. 그녀는 아거스가 제 힘으로는 어쩌지 못하기 때문에, 그리고 그녀가 선택하지도 원하지도 않았고 오히려 부당한 짐이라 해도 아거스가 그녀의 몫이었기 때문에 그녀는 아거스의 똥을 치웠다.

"당신은 친절해." 그녀가 남편에게 말했다.

"아냐. 정말로 그렇지 않아."

"예를 백 가지는 들 수 있어……."

"지금 같으면 서너 개만 들어 줘도 엄청나게 도움이 될 텐데."

"당신은 마트에서 항상 카트를 제자리에 갖다 놔. 지하철에서 다른 사람이 읽을 수 있게 《포스트》를 접어서 놔 둬. 길을 잃은 여행객들에게 지도를 그려 주고……."

"그건 친절이야, 아니면 양심적인 거야?"

"그럼 당신은 양심적이야."

그녀가 상처받으면 그는 견딜 수 있었을까? 그녀는 알고 싶었지만 그가 말해 줄 것 같지는 않았다.

그녀가 물었다. "우리가 서로보다 아이들을 더 사랑한다는 게 슬퍼?"

"나라면 그런 식으로 말하지 않겠어."

"그래, 당신이라면 내가 당신의 적이라고 하겠지."

"홧김에 한 말이야."

"알아."

"그런 뜻으로 한 말이 아니었다고."

"알아. 하지만 어쨌든 말했잖아."

"홧김에 진심이 나온다는 말은 믿지 않아. 가끔은 그냥 아무 말이나 튀어나오는 거야."

"알아. 하지만 전혀 마음에도 없는 말이 그냥 나온다고도 생각하지 않아."

"난 당신보다 아이들을 더 사랑하지 않아."

"당신은 그래. 나는 그래. 어쩌면 그렇게 하도록 되어 있는지도 몰라. 진화의 힘 때문인지 몰라."

"난 당신을 사랑해." 그가 그녀 쪽으로 몸을 돌리며 말했다.

"나도 알아. 지금까지 한 번도 의심한 적 없고 지금도 의심하지 않아. 하지만 내가 원하는 것과는 다른 종류의 사랑이야."

"그게 우리한테 무슨 뜻이야?"

"나도 몰라."

잠들어, 제이컵.

그가 말했다. "노보카인*을 맞으면 자기 입이 어디에서 끝나고 세상이 어디에서 시작되는지 불확실해지는 거 알아?"

"알걸."

"아니면 계단이 하나 더 있는 줄 알고 발을 디디면 실제로는 없는 계단을 뚫고 발이 푹 빠지는 느낌이 드는 거 알아?"

"그럼."

물리적 공간을 건너는 게 그에게 왜 그렇게 어려웠을까? 그래서는 안 됐지만 그랬다.

"내가 무슨 말을 하려 했던 건지 모르겠어."

그녀는 그가 애쓰고 있음을 느낄 수 있었다.

"뭔데?"

"모르겠어."

그가 그녀의 머리카락 밑으로 손을 밀어 넣어 뒷목을 감싸 쥐었다.

"당신은 지쳤어." 그가 말했다.

"정말 피곤해서 죽을 것 같아."

"우리 둘 다 지쳤어. 완전히 녹초가 되어 버렸어. 쉴 방법을 찾아야 해."

---

* 치과용 국부 마취제.

"차라리 당신이 바람을 피우고 있다면 이해하겠어. 화나겠지. 상처도 받을 테고. 내가 하고 싶지도 않은 일까지 가게 될지도 모르고⋯⋯."

"예를 들면?"

"당신을 미워하게 되는 거야, 제이컵. 하지만 적어도 당신을 이해는 할 거야. 난 항상 당신을 이해했어. 내가 당신에게 했던 말 기억나? 당신은 나에게 말이 되는 유일한 사람이라고? 이제는 당신이 하는 모든 것이 혼란스러워."

"혼란스럽다고?"

"당신의 부동산에 대한 집착."

"난 부동산에 집착하지 않아."

"당신 노트북 옆을 지나갈 때마다 화면이 온통 집 목록으로 가득한걸."

"그냥 궁금해서."

"하지만 왜 궁금해? 그리고 왜 샘한테 그 애가 당신보다 체스 실력이 낫다는 말을 안 해?"

"물론 해."

"하지 않잖아. 당신은 마음만 먹으면 당신이 그 애를 이길 수 있다고 믿게 만들어. 그리고 왜 당신은 상황이 달라지면 그렇게 완전히 다른 사람이 되는 거야? 나하고 있을 때는 수동 공격적으로 조용히 있다가 애들한테는 쏘아붙이고, 그러면서 아버님이 당신을 깔아뭉개도록 놔두잖아. 십 년간 나한테는 금요 편지를 쓴 적이 없으면서 자기만 좋아하고 아무하고도 나누려 들지 않는 일에 여가 시간을 다 바치지. 그러더니 아무 뜻도 없다면서 그런 문자나 보내고. 우리가 결혼할 때 난 당신 주위를 일곱 바퀴 돌았어. 이제는 당신을 찾지도 못하겠어.”

“바람피우는 거 아니야.”

“아니야?”

“그래.”

그녀가 울음을 터뜨렸다.

“같이 일하는 누군가와 끔찍하게 부적절한 문자를 주고받았어.”

“여배우지.”

“아니야.”

“누구야?”

“그게 중요해?”

“나한테 중요하면 중요한 거야.”

“감독들 중 한 명이야.”

“나랑 이름이 같은 여자?”

“아니.”

“머리가 붉은색인 그 여자야?”

“아니야.”

“알겠지만 난 신경 안 써.”

“좋아. 그래야 해. 신경 쓸 이유가…….”

“그 여자랑은 어떻게 시작됐어?”

“그건 그냥…… 어쩌다 보니 그렇게 됐어. 다 그렇지 뭐. 그게……."

"신경 안 쓴다니까."

"진짜로 말뿐이었어."

"얼마나 됐어?"

"모르겠어."

"모르긴 왜 몰라."

"넉 달쯤 됐나."

"지금 나보고 매일 같이 일하는 사람이랑 넉 달 동안 성적인 의도가 훤히 보이는 문자를 주고받았으면서 육체관계는 전혀 없었다는 말을 믿으라는 거야?"

"나를 믿어 달라는 게 아니야. 진실을 말하는 거야."

"슬프게도 당신을 믿어."

"슬퍼할 일 아니야. 희망이지."

"아니, 슬픈 일이야. 내가 아는 사람 중에서, 아니, 상상이라도 할 수 있는 사람들 중에서 그렇게 얌전하게 살면서 그렇게 대담한 문자를 보낼 수 있는 사람은 당신뿐이야. 당신이 항문을 핥고 싶다는 문자를 누군가에게 보내고, 그런 허풍을 떨고, 그러고는 넉 달 내내 그 여자 옆에 매일 앉아 있으면서 허벅지에는 손도 대지 않을 수 있다고 믿어. 그런 용기를 내 보지도 않고. 당신의 비겁함이 느슨해진 틈을 타서 그녀에게 당신 허벅지를 만져도 괜찮다는 신호조차 보내지 않고. 신호를 보냈더라도 틀림없이 그 여자 거기는 계속 젖게 하면서 손은 못 대게 하려는 거였겠지."

"너무 멀리 갔어, 줄리아."

"멀리 갔다고? 진심이야? 당신이야말로 이 방에서 멀리 간다는 게 무슨 의미인지 모르는 사람이야."

"내가 보낸 문자가 너무 많이 갔다는 건 알아."

"분명히 말하는데, 당신은 실제로는 그렇게 멀리 가 본 적도 없어."

"그건 무슨 뜻으로 하는 말이야? 내가 정말로 바람을 피우면 좋겠어?"

"아니, 당신이 나에게 안식일 편지를 써 주면 좋겠어. 하지만 당신이 다른 누군가에게 포르노 같은 문자를 보낼 거라면, 그래, 당신이 바람을 피우면 좋겠어. 그러면 당신을 존중은 해 줄 수 있을 테니까."

"말이 안 되는 소리잖아."

"완벽하게 말이 돼. 그 여자랑 잤다면 그만큼은 더 당신을 존중했을 거야. 내가 점점 더 믿기 어려워지는 사실이 증명되었을 거야."

"그게 뭔데?"

"당신이 인간이라는 거."

"내가 인간이라는 걸 믿지 못하겠다고?"

"당신이 거기 있다는 사실 자체를 못 믿겠어."

제이컵이 무슨 말이 나올지도 모르면서 입을 벌렸다. 그는 그녀가 자신에게 준 모든 것을 돌려주고 싶었다. 그녀의 신경증, 불합리한 점들, 약점, 위선, 추악함을 나열해 주고 싶었다. 동시에 그녀가 말한 것이 전부 사실이라고 인정하고 자신이 괴물같이 변해 버린 전후사정을 설명하고 싶었다. 다 그의 탓만은 아니라고. 한 손으로는 회반죽으로 벽돌을 쌓는 동시에 다른 손으로는 망치로 다 부숴 버리고 싶었다.

그러나 그의 목소리 대신 벤지의 목소리가 들렸다. "아빠가 필요해요! 정말로 필요해요!"

줄리아가 웃음을 터뜨렸다.

"왜 웃어?"

"그건 잃어 버리지 않은 것들과는 아무 상관이 없어."

그것은 신경질적인 반대의 웃음소리였다. 끝을 아는 어두운 웃음소리. 저울질하는 종교적 웃음.

벤지가 다시 아기 모니터를 통해 외쳤다. "누구 좀! 누구 좀!"

그들은 침묵에 빠졌다.

줄리아가 남편의 눈을 찾고 싶은 마음에 어둠 속에서 남편의 눈을 찾았다.

"누구 좀!"

깜뭐라는 말

제이컵이 잠잠해진 벤지를 두고 돌아왔을 때 줄리아는 잠들
어 있었다. 아니면 잠든 사람이라고밖에 볼 수 없는 모습이었다.
제이컵은 불안했다. 책을 읽고 싶지 않았다. 텔레비전을 보고 싶
지 않았다. 글을 쓸 생각도 없었다. 자위도 하지 않을 터였다. 어
떤 일을 해도 마음이 가라앉지 않을 것 같았고, 무엇이든 가식처
럼, 누군가를 흉내 내는 것처럼 느껴질 것 같았다.

그는 잠시라도 만이의 잠든 몸을 바라보며 평화로운 순간을
느끼고 싶어서 샘의 방으로 갔다. 문 밑으로 새어 나온 흔들리는
불빛이 복도로 퍼지더니 물러갔다. 건너편에서는 디지털의 바다
에서 파도가 일고 있었다. 샘은 혼자 있을 때는 그 어느 때보다
경계했으므로 아버지의 무거운 발자국 소리를 들을 수 있었다.

"아빠?"

"외로운 한 사람이란다."

"그러니까…… 거기 서 계시는 거예요? 뭐 필요한 거 있으세요?"

"좀 들어가도 되니?"

그가 대답을 기다리지도 않고 문을 열었다.

"그냥 한번 물어본 거였어요?" 샘이 화면에서 눈을 돌리지도 않고 물었다.

"뭐 하니?"

"텔레비전 봐요."

"넌 텔레비전 없잖아."

"컴퓨터로요."

"그럼 컴퓨터를 보는 거 아니야?"

"그럼요."

"텔레비전에서 뭘 하니?"

"전부 다요."

"뭘 보고 있어?"

"아무것도 안 봐요."

"잠깐 시간 있니?"

"네. 잠……."

"한번 해 본 말이다."

"아."

"요즘 어떠니?"

"이건 대화인가요?"

"그냥 물어보는 거야."

"잘 지내요."

"기분이 좋아서 기분 최고야?"

"네?"

"나도 모르겠다. 어디선가 그런 말을 들어 본 것 같은데. 그러니까…… 샘."

"말라빠진 한 사람요."

"대답 멋지구나. 하여간 들어 보렴. 이런 일을 겪게 해서 미안하다. 하지만. 오늘 아침 히브리어 학교에서 있었던 일 말이다."

"제가 그러지 않았어요."

"그래. 그렇지."

"저를 믿지 않으세요?"

"그건 질문거리조차 안 돼."

"질문거리는 되죠."

"네가 달리 해명할 말이 있다면 여기에서 빠져나가기가 훨씬 쉬워질 거야."

"없어요."

"그런 단어들이 아무리 많아도 정말로 별거 아니야. 우리끼리 하는 얘기인데, 네가 썼다 해도 난 개의치 않을 거다."

"안 썼다니까요."

"하지만 깜뭐는."

샘이 결국 아버지에게 주의를 돌렸다.

"뭐요, 이혼요?"

"뭐라고?"

"신경 쓰지 마세요."

"왜 그런 말을 했니?"

"안 했어요."

"엄마랑 내 얘기니?"

"저도 몰라요. 싸우는 소리랑 유리 깨지는 소리 때문에 제가 하는 말도 안 들려요."

"아까? 아니야, 네가 들은 건……."

"됐어요. 엄마가 올라오셔서 얘기를 좀 했어요."

제이컵은 컴퓨터의 텔레비전을 흘끗 보았다. 그는 기 드 모파상이 파리에서 에펠탑이 보이지 않는 유일한 장소였기 때문에 에펠탑에 있는 식당에서 매일 점심 식사를 했다는 이야기를 떠올렸다. 내츠*가 다저스와 연장전을 하고 있었다.

제이컵이 갑자기 흥분한 어조로 손뼉을 치며 외쳤다. "우리 내일 야구 보러 가자!"

"네?"

"얼마나 재미있겠어! 타격 연습 하는 거 보러 일찍 가도 좋고. 쓰레기도 잔뜩 먹고."

"쓰레기를 잔뜩 먹어요?"

"쓰레기 같은 음식."

"전 이걸로 봐도 충분한데요?"

---

* 워싱턴 D. C.의 야구팀인 워싱턴 내셔널스를 줄여서 부르는 말.

"하지만 아빠한테 멋진 생각이 있어."

"정말요?"

"아닌가?"

"전 축구랑 첼로를 해야 하고, 아직 진행 중이라면 바르 미츠바 수업도 있어요. 절대 그럴 일은 없겠지만."

"아빠가 거기에서 빼 줄게."

"제 삶에서요?"

"유감이지만 아빠가 해 줄 수 있는 건 삶으로 데려오는 것뿐이란다."

"게다가 경기는 L. A.에서 있어요."

"그렇구나." 제이컵이 더 차분해진 어조로 말했다. "그걸 미처 몰랐네."

아빠의 어조에 샘은 아빠가 기분이 상했나 싶어졌다. 진정 어리석은 줄 알면서도, 그는 앞으로 더 자주, 더 강하게 경험하게 될 감정의 떨림을 경험했다. 어쩌면 모든 것이 적어도 조금은 그의 잘못일지 모른다는.

"체스 게임 끝낼까?"

"아뇨."

"용돈은 충분하니?"

"네."

"그리고 히브리어 학교 일 말이다. 할아버지 때문인 건 아니지?"

"누군지 그런 짓을 한 애도 우리 할아버지 손자라면 몰라도 아니에요."

"아빠도 그렇게 생각했다. 하여간……."

"아빠, 빌리는 흑인이에요. 그런데 어떻게 제가 인종 차별주의자가 될 수 있겠어요?"

"빌리?"

"제가 좋아하는 여자애예요."

"너 여자 친구 있니?"

"아뇨."

"무슨 말인지 모르겠구나."

"제가 좋아하는 여자애라고요."

"좋아. 빌리라고 했니? 그런데 여자애고, 맞지?"

"네. 그리고 흑인이에요. 그런데 제가 어떻게 인종 차별주의자가 될 수 있겠느냐고요?"

"그게 논리적으로 맞는지 잘 모르겠다."

"맞아요."

"넌 어떤 사람들이 자기 친구 중에는 흑인도 있다는 얘기를 굳이 하는지 아니? 바로 흑인을 편치 않아 하는 사람이야."

"저랑 친한 친구 중에 흑인은 한 명도 없어요."

"그리고 중요한 문제는 아닐 수 있지만 아프리카계 미국인이 더 많이 쓰는 명칭이야."

"명칭이라고요?"

"용어 말이다."

"흑인 여자아이를 좋아하는데 명칭이야 아무려면 어때요?"

"흑인이나 아프리카계 미국인이나 도긴개긴이다 이거냐?"

"도긴개긴요?"

"농담 좀 했다. 재미있는 명칭이라 그거지, 뭐. 옳다 그르다 판단할 문제가 아니라. 비르케나우에서 돌아가신 증조할아버지 형제 이름을 따서 네 이름을 지은 건 알 거야. 유대인들은 항상 어떤 의미를 부여해야 하거든."

"어떤 고통 말씀이시죠."

"비유대인들은 듣기 좋은 이름을 고르지. 아니면 만들어 내거나."

"빌리는 빌리 홀리데이에서 딴 이름이에요."

"그러면 그 애가 규칙을 입증하는 예외로구나."

"아빠 이름은 누구 것을 땄어요?" 샘이 물었다. 아빠의 목소리가 슬픔으로 가라앉게 만들었다는 죄책감에 작은 양보의 의미에서 관심을 보인 것이다.

"야코프라는 먼 친척 이름이야. 굉장하고 전설적인 사람이었나 봐. 카자흐스탄 사람의 머리통을 손으로 으깨 버렸다는 얘기가 있단다."

"근사하네요."

"아빠는 그 정도로 힘이 세지 않지."

"아는 카자흐스탄 사람도 없잖아요."

"그리고 아빠는 기껏해야 보통 수준이지."

누군가의 배에서 꼬르륵 소리가 났지만 누구의 배인지는 둘다 알 수 없었다.

"자, 요는 너한테 여자 친구가 있다니 근사하구나."

"여자 친구 아니라니까요."

"명칭 문제가 또 나오는구나. 너한테 사귀는 사람이 있다니 근사하다."

"사귀는 거 아니에요. 제가 좋아한다고요."

"뭐가 어쨌건 이 이야기는 우리끼리만 알고 있자. 아빠 믿어도 좋아."

"엄마한테도 벌써 말했는데요."

"정말? 언제?"

"모르겠어요. 한 이 주 됐나?"

"이 주라고? 한참 전 소식이네?"

"다 상대적인 거죠."

제이컵이 샘의 컴퓨터 화면을 쳐다보았다. 이것 때문에 샘이 그런 짓을 한 것일까? 어딘가에 있을 수 있는 능력이 아니라 아무 데도 없을 수 있는 능력?

"무슨 얘기를 했니?" 제이컵이 물었다.

"누구한테요?"

"네 어머니 말이다."

"엄마 말이에요?"

"그래."

"저도 몰라요."

"지금 나하고 그 얘기를 하고 싶지 않아서 모른다고 하는 거니?"

"맞아요."

"그거 이상하구나. 엄마는 네가 그 말들을 썼다고 믿는데."

"제가 안 썼어요."

"좋아. 이제 아빠가 슬슬 귀찮아지는 모양이구나. 가야겠다."

"아빠가 귀찮다는 말 안 했어요."

제이컵이 나가려고 문으로 갔지만 발을 멈추었다. "농담 하나 해 줄까?"

"아뇨."

"야한 건데."

"그럼 정말로 싫어요."

"스바루 자동차하고 발기의 차이가 뭔지 아니?"

"싫다고 했어요."

"진짜로. 차이가 뭐게?"

"진짜로 관심 없어요."

제이컵이 앞으로 몸을 숙이고 속삭였다. "아빠한테는 스바루가 없다는 거."

샘이 자기도 모르게 코웃음을 터뜨리고 침을 튀기면서 크게 웃어 버렸다. 제이컵은 자신의 농담이 아니라 아들의 웃음에 웃었다. 그들은 함께 신나게, 발작적으로 웃었다.

샘은 진정하려 애썼지만 소용이 없었다. "웃기는 건⋯⋯ 진짜 웃기는 건⋯⋯ 아빠한테는 스바루가 있다는 거예요."

그러고서 그들은 더 신나게 웃어 댔다. 제이컵은 침을 약간 튀기고 눈물도 찔끔 흘렸다. 그리고 샘의 나이를 산다는 것이 얼마나 끔찍한지, 얼마나 고통스럽고 부당한 일인지 기억했다.

제이컵이 말했다. "맞아. 나한테는 진짜 스바루가 있지. 도요타라고 할걸 그랬다. 무슨 생각이었을까?"

"무슨 생각이셨어요?"

그가 무슨 생각을 했을까?

그들은 잠잠해졌다.

제이컵이 셔츠 소매를 한 번 더 말았다. 약간 끼었다. 그러나 팔꿈치까지 말아 올리고 싶었다.

"엄마는 정말로 네가 사과해야 한다고 생각하더라."

"아빠는요?"

그가 주머니 속에서 아무것도 감싸 쥐지 않는 동시에 칼을 감싸 쥐며 말했다. "아빠도 그래."

거짓말쟁이 한 사람.

"그럼 좋아요." 샘이 말했다.

"그렇게 나쁘지는 않을 거야."

"아니, 나쁠 거예요."

"그래." 제이컵이 샘의 정수리에 입을 맞췄다. 가장 입 맞추기 어려운 곳. "정말 엿 같을 거야."

문지방에서 제이컵이 몸을 돌렸다.

"아더 라이프에서는 잘돼가니?"

"네."

"지금은 뭘 하니?"

"새 유대교 회당을 짓고 있어요."

"정말?"

"네."

"이유를 물어봐도 돼?"

"예전 회당은 부숴 버렸으니까요?"

"부쉈다고? 철거용 쇠공으로 부수는 식으로?"

"뭐 비슷해요."

"그래서 이제 혼자서 회당을 짓고 있다고?"

"예전 것도 지었는데요."

"엄마가 좋아하시겠다." 제이컵은 샘이 결코 공유하지 않는 것의 탁월함과 아름다움을 이해했다. "그리고 아마 엄마에게 아이디어가 엄청나게 많을 거야."

"엄마한테는 그 얘기 하지 말아 주세요."

그 말에 제이컵은 원치 않았던 날카로운 기쁨을 느꼈다. 그가 고개를 끄덕이며 말했다. "물론이지." 고개를 저으며 말했다. "절대 하지 않으마."

"좋아요. 할 얘기 더 없으시죠?"

"그런데 예전 회당은? 그건 왜 지었니?"

"그래야 날려 버릴 수 있으니까요."

"날려 버린다고? 너도 알다시피 내가 다른 아빠고 네가 다른 아이라면 아마 너를 FBI에 신고해야 한다고 생각했을지도 몰라."

"하지만 아빠가 다른 아빠고 제가 다른 아이라면 가상의 회당을 날려 버릴 필요도 없겠지요."

"아빠가 졌다." 제이컵이 고개를 끄덕였다. "하지만 네가 부수기 위해서 짓지 않았을 수도 있잖아? 아니면 적어도 꼭 부수기 위해서만은 아니라든가?"

"아뇨, 그럴 수는 없어요."

"어쩌면 네가 아주 제대로 하려고 했다든가. 그런데 잘 안되니까 부숴야 했던 거고."

"아무도 저를 안 믿어 줘요."

"아빠는 믿어. 네가 잘하려고 그랬다고 믿는다."

"아빠는 이해하지 못해요." 샘이 말했다. 아버지가 조금이라도 이해한다고 인정해 줄 방법이 없었기 때문이다. 그러나 그의 아버지는 이해했다. 샘은 부수기 위해 회당을 지은 것이 아니었다. 차를 타고 가면서 무엇을 어쩔 수 없이 들어야 했건 그는 티베트의 모래 만다라를 만드는 그런 사람들, 기능이 없는 것이 기능인 예술과 공예 프로젝트에 헤아릴 수 없이 긴 시간을 쏟아붓는 다섯 명의 말없는 남자들 같은 사람이 아니었다.("그리고 난 예전에는 유대인의 반대말이 나치인 줄 알았어." 그의 아빠가 카스테레오에 연결한 휴대 전화를 빼면서 말했다.) 아니다, 그는 결국 어딘가에서 편안한 기분을 느끼기를 바라는 마음에 회당을 지었다. 자신만의 비밀스러운 설명서에 따라 만들 수 있다는 게 전부가 아니었다. 그는 그곳에 없으면서 그곳에 있을 수 있었다. 자위하고도 다르지 않았다. 그러나 자위가 그렇듯이 정확히 제대로 하지 않으면 완전히, 돌이킬 수 없이 빗나갔다. 가끔 있을 수 있는 최악의 순간에 그의 취한 이드가 갑자기 방향을 홱 틀면, 그의 정신적인 헤드라이트 불빛 속에 랍비 싱어나 실(가수), 아니면 엄마가 있곤 했다. 그리고 그곳에서는 절대 어떤 것도 돌아오지 않았다. 회당의 경우에도 아주 조금이라도 불완전한 구석이 있으면(원형 홀의 균형이 아주 미세하게 어긋난다든가, 계단 수직면이 키 작은 아이들에게 너무 높다든가, 유대의 별이 뒤집혔다든가) 모든 것을 끝내야 했다. 그는 충동적인 성격이 아니었다. 신중했다. 잘못된 부분을 그냥 고칠 수는 없었을까? 그럴 수는 없었다. 그는 언제나 그것이 잘못되어 있었음을 알 테니까. "거꾸로 달아도 일단 달면 별이지." 다른 사람이라면 처음부터 제대로 하기보다 고쳐서 더 완벽하게 만들 수 있었을 것이다. 샘은 다른 사람이 아니었다. 사만타도 마찬가지였다.

제이컵이 샘의 침대에 앉아 말했다. "아빠가 어릴 때, 아마 고등학교 때쯤에 제일 좋아하는 노래 가사를 전부 적는 걸 좋아했어. 왜 그랬는지는 몰라. 아마 그래야 모든 게 제자리에 놓이는 기분이 들었나 봐. 하여간 인터넷이 나오기 한참 전이었어. 그래서 아빠 붐 박스를 끼고 앉아서……."

"붐 박스요?"

"스피커가 달린 카세트야."

"빈정거린 거예요."

"좋아……. 음…… 붐 박스를 끼고 앉아서 노래를 조금 틀었다가 들은 것을 적고 다시 돌려서 맞게 썼는지 확인했어. 그리고서 다시 틀고 조금 더 쓰고, 전혀 못 들었거나 긴가민가한 부분을 되감기해서 적었어. 테이프는 정확히 되감기가 정말 어렵거든. 그래서 어쩔 수 없이 너무 많이 감거나 충분히 안 감거나 했지. 엄청나게 힘이 들었어. 하지만 아빠는 그게 정말 좋았단다. 아주 조심스럽게 느껴지는 게 좋았어. 제대로 맞는 느낌이 아주 좋았지. 그 짓을 하느라고 얼마나 많은 시간을 썼는지 모른단다. 가끔은 가사를 알아듣기가 정말로 어려웠어. 그런지나 힙합이 나오고 나서부터는 말할 것도 없었고. 그리고 아빠는 절대로 어림짐작으로 넘어가지 않았거든. 그러면 가사를 받아 적는 일의 의미가 완전히 훼손될 테니까. 제대로 해야 하는데 말이지. 가끔은 똑같은 짧은 부분을 수십 번, 수백 번을 듣고 또 들어야 했어. 말 그대로 테이프의 그 부분이 다 닳아서 해질 정도였지. 그래서 나중에 그 노래를 들어 보면 제일 제대로 쓰고 싶었던 부분은 안 나오는 거야. 「그저 사죄할 뿐(All Apologies)」의 한 구절이 기억나는구나. 너도 그 노래 알지?"

"몰라요."

"너바나를 모른다고? 정말, 정말 위대한 노래인데. 하여튼 커트 코베인은 남은 제정신이 다 입으로 옮겨 간 것 같았어. 아빠가 특히 알아듣기 어려웠던 구절이 하나 있단다. 수백 번을 듣고 나서 아빠가 짐작한 바로는 '수치심에서 볼 수 있네.'였어. 몇 년이 더 지나서 엄마랑 아무 생각 없이 목이 터져라 부르다가 비로소 아빠가 틀렸다는 걸 알았단다. 결혼한 지 얼마 안 됐을 때였어."

"엄마가 틀렸다고 알려 줬군요?"

"그랬지."

"엄마답네요."

"아빠는 고마웠단다."

"하지만 아빠가 노래하고 있었잖아요."

"틀리게 부르고 있었지."

"그래도요. 그냥 부르게 놔뒀어야죠."

"아니야, 엄마는 해야 할 일을 했어."

"그래서 진짜 가사는 뭐였어요?"

"마음 단단히 먹어. '청록색 바다 거품 수치'였어."

"말도 안 돼요."

"그렇지?"

"그게 대체 무슨 의미가 있기는 해요?"

"아무 의미도 없어. 그게 아빠의 실수였어. 뭔가 의미가 있
어야 한다고 생각했던 거."

2부

덧없음을 배우기

앤티텀 운하

제이컵도 줄리아도, 줄리아가 전화기를 발견하고 처음 이 주 동안은 정확히 무슨 일이 일어나는지 몰랐다. 무엇에 동의했고, 무엇을 암시했고, 무엇을 가정해 이야기를 꺼냈고, 무엇을 요구했는지 몰랐다. 둘 다 무엇이 진짜인지 몰랐다. 너무나 많은 감정의 지뢰가 있는 듯 느껴졌다. 그들은 마음의 발끝을 세우고 매설된 감정의 흔적을 찾아낼 만큼 예민한 금속 탐지기에 커다란 이어폰을 연결한 채 몇 시간 동안이나 이 방 저 방을 돌아다녔다. 나머지 삶이 다 가려지는 대가를 치르더라도.

텔레비전 시청자에게는 모든 면에서 행복해 보였을지 모를 아침 식사 시간에 줄리아가 냉장고를 열고 말했다. "항상 우유가 다 떨어져 가네." 제이컵에게는 그 말이 그의 이어폰을 통해 이렇게 들렸다. "당신은 가장 노릇을 제대로 한 적이 한 번도 없어." 그러나 그는 맥스의 말은 듣지 못했다. "내일 장기자랑에 오지 마세요."

그리고 다음 날 맥스의 학교에서 엘리베이터의 좁은 공간에 단둘이 있어야 했을 때 제이컵이 말했다. "문 닫음 버튼은 아무것에도 붙어 있지 않아. 순전히 심리적인 거지." 줄리아에게는 그녀의 이어폰을 통해 이렇게 들렸다. "이제 그만 끝내자고." 그러나 그녀는 자신이 이렇게 말하는 것은 듣지 못했다. "난 모든게 순전히 심리적인 거라고 생각했는데." 그 말은 제이컵의 이어폰을 통해 이렇게 들렸다. "심리 치료를 그렇게 오래 받았는데도 행복에 대해 그렇게 모르다니." 그리고 그는 자신이 이렇게 말하는 것은 듣지 못했다. "거기엔 순수한 게 있어, 순수한 게 있다고." 아마도 문제가 없는 가정에서 아마도 만족하고 있을 부모가 엘리베이터에 올라타서 제이컵에게 문 열림 버튼을 누르려고 했던 거냐고 물었다.

까치발로 다니고 지나치게 해석하고 회피하는 건 절대 지뢰밭이 아니었다. 그것은 내전이 벌어지는 전장이었다. 제이컵은 예전에 어브가 자신을 데려갔듯이 샘을 앤티텀 운하*에 데려간 적이 있다. 그리고 미국인으로 태어난 것이 얼마나 큰 특권인가에 대해 비슷한 이야기를 해 주었다. 샘이 반쯤 묻힌 총알을 찾아냈다. 제이컵과 줄리아의 땅에서 무기는 그 총알처럼 무해했다. 조사하고 탐색하고 가치를 부여해도 무방한 오래전 전투의 유물이었다. 그들이 그것을 두려워하지 않아도 된다는 것을 알았다면.

---

* 남북 전쟁 당시 이 운하 부근의 메릴랜드주 샤프스버그에서 전투가 있었다.

가정의 의식들은 충분히 깊이 뿌리박혀 있어서 꽤 쉽게 눈에 띄지 않게 서로를 피할 수 있었다. 그녀는 샤워를 하고 그는 아침 식사를 하기 시작했다. 그녀가 아침 식사를 차리면 그는 샤워를 했다. 그가 이 닦는 것을 감독할 동안 그녀는 침대 위에 옷을 꺼내 놓았고, 그가 백팩의 내용물들을 확인하고 그녀는 날씨를 확인하고 그에 맞춰 겉옷을 꺼냈다. 그가 하이에나 에드에 시동을 걸고(너무 추운 여섯 달 동안은 따뜻하게 하고, 너무 더운 여섯 달 동안은 시원하게 했다.) 그녀는 아이들을 뉴어크 거리로 데리고 나가 언덕에서 차가 내려오는지 봐주고 그는 후진을 했다.

강당 앞쪽에서 두 자리를 찾았지만 가방을 놓고 나서 제이컵이 말했다. "커피 좀 사 올게." 그는 커피를 사러 갔다. 그러고서 막이 오르기 삼 분 전까지 커피를 들고 입구에서 기다렸다. 한 소녀의 변변찮은 「다 잊어(Let It Go)」 연주가 절반쯤 지났을 때 제이컵이 줄리아의 귀에 대고 속삭였다. "쟤나 가 버리면 좋겠다." 아무 대답이 없었다. 한 무리의 소년들이 「아바타」의 한 장면을 재현했다. 소녀인 듯한 아이가 나와서 여러 종류의 파스타들을 이용해 유로화가 어떻게 쓰이는지 설명했다. 제이컵도 줄리아도 맥스가 무엇을 할지 모른다는 사실을 인정하고 싶지 않았다. 둘 다 자신의 상처에 온 정신이 팔려 아이에게는 미처 신경을 쓰지 못했다는 부끄러움을 견딜 수 없었다. 그리고 둘 다 상대방이 자신보다 나은 부모라는 부끄러움을 참을 수 없었다. 각자 속으로만 맥스가 줄리아의 마흔 번째 생일에 마술사가 가르쳐 준 카드 마법을 하리라 짐작했다. 두 소녀가 「내가 가고 없을 때(When I'm Gone)」를 부르며 컵으로 연주했고 제이컵이 속삭였다. "그러니까 빨리 가 버려."

"뭐?"

"아니. 저 애. 노래 부르는 애 말이야."

"점잖게 굴어."

피날레로 연극과 음악 교사들이 팀을 이루어 「모르몬의 책」 오프닝 곡을 순화해서 공연했다. 자신들의 꿈을 실행에 옮기면서 왜 그것이 꿈인지 재확인하는 내용이었다. 박수갈채가 쏟아지고 교장이 짤막한 감사의 말을 하고 아이들이 줄지어 교실로 돌아갔다.

제이컵과 줄리아는 차까지 말없이 걸어서 돌아갔다. 그리고 그날 밤 집에서는 장기자랑에 대해 한마디도 꺼내지 않았다. 맥스가 겁먹고 빠진 것일까? 자신에게. 장기가 없다고 생각했을까? 그의 기권은 공격적 행동일까 아니면 도와 달라는 요청일까? 그에게 이런 질문 중 하나라도 꺼내면 그는 오지 말라고 하지 않았느냐고 했을 것이다.

사흘 밤이 지나서 제이컵이 필요한 만큼 뜸을 들이고 나서 침대로 갔을 때 줄리아가 아직도 책을 읽고 있었다. 그러자 그가 말했다. "아, 깜박한 게 있네." 그러고는 다시 돌아섰으나 신문을 읽지도, 「홈랜드」를 한 편 더 보지도, 자주 하는 대로 맨디 패틴킨*이 십 년만 더 나이 들었더라면, 그랬더라면 어브 역으로 멋

---

* 미국의 배우이자 가수로, 드라마 「홈랜드」에 출연했다.

졌을 것이라고 아쉬워하지도 않았다.

그 일이 있고 이틀 후 줄리아가 식료품 저장실에 들어가 보니 제이컵이 마지막으로 확인한 지 십 분 만에 몇백억 개의 원자가 저절로 모여들어 건강에 나쁜 과자가 되지는 않았는지 확인하고 있었다. 그녀는 돌아서 나갔다.(제이컵과 달리 그녀는 절대로 "깜박한 게 있네." 같은 말로 그의 곁을 떠날 핑계를 둘러대는 법이 없었다.) 식료품 저장실은 비공식적으로 소유권이 정해진 공간에 포함되지 않았다.(텔레비전 방은 제이컵의 것이고, 작은 거실은 줄리아의 것이었다.) 그러나 식료품 저장실은 너무 작아서 공유할 수 없었다.

열흘째 되는 날 제이컵이 욕실 문을 열었다가 줄리아가 샤워 후 물기를 닦는 모습을 보았다. 그녀가 몸을 가렸다. 그는 그녀가 목욕하고 나오는 모습을 수백 번은 보았고, 세 아이가 그녀의 몸에서 나오는 모습도 보았다. 그녀가 옷을 입고 벗는 모습을 셀 수 없이 보았고, 펜실베이니아의 여관에서는 두 번 보았다. 그들은 온갖 체위로 사랑을 나누었고, 각자의 몸을 속속들이 다 보여 주었다. "미안." 그는 자신의 발이 지뢰 폭파 장치를 반쯤 눌렀다는 사실만 알 뿐 그 말이 무슨 의미인지도 모르는 채 말했다.

혹은 조사하고 탐색하고 가치를 부여해도 무방했을지 모를 오래전 전투의 유물에 발이 걸렸다.

사과하고 돌아서는 대신 그녀에게 새롭게 몸을 가릴 필요가 생겼는지, 아니면 예전부터 그랬는데 그런 행동을 정당화할 새로운 이유가 생겼는지 물어보았다면 어땠을까?

피터즈버그에서 로버트 E. 리의 방어선이 무너지고 리치먼드 소개가 임박했을 때 제퍼슨 데이비스는 남군의 금고를 옮기라고 명령했다. 금고는 기차로, 그다음에는 마차로, 수많은 눈이 지켜보는 가운데 많은 손을 거쳐 옮겨졌다. 북군이 밀려들고 남군은 무너졌다. 금 5톤이 묻혀 있으리라 추정되지만 그 소재는 수수께끼로 남았다.

사과하고 돌아서는 대신 그녀에게 가서 그녀의 몸을 만지고 아직도 그녀와 사랑을 나누고 싶고, 나아가 아직도 거부당할 위험을 견딜 수 있다는 것을 보여 주었다면 어땠을까?

제이컵이 이스라엘을 처음 방문했을 때 그의 친척 아저씨 슐로모가 가족을 바위 사원에 데려가 주었다. 그때는 무슬림 신자가 아니라도 들어갈 수 있어서 제이컵은 기도용 깔개 위에서 기도하는 사람들을 보고 아래의 유대인들 옆에서 깊은 감동을 받았다. 그는 예배가 남의 시선을 의식하지 않고 이루어졌기에 더 감동받았다. 통곡의 벽에서는 사람들이 고개를 까닥거리기만 했는데 여기에서는 울부짖었다. 슐로모는 사람들이 주춧돌을 깎아서 만든 동굴 위에 서 있다고 설명해 주었다. 그 동굴 바닥에는 살짝 팬 곳이 있었는데, 그 밑에 다른 동굴이 있다고 여겨졌고 흔히 영혼의 우물로 불렸다. 아브라함이 신의 부름에 답하여 사랑하는 아들을 제물로 바칠 준비를 한 곳이 바로 그곳이었다. 무함마드가 천국으로 올라간 곳도 바로 그곳이었다. 깨지거나 온전한 석판들로 가득한 계약의 궤가 묻힌 곳도 그곳이었다. 『탈무드』에 따르면 그 돌은 세계의 중심을 표시하며 대홍수의 물이 아직도 파도치는 심연의 덮개 역할을 한다.

슐로모가 말했다. "우리는 결코 세상에서 가장 귀중한 것들로 채워지지 않을 가장 위대한 고고학적 장소, 역사와 종교가 만나는 곳 위에 서 있어. 결코 닿을 수 없는 지하야."

어브는 무엇이 나오건 이스라엘 사람들이 파내야 한다는 단호한 입장이었다. 그것이 문화적, 역사적, 지적 의무였다. 그러나 제이컵에게는 그것들이 파내지기 전까지는(눈으로 보고 손으로 만질 수 있게 될 때까지는) 현실 같지 않을 것 같았다. 그래서 보이지 않게 놔두는 편이 더 나았다.

사과하고 돌아서는 대신 제이컵이 그녀에게 가서 결혼식 전에 베일을 들추듯이 수건을 들추어 그녀가 여전히 그녀라고 말한 여자, 그가 아직도 원하는 여자라는 것을 확인했다면 어땠을까?

제이컵은 줄리아와의 대화를 그대로 땅속에 묻어 두려 했으나 줄리아는 그들의 가족의 끝을 보고 만져야 했다. 그녀는 제이컵을 여전히 존경하고 친구, 가장 친한 친구가 되고 싶고, 좋은, 가장 좋은 공동 부모가 되고 싶으며, 중재인을 이용하여 마음 쓸필요 없는 일에 정신 팔지 않고, 서로 가까이 살고, 휴가를 함께가고, 서로의 두 번째 결혼식에서 춤을 추고(그녀는 다시는 결혼하지 않겠다고 맹세했지만) 싶다고 했다. 제이컵은 그녀가 말한 것가운데 어떤 일도 일어나고 있거나, 앞으로 일어나리라 믿지 않으면서 그에 동의했다. 그들은 반드시 통과해야 하는 일들을 너무나 많이 겪어 왔다.(아들들의 수면 습관 훈련, 이갈이, 작은 자전거에서 떨어지는 일, 샘의 심리 치료.) 이 또한 지나갈 터였다.

그들은 서로를 피해 집 안을 돌아다닐 수 있었고, 안전하다는 환상을 유지하도록 대화의 방향을 찾을 수 있었지만, 방이나 대화 중에 아이가 있을 때는 숨을 지하가 없었다. 아이들 중 하나가 빈번히 줄리아의 눈에 띄곤 했다.(사이클롭스를 마주하는 오디세우스의 그림에서 생각에 잠겨 눈을 드는 벤지, 팔뚝에 난 털을 살펴보는 맥스, 바인더에 필요한 만큼 속지를 조심스레 끼워 넣는 샘.) 그러면 생각했다. 나는 그럴 수 없어.

그리고 제이컵이 생각하곤 했다. 우리는 그러지 않을 거야.

다마스쿠스

이스라엘의 파괴가 시작되기 전날 줄리아와 샘은 우버 운전사 무함마드가 그들을 별 한 개짜리로 평가해 상종 못 할 진상 승객으로 떨어뜨리기 전에 물건들을 챙기느라 분주히 움직이고 있었다. 제이컵은 벤지를 준비시켰는데, 벤지는 조부모와 하루를 보내기 위해 해적 차림을 하고 있었다.

"다 챙겼니?" 줄리아가 샘에게 물었다.

"응." 샘이 공연히 솟는 짜증을 숨기려는 초인적 노력을 하지 못하고 대답했다.

"엄마한테 응이라고 하지 마." 제이컵이 줄리아와 자기 자신을 위해 나섰다. 지난 이 주 동안에는 동지애를 찾아보기 어려웠다. 못되게 굴었다기보다 그저 직접적인 상호 작용이 없었기 때문이다. 아이들 중 누군가가 한 말이나 행동에 둘 다 반사적으로 느낀 놀라움이 촉매가 되어 제이컵과 줄리아가 한 번 더 한배를 탔다고 느끼게 되는 순간이 몇 차례 있었다. 올리버 색스가 죽은 날 제이컵은 그의 관심사의 범위와 드러나지 않았던 동성애 기질, 유명한 L 도파* 투여 사례, 지난 오십 년간 가장 호기심 많고 바쁜 사람이 어떻게 그 세월에서 삼십 년이 넘도록 금욕 생활을 했을지 설명하면서 자신의 영웅의 일생에 관한 이야기를 아이들과 나누었다.

"금욕?" 맥스가 물었다.

"섹스를 안 한다고."

"그래서요?"

"그래서 세상이 제공해야 했던 모든 것을 열성적으로 받아들였지만 자신을 나누는 것만은 원치 않았거나 할 수 없었단 말이지."

"성 불능이었을 수도 있잖아." 줄리아가 말했다.

"아니야." 제이컵이 상처가 벌어지는 것을 느끼며 대꾸했다. "그는 그저……."

"아니면 잘 참는 사람이었을 수도 있고."

"나도 금욕해." 벤지가 말했다.

"네가?" 샘이 말했다. "넌 월트 체임벌린**이야."

"그 사람이 누군지 몰라도 아니야. 그리고 난 한 번도 내 음경을 다른 사람 질에 넣어 본 적이 없어."

금욕에 대한 그의 변론이 좀 재미있었다. "다른 사람의 질"

---

* 파킨슨병 치료제.

** 미국의 농구 선수로, 여성 편력이 심했던 것으로 유명하다.

을 언급하는 것도 재미있었다. 그러나 그는 더 재미있고 더 조숙한 말을 끊임없이 쏟아 냈다. 은유나 어쩌다가 나온 지혜로운 말 같지는 않았다. 드러난 신경을 긁지도 않았다. 그러나 전화기를 발견한 후 처음으로 줄리아는 어쩔 수 없이 제이컵과 눈을 마주쳤다. 그리고 바로 그 순간 그는 그들이 돌아갈 길을 찾으리라는 확신이 들었다.

그러나 이제는 동지애가 많이 남아 있지 않았다.

"제가 뭐라고 했는데요?" 샘이 물었다.

"말한 방식 때문이야." 제이컵이 말했다.

"제가 무슨 말을 했건 어떻게 했는데요?"

"이렇게." 제이컵이 샘의 응을 흉내 내어 말했다.

"내 아들과의 대화에서 내 몫의 절반은 내가 알아서 할 수 있어." 줄리아가 제이컵에게 말했다. 그러고는 샘에게 물었다. "칫솔 챙겼니?"

"물론 칫솔을 챙겼지." 제이컵이 샘과 자신의 편을 들어 말했다.

"제기랄." 샘이 몸을 돌려 계단을 급히 올라갔다.

"저 애는 당신이 여행에 보호자로 따라가 주기를 바랐어." 줄리아가 말했다.

"아니야. 그건 사실이 아니야."

그녀가 벤지를 안아 올리며 말했다. "네가 보고 싶을 거야, 우리 꼬마."

"할아버지가 그러는데 할아버지 집에서는 욕해도 된대요."

"할아버지 집에서는 할아버지 마음이지." 제이컵이 말했다.

"흠, 그렇지 않아." 줄리아가 정정했다.

"제기랄이나 음경……."

"음경은 욕이 아니야." 제이컵이 말했다.

"할머니가 네가 그런 말 쓰는 거 좋아하실까?"

"할아버지가 상관없댔어요."

"네가 잘못 들었겠지."

"할아버지가 이랬어요. '할머니는 상관없어.'"

"농담이었겠지." 제이컵이 말했다.

"멍청이는 나쁜 말이에요."

샘이 칫솔을 들고 계단을 다시 내려왔다.

"정장용 구두는?" 줄리아가 물었다.

"마아아아아앙할."

"망할도 욕이에요." 벤지가 말했다.

샘이 다시 계단을 서둘러 올라갔다.

"그 애한테 조금 더 여유를 주면 어때?" 제이컵이 표면상으로는 집단의식에 던지는 질문의 형태로 제안했다.

"내가 짜증 나게 했다고는 생각지 않는데."

"물론 그러지 않았어. 난 그저 마크가 여행 중에 악역을 맡아 줄 수도 있다는 뜻이었어. 필요하다면."

"그러지 않기를 바라."

"집 떠난 사춘기 아이 마흔 명인데?"

"나라면 샘을 사춘기라고 하지 않을 거야."

“사춘기?” 벤지가 물었다.

제이컵이 말했다. “마크가 같이 가서 기뻐. 알다시피 당신은 기억조차 못 할지 모르지만 두 주 정도 전에 당신이 그에 대해 무언가를 얘기했어. 어떤 맥락이었냐 하면…….”

“기억해.”

“우리가 얘기를 많이 했지.”

“그랬지.”

“그냥 그 말을 하고 싶었어.”

“당신이 그냥 하고 싶었는지 잘 모르겠네.”

“그랬다니까.”

“그 애를 조금 알게 될 기회로 받아들여.” 줄리아가 나가면서 말했다.

“맥스 말이야?”

“당신만의 동떨어진 세상으로 가 버리지 말라고.”

“나한테는 그런 세상 같은 거 없어. 그러니까 그게 문제가 될 리도 없고.”

“내일 이스라엘 친척들을 데리러 가는 거 재미있을 거야.”

“그럴까?”

“당신이랑 맥스가 미국 팀이 되어도 좋겠지.”

맥스가 계단을 내려왔다. “왜 제 얘기 하세요?”

“네 얘기 하던 거 아니야.” 제이컵이 말했다.

“아빠한테 아무도 없을 때 둘이 함께 할 일을 찾아야 한다고 말하던 참이었어.”

초인종이 울렸다.

"우리 부모님이군." 제이컵이 말했다.

"진짜 함께요?" 맥스가 줄리아에게 속삭였다.

제이컵이 문을 열었다. 벤지가 줄리아의 품에서 빠져나가 데버러에게 달려갔다.

"할머니!"

"안녕하세요, 할머니." 맥스가 말했다.

"난 뭐 에볼라라도 걸렸냐?" 어브가 말했다.

"에볼라?"

"안녕하세요, 할아버지."

"모세 다얀*처럼 멋지게 차려입었네."

"저 해적이에요."

어브가 허리를 굽혀 벤지와 눈높이를 맞추고 다얀이 어떤 식으로 말하는지 아는 사람이라면 완벽한 다얀의 인상이라고 할 만하게 흉내를 냈다. "시리아인들은 곧 다마스쿠스에서 예루살렘까지의 길이 예루살렘에서 다마스쿠스까지도 통한다는 것을 알게 될 것입니다!"

"아르르르!"

줄리아가 데버러에게 말했다. "저 애 일정을 적어 놨어요. 그리고 몇 가지 좋아하는 먹을거리도 준비해 가방에 챙겼고요."

"나도 아이 키울 때 하나 아니면 이백만 가지는 준비해 봤

---

* 이스라엘의 전 국방 장관.

다."

"알아요." 줄리아가 데버러의 분명한 애정에 화답하려 애썼
다. "전 그저 되도록 쉽게 하고 싶어서요."

"냉장고에 냉동식품 꽉 채워 놨다." 그녀가 벤지에게 말했다.

"채식주의자용 베이컨은요?"

"음."

"마아아앙할."

"벤지!"

샘이 신발을 들고 계단을 달려 내려와 잠시 멈추고는 말했
다. "빌어먹을!" 그러고는 돌아서서 가 버렸다.

"말조심해." 줄리아가 말했다.

"아빠가 나쁜 말 같은 건 없다고 했어요."

"나쁘게 쓸 수는 있어. 그리고 그건 나쁘게 쓴 거야."

"오늘 밤을 불태워 볼까?" 어브가 벤지에게 말했다.

"저도 몰라요."

"너무 늦게 재우지는 마시고요." 줄리아가 데버러에게 말했다.

"그리고 내일은 우리가 이스라엘 친척들을 데리러 가나?"

"내가 저 애를 동물원에 데려가기로 했잖아요, 잊었어요?"
데버러가 말했다.

어브가 전화기를 꺼내 들었다. "시리, 이 여자가 무슨 얘기
하는지 내가 기억하고 있냐?"

샘이 벨트를 들고 계단을 달려 내려왔다.

"안녕, 얘야." 어브가 말했다.

"안녕하세요, 할아버지, 안녕하세요, 할머니."

"다들 너의 인종 차별 발언에 만족하디?"

"제가 그러지 않았어요."

"있잖아, 내가 예전에 네 아빠 반의 보호자로 모의 유엔 여행에 따라간 적이 있단다."

"아니요, 그러신 적 없어요." 제이컵이 말했다.

"갔다니까."

"제 말이 맞아요, 가신 적 없어요."

"네 말이 맞구나." 어브가 샘에게 눈을 찡긋하면서 말했다. "너를 진짜 유엔에 데려갔던 때를 생각하고 있구나." 그러고는 손뼉을 치며 말했다. "나쁜 아버지로군."

"거기에서 저는 까맣게 잊으셨죠."

"분명히 늘 그런 건 아니다." 그러고는 샘에게 말했다. "그놈들을 지옥으로 보내 버릴 준비 됐니?"

"그런 것 같아요."

"잊지 마라. 이른바 팔레스타인에서 온 대표에게 자리를 내주면 할 말 해 주고 일어나서 나와 버려. 내 말 알겠니? 입으로는 한 방 먹이고 발로 말을 하는 거다."

"우리는 미크로네시아를 대표하고……."

"시리, 미크로네시아가 뭐냐?"

"아시다시피 저희는 해결책을 논의하고 그들이 어떤 위기를 만들어 내든 그것에 대응해요."

"그들이라니 아랍인들 말이냐?"

"간사들요."

"그 애가 알아서 해요, 아빠."

짧게 아홉 번 빵빵 소리에 뒤이어 세 번의 긴 경적 소리가 울렸다. 세바림, 테루아.*

"무함마드가 이제 더는 못 참겠나 봐요." 줄리아가 말했다.

"원래도 잘 참는 사람은 아니지." 어브가 말했다.

"우리도 갈게." 데버러가 말했다. "오늘 근사한 계획을 잔뜩 세워 놓았어. 이야기 읽어 주는 시간, 미술과 공예, 자연 산책……."

"정크푸드 먹고, 찰리 로즈** 놀려 주고……."

"이리 와, 아거스!" 제이컵이 불렀다.

"저는 과일 젤리랑 결혼하고 싶어요."

"우리는 수의사한테 갈 거예요." 맥스가 데버러에게 설명했다.

"다 괜찮아." 제이컵이 누구의 것도 아닌 근심거리를 달래며 말했다.

"이 녀석이 하루에 두 번 집에 똥을 싼다는 것만 빼고요." 맥스가 말했다.

"늙었잖아. 늙으면 다 그래."

"증조할아버지도 하루에 두 번 집에 똥을 싸요?" 벤지가 물

---

* 유대교의 종교 행사에서 사용하는 악기인 쇼파를 부는 법.
** 미국의 유명 텔레비전 진행자이자 언론인. 자신의 이름을 딴 토크쇼를 진행한다.

었다.

모두 속으로는 인정하듯이, 그들이 아이작을 방문하는 일이 극히 드물어졌으므로 그가 하루에 두 번 집에 똥을 싸고 있을 가능성도 완전히 배제할 수는 없었다.

"사실 누구나 하루에 두 번은 집에서 똥을 싸지 않아요?" 벤지가 물었다.

"네 형 말은 화장실이 아니라 집 안에다 말이다."

"증조할아버지는 인공 항문 주머니를 달았단다." 어브가 말했다. "어디를 가나 할아버지 똥이 있지."

"그게 무슨 주머니인데요?" 벤지가 물었다.

제이컵이 헛기침을 하고 입을 열었다. "할아버지의 장이……."

"똥을 받는 봉지 같은 거야." 어브가 말했다.

"하지만 어째서 나중에 그걸 먹고 싶어 할까요?" 벤지가 물었다.

"우리 없을 동안 누가 한번 찾아뵈면 어떨까?" 줄리아가 말했다. "그러면 당신이 집에 오는 길에 이스라엘 친척들을 데려올 수도 있고."

"안 그래도 그럴 생각이었어." 제이컵이 거짓말을 했다.

무함마드가 이번에는 더 크게 경적을 울렸다.

다들 함께 밖으로 향했다. 데버러, 어브, 벤지는 글렌에코에서 하는 인형극 「피노키오」를 보러, 줄리아와 샘은 학교에서 오는 버스를 타러, 제이컵과 맥스, 아거스는 동물 병원으로 나섰다. 줄리아가 맥스와 벤지를 안아 주고, 제이컵은 안아 주지 않고 그에게 이렇게 말했다. "잊지 말고……."

"가." 그가 말했다. "재미있게 보내. 세상을 평화롭게 만들어."

"지속적인 평화라야지." 줄리아가 말했다.

"그리고 마크에게 안부 전해 줘. 진짜로."

"지금은 그만해, 알았어?"

"내가 하지도 않은 말을 듣는군."

무뚝뚝하게 "갈게."

현관 앞 계단을 반쯤 내려가다 벤지가 돌아서서 외쳤다. "엄마 아빠가 보고 싶어지지 않으면 어떡하죠?"

"우리한테 전화하면 되지." 제이컵이 말했다. "아빠 전화기는 계속 켜 놓을 거고, 잠깐만 운전해서 갔다 오면 될 텐데, 뭘."

"제 말은 엄마 아빠가 보고 싶어지지 않으면 어떡하느냐고요?"

"뭐?"

"그래도 괜찮아요?"

"물론 괜찮지." 줄리아가 벤지에게 마지막 입맞춤을 하며 말했다. "우리 생각이 전혀 안 날 정도로 네가 재미있게 놀기만 하면 엄마는 더 바랄 게 없단다."

제이컵이 계단을 내려가 벤지에게 마지막, 진짜 마지막 입맞춤을 했다.

"그리고 어쨌든 넌 우리가 보고 싶어질 거야."

그러자 벤지는 평생 처음으로 자기 생각을 입 밖으로 소리 내어 말하지 않기로 했다.

외면하는 쪽

그들은 가다가 맥도날드에 잠깐 들렀다. 동물 병원에 갈 때마다 하는 일이었다. 제이컵이 미국에서 가장 많은 개를 안락사시키는 곳인 L. A.의 쉼터에 대한 팟캐스트를 듣고부터였다. 쉼터를 운영하는 여자는 개들을 한 마리 한 마리 직접 안락사시켰고, 하루에 열 마리를 죽이는 날도 있었다. 그녀는 개들을 모두 이름으로 불러 주고, 개가 할 수 있는 한 산책을 시켜 주고, 말을 걸어 주고, 쓰다듬어 주고, 주사를 놓기 전 마지막 제스처로 맥너겟을 먹여 주었다. 그녀는 이렇게 말했다. "그것이 개들이 원할 법한 최후의 식사예요."

아거스가 이 년 전쯤 병원을 찾은 것은 관절의 통증과 침침한 눈, 뱃살, 요실금 때문이었다. 당장 죽을 병은 아니었지만 제이컵은 동물 병원 진료실이 아거스를 얼마나 예민하게 만드는지 알았고, 그의 반려견에게 보상을 해 줘야 한다고 느꼈다. 그래야 긍정적인 연상 작용이 일어나는 데도 도움이 될 터였다. 아거스는 맥너겟이 최후의 식사든 아니든 상자를 찢어발기고 거의 씹지도 않고 삼켰다. 지난 팔 년 동안 아거스는 성견을 위한 뉴먼스 온 유기농 개 사료를 하루에 두 번 아무 변화 없이 먹었다.(줄리아는 "아거스를 거지로 만들게" 된다는 이유로 먹다 남은 음식을 주는 데 완강히 반대했다.) 맥너겟은 매번 설사를 일으켰고 가끔은 구토도 유발했다. 그러나 그렇게 되기까지는 대개 두어 시간이 걸렸고, 공원에서 산책하는 시간에 맞출 수 있었다. 그리고 그 정도 수고는 할 가치가 있었다.

제이컵과 맥스는 그들이 먹을 맥너겟도 샀다. 그들은 집에서는 고기를 거의 전혀 먹지 않았다.(역시 줄리아의 결정이었다.) 패스트푸드는 하지 말아야 할 일 목록에서 인육을 먹는 일 바로 다음에 있었다. 제이컵도 맥스도 맥너겟을 딱히 먹고 싶지는 않았지만 줄리아가 반대하는 일을 함께 하는 경험은 유대감을 주었다. 그들은 포트 리노 공원에 차를 세우고 계획에 없던 소풍을 즐겼다. 아거스는 꽤나 충성스럽고 꽤나 무기력해서 목줄을 풀어놓아도 괜찮을 정도였다. 맥스는 아거스가 맥너겟을 삼킬 때마다 쓰다듬어 주며 이렇게 말했다. "착하다, 착해. 정말 착해."

제이컵은 안쓰러우면서도 한편으로 질투가 났다. 줄리아의 잔인한 말들(아무리 맞는 말이고, 아무리 그런 말을 들어 싸다 해도)이 그의 마음속에서 고통스럽게 맴돌았다. "당신이 거기에 있다는 사실 자체를 못 믿겠어."라는 말이 자꾸만 기억났다. 전화기 때문에 처음으로 한 싸움에서 그녀가 했던 말들 가운데 가장 덜

구체적이고 가장 덜 날카로운 말이었다. 다른 사람이라면 아마도 다른 말이 더 가슴에 박혔을 것이다. 그러나 그 말이 머릿속을 떠나지 않았다. "당신이 거기에 있다는 사실 자체를 못 믿겠어."

"아빠가 어릴 때 여기 자주 왔단다." 제이컵이 맥스에게 말했다. "우리는 저 언덕에서 썰매를 탔지."

"우리가 누구였어요?"

"보통은 친구들이었지. 기억은 나지 않지만 아마 할아버지도 두어 번 데려와 주셨을 거야. 날씨가 따뜻할 때는 야구를 하러 왔단다."

"경기를 하러요? 아니면 그냥 시간 죽이러요?"

"대개는 시간을 죽이러 왔지. '미냔'을 모으기가 쉽지 않았거든. 가끔은 됐지. 아마 방학 전날 같은 날."

"착하구나, 아거스, 아주 착해."

"더 나이를 먹어서는 텐리타운 식료품점에서 맥주를 사 가지고 왔지. 바로 저기란다. 거기에서는 신분증 검사를 절대 안 했어."

"그게 무슨 뜻이에요?"

"법적으로 스물한 살 이상이 돼야 맥주를 살 수 있거든. 그래서 보통 가게에서 운전면허증이라든가 나이를 확인할 수 있는 신분증을 요구해. 텐리타운에서는 요구하지 않았지. 그래서 우리 모두 거기에서 맥주를 샀어."

"법을 어기셨군요."

"그 시절은 달랐어. 그리고 마틴 루터 킹이 정당한 법과 부당한 법에 대해 뭐라고 했는지 알잖아."

"몰라요."

"기본적으로 맥주를 사는 게 우리의 도덕적 책임이었어."

"착하지, 아거스."

"물론 농담이야. 성인이 되기 전에 맥주를 사는 게 좋은 일은 아니지. 엄마한테는 아빠가 그런 얘기 했다고 말하지 마."

"알았어요."

"미냔이 뭔지 아니?"

"아뇨."

"왜 안 물어봤니?"

"몰라요."

"열세 살 이상인 남자 열 명이야. 회당에서 기도를 올리는 데 필요한 수란다."

"성차별적이고 연령 차별적인 것 같은데요."

"둘 다 맞아." 제이컵이 야생화를 뽑으면서 말했다. "푸가지가 매년 여름 여기에서 무료 공연을 했단다."

"푸가지가 뭐예요?"

"위대함을 어떻게 정의하건 여태껏 존재했던 밴드중에서 가장 위대한 단 하나의 밴드지. 그들의 음악은 위대했어. 그들의 에토스도 위대했고. 그냥 위대했어."

"에토스가 뭐예요?"

"자신을 이끌어 주는 신념."

"그들의 에토스는 뭐였는데요?"

"팬들을 벗겨 먹지 마라, 공연에서 폭력은 봐주지 마라, 비디오를 찍거나 홍보용 상품을 팔지 마라. 반기업적이고 여성 혐오에 반대하고 계급 의식이 강한 메시지를 담은 음악을 하되 그런 음악을 아주 끝내주게 해라."

"넌 착한 개야."

"제시간에 맞추려면 이제 가야겠다."

"제 에토스는 '아름다운 바다에서 빛을 찾아봐. 나는 행복해지고 싶어.'예요."

"근사한 에토스구나, 맥스."

"리애나의 노래 가사예요."

"흠, 리애나가 제법 현명한걸."

"리애나가 쓴 가사는 아니에요."

"누가 썼건."

"시아예요."

"그럼 시아가 현명하구나."

"그리고 그냥 농담이었어요."

"그렇구나."

"아빠 거는요?"

"뭐가?"

"에토스요."

"네 팬을 벗겨 먹지 마라, 공연에서 폭력은 봐주지 마라……."

"아니, 진지하게요."

제이컵이 웃음을 터뜨렸다.

"진짜로요."

"잠깐 생각 좀 해 보마."

"그게 아빠의 에토스일 수도 있어요."

"그건 햄릿의 에토스지. 너 햄릿 아니?"

"전 열 살이에요. 태아가 아니라고요."

"미안하다."

"그리고 샘 형이 수업에서 그 책을 읽고 있어요."

"푸가지가 지금은 어디 있는지 모르겠구나. 무엇을 하건 그들이 여전히 이상주의적일지도 모르겠고."

"착하다, 아거스."

동물 병원 진료실에 도착하자 그들은 뒤편의 검사실로 안내되었다.

"이상하지만 증조할아버지 댁이 생각나요."

"그건 정말 이상하구나."

"개 사진이 전부 어느 정도는 저랑 샘 형, 벤지의 사진 같아요. 그리고 간식 통은 딱딱한 사탕 통 같고요."

"그리고 냄새는 마치……."

"네?"

"아무것도 아니다."

"네?"

"죽음 같다고 말하려 했는데, 그리 좋은 말은 아닌 것 같아서, 그래서 그만뒀어.”

“죽음은 어떤 냄새가 나요?”

“이런 냄새지.”

“아빠가 어떻게 아세요?”

제이컵은 죽은 사람의 냄새를 맡은 적이 없었다. 작고한 그의 세 증조부모는 그가 태어나기도 전에 죽었거나 그가 너무 어릴 때여서 보는 것이 허락되지 않았다. 그의 동료나 친구들, 예전 동료나 예전 친구들 중에도 죽은 사람은 없었다. 가끔은 마흔두 살이 되도록 죽음을 가까이 접한 적이 없다는 사실에 놀라움을 느꼈다. 그리고 놀라움 다음에는 항상 통계를 거스를 수는 없을 테고 머지않아 많은 죽음을 보게 되리라는 두려움이 찾아왔다. 그리고 그는 준비되지 않은 상태일 터였다.

수의사를 만나기까지 삼십 분을 기다려야 했고 맥스가 아거스에게 계속 간식을 주었다.

“맥너겟이랑 잘 섞이지 않을지도 몰라.” 제이컵이 경고했다.

“착하구나. 참 착해.”

아거스는 맥스에게서 다른 면, 보통은 엉뚱한 방향으로 빗나가는 다정함이랄까 취약함을 끌어냈다. 제이컵은 맥스 정도 나이였을 때 자연사 박물관에서 아버지와 보낸 하루를 생각했다. 아버지와 단둘이 시간을 보낸 기억은 거의 없었다. 어브는 잡지사에서 장시간 근무했고, 글을 쓰지 않을 때는 가르쳤고, 가르치지 않을 때는 자신이 중요한 사람임을 확인하기 위해 중요한 사람들과 교류했다. 그러나 제이컵은 그날을 기억했다.

그들은 디오라마* 앞에 서 있었다. 들소였다.

"멋지군. 그렇지?" 어브가 말했다.

"정말 멋져요." 제이컵이 그 짐승의 그 자체로 완벽한 극단적 존재감에 감동해서 말했다. 몸이 떨릴 지경이었다.

"이런 건 우연이 아니야." 어브가 말했다.

"무슨 말씀이세요?"

"엄청난 공을 들여 정확하게 자연의 한 장면을 재현해 놓는단다. 그게 중요해. 하지만 다른 장면들도 얼마든지 선택할 수 있었겠지, 그렇지 않니? 들소가 가만히 서 있지 않고 달리고 있었을 수도 있잖아. 싸우거나 사냥을 하거나 먹이를 먹고 있었을 수도 있고. 한 마리가 아니라 두 마리가 있었을 수도 있지. 등에 작은 새가 앉아 있었을 수도 있고. 선택할 수 있는 건 무궁무진하지."

제이컵은 아버지한테 무언가를 배우기를 아주 좋아했다. 그럴 때면 도취되면서 안전한 기분이 들었다. 그리고 자신이 아버지의 인생에서 중요한 사람이라는 사실을 확인할 수 있었다.

"하지만 늘 마음대로 선택할 수는 없단다." 어브가 말했다.

"어째서요?"

"저 동물들이 무엇 때문에 여기 오게 되었는지를 숨겨야 하니까."

"무슨 뜻이에요?"

---

* 박물관 등에 전시하는 실물 크기 또는 축소된 크기의 입체 모형.

"너는 저 동물들이 어디에서 왔다고 생각하니?"

"아프리카 같은 데요?"

"하지만 어쩌다가 결국 디오라마가 되었을까? 들소들이 박제가 되겠다고 자원이라도 했겠니? 운 좋은 과학자가 길에서 차에 치여 죽은 들소를 우연히 발견하기라도 했겠니?"

"잘 모르겠어요."

"들소를 사냥한 거야."

"정말요?"

"그리고 사냥은 깨끗하지 않지."

"그래요?"

"원하는 것을 손에 넣으려면 대가를 치러야 하는 법이야."

"아."

"총알은 구멍을 남기지. 가끔은 큰 구멍을 남기고. 화살도 마찬가지야. 그리고 작은 구멍으로는 들소를 쓰러뜨리지 못해."

"그럴 것 같아요."

"그래서 디오라마에 동물을 놓을 때 구멍이나 상처 자국이나 찢어진 자리는 보이지 않게 돌려놓는단다. 구경꾼들에게는 풍경 속에서 조화를 이룬 동물들만 보여 주는 거야. 하지만 숨겨진 것들이 있다는 걸 기억하면 모든 게 달라지지."

언젠가 제이컵이 줄리아가 살짝 무시한 예를 설명하는 것을 듣고 나서 실버스 박사가 이렇게 말했다. "사람들은 보통 상처를 입으면 못되게 행동하지요. 상처를 기억할 수 있다면 그 행동을 용서하기가 훨씬 쉬워질 수 있습니다."

그날 밤 그가 집에 돌아갔을 때 줄리아는 욕조에 있었다. 그는 노력했다. 부드럽게 문을 두드리고 방에서 부르고 필요 이상으로 부스럭거리는 소리를 냈다. 그녀에게 자신의 존재를 알리기 위해서였지만 물소리가 너무 컸기 때문에 그가 문을 열자 그녀가 화들짝 놀랐다. 간신히 진정하고 자신의 두려움에 대해 웃고 나서 그녀가 욕조 가장자리에 턱을 올렸다. 그들은 함께 물소리를 들었다. 조개껍데기를 귀에 가져다 대면 자신의 순환계 소리가 그 껍데기에 메아리쳐 들린다. 바다 소리가 들린다고 생각하지만 실은 자신의 피가 흐르는 소리이다. 그날 밤 욕실은 그들이 공유한 삶을 되울리는 반향실이었다. 그리고 줄리아의 뒤쪽, 수건과 목욕 가운이 있어야 할 곳에서 제이컵은 색칠한 풍경, 학교에 영원히 점령당한 아파트, 축구장, 홀푸드의 대용량 포장 코너(쪼개서 말린 색색의 완두콩, 현미, 말린 망고, 캐슈를 가득 넣은 플라스틱 통들), 스바루와 볼보, 집, 그들의 집을 보았다. 2층 창문 너머로는 방이 하나 있었다. 아주 작고 정교하게 색칠해서 대가여야 만들 법한 것이었다. 더는 필요하지 않아진 육아실을 그녀의 사무실로 바꾼 그 방의 탁자 위에 건축 모형, 집이 하나 놓여 있고, 삶이 일어난 집 속의 그 집 속의 그 집에 한 여자가 조심스레 놓여 있었다.

드디어 수의사가 왔다. 수의사는 제이컵이 예상하지도 바라지도 않은 사람이었다. 그는 온화한 비유대인 할아버지 같은 인물을 원했다. 우선 그 수의사는 여자였다. 제이컵의 경험으로 수의사는 비행기 조종사와 비슷했다. 거의 항상 남성이고 머리가 셌으며(세 가고 있거나) 침착했다. 셸링 박사는 제이컵에게 술을 한잔 사기에도 너무 젊었고, 건강하고 단단해 보였으며 맞춘 듯 꼭 맞는 가운을 입고 있었다.

"오늘은 무슨 일로 오셨나요?" 그녀가 아거스의 차트를 뒤적이며 물었다.

맥스도 제이컵이 본 것을 보았을까? 이 아이가 관심을 가질 나이일까? 당혹감을 느낄 나이일까?

제이컵이 대답했다. "문제가 좀 있었어요. 저 정도 나이의 개에게는 정상적인 건지도 모르겠지만요. 요실금에 관절에도 이상이 있습니다. 이전 수의사였던 애니멀 카인드의 헤이즐 선생님은 리마딜과 코세퀸을 처방해 주셨어요. 상태가 호전되지 않으면 양을 두 배로 늘리는 것도 고려해 보자고 하셨고요. 호전되지 않아서 양을 두 배로 늘리고 치매 약도 추가했지만 마찬가지였어요. 그래서 다른 의견을 들어 봐야겠다고 생각했지요."

"좋아요." 그녀가 클립보드를 내려놓으며 말했다. "이 개 이름이 뭔가요?"

"아거스예요." 맥스가 대답했다.

"멋진 이름이구나." 그녀가 무릎을 꿇어 자세를 낮추었다.

그녀가 아거스의 옆얼굴을 잡고 머리를 쓰다듬어 주면서 눈을 들여다보았다.

"이 녀석이 고통스러워해요." 맥스가 말했다.

제이컵이 설명했다. "이따금 불편해해요. 하지만 계속 그러는 건 아니고요. 고통스러워하는 건 아니에요."

"너 고통스럽니?" 셸링 박사가 아거스에게 물었다.

"일어나고 앉을 때 낑낑거려요." 맥스가 말했다.

"그건 좋지 않은데."

"하지만 영화 볼 때 팝콘을 더 달라고도 낑낑거리는걸. 얘는 항상 그래." 제이컵이 말했다.

"개가 불편해서 낑낑거린다고 생각되는 때가 또 있나요?"

"다시 말씀드리지만 개가 낑낑거릴 때는 거의 대부분 먹을 것이나 산책 때문이에요. 하지만 고통스러워서 그러는 건 아니고 심지어 불편해서 그러는 것도 아니에요. 그냥 원하는 게 있으면 그래요."

"엄마 아빠가 싸울 때도 낑낑거려요."

"그건 엄마가 우는 소리를 한 거지." 제이컵이 수의사 앞에서 부끄러움을 누그러뜨리려고 말했다.

"산책은 충분히 하고 있나요? 산책을 시켜 달라고 낑낑거리지는 않아야 할 텐데요." 의사가 말했다.

"산책은 많이 합니다." 제이컵이 대답했다.

"세 번요." 맥스가 덧붙였다.

"이 정도 나이의 개라면 다섯 번은 해야 해요. 최소한요."

"하루에 다섯 번요?" 제이컵이 되물었다.

"그리고 목격하셨다는 고통 말인데요. 얼마나 오래됐나요?"

"불편입니다." 제이컵이 정정했다. "고통은 너무 강한 표현이에요."

"오래됐어요." 맥스가 말했다.

"그리 오래되지는 않았어요. 반년쯤?"

맥스가 말했다. "지난 반년 동안 점점 나빠졌어요. 하지만 낑낑대기 시작한 건 벤지가 세 살 정도 됐을 때였어요."

"벤지도 그때부터 징징거렸지."

수의사가 아거스의 눈을 조금 더, 이번에는 말없이 들여다보았다. 제이컵은 누군가가 자신을 그렇게 바라봐 주었으면 싶었다.

"좋아요. 체온을 재 봅시다. 장기들을 체크해 볼게요. 이상이 없으면 혈액 검사를 좀 해 보고요."

그녀가 카운터 위의 유리병에서 체온계를 꺼내고 윤활유를 짜 아거스의 뒤에 자리 잡고 섰다. 그 모습에 제이컵이 오싹해졌을까? 침울해졌을까? 그는 침울해졌다. 하지만 어째서일까? 이런 일이 일어날 때마다 잘 참아 내는 아거스의 극기심 때문에? 그것 때문에 불편을 드러내기를 꺼리거나 드러내지 못하는 자신의 성향이 떠오른 건 왜일까? 아니, 그것은 수의사와 관련 있었다. 그녀의 젊음에 찬 아름다움(진료가 진행될수록 그녀는 나이를 거꾸로 먹는 것 같았다.), 아니, 그보다는 그녀의 상냥한 진료 때문이었다. 그녀가 제이컵에게 환상을 불러일으켰지만 성적인 것은 아니었다. 그녀의 안내에 따라 좌약을 넣는 상상조차 아니었다. 그는 그녀가 자신의 가슴에 청진기를 대는 상상을 했다. 그녀의 손가락이 그의 목의 분비샘들을 부드럽게 찾는 모습, 그의 팔다리를 굽혔다 펴는 모습, 금고를 털려는 사람처럼 조심스레 가까이 붙어서 조용히 불편함과 고통의 차이에 귀를 기울이는 모습을 상상했다.

맥스가 무릎을 꿇고 아거스 앞에 제 얼굴을 갖다 대고 말했다. "그래야지. 나를 봐, 자, 우리 아기."

"좋아요." 그녀가 온도계를 뺐다. "약간 높지만 정상 범위 안이에요."

그런 다음 손으로 아거스의 몸을 쓸면서 귓속을 살피고, 입술을 들어 이와 잇몸을 보고, 배를 눌러 보고, 아거스가 신음을 흘릴 때까지 넓적다리를 빙글빙글 돌렸다.

"그 다리가 예민해요."

"양쪽 고관절을 다 바꿨어요." 맥스가 말했다.

"고관절 전치환술을 양쪽 다 했다고?"

제이컵이 어깨를 으쓱했다.

"왼쪽은 대퇴골두 골절술이었어요." 맥스가 말했다.

"그건 좀 흥미롭구나."

"네." 맥스가 계속 말했다. "몸무게가 비만 정도까지 가서요, 수의사 선생님이 고관절 전치환술은 안 해도 될 거라고 생각하셨어요. 하지만 그건 실수였죠."

"네가 굉장히 관심을 많이 쏟은 모양이구나."

"제 개인걸요." 맥스가 말했다.

"좋아. 확실히 민감한 부분이 있어. 관절염이 좀 있을지도 모르겠다."

"집 안에다 똥을 싸고 다닌 지 일 년쯤 됐어요." 맥스가 말했다.

"일 년까지는 아니야." 제이컵이 정정했다. "반년쯤일까."

"샘 형 친구들이 놀러 와서 하룻밤 자고 갔을 때 기억 안 나세요?"

"그래, 하지만 그건 예외적인 경우였지. 그런 문제가 지속적으로 생긴 건 몇 달 후였어."

"그리고 집에 오줌도 싸는데요?"

"보통은 대변만 보잖아. 오줌까지 싸게 된 건 최근 들어서고."

"아거스가 아직 쪼그리고 앉아서 똥을 싸나요? 그건 사실은 장 문제보다는 관절염 문제예요. 개는 더 이상 자세를 잡을 수 없으면 걸으면서 똥을 싸거든요."

"걸으면서 똥을 쌀 때가 자주 있어요." 제이컵이 말했다.

"하지만 가끔은 자기 잠자리에도 싸요." 맥스가 말했다.

수의사가 말했다. "똥이 나오는 줄도 모르거나 그냥 통제가 안 되는 것처럼 말이지."

맥스가 대답했다. "맞아요. 개들 입장에서는 부끄러울지 슬플지 모르겠어요."

제이컵은 줄리아에게 문자를 받았다. 호텔 도착.

수의사가 말했다. "우리로서는 도저히 알 수 없겠지만 분명 즐거운 일은 아닐 거야."

제이컵이 생각했다. 그게 다야? 호텔 도착이라고? 억지로 참아 주는 동료에게 하듯 혹은 최소한의 의사소통이면 법적 의무는 다한 셈이라는 투였다. 왜 그녀는 항상 나에게 이렇게 조금만 줄까? 그리고 그 생각에 스스로도 놀랐다. 그 생각으로 분노가 번쩍 하고 밀려들었기 때문이 아니라, 그것이 정말 편하게 느껴졌기 때문이다. 그리고 전에는 한 번도 그 점을 의식적으로 생각한 적이 없었음에도 항상이라는 말이 떠올랐기 때문이다. 왜 그녀는 항상 나에게 이렇게 조금만 줄까? 무죄 추정의 원칙을 적용하는 일도 드물다. 그래서 칭찬하는 일도 거의 없다. 감사하는 일도 드물다. 그녀가 마지막으로 그의 농담에 웃음을 참지 못한 것은 언제였을까? 마지막으로 그가 작업한 것을 읽어 보겠다고 한 것은 언제였을까? 마지막으로 섹스를 하자고 부추긴 건 언제였을까? 의지해서 살아가기에는 너무 적은 것들이었다. 그가 부적절하게 처신한 것은 사실이지만 너무 무뎌진 나머지 목적을 달성하지도 못할 화살들에 십 년 동안 상처를 입은 후에 그런 것이었다.

그는 앤디 골즈워디*의 글을 종종 떠올렸다. 그는 태풍이 몰아쳐 올 때 땅바닥에 누워 태풍이 지나갈 때까지 그대로 있었다. 그가 일어서자 그의 물기 없는 실루엣이 남았다. 희생자의 윤곽을 따라 그린 분필 선처럼. 다트 판이 있던 자리의 원처럼.

"아직도 공원에서 잘 놀아요." 제이컵이 수의사에게 말했다.

"무슨 말이죠?"

"아직도 공원에서 잘 논다고 했어요."

맥락과 관계없어 보이는 이야기로 대화가 백팔십도 바뀌고

---

* 영국 출신의 조각가, 사진작가, 환경 운동가.

뒷면이 앞으로 드러났다.

맥스가 말했다. "가끔은 그래요. 하지만 대개는 그냥 누워 있어요. 그리고 집에서 계단을 올라갈 때 무척 힘들어해요."

"며칠 전에는 달리기도 했어."

"그러고는 사흘을 절뚝거렸죠."

제이컵이 말했다. "자, 아거스의 삶의 질이 나빠지고 있는 건 분명해. 확실히 예전 같지는 않아. 하지만 아직은 살 만하다고."

"누가 그래요?"

"개들은 죽고 싶어 하지 않아."

"증조할아버지는 죽고 싶어 하시는데."

"워, 잠깐만. 너 뭐라고 그랬니?"

"증조할아버지는 죽고 싶어 하신다고요." 맥스가 있는 사실을 그대로 말한다는 투로 말했다.

"증조할아버지는 개가 아니야." 그 말의 낯설기 짝이 없는 느낌이 검사실의 벽들을 서서히 타고 오르기 시작했다. 제이컵은 분명히 고쳐서 그 말의 효과를 줄이려 했다. "그리고 증조할아버지는 죽고 싶어 하지 않으셔."

"누가 그래요?"

"두 분께 시간을 좀 드릴까요?" 수의사가 팔짱을 끼고 문 쪽으로 성큼 뒷걸음질하며 물러났다.

제이컵이 말했다. "증조할아버지는 미래에 대한 희망을 갖고 계셔. 살아서 샘의 바르 미츠바를 보겠다든가 하는 거 말이야.

그리고 증조할아버지는 기억에서 낙을 찾으셔."

"아거스도 마찬가지예요."

"넌 아거스가 샘의 바르 미츠바를 고대한다고 생각하니?"

"샘 형의 바르 미츠바를 고대하는 사람은 아무도 없어요."

"증조할아버지는 고대하신다니까."

"누가 그래요?"

수의사가 끼어들었다. "개들은 삶에서 온갖 종류의 아주 미묘한 즐거움을 찾죠. 누워서 햇볕을 쬔다든가. 사람이 먹는 맛있는 음식을 가끔 얻어먹는다든가. 개들의 정신적 경험이 그 이상 얼마나 멀리까지 뻗어 가는지는 말하기 어려워요. 우리로서는 가정해 볼 따름이죠."

"아거스는 우리가 자기를 잊었다고 느껴요." 맥스가 자신의 가정을 분명히 했다.

"자기를 잊는다고?"

"증조할아버지처럼요."

제이컵이 수의사에게 억지로 미소를 지어 보이고 말했다. "증조할아버지가 잊혀진 것처럼 느끼신다고 누가 그러디?"

"할아버지가요."

"언제?"

"우리가 같이 얘기할 때요."

"그러니까 그게 언제냐고?"

"스카이프를 할 때요."

"그런 뜻으로 하신 말씀이 아니야."

"그럼 아빠는 아거스가 낑낑거릴 때 그런 뜻인지 어떻게 아세요?"

"개들은 무언가를 의미할 수 없어."

"저희 아빠한테 말해 주세요." 맥스가 수의사에게 말했다.

"무슨 말을 하라고?"

"아빠한테 아거스를 안락사시켜야 한다고 말해 주세요."

"아. 그건 내가 할 말이 아니구나. 아주 개인적인 결정이거든."

"좋아요, 하지만 선생님이 아거스를 안락사시키면 안 된다고 생각하셨다면 그냥 안락사는 안 된다고 말씀하셨을 거잖아요."

"공원에서 뛰어다닌다니까, 맥스. 소파에서 영화도 보고."

"저희 아빠한테 말해 주세요." 맥스가 수의사에게 말했다.

"수의사로서 내 일은 아거스를 돌보는 거야. 아거스가 건강을 유지하도록 돕는 거라고. 생명을 끝내는 결정에 대해 조언하는 게 아니야."

"그러니까 다시 말해 선생님은 저랑 같은 생각이시라는 거잖아요."

"선생님은 그렇게 말하지 않았어, 맥스."

"난 그렇게 말하지 않았단다."

"우리 증조할아버지를 안락사시켜야 한다고 생각하세요?"

"아니." 수의사가 대답하고는 자신의 대답으로 질문에 신빙성을 준 것을 바로 후회했다.

"저희 아빠한테 말해 주세요."

"무슨 말을 하라고?"

"선생님도 아거스를 안락사시켜야 한다고 생각한다고 말해 주세요."

"그건 정말 내가 할 말이 아니란다."

"봤죠?" 맥스가 아버지에게 말했다.

"너 아거스가 이 방에 있는 건 알지, 맥스?"

"아거스는 못 알아들어요."

"당연히 알아들어."

"그럼 잠시만요. 아빠는 아거스는 알아듣는데 증조할아버지 는 못 알아듣는다고 생각하시는 거예요?"

"증조할아버지도 아셔."

"정말요?"

"그럼."

"그럼 아빠는 무서운 사람이에요."

"맥스."

"저희 아빠한테 말해 주세요."

아거스가 수의사의 발치에 형태가 거의 온전한 맥너겟들을 토해 냈다.

"어떻게 해야 유리창을 깨끗이 유지할 수 있어요?" 제이컵 이 삼십 년 전 아버지에게 물었다.

어브가 당황한 얼굴로 물었다. "윈덱스 세제를 쓰지 않을 까?"

"제 말은 반대편 말이에요. 저기에는 들어갈 수가 없잖아요. 그랬다간 땅 위에 있는 걸 다 망가뜨릴 거예요."

"하지만 저기에 아무도 가지 않으면 깨끗하게 유지되겠지."

"그렇지 않아요." 제이컵이 말했다. "이스라엘에서 돌아왔을 때 모든 게 더러웠던 거 기억하세요? 삼 주 동안 아무도 없었는데도요? 유리창에 낀 먼지에 우리 이름을 히브리어로 썼던 거 기억 안 나세요?"

"집은 닫힌 환경이 아니니까."

"아뇨, 닫혀 있어요."

"디오라마처럼 밀폐돼 있지는 않아."

"아니에요."

어브가 제이컵을 가르치는 것보다 좋아하는 것이 딱 하나 있다면 그에게 도전받는 것이었다. 언젠가는 자식이 자신을 뛰어넘으리라는 암시였다.

"어쩌면 그래서 그들이 그쪽 유리창에서 얼굴을 돌리고 있는지도 모르지." 그가 미소 지으면서, 그러나 손가락을 아들의 머리카락 속에, 시간이 충분히 있다면 자라나 손가락을 완전히 덮어 버릴 머리카락 속에 파묻으면서 말했다.

"전 유리창 때문에 그런다고는 생각하지 않아요."

"그래?"

"반대쪽을 숨길 수 없잖아요."

"동물들이 그런다는 말이냐?"

"무슨 말이세요?"

"저 들소의 얼굴을 보렴."

"뭘요?"

"자세히 들여다봐."

아직은 아니다

샘과 빌리는 다른 사람들이 앉고 몇 줄이 빈자리로 남았는데도 버스 뒤쪽에 앉아 있었다.

"너한테 보여 줄 게 있어." 그녀가 말했다.

"좋아."

"네 아이패드로."

"집에 놓고 왔어."

"진짜?"

"엄마가 그래서." 샘은 덜 유치한 변명거리를 꾸며 낼걸 그랬다는 후회가 들었다.

"엄마가 칼럼 같은 거 읽으셨어?"

"나더러 여행에 '참여'하래."

"휘발유를 40리터나 써도 움직이지 않는 게 뭐게?"

"뭐?"

"불교 수도승."

샘은 이해하지 못했지만 웃었다.

"악어가 전기뱀장어 물어뜯는 거 본 적 있어?" 그녀가 물었다.

"응, 죽이더라."

빌리는 부모에게 크리스마스 선물로 받은, 스쿠터를 탄 어른보다 변변찮은 노브랜드 태블릿 컴퓨터를 꺼내 자판을 치기 시작했다. "너 기상캐스터가 발기한 거 봤어?"

그들은 같이 보고 깔깔 웃었다.

"최고는 그 남자가 '오늘은 뜨거울 겁니다.'라고 한 거야."

그녀가 새로운 동영상을 띄우고 말했다. "이 기니피그 매독 걸린 거 봐."

"햄스터 아니야?"

"넌 나무를 보느라 생식기 상처를 놓치고 있어."

"우리 아빠처럼 말하고 싶지는 않지만 이런 데 접속하는 거 미친 짓 아냐?"

"미친 짓 아냐. 이게 세상이야."

"흠, 그럼 세상이 미친 건가?"

"절대 그럴 리 없지. 미친 건 남들이야."

"네 사고방식 진짜진짜 좋아."

"난 네가 그런 말 하는 게 진짜진짜 좋아."

"그냥 하는 말이 아니야. 진심이야."

"그리고 내가 또 진짜진짜 맘에 드는 건 네가 '사'로 시작하는 말을 하지 못하는 거야. 너는 하고 있지 않은 말인데 하고 있다고 내가 생각할까 봐 두려워서."

"응?"

"진짜진짜, 진짜 좋아."

샘은 그녀를 사랑했다.

그녀가 태블릿 컴퓨터를 끄고 말했다. "에메트 히 하셰커 하토브 베요터."

"무슨 말이야?"

"히브리어야."

"너 히브리어 할 줄 알아?"

"프란츠 로젠츠바이크가 종교를 믿느냐는 질문을 받고 한 유명한 대답 있잖아. '아직 아니다.' 하지만 우리 둘 중 하나는 너의 바르 미츠바를 기념하는 뜻에서 조금은 배워야 할 거라고 생각했어."

"프란츠 누구? 그리고 잠깐, 그거 무슨 뜻이야?"

"진실이 가장 안전한 거짓말이다."

"아. 그리고 아나타와 스베테오 리카이시테이루 바이와 고카이스루 히쓰요가 아리마스."

"그건 무슨 뜻인데?"

"'모든 것을 이해하고 있다면 오해하고 있는 것이 틀림없다.' 아마 일본어일 거야. 「콜 오브 듀티: 블랙 옵스」의 중간 제목이었지."

"그래, 난 목요일마다 일본어 공부를 해. 네 발음을 그냥 못 알아들은 거야."

샘은 그녀에게 지난 이 주 동안 지은 새 회당을 보여 주고 싶었다. 그것이 자신의 가장 좋은 점을 가장 잘 표현한 것일지 궁금했고 그녀가 마음에 들어 할지 궁금했다.

버스가 워싱턴 힐튼 호텔 앞에 섰다.(샘에게서 사과를 끌어낼 수만 있다면 이 주 후 샘의 바르 미츠바 파티가 열릴 호텔이었다.) 아이들이 내려서 흩어졌다. 로비에는 큰 현수막이 걸려 있었다. 2016년 모의 유엔 총회를 환영합니다. 여행 가방 수십 개와 더플백이, 거의 모든 것에 있지 말아야 할 것이 들어 있을 것들이 구석에 쌓여 있었다. 마크가 머릿수를 세느라 애를 먹는 사이 샘이 엄마를 옆으로 끌어당겼다.

"애들한테 얘기할 때 수선 피우지 마세요, 아셨죠?"

"무슨 수선을 피워?"

"뭐든 다요. 하여튼 수선 피우지 마시라고요."

"엄마가 너를 망신시킬까 봐 걱정되니?"

"네. 엄마한테 그 말을 안 할 수가 없어요."

"샘, 우리는 여기에 즐거운 시간을 보내러 온 거야. 그리고……."

"즐거운 시간이란 말 하지 마세요."

"엄만 무슨 일이 있어도 절대 지겨운 꼰대가 되고 싶지는 않아."

"꼰대라는 말도요."

마크가 줄리아에게 엄지손가락을 번쩍 들어 보이자 그녀가 아이들 무리를 불렀다. "다들 여기 좀 볼래?"

아무도 주의를 돌리지 않았다.

"어이!"

"어이라는 말도요." 샘이 누구에게랄 것도 없이 속삭였다.

마크가 장식 달린 팔찌가 풍경처럼 흔들리게 만드는 중저음의 목소리를 뿜어냈다. "입 다물고 지금 모두 여기를 봐!"

아이들이 조용해졌다.

"좋아." 줄리아가 말했다. "자, 다들 알겠지만 난 샘의 엄마란다. 샘이 나한테 수선 떨지 말아 달라고 했으니 요점만 말할게. 우선 너희와 함께 여기 있게 돼서 내가 지금 완전 흥분 상태라는 거 모두 알아 주면 좋겠어."

샘은 대상 영속성*을 잊어버리고 싶은 마음에 눈을 감았다.

"이건 재미있고 도전적이고 굉장할 거야."

줄리아는 샘이 눈을 감은 것을 보았지만 자신이 무슨 짓을 했는지는 알지 못했다.

"그러니까…… 너희 방 열쇠를 나눠 주기 전에 잠시만 정리 좀 할게. 열쇠가 아니라 카드겠지만 보통 열쇠라고 부르니까. 내가 아주 느긋한 사람이라는 걸 알게 될 거야. 하지만 느긋함에는 양면적인 데가 있어. 너희가 재미있게 놀려고 여기에 왔다는 건 알지만 너희가 조지타운 데이 학교의 대표라는 점도 잊지 말았으면 좋겠어. 우리의 군도 조국인 미크로네시아 연방 공화국은 말할 것도 없고!"

---

* 존재하는 물체가 어떤 것에 가려 보이지 않더라도 그것이 사라지지 않고 지속적으로 존재한다는 사실을 이해하는 것.

그녀는 박수를 기다렸다. 아니면 뭐라도. 빌리 혼자 친 한 번의 박수 소리가 침묵을 메웠고, 어색함은 그녀의 몫이 되었다.

줄리아가 말을 계속했다. "그러니까 굳이 말할 필요도 없겠지만 재미 삼아 약물을 쓰는 일은 없었으면 해."

샘의 목 근육이 통제력을 잃고 고개가 앞으로 폭 떨어졌다.

"만약 너희가 무언가 처방을 받아 왔다면 물론 그건 괜찮아. 오락용으로 쓰거나 다른 방식으로 남용하지만 않는다면 말이야. 너희 대부분이 아직 열세 살이 안 됐지만 성관계 얘기는 좀 짚고 넘어갈까 해."

샘이 자리를 떠났다. 빌리가 그를 따라갔다.

마크가 상황을 파악하고 끼어들었다. "내가 보기에는 블록 부인이 하려는 말씀은 이거야. 우리가 너희 부모님께 알려 드리기를 바라지 않을 짓은 애초에 하지 마라. 부모님께 말씀드리면 너희도 아주 골치 아파질 테니까. 알아들었지?"

학생들이 일제히 대답했다.

"우리 엄마 때문에 커트 코베인이 자살한 거야." 샘이 빌리에게 속삭였다.

"너무 그러지 말고 엄마를 좀 봐 드려."

"왜?"

마크가 열쇠를 나눠 주면서 말했다. "짐들을 방으로 가져가서 풀고 성인 채널 무료 예고편 보지 말고 미니바에는 손도 대지 마. 내 방 1124호에서 2시에 보자. 디바이스가 있으면 입력해 둬. 2시 1124호야. 디바이스가 없으면 머릿속에 잘 새겨 두고. 자, 이제 똑똑하고 의욕적인 젊은이들이니까 이 시간을 이용해 성명서를 검토해 보렴. 그럼 오늘 오후 약식 회의 준비가 되겠지. 만약을 위해 내 휴대 전화 번호 저장해 두고. 무슨 일이 생기는 진짜 만약의 경우 말이야. 내가 모르는 건 없다는 거 기억해 두렴. 그 말은 내가 그 자리에 없어도 전부 보고 들을 수 있다는 말이야. 안녕."

아이들이 열쇠를 받아 흩어졌다.

"그리고 이건 당신 것." 마크가 줄리아에게 열쇠를 건넸다.

"귀빈실이야?"

"그래. 하지만 미크로네시아 귀빈인 것 같네."

"구해 줘서 고마워."

"나를 느긋한 사람으로 보이게 해 줘서 고마워."

줄리아가 웃음을 터뜨렸다.

"한잔 할까?" 그가 물었다.

"진짜? 술을 마시자고?"

"알코올성 근육 이완제. 그래."

"난 시부모님께 연락드려야 해. 주말 동안 벤지를 돌봐 주시기로 했거든."

"잘됐네."

"벤지가 잠재적 메르 카한*이 되어 돌아오지 않는다면 그렇지."

---

* 미국의 극우 유대인 단체 유대 방위 전선을 설립한 랍비.

"응?"

"그는 정신 나간 우익 분자였어……."

"당신은 진짜 술이 필요해."

그때 갑자기 검토해야 할 논리적 사항도, 나눌 잡담도 사라지고 맞춤 제작 철물 전시장에서 그들이 나눈 대화의 서서히 다가오는 그림자만 남았다. 줄리아가 알고 있지만 공유하지는 못할.

"가서 전화드려."

"오 분이면 돼."

"뭐 어쨌든. 준비되면 문자 보내. 바에서 만나. 시간 많아."

"너무 이르지 않아?"

"1000년에서?"

"하루에서."

"당신 인생에서?"

"하루에서, 마크. 독신자 생활에 벌써 취했군."

"내가 취했다면 독신자는 결혼한 적이 없는 사람이라는 점을 지적하지 않겠지."

"그러면 당신은 자신의 자유에 취했어."

"고립을 뜻한 건 아니지?"

"당신이 할 법한 말을 생각했어."

"난 새로운 맨 정신에 취했어."

그녀는 자신이 다른 사람들의 동기를 비상하리만큼 잽싸게 파악한다고 생각했지만, 그가 뭘 하고 있는지는 알 수 없었다. 욕망하는 상대에게 집적거리는 것일까? 안쓰럽게 생각하는 사람을 북돋아 주는 것일까? 순수한 마음으로 다정한 농담을 거는 것일까? 그러면 그녀는 무엇을 한 것일까? 남자와 가볍게 어울리는 데 대해 느꼈을 법한 죄책감은 이제 당연히 등 뒤의 수평선 너머 저 멀리 사라졌다. 설령 죄책감이 있다 해도 그녀는 제이컵이 그곳에서 보지 못하는 게 아쉬웠다.

그들에게는 나름의 비밀스러운 의사소통 방식, 메시지를 몰래 전하는 방법이 있었다. 어린아이들 앞에서 철자를 쓰고, 아이작 앞에서 소곤거리고, 진행 중인 전화 통화에 대해 서로 쪽지를 쓰고, 랍비 싱어의 사무실에서 줄리아가 이마에 손가락 두 개를 대고 콧구멍을 벌름거리며 가만히 고개를 저어 그냥 내버려 둬라는 뜻을 전했을 때처럼 오랜 세월에 걸쳐 유기적으로 발전시켜 온 손짓과 얼굴 표정이 있었다. 그들은 어떤 장애물이라도 돌아 서로에게 닿을 길을 찾아낼 수 있었다. 그러나 그들에게는 장애물이 있어야 했다.

그녀가 마음이 설렌 적이 있었다. 제이컵이 1차 세계대전에서 전달자 노릇을 한 새들에 대한 팟캐스트를 샘에게 들려준 적이 있는데, 그것이 샘의 상상력을 사로잡았다. 샘은 열한 살 생일 선물로 전서구를 달라고 했다. 줄리아는 그 독특한 부탁에 기뻤고, 언제나처럼 자식들에게라면 뭐든 다 내주고 싶었을 뿐 아니라 자식들을 위해 뭐라도 다 내주는 사람으로 보이고 싶었으므로 아들의 부탁을 진지하게 받아들였다.

그가 약속했다. "그 비둘기들은 멋진 실내 반려동물이 될 거예요."

"실내라고?"

"네. 큰 새장이 있어야겠지만……."

"아거스는 어쩌고?"

"약간 조정을 하면……."

"말은 근사하구나."

"엄마. 조금만 조정하면 그들은 완벽하게 친구가 될 수 있어요. 그리고 일단……."

"똥 싸는 건 어쩌고?"

"비둘기용 팬티가 있대요. 기저귀 같은 거예요. 세 시간마다 갈아 주면 돼요."

"그거 참 간단하겠다."

"제가 할게요."

"네가 학교에 있는 시간이 세 시간은 넘잖니?"

"엄마, 정말 재미있을 거예요." 그가 두 주먹을 꼭 쥐고 흔들며 말했다. "공원에도 데려가고, 학교에도 데려가고, 할머니 할아버지 댁에도 데려가고, 어디든 데려갈 수 있어요. 목에 메시지를 매달아 주면 바로 집으로 돌아올 거예요."

"그게 뭐가 재미있다는 거니?"

"진심이세요?"

"얘기해 보렴."

"잘 모르시겠다면 어떻게 설명해야 좋을지 모르겠네요."

"게다가 훈련시키기 어렵잖아?"

"엄청 쉬워요. 근사한 집을 주기만 하면 돼요. 그러면 알아서 돌아올 거라고요."

"근사한 집을 어떻게 만드는데?"

"넓고 직사광선이 들고 에워싼 육각 철조망이 아주 촘촘히 짜여 있어서 새가 그 틈으로 고개를 내밀었다가는 끼일 정도라야 해요."

"그거 근사하겠구나."

"그리고 바닥에는 흙이랑 풀을 덮고 주기적으로 바꿔 줘요. 그리고 새가 목욕할 물통도 있어야 하는데 주기적으로 닦아 줘야 해요."

"알았어."

"그리고 맛있는 것도 잔뜩 주고요. 꽃상추라든가 딸기류, 메밀, 아마, 녹두 싹, 살갈퀴요."

"살갈퀴?"

"저도 뭔지는 몰라요. 책에서 읽었어요."

"새장은 얼마나 넓어야 하니?"

"진짜로 크려면 2 곱하기 3은 돼야죠."

"2 곱하기 3 뭐?"

"미터요. 가로, 세로 2미터, 높이 3미터요."

"그럼 그렇게 널찍한 새장을 어디에 놓을 건데?"

"제 방요."

"천장을 높여야겠구나."

"그 정도는 할 수 있지 않아요?"

"아니."

"그럼 높이를 좀 낮추죠, 뭐."

"그럼 그게 집처럼 안 보이면 어떡하니?"

"괜찮을 거예요."

"하지만 괜찮지 않으면 어떡해?"

"엄마, 괜찮을 거라니까요. 새가 좋아하는 멋진 집을 만들기 위해 해야 할 건 다 할 거예요."

"난 그냥 만약의 경우를 생각해서 물어본 거야."

"엄마."

"묻지도 못하니?"

"아마 새들이 돌아오지 않겠지요. 아시겠어요? 집을 떠나 계속 날아가 버릴 거예요."

샘이 이 세상에 전서구 같은 것이 있다는 사실을 잊어버리는 데는 딱 일주일이 걸렸다.(세상에 너프 총 같은 것이 있음을 알게 된 것이다.) 그러나 줄리아는 그의 말을 잊을 수 없었다. 집을 떠나 계속 날아가 버릴 거예요.

옆에 주먹으로 칠 만한 것이 없음을 아쉬워하며 그녀는 마크에게 말했다. "진짜 술 한잔 하러 가자."

"딱 한 잔?"

"그래." 자신의 새장이 얼마나 안락한 곳이었는지 알게 해줄 비행에 나서기 전에 날개 아래쪽을 정돈하며 그녀는 말했다. "딱 한 잔으로 끝내기에는 너무 늦었을지도 몰라."

다른 누군가의 다른 삶

그들이 동물 병원에서 집까지 말없이 운전해 온 지 여덟 시간, 집에서 서로를 피한 지 490분이 지났다. 제이컵은 재료는 있지만 요리할 마음이 나지 않아 부리토를 전자레인지에 돌렸다. 접시에 꼬마당근 다섯 개와 후무스 한 덩이를 놓았다. 맥스의 방으로 음식을 가져가 문을 두드리고 안으로 들어갔다.

"들어오시라고 안 했어요."

"난 허락을 구하지 않았어. 그저 네가 코 파던 거 멈출 시간 정도 준 거지."

맥스는 손가락을 코에 넣고 있었다. 제이컵이 접시를 책상에 놓았다.

"뭐 했어?"

"아무것도 안 했어요." 맥스가 아이패드를 뒤집으며 말했다.

"진짜로, 뭐 했어?"

"진짜로, 아무것도 안 했어요."

"뭐, 야동이라도 봤어? 내 신용 카드로 샀니?"

"아뇨."

"집에서 하는 안락사 방법이라도 찾니?"

"재미없어요."

"그럼 뭐야?"

"아더 라이프요."

"네가 그 게임을 하는 줄 몰랐는데."

"아무도 그걸 게임으로 하지 않아요."

"그래. 네가 하는 줄 몰랐다고."

"전 진짜 안 한다니까요. 샘 형이 못 하게 해요."

"하지만 호랑이는 멀리 가 버렸잖아."

"그렇죠."

"토끼몰이하지 않을게."

"고마워요."

"알아들었니? 호랑이가 가 버렸다는 말? 토끼몰이?"

"물론이죠."

"하여튼 그건 뭐 하는 거니? 오락이야?"

"오락은 아니에요."

"아니라고?"

"커뮤니티예요."

"흠, 그건 모르겠구나." 제이컵은 무시하는 말투를 쓰지 않을 수 없었다.

"네. 아빠는 몰라요."

"하지만 그 정도가 아니잖니. 하여간 아빠가 알기로는 매달 회비를 내는 사람들이 모여서 음, 잘 모르겠다만 함께 상상의 풍경을 탐험하는 거 아니야?"

"아뇨, 회당 같은 건 아니에요."

"재밌는 농담이구나."

"먹을 거 고마워요. 안녕히 가세요."

제이컵이 다시 시도했다. "뭔지는 몰라도 하여튼 근사해 보이는구나. 내가 볼 수 있었던 것으로 말하면 그래. 멀리서였지만."

맥스가 부리토로 자신의 입을 막았다.

"정말 궁금해서 그런다. 샘이 그 게임을 하는 건 알아.(내 말은 게임은 아니지.) 항상 말이야. 아빠는 그게 대체 다 뭔지 궁금하단다."

"말해도 이해 못 하실 거예요."

"노력해 볼게."

"이해 못 하신다니까요."

"넌 아빠가 스물네 살에 전국 유대인 도서상 받은 거 모르니?"

맥스가 아이패드를 위로 향하게 뒤집고 화면을 문질러 밝아지게 한 다음 말했다. "저는 최근에 공명 판촉 행사를 위해 장식용 천을 모으고 있어요. 그런 다음 심령 덮개 천으로 물물 교환을 하고……."

"심령 덮개 천이라고?"

"진짜 전국 도서상 수상자라면 물어볼 필요가 있을까요?"

"그런데 그게 너라고?" 제이컵이 요정 같은 생물을 건드리며 물었다.

"아뇨. 그리고 화면은 건드리지 마세요."

"어느 게 너냐?"

"다 아니에요."

"어느 게 샘이니?"

"다 아니라니까요."

"어느 것이 샘의 인물이냐고?"

"형의 아바타 말이에요?"

"그래."

"저기요. 자판기 옆에."

"뭐? 태닝한 여자애?"

"라틴계예요."

"샘이 왜 라틴계니?"

"아빠는 왜 백인인데요?"

"그야 내가 선택한 게 아니잖아."

"형은 선택한 거예요."

"한번 봐도 되겠니?"

맥스는 아빠의 손이 자신의 어깨에 닿는 느낌이 싫었다. 흠칫 움츠러드는 기분이 들었다.(한쪽 끝에는 날달걀, 반대쪽 끝에는 내셔널스 파크*에서 키스 카메라로 엄마 아빠를 대형 전광판에 가두고 흥분되는 장면을 요구하는 3만 명의 사람들이 있는 사이 어디쯤에 있는 기분이었다.)

"안 돼요." 그가 이렇게 말하며 아빠의 손에서 어깨를 흔들어 빼냈다. "보실 수 없어요."

"아빠가 좀 보면 어떻다고 그래?"

"아빠가 형을 죽일지도 몰라요."

"말도 안 되는 소리. 하지만 내가 설령 죽인다 해도, 물론 그러지 않겠지만, 동전 몇 개 더 넣고 계속하면 되잖아?"

"샘 형이 얘의 기능들과 충분한 자금, 심리적 자원을 개발하는 데 넉 달이 걸렸어요."

"나는 마흔두 해 걸렸어."

"그러니까 누군가가 아빠를 마음대로 조종하게 놔두면 안 되죠."

"맥시……."

"맥스라고 불러 주세요."

"맥스. 너에게 생명을 준 사람이 이렇게 부탁한다."

"안 돼요."

"그럼 명령이야. 샘의 커뮤니티에 들어가게 해 줘."

맥스가 과장된 한숨을 길게 내쉬었다.

"이 분만이에요. 그리고 목적 없이 돌아다니는 것만 돼요."

"내 가운데 이름이 정처 없는 떠돌이야."

★ 워싱턴 D. C.에 있는 야구장.

그가 영 내키지 않는다는 태도로 제이컵에게 아이패드를 넘겼다.

　"이동하려면 가고 싶은 방향으로 엄지손가락을 화면에 대고 움직이기만 하세요. 뭘 집으려면……."

　"내 엄지손가락은 끝이 뭉툭한데 괜찮니?"

　맥스는 대답이 없었다.

　"농담 좀 해 봤다, 야."

　"길을 계속 보세요."

　제이컵이 어릴 때는 게임에 버튼 하나밖에 없었다. 단순하면서도 재미있었고, 아무도 전혀 부족하다고 생각하지 않았다. 앉거나 제자리에서 빙글 돌거나 무기를 바꿀 필요를 느끼지도 않았다. 그저 총을 들고 나쁜 놈을 쏘고 친구들과 하이파이브를 했다. 제이컵은 이 모든 온갖 옵션들을 원치 않았다. 더 많은 조작이 가능할수록 덜 조작한다고 느꼈다.

　"아빠 진짜 못하시네요." 맥스가 말했다.

　"이 게임이 문제인지도 몰라."

　"그건 게임이 아니에요. 그리고 그게 한 해 동안 미국에서 출간된 모든 책보다 많은 돈을 하루 만에 벌어들였다고요."

　"그게 사실일 리 없어."

　"확실해요. 기사가 났거든요."

　"어디에?"

　"예술 면에요."

　"예술 면이라고? 네가 언제부터 예술 면을 읽었고, 비디오 게임이 언제부터 예술이 됐니?"

"그건 게임이 아니라니까요."

"그리고 그게 그만큼의 돈을 진짜로 다 벌어들였다고 해도 그게 뭐 대수라고? 그게 무슨 기준이라도 돼?" 제이컵이 좀 더 오만한 태도로 말했다.

"얼마나 많은 돈을 벌었느냐요."

"그게 뭐의 기준이냐고?"

"저도 몰라요. 얼마나 중요하냐요?"

"너도 알겠지만 유행과 중요성에는 차이가 있어."

"제가 보기에 아빠는 유행이 무슨 뜻인지도 모르시는 것 같아요."

"카녜이 웨스트는 문화적으로 더 중요치 않아……."

"아뇨, 중요해요."

"필립 로스에 비하면."

"우선 저는 그런 사람에 대해서는 들어 본 적도 없어요. 둘째, 카녜이가 아빠한테는 별로 중요하지 않을지 모르지만 세계적으로 분명히 더 중요한 사람이에요."

제이컵은 맥스가 상대적 가치에 집착했던 시기를 떠올렸다. 아빠는 다이아몬드 한 줌이랑 집 한 채만큼의 은 중에 어떤 게 더 좋아요? 나타나자마자 사라진 그 한순간에 그는 더 어린 맥스를 보았다.

"우리는 다른 관점을 가진 것 같구나." 제이컵이 말했다.

"맞아요." 맥스가 동의했다. "저는 사물을 정확하게 봐요. 아

빠는 그러지 않고요. 그게 차이예요. 아빠의 드라마를 매주 보는
사람이 몇 명이나 될까요?"

"그건 아빠 드라마가 아니야."

"아빠가 쓴 드라마잖아요."

"그건 그렇게 단순한 문제가 아니야. 방송이 시작되면 보다
가 채널을 돌리는 사람들도 있고 녹화도……."

"몇백만 명인가요?"

"400만."

"이 게임은 7000만 명이 해요. 그리고 텔레비전은 아이들이
랑 시간을 보내기 싫거나 아내랑 잘해 보기 귀찮을 때 틀면 그만
이지만, 이건 사야 한다고요."

"너 몇 살이냐?"

"열한 살요."

"내가 너만 할 때……."

맥스가 화면을 가리켰다.

"아빠 하는 일에 집중하세요."

"당연히 집중하고 있지."

"그렇게 그냥……."

"조종하고 있어."

"아빠……."

"예 예 예스." 그가 아이패드에서 맥스에게 주의를 돌렸다.
"밴드 이름이야."

"아빠!"

"네 걱정 많은 성격은 엄마를 쏙 빼닮았어."

그때 제이컵이 한 번도 들어 본 적 없는 소리가 들렸다. 끼익하는 타이어 소리와 방금 그것에 치여 죽어 가는 동물의 소리가 뒤섞인 듯한 소리였다.

"아, 망할!" 맥스가 비명을 질렀다.

"왜 그래?"

"아, 망할!"

"잠깐만, 저 피 내 거냐?"

"샘 형의 피예요! 아빠가 형을 죽였어요!"

"아냐, 내가 그러지 않았어. 난 그저 꽃향기를 맡았을 뿐인데."

"아빠가 죽음의 꽃다발 냄새를 들이마셨다고요!"

"어째서 죽음의 꽃다발 같은 게 있단 말이야?"

"그래야 멍청이들이 뭣도 모르고 죽을 테니까요!"

"진정해, 맥스. 단순한 실수였어."

"단순한 게 무슨 소용이에요?"

"그리고 이런 말은 미안하지만……."

"아, 제길, 제길, 제기랄!"

"그건 게임이야."

제이컵은 그 말을 하지 말았어야 했다. 절대 하지 말았어야 했다.

"이런 말은 미안하지만 꺼져요." 맥스가 무서울 정도로 차분하게 말했다.

"너 지금 뭐라고 했어?"

맥스는 아빠의 눈을 똑바로 보지 못했다. 그러나 별로 힘들이지 않고 자신이 한 말을 되풀이했다. "꺼져요라고 했어요."

"아빠한테 그런 말은 절대 해선 안 돼."

"싫어도 꾹 참는 엄마 성격은 물려받지 않아서 안됐네요."

"그건 또 무슨 소리냐?"

"아무것도 아니에요."

"아무것도 아닌 게 아닌 것 같은데."

"아무것도 아니에요, 됐어요?"

"아니, 안 됐어. 엄마는 많은 일을 하지만 싫어도 참는 건 거기 포함되지 않아. 그리고 좋다, 네가 문자 그대로의 뜻으로 말한 건 아닌 줄 안다."

맥스가 그들이 싸우는 소리를 들었을까? 유리 깨지는 소리도? 아니면 그저 어떤 반응이 나올지 보려고 한번 해 본 소리일까? 어떤 반응을 원한 것일까? 그리고 제이컵은 어떤 반응을 할 준비가 됐을까?

제이컵이 문 쪽으로 쿵쿵거리며 걸어가서는 돌아보며 외쳤다. "사과할 마음이 생기거든 내가……."

"전 죽었어요. 죽은 사람은 사과하지 않아요."

"넌 죽지 않았어, 맥스. 세상에는 진짜 죽은 사람들이 있고, 넌 그들이 아니야. 넌 화가 났어. 화난 거랑 죽은 건 다른 상태야."

전화벨이 울렸다. 잠시 빠져나갈 구멍이 생겼다. 제이컵은 줄리아일 것이라고 예상했다. 집을 떠나면 그녀는 항상 아이들이 잠자리에 들기 전에 확인했다.

"여보세요?"

"안녕."

"벤지?"

"안녕, 아빠."

"잘 있니?"

"네."

"늦었구나."

"저 잠옷 입었어요."

"뭐 필요한 건 없고?"

"없어요. 아빠는요?"

"아빠는 잘 있어."

"자기 전에 인사하고 싶었어요?"

"전화는 네가 했잖아."

"실은 맥스 형이랑 얘기하고 싶었어요."

"지금? 전화로?"

"네."

"벤지가 너랑 통화하고 싶단다." 제이컵이 맥스에게 전화기를 건넸다.

"자리 좀 비켜 주실래요?" 맥스가 물었다.

그 말의 부조리함, 그 고통과 아름다움에 제이컵은 거의 무릎을 꿇을 지경이었다. 십 년 반 전에는 존재하지 않았고, 오로지 그 덕분에 존재하게 된 이 두 독립된 의식이 이제는 그를 떠나 마음대로 움직일 뿐 아니라(그 정도는 그도 오래전부터 알았다.) 자유를 요구했던 것이다.

제이컵은 아이패드를 집어 들고 아이가 통화하도록 자리를 떠났다. 기기를 만지작거리다가 우연히 아더 라이프 뒤에 있던 창이 앞으로 떴다. 그것은 "집에서 개를 인도적으로 안락사시킬 수 있는가?"라는 제목의 토론 게시판이었다. 그의 시선이 머문 첫 번째 글은 이러했다. "내게 똑같은 문제가 있었지만 다 자란 개였어요. 너무 슬퍼요. 우리 엄마는 찰리를 멀리 사는 농부인 우리 친구 아저씨한테 데려갔어요. 그분이 개를 쏘아 죽여 줄 수 있을 거라고요. 우리한테는 그러는 편이 훨씬 쉬웠어요. 그 아저씨가 개를 산책시켜 주고, 말을 걸어 주고, 함께 걷다가 총으로 쐈어요."

인위적 비상사태

분명히 잘 지내고 있을 벤지에게 전화를 걸어 확인해 보는 대신 줄리아는 머리를 매만지느라 법석을 떨었다. 양 볼을 홀쭉하게 집어넣고, 셔츠를 넣어 입고, 화장을 점검하고, 배에 힘을 주고, 눈을 가늘게 떴다. 그녀는 단지 자기혐오에 제동을 걸기 위해 마크에게 문자를 보냈다. 아이들이 멀쩡한지 확인했어. 당신만 준비되면 언제든 좋아. 호텔 바에 도착하니 그는 벌써 테이블을 잡고 앉아 있었다.

"방이 넓지?" 그녀가 앞에 앉자 그가 물었다.

"내 방 말이야? 오븐도 그만큼은 넓겠더라."

"칠십오 년은 늦게 태어난 사람처럼 말하네." 그러고는 움찔하는 척했다. "너무 이른가?"

"있잖아, 우리 시아버지라면 농담하는 사람한테 이교도의 피만 안 섞였으면 그 농담이 아무 문제 없다고 하실 거야. 제이컵이라면 동의하지 않겠지만. 그러고서 둘은 입장을 바꿔 두 배의 에너지를 들여 가며 싸우겠지."

웨이터가 다가왔다.

"화이트 와인 두 잔?" 마크가 제안했다.

"좋아. 당신도 마실 거지?"

마크가 웃으며 손가락 두 개를 들어 올렸다.

"시아버님은 잘 지내셔?"

"그분은 인간 뚫어뻥이야. 하지만 그 얘기는 넘어가자고."

"온 사방에서 욕을 먹고 계신가?"

"아버님에 대해 얘기하는 거야말로 그분이 우리에게 지금 이 순간 바라시는 일이야. 아버님에게 만족감을 드리지는 말자고."

"화제를 바꿀까?"

"그래서 잘돼가?" 그녀가 물었다.

"뭐가? 이혼?"

"이혼, 당신이 재발견한 내면의 독백 다."

"그건 과정이지."

"체니가 고문에 대해 그런 식으로 말하지 않았나?"

"그 오래된 농담 알지? '왜 이혼에 그렇게 돈이 많이 들까?'"

"왜 그런데?"

"비싼 값을 하니까."

"그건 화학 요법에 대해 하는 말인 줄 알았는데."

"흠, 둘 다 대머리로 만들기는 하지." 그가 머리카락을 뒤로 젖히며 말했다.

"당신은 대머리 아니야."

"제발, 맙소사, 티가 별로 안 날 뿐이지."

"전혀 티 안 나."

"나보다 살짝 이마 선이 올라간 정도인데 뭐."

"당신은 늘 똑같아. 얼굴에 난 털의 형태를 끝없이 실험하고, 전혀 그렇지 않은데도 머리숱이 적어진다고 집착하고. 그러면서 벨트 위로 흘러내리는 뱃살에는 신경도 쓰지 않아."

"난 정말 대머리 맞아. 하지만 중요한 건 그게 아니야. 요는 이혼은 감정적으로나 논리적으로나 재정적으로 어마어마하게 비용이 많이 들지만 할 가치가 있다는 거지. 하지만 그뿐이야."

"그뿐이라고?"

"그건 압도적 승리가 아니야. 겨우 간신히 버텨 나가는 거야."

"하지만 평생을 두고 버텨 나간단 말이야?"

"불타는 건물 안에서 죽느니 90퍼센트 이상 전신 화상을 입더라도 빠져나오는 게 낫잖아. 하지만 제일 좋은 건 불이 나기 전에 나오는 거지."

"그래, 하지만 밖은 추운걸."

"당신의 불타는 집이 어디 있는데? 누나부트?"*

"난 항상 겨울에 집에 불이 나는 상상을 해."

---

* 캐나다 북부의 이누이트족 자치구.

"그럼 당신은 어때?" 마크가 물었다. "뉴어크 거리에는 별일 없어?"

"당신만 과정에 있는 게 아니야."

"어떻게 돼 가?"

"아무 일도 없어." 그녀가 냅킨을 펼치며 대답했다.

"누나부트야?"

"뭐?"

"나한테는 아무 얘기도 안 해 줄 거야?"

"진짜 아무 일도 없는걸." 그녀가 냅킨을 다시 접으며 말했다.

"그래, 좋아."

"난 그 얘기 하면 안 돼."

"아마 안 되겠지."

"하지만 술은 아직 입에도 대지 않았는데 난 이미 심리적인 문제로 취해 버렸어."

"이거 폭탄이 되겠는데, 그렇지?"

"당신을 믿어도 되지, 응?"

"상황에 따라 다르지."

"진짜?"

"믿을 만한 사람만 자신이 믿음직하지 않다고 인정할 수 있어."

"잊어버려."

"난 작년에 탈세를 했어, 알겠어? 아주 많이. 내가 갖지도 않은 사무실을 공제했어. 이제 그 점에 대해서라면 나를 비방해도 좋아."

"왜 탈세를 해?"

"잘 돌아가는 우리 사회에 기여하는 건 명예로운 일이지만 정도가 있는 거니까. 나는 얼간이니까. 회계사가 얼간이라서 나한테 그래도 된다고 말했으니까. 나도 이유를 모르겠어."

"얼마 전에 집에 있는데 웅웅거리는 소리가 들렸어. 바닥에 휴대 전화가 있더라고."

"오, 제길."

"왜?"

"휴대 전화에 대한 얘기는 좋게 끝나는 법이 없어."

"전화기를 열어 보니 성적으로 꽤 노골적인 메시지들이 있었어."

"문자였어, 사진이었어?"

"그게 뭐 달라?"

"사진은 빼도 박도 못하는 거지. 문자라면 얘기가 다를 수 있고."

"항문에서 정액을 핥는다느니 하는 내용이었어."

"사진은?"

"글뿐이었어. 하지만 앞뒤 맥락까지 설명해 달라고 하면 국세청에 전화해 버릴 거야."

웨이트리스가 술을 가져다주고 급히 사라졌다. 줄리아는 그녀가 엿들었다면 어디까지 들었을지, 여주인에게 무슨 얘기를 할지, 그날 밤 어떤 젊고 홀가분한 여자들이 블록 가족 덕분에 웃을지 궁금해졌다.

"그 일을 놓고 제이컵에게 따졌더니 그냥 말뿐이었다는 거야. 그저 희롱 좀 주고받던 게 과해진 거라고."

"과해졌다고? 항문에서 정액을 핥는다니 갈 데까지 갔는걸."

"좋지 않지."

"그럼 상대는 누구였어?"

"같이 일하는 감독."

"스콜세지는 아니……."

"그거야말로 너무 일러."

"진짜야, 줄리아, 이런 얘기 듣게 돼서 나도 마음이 너무 안 좋아. 충격받았어."

"어쩌면 차라리 잘된 일일 수도 있어. 당신이 말했듯이 문을 열어 어두운 방에 빛을 들일 필요가 있어."

"난 그런 말 한 적 없는데."

"안 했다고?"

"남편을 믿어?"

"어떤 의미에서?"

"진짜 말뿐이었다는 거."

"믿어."

"그리고 그 차이가 당신한테 중요해?"

"말만 한 것과 실제로 한 거? 당연히 중요하지."

"얼마나 중요한데?"

"모르겠어."

"그는 바람을 피웠어, 줄리아."

"바람은 아니야."

"다른 여자랑 섹스했다고 하면 말이 너무 센가?"

"그는 다른 여자랑 섹스한 적 없어."

"없긴 왜 없어? 그리고 설령 그런 적이 없더라도 한 거야. 그리고 당신도 그걸 알아."

"난 그가 한 짓을 봐주지도 축소하지도 않아. 하지만 차이는 있어."

"다른 여자에게 그런 문자를 보내는 건 배신이야. 그건 명명 백백한 사실이라고. 미안하지만 여기 앉아서 당신이 더 생각할 가치도 없는 생각이나 하고 있게 둘 수는 없어."

"그건 그냥 말로만 그런 거야."

"그럼 당신이 그런 내용을 '말로만' 쓴다면? 그가 어떻게 나올 것 같아?"

"우리가 이렇게 술 마시는 거 알면 그이는 아마 미쳐 날뛸걸."

"왜?"

"자신이 없으니까."

"세 아이를 두고 결혼 생활을 하는데도?"

"그는 넷째 아들이야."

"이해를 못 하겠네."

"뭘?"

"그가 병적으로 불안정하다면 좋아. 원래 그런 사람이라 쳐.

그리고 그가 바람을 피운 것뿐이라면 상황이 나아질 수도 있다고 봐. 하지만 두 가지가 합쳐졌다면? 당신은 어떻게 그걸 받아들일 수 있어?"

"아이들이 있으니까. 난 마흔세 살이니까. 그이하고 이십 년에 가까운 역사가 있고, 거의 다 좋았던 역사니까. 그가 멍청해서 그랬건 실수였건 근본은 좋은 사람이니까. 그는 좋은 사람이야. 난 누구하고도 성적인 문자를 주고받은 적이 절대 없지만 나도 나름대로 남자들이랑 시시덕거리거나 공상을 한 적은 있으니까. 내가 늘 좋은 아내였던 건 아니고 고의로 못되게 한 적도 많으니까. 내가 나약하니까."

"나약하다는 것만 설득력 있네."

한 가지 생각이 떠올랐다. 기억이었다. 코네티컷 거리의 세를 얻은 집 현관에서 진드기가 없나 아이들을 살피던 기억이었다. 아이들 앞뒤로 오가며 겨드랑이를 보고 머리카락을 헤쳐 보고 발가락 사이를 들여다보았다. 그녀와 제이컵이 번갈아 두 번을 확인했고, 매번 상대가 놓친 진드기를 찾아냈다. 그녀는 모조리 잡아내는 데 능숙했고, 제이컵은 엄마가 슈퍼마켓에서 쇼핑하는 흉내를 재미있게 내며 아이들의 주의를 딴 데로 돌리는 데 능숙했다. 왜 지금 그 기억이 떠오를까?

"무슨 공상을 하는데?" 마크가 물었다.

"뭐라고?"

"당신도 나름대로 공상을 한다고 했잖아. 어떤 공상이야?"

"나도 몰라." 그녀가 술을 한 모금 들이켰다. "그냥 해 본 말이야."

"알아. 그냥 물어보는 거야. 어떤 공상을 해?"

"그건 당신이 알 바 아냐지."

"알 바 아냐지?"

"아니지."

"당신의 나약함에 취했어?"

"아무리 봐도 당신은 귀여운 줄 모르겠어."

"물론 그렇겠지."

"매력적이지도 않아. 아무리 애를 써도."

"이렇게 매력 없으려고 애쓸 필요는 없지."

"섹시하지도 않고."

마크가 술을 길게 들이켜 나머지 반을 다 비우고 말했다. "그를 떠나."

"난 그를 떠나지 않을 거야."

"왜?"

"결혼 생활은 그렇게 간단히 포기해 버릴 수 있는 게 아니니까."

"아니, 포기할 수 없는 건 삶이야."

"그리고 난 당신이 아니니까."

"그렇지, 하지만 당신은 당신이야."

"난 혼자가 되고 싶다는 소망 따위는 없어."

그러나 그 말을 입 밖으로 내놓는 순간 그녀는 그것이 거짓임을 알았다. 그녀는 방 하나짜리 꿈의 집, 자신의 출발을 그리는 무의식 속의 청사진을 생각했다. 그것들은 오래전, 성적인 문자 이전에 이미 있었다.

"그리고 나는 가정을 깨뜨리지 않을 거야." 그녀가 뜬금없지만 생각의 순서에 따른 논리적인 결론으로 덧붙였다.

"가정을 바로잡는 것으로?"

"가정을 끝장내는 것으로."

바로 그때 최선의 순간인지 최악의 순간인지 모르지만 빌리가 현기증이 나는지 천식 발작을 일으키는지 모를 모습으로 뛰어왔다.

"방해해서 죄송해……."

"괜찮니?"

"미크로네시아가 ㅎ……."

"진정하고."

"미크로네시아가 해……."

"숨 쉬어."

그녀가 잔으로 손을 뻗더니 한 모금 꿀꺽 들이켰다.

"물이 아니네요." 그녀가 손을 가슴께로 가져갔다.

"샤르도네야."

"방금 법을 어겼어요."

"네가 그런 애가 아니란 걸 우리가 보증할게." 마크가 말했다.

"미크로네시아가 핵무기를 갖게 됐어요!"

"뭐?"

"작년에는 러시아가 몽골을 침략했어요. 그 전 해에는 조류 독감이 있었고요. 보통은 간사들이 이틀째 오후까지 기다리지만. 우리에게 핵무기가 생겼어요! 근사하죠! 정말 운이 좋아요!"

"우리한테 핵무기가 있다니 무슨 소리야?" 마크가 물었다.

"대표단을 소집해야 해요."

"뭐라고?"

"술값 치르고 저랑 같이 가세요."

마크가 테이블 위에 현금을 놓았고, 셋은 뛰다시피 잰걸음으로 엘리베이터로 향했다.

"프로그램 간사들이 핵무기상이 얍 공항을 통해 폭탄 가방을 몰래 들여오려다 붙잡혔다고 알렸어요."

"얍 공항?"

"어, 저도 잘 모르지만 그런 이름이었어요."

"왜 미크로네시아를 통해서지?" 마크가 물었다.

"그러니까요." 셋 가운데 아무도 그것이 무슨 의미인지 몰랐지만 빌리가 말했다. "벌써 파키스탄, 이란 그리고 이상하지만 룩셈부르크에서도 제안이 오기 시작했어요."

"제안이라고?" 마크가 물었다.

"우리더러 자기네한테 폭탄을 팔래요." 그러더니 줄리아에게 말했다. "아줌마는 이해하시죠, 네?"

줄리아가 애매하게 고개를 끄덕였다.

"그럼 아저씨한테 나중에 설명해 주세요. 이건 완전히 새로운 게임이에요!"

"아이들을 모으자고." 줄리아가 마크에게 말했다.

"나는 11층으로 갈 테니 당신은 12층으로 가. 당신 방에서 볼까?"

"왜 내 방이야?"

"좋아, 내 방에서."

"아니, 내 방도 괜찮아. 난 단지……."

"아저씨 방요." 빌리가 말했다.

마크가 엘리베이터에 탔다. 빌리가 줄리아를 잠시 붙잡았다.

"괜찮으세요?" 엘리베이터 문이 닫히자 빌리가 물었다.

"핵무기가 있다니 어리둥절하네."

"아줌마 말이에요."

"내가 뭐?"

"괜찮으세요?"

"그건 왜 묻니?"

"금방이라도 울 것 같은 얼굴이세요."

"내가? 아닌데."

"그럼 됐어요."

"울 것 같지 않은데?"

그러나 울지도 모른다. 어쩌면 인위적 비상사태가 진짜 비상사태와 관련된 억눌린 감정을 풀어놨는지도 모른다. 그녀의 뇌 속에는 트라우마 센티가 있었다.(그녀에게 그런 내용을 설명해 줄 실버스 박사는 없지만 대신 인터넷이 있었다.) 전혀 예상치 못한 상황이 터지면 모든 생각과 지각이 그쪽으로 몰려간다. 한가운데에는 샘의 부상이 있었다. 그리고 그 가운데, 모든 사고와 지각이 끌려 들어가는 소용돌이에는 제이컵이 샘을 집으로 데리고 들어오면서 "사고가 좀 생겼어."라고 말하던 순간이 있다. 그녀는 실제 있었던 것보다 많은 피를 봤지만 샘의 비명 소리는 듣지 못했다. 잠시 동안, 아주 잠시 동안 그녀는 통제력을 잃었다. 잠시 동안 이성의 끈에서, 현실에서, 자기 자신으로부터 풀려났다. 영혼이 죽음의 순간에 육체를 떠난다지만 그보다 훨씬 온전히 버리고 떠나는 때가 있다. 자식에게서 흘러나오는 피를 본 순간 모든 것이 그녀의 육체를 떠나 버렸다.

제이컵이 매서운 눈으로, 냉정하게, 신처럼 그녀를 쳐다보며 한 단어씩 끊어서 말했다. "정신. 똑바로. 차려. 어서." 그녀가 그를 미워한 이유를 모두 모아도 그 순간 그에게 느낀 애정을 결코 넘어서지 못할 터였다.

그가 샘을 그녀의 품에 안기며 말했다. "응급실로 가는 길에 카이슨 박사한테 전화하자고."

샘이 본능적인 공포에 질려 줄리아를 보며 말했다. "무슨 일이 생긴 거예요? 어떻게 된 거죠?" 그러고는 애원하듯 말했다. "재미있네요. 재미있어요, 그렇죠?"

그녀는 샘의 눈을 똑바로 쳐다볼 뿐 이렇게 말하지 않았다. "괜찮을 거야." 아무 말도 하지 않지는 않았다. 이렇게 말했다. "사랑한다. 엄마 여기 있어."

그녀가 자기 자신을 미워한 이유를 모두 모아도, 자기 아이의 삶에서 가장 중요한 순간에 좋은 엄마였다는 사실을 흔들지는 못할 것이다.

줄리아의 트라우마 센터는 그녀를 덮친 것만큼이나 급속히 진정되었다. 어쩌면 지쳤는지도 모른다. 자비를 베푼 건지도 모른다. 눈길을 돌려 돌아보며 자신이 세상에 있음을 기억해 낸 건지도 모른다. 그러나 그 전의 삼십 분이 어떻게 지나간 걸까? 엘리베이터를 탔던가, 계단으로 갔던가? 마크의 방문을 두드렸던가, 문이 열려 있었던가?

토론이 진행되고 있었고 분위기가 뜨거웠다. 그녀가 없다는 걸 누가 알아채기는 했을까? 그녀가 있다는 것은?

"훔친 핵무기는 물물 교환 대상이 아니야." 빌리가 말했다. "지금 당장 해체해야 해."

"우리가 훔치지 않았어. 하지만 나도 그 말에 전적으로 동의해."

"그냥 묻어 버려야 한다고."

"그걸 어떻게든 에너지원으로 바꿀 수는 없을까?"

"그걸 이스라엘 사람들에게 주어야 해." 야물크를 쓴 남자아이가 말했다.

"그런 말은 집어치우고 이스라엘에 묻자."

마크가 말했다. "내가 잠깐만 끼어들어도 된다면 여기에서 내 역할은 결론을 제시하는 게 아니라 도발적인 질문을 던져 말이 되는지 되지 않는지 따져 보도록 도와주는 거야. 우리가 아직 생각해 보지 않은 중요한 선택지가 있을까? 폭탄을 우리가 가지는 건 어때?"

"폭탄을 가진다고?" 줄리아가 자신도 있음을 드러냈다. "아니, 폭탄을 우리가 가질 수는 없어."

"왜 안 돼?" 마크가 물었다.

"우리는 책임감 있는 사람들이니까."

"일단 어떻게 되는지 보자고."

"그건 핵폭탄에 대한 토론에는 어울리는 표현이 아니야."

"아저씨가 말씀하시게 두세요." 샘이 말했다.

마크가 말을 계속했다. "어쩌면 이건 우리 운명을 통제할 수 있는 마지막 기회가 아닐까? 역사에서 거의 내내 우리는 남들 손에 휘둘려 왔어. 포르투갈과 스페인의 무역 골리앗들에게 치이고, 독일에 팔리고, 일본과 미국에 정복당하고……."

"누가 엄청나게 작은 바이올린을 가져온 건 아니겠지?" 줄리아가 아이들에게 물었다. 아무도 농담을 알아듣지 못했다.

마크가 목소리를 낮춰 차분하게 주장했다. "내 말은 우리가 완전히 자립적이었던 적이 한 번도 없었다고."

"세계 역사상 완전히 자립적인 나라는 없었어." 줄리아가 반박했다.

"오, 한 방 먹으셨네요." 한 소년이 마크에게 말했다.

"아이슬랜드는 완전히 자립적인 나라야." 마크가 대꾸했다.

"오, 한 방 먹으셨어요!" 그 소년이 이번에는 줄리아에게 말했다.

마크가 말했다. "한 방 먹은 사람은 아무도 없어. 우리는 지금 아주 복잡한 문제를 우리 방식대로 생각해 보는 거야."

"아이슬란드는 후버빌*이지." 줄리아가 말했다.

마크가 말했다. "자, 내가 바보 천치라 해도 내 헛소리로 우리가 잃을 건 고작 삼 분 정도야."

"지금 막 리히텐슈타인에서 문자가 왔어요." 빌리가 자신의 휴대 전화를 그것이 횃불이고 자신은 자유의 여신상인 양 들어 보였다. "그들이 우리에게 거래를 제안했어요."

"이제 우리한테는 어떤 종류의 핵무기 프로그램도 없다는 것과……."

"리히텐슈타인이 나라야?"

"암시장에서 핵무기를 손에 넣을 수단도 동기도 없으리라는 게 확실해졌어."

"자메이카도 원한대요." 빌리가 또 다른 문자를 들어 보이며 말했다. "3000억 달러를 제안했어요."

"우리가 마침 폭탄 얘기를 하던 중인 줄 아나 보지? 핵 봉**이 아니라? 할렐루야라도 외쳐야겠네!"

"외국인 혐오증이네." 누군가가 중얼거렸다.

마크가 말을 계속했다. "그렇지만 우리가 핵무기를 갖기로 한다면 갑자기 자율적인 국가들, 자기네 조건을 요구할 수 있는 나라들, 다른 나라나 자기네 역사의 곤경에 굴종하지 않는 나라들과 같은 수준이 되는 거야."

---

* 1930년대 대공황 시기에 미국의 노숙자들이 형성한 판자촌.
** 봉은 마리화나나 다른 마약 흡입용의 물 담뱃대이고, 자메이카는 마리화나 생산으로 유명하다.

"좋아." 줄리아가 이제 증인 보호처럼 숨겨져 있던 그녀 특유의 차분한 태도로 말했다. "그래서 이런저런 불만이 좀 있고 삶이 에프콧*으로 가는 여행이었던 적이 한 번도 없다고 쳐. 자자, 그럼 보다시피 우라늄을 눌러 쾅 터뜨리기만 하면 인생의 기도가 우리를 파티 중에서도 가장 멋진 파티로 들여보내 준다 이거지."

"아저씨가 제안한 건 그런 게 아니잖아요." 샘이 말했다.

"그의 제안은 불명확해." 그러고는 마크에게 말했다. "당신은 불명확한 폭탄이야. 그게 당신이라고."

"나는 우리가 폭탄을 갖게 돼서 생기는 긍정적인 면의 잠재력을 그저 일축해 버린다면 우리가 폭발하게 된다는 얘기를 하려 했던 거야."

"누군가를 폭탄으로 날리자!" 누군가가 말했다.

"그래!" 줄리아가 맞받아 외쳤다. "누구를? 그런데 그게 중요하기나 할까?"

"물론 중요하죠." 빌리가 줄리아의 행동에 어리둥절해하며 말했다.

"멕시코?" 한 소녀가 물었다.

"보나마나 이란이지." 야물크를 쓴 소년이 말했다.

줄리아가 말했다. "어쩌면 고아들이 너무 말라비틀어져서 배가 부풀어 오르고 전쟁에 지치고 기아에 시달리는 아프리카 나

---

* 디즈니월드 안에 있는 미래 도시를 주제로 한 테마파크.

라를 날려 버리는 게 좋을지도 몰라."

그 말에 다들 조용해졌다.

"왜 우리가 그런 짓을 하겠어요?" 빌리가 물었다.

"할 수 있으니까." 줄리아가 대답했다.

"맙소사, 엄마."

"나한테 '맙소사, 엄마.'라고 하지 마."

"우리는 아무도 폭탄으로 날리지 않을 거야." 마크가 말했다.

줄리아가 말했다. "하지만 알다시피 그렇게 될 거야. 이야기
는 항상 그런 식으로 끝나는 법이라고. 당신은 폭탄으로 절대 공
격하지 않는 나라이든가 폭탄으로 공격할 가능성이 있는 나라이
든가 둘 중 하나야. 그리고 일단 폭탄으로 공격할 수 있게 되면
결국 하게 될 거라고."

"그건 말이 안 돼, 줄리아."

"그건 당신이 남자라서 그래, 마크."

아이들이 서로를 쳐다보았다. 몇몇은 신경질적으로 킬킬거
렸지만 샘은 그들 중 하나가 아니었다.

"좋아." 마크가 줄리아의 말을 받고 더 강하게 받아쳤다. "그
럼 다른 생각이 있어. 우리 스스로를 폭탄으로 날려 버리는 거
야."

"왜요?" 빌리가 괴로울 정도로 혼란스러워하며 물었다.

"왜냐하면 줄리아가……."

"블록 부인."

"자기 목숨을 구하느니 죽는 게 낫다고 하니까. 그러니 질질

끌 게 뭐 있겠어?"

"엄마가 무슨 짓을 했는지 알아요?" 샘이 어머니에게 말했다.

"자메이카가 4000억 달러까지 올렸어요." 빌리가 전화기를 들고 말했다.

누군가가 말했다. "우아."

누군가가 말했다. "자메이카는 400달러도 없을 텐데 말이야."

누군가가 말했다. "진짜 돈을 내놓으라고 해야 해. 집에 가져가서 진짜 물건을 살 수 있는 돈 말이야."

샘은 어머니가 여러 번 그에게 그랬듯이 어머니의 허리를 잡아끌고 복도로 나갔다.

"무슨 짓이에요?" 그가 말했다.

"내가 무슨 짓을 하느냐고?"

"아빠한테 엄마가 이번 여행에 안 오시면 좋겠다고 말했어요. 제가 수선 피우지 마시라고 했는데 엄마는 수선을 피우셨고요. 엄마는 진짜로 좋은 엄마가 되는 것보다는 어떻게 하면 남들한테 멋진 엄마로 보일지에 더 관심 있으세요."

"뭐라고?"

"엄마는 모든 걸 엄마 위주로 한다고요. 항상 모든 게 엄마예요."

"네가 무슨 소리를 하는지 도통 모르겠구나. 너도 모를 거야."

"엄마는 저한테 제가 쓰지도 않은 글에 대해 사과하라고 하세요. 그래야 엄마만 원하는 바르 미츠바를 할 수 있으니까요. 엄마는 제 온라인 검색 기록을 확인할 뿐 아니라 저를 믿지 않는다는 사실을 숨기려고 해요. 그리고 제가 제 책상 위의 연필이 저절로 뾰족해졌다고 믿는 줄 아세요?"

"난 너를 보살펴 주는 거야, 샘. 엄마를 믿어. 랍비 앞에서 망신당하는 거나 네 지저분한 책상을 정리하는 거 엄마도 전혀 즐겁지 않아."

"엄마는 잔소리꾼이에요. 그리고 엄마는 잔소리하는 걸 정말 좋아해요. 엄마를 행복하게 해 주는 건 우리 삶을 아주 사소한 부분까지 일일이 간섭하는 거예요. 왜냐하면 엄마는 스스로는 전혀 통제하지 못하니까요."

"그런 말은 어디에서 배웠니?"

"무슨 말요?"

"잔소리꾼."

"다 아는 단어예요."

"아이들이 쓰는 말은 아닌데."

"그리고 저는 아이가 아니고요."

"넌 내 아이야."

"저를 아이처럼 다루는 거 이젠 정말 짜증 나요. 하지만 아빠가……."

"조심해라, 샘."

"아빠가 엄마도 어쩔 수 없이 그러시는 거라고 했어요. 하지만 그렇다고 짜증이 덜 나지는 않아요."

"조심하라고 했어."

"조심하지 않으면요? 인터넷 포르노가 있다는 걸 제가 알게 되거나 무딘 연필로 글씨를 쓰게 된다고요?"

"이제 그만해."

"아니면 제가 이미 모두가 아는 사실을 실수로 말해 버리게 된다거나요?"

"그래서 그게 뭔데?"

"조심하세요, 엄마."

"뭘 모두 안다는 거야?"

"아무것도 아니에요."

"넌 네가 안다고 생각하는 걸 다는 몰라."

"우리 모두가 엄마를 무서워한다는 거요. 우리는 우리 삶을 살 수 없어서 불행해요. 엄마는 잔소리꾼이고 우리는 엄마를 무서워해서요."

"우리?"

빌리가 복도로 나와 샘에게 다가갔다.

"괜찮아?"

"저리 가, 빌리."

"내가 뭘 어쨌다고?" 빌리가 물었다.

"넌 아무것도 안 했어." 줄리아가 대답했다.

샘은 계속해서 어머니를 비난했지만 이제는 빌리를 통해서였다. "제발 부탁인데 삼 초만이라도 남의 일에 신경 꺼 줄래?"

"제가 무슨 말이라도 했나요?" 그녀가 줄리아에게 물었다.

"널 원하는 사람은 아무도 없어. 저리 가." 샘이 그녀에게 말했다.

"샘?"

눈물이 고인 채 샘이 황급히 자리를 떠났다. 줄리아는 얼어붙은 눈물로 만든 얼음 조각상처럼 그 자리에 그대로 서 있었다.

"좀 재미있네요, 그렇죠?" 빌리가 어머니도 아들도 흘릴 수 없었던 눈물을 줄줄 흘리며 말했다.

줄리아는 그녀의 다친 아기가 애원하던 모습을 생각했다. 재미있네요. 재미있어요.

"뭐가 재미있니?"

"아기 때는 배 속에서 발로 차더니 밖으로 나와서는 더 심하게 차요."

"딱 내 얘기로구나." 줄리아가 손을 배로 가져가며 말했다.

"부모님이 쓰신 육아 일기에서 읽었어요."

"그런 걸 대체 왜 읽니?"

"그분들을 이해해 보려고요."

다른 누군가의 다른 죽음

제이컵이 온라인에서 찾은 것은 부동산 포르노나 디자인 포르노, 포르노 세계의 뉴스 속보가 아니었다. 그가 질투하며 차라리 죽기를 바라는 사람들의 행운에 대해 찾지도 않았고, 밥 로스의 행복한 작은 자궁에서 삼십 분간 마음을 달래지도 않았다. 그가 찾아낸 것은 아더 라이프의 기술 지원 센터 전화번호였다. 그리 놀랄 일도 아니지만 자동화된 서비스를 통해 방법을 안내받아야 했다. 전화선만 있으면 앉은 자리에서도 테세우스가 될 수 있다.

"아더 라이프……. 아이패드……. 모르겠어요……. 진짜 모르겠어요……. 모르겠다니까요……. 도와주세요……. 도와주세요……."

인간으로 가장한 외계인처럼 "모르겠어요."와 "도와주세요."라는 말을 몇 분간 하고 나서 그는 미국인을 가장한 인도인임을 감추기 위해서라면 뭐든 할 수 있는, 거의 알아들을 수 없을 만큼 억양이 강한 누군가와 연결되었다.

"네, 안녕하세요. 제 이름은 제이컵 블록인데요, 아들 대신 전화했습니다. 아이의 아바타에 문제가 좀 생겨서……."

"안녕하십니까, 블록 씨. 워싱턴 D. C.에서 전화 주셨군요. 늦은 저녁 시간이지만 계절에 맞지 않을 정도로 좋은 날씨를 즐기고 계시지요?"

"아뇨." 제이컵은 인내심이 이미 바닥났지만, 전화가 해외로 연결되는 게 아닌 척 통화해야 하는 상황이 되자 심술마저 났다.

"유감이군요, 블록 씨. 저는 존 윌리엄스*라고 합니다."

"세상에! 저 「쉰들러 리스트」에서 당신의 작업 정말 좋아했어요."

"감사합니다."

"「쥬라기 공원」도요. 앞의 것만큼은 아니지만."

"뭘 도와드릴까요?"

"말씀드렸듯이 아들의 아바타에 문제가 생겼습니다."

"어떤 문제인데요?"

"제가 실수로 운명의 꽃다발 냄새를 맡았어요."

"죽음요?"

"뭐 하여간요. 냄새를 맡았다고요."

"왜 그러셨는지 여쭤봐도 될까요?"

"저도 모르겠어요. 뭔가 냄새를 맡아 보고 싶은 데 굳이 이유가 있을까요?"

"예, 하지만 죽음의 꽃다발 냄새를 맡으면 그 자리에서 죽습니다."

"맞아요, 아니, 저도 압니다. 이제는 알아요. 하지만 그 게임에는 초짜였거든요."

"그건 게임이 아니에요."

"좋아요. 문제를 해결할 방법이 있을까요?"

"자살하려고 하신 겁니까, 블록 씨?"

"물론 아니지요. 그리고 그건 제가 아니에요. 제 아들이죠."

"아드님이 냄새를 맡았다고요?"

"제가 아들 대신 냄새를 맡았어요."

"네, 알겠습니다."

"아더 라이프에는 재도전이라든가 그 비슷한 거 없나요?"

"재도전요?"

"다시 하는 거요."

"아무런 결과도 생기지 않는다면 그건 게임일 뿐이겠지요."

"저도 작가라서 죽어야 할 운명이 얼마나 중요한지는 잘 압니다만……."

"환생할 수는 있지만 반드시 정신적 재포장이 필요합니다. 그래서 다시 시작하는 것이나 마찬가지죠."

"그럼 제가 어떻게 하면 되겠습니까?"

"아들을 대신해서 정신적 재포장을 다시 얻으시면 됩니다."

"하지만 저는 게임하는 법을 모르는데요."

"이건 게임이 아닙니다."

"어떻게 하는지 몰라요."

"그냥 낮게 매달린 회복 열매를 따 먹으면 됩니다."

"뭘 따 먹어요?"

"약초밭에서요."

"어떻게 하는지 몰라요."

"시간을 아주 많이 잡아먹기는 하지만 어렵지는 않습니다."

"시간이 얼마나 걸리는데요?"

"꽤 빨리 숙달된다고 쳐도 여섯 달은 걸릴 겁니다."

"겨우 여섯 달이라고요? 오, 그거 참 근사하군요. 진짜로 시간을 잡아먹는 일에 대해 얘기하시는 건가 걱정했거든요. 하지만 잘됐네요. 제 가슴에 난 치명적인 사마귀도 진찰받을 시간이 없는 사람인데, 낮게 매달린 회복 열매인지 뭔지를 찾으러 약초밭을 헤매고 다니면서 뇌세포를 대량 학살하고 손목뼈 통증에 시달리며 1000시간을 보내는 것쯤이야 일도 아니니까요."

"아니면 완벽한 부활을 구입하셔도 됩니다."

"뭐요?"

"아바타의 프로필을 정해진 시간으로 되돌려 놓을 수 있습니다. 고객님의 경우에는 죽음의 꽃다발 냄새를 맡기 직전으로요."

"왜 진작 그 얘기부터 해 주지 않았어요?"

"그런 선택이 모욕적이라고 생각하는 사람들도 있거든요."

"모욕적이라고요?"

"아더 라이프의 정신을 훼손한다고 생각하는 거죠."

"흠, 저와 같은 입장에 있는 아버지들이라면 과연 그렇게 생각할까 궁금하군요. 지금 바로 할 수 있는 거죠? 전화상으로요?"

"예, 결제 처리를 해 드리고 원격으로 완벽한 부활을 개시할 수 있습니다."

"그거야말로 듣던 중 최고의 소식이군요. 감사합니다. 감사해요. 그리고 정말로, 아까 이상한 소리 한 건 죄송합니다. 상당히 골치 아픈 상황이라서요."

"네, 이해합니다, 블록 씨."

"제이컵이라고 불러 주세요."

"고맙습니다, 제이컵. 아바타와 복귀 날짜와 시간에 대해 정보가 좀 더 필요할 겁니다. 하지만 확인차 말씀드리면 완벽한 부활의 가격은 1200달러입니다."

"죄송한데 1200달러라고 하셨나요?"

"네."

"그러니까 1 다음에 2가 오고 그 뒤로 소수점 없이 0이 연속으로 붙는단 말이지요?"

"세금은 별도고요. 네."

"그 게임은 가격이 얼맙니까?"

"게임이 아닙니다."

"말 같지 않은 소리는 그만해요, 윌리엄스."

"아더 라이프는 무료입니다."

"농담이죠? 1200달러라고요?"

"농담이 아닙니다, 제이컵."

"우리가 사는 세상에는 굶어 죽어 가는 아이들도 있고 언청이로 태어난 아이들도 있다는 거 아시죠?"

"물론 압니다."

"그런데도 비디오 게임에서 일어난 사고를 바로잡는 데 1200달러를 물리는 게 윤리적으로 말이 된다고 생각하시나요?"

"이건 게임이 아닙니다."

"당신에게 1200달러를 주려면 나는 2400달러를 벌어야 해요. 무슨 말인지 아시겠지요?"

"가격은 제가 정하지 않습니다."

"다들 자기는 전달만 할 뿐이라고 하지요."

"완벽한 부활을 진행하시겠습니까, 아니면 이 선택지가 가격 때문에 끌리지 않으십니까?"

"끌리지 않는다고? 백혈병도 끌리지 않지. 이건 웃기지도 않는 범죄 행위예요. 그리고 당신은 부끄러운 줄 알아야 한다고."

"완벽한 부활을 구매할 뜻이 없으신 걸로 받아들이겠습니다."

"집단 소송 감으로 받아들이쇼. 내가 곧 썩어 빠진 당신네 회사에 소송을 걸 거야. 당신네 사람들이 제일 두려워해야 할 사람들이 누군지 내 알지. 나를 도와줄 진지한 변호사들을 알아. 그리고 《워싱턴 포스트》에다, 스타일 면이나 아웃룩 면 같은 데 기사로 쓸 거야. 기사 나오면 유감스러울걸. 사람 잘못 건드렸어!"

제이컵은 아거스가 싼 똥 냄새를 맡았지만, 그가 격분했을 때 아거스의 똥 냄새를 맡는 건 무척 흔한 일이었다.

"통화 끝내시기 전에 블록 씨, 제가 만족할 만한 태도로 고객님의 요구에 응대해 드렸다고 말씀해 주시겠습니까?"

블록 씨가 전화를 끊고 고함을 질렀다. "엿이나 먹어라."

그는 싫지만 숨을 깊이 들이쉬고 다시 전화기를 들었지만 아무 번호도 누르지 못했다.

"도와줘……." 그가 누구에게랄 것도 없이 중얼거렸다. "도와줘……."

완벽한 부활

줄리아는 침대 끄트머리에 앉아 있었다. 텔레비전은 그녀가 이미 투숙해 있는 호텔의 광고에 맞춰져 있었다. 벽에 걸린 석판 인쇄는 5000번째로 찍어 낸 판이었다. 5000개의 완벽하게 동일하며 완벽하게 독특하고 대단히 진부한 눈송이들. 제이컵의 번호를 누르기 시작했다. 샘을 찾아볼 생각이었다. 시간이 없을 때는 늘 해야 할 일이 너무 많았다. 그러나 막상 시간을 때울 방법이 필요할 때는 어쩔 줄을 몰랐다.

노크 소리가 마음속의 혼란을 방해했다.

"문 열어 줘서 고마워." 마크가 문이 살짝 열리자 말했다.

"문구멍으로는 잘 안 보여서." 줄리아가 문을 더 활짝 열었다.

"내가 선을 좀 넘었어." 마크가 말했다.

"선을 넘은 정도가 아니었어."

"지금 사과하려고 하잖아."

"당신의 내면의 독백을 발견했고, 그게 당신이 얼간이라고 말해 줬나 보지?"

"바로 그거야."

"흠, 내 외면의 독백이 같은 감정을 되풀이해도 이해해 줘."

"충분히 이해해."

"지금은 때가 좋지 않아."

"알아."

"방금 샘이랑 대판 싸웠어."

"알아."

"모르는 게 없군."

"아이들한테 나는 뭐든 다 안다고 한 말 거짓말이 아니었어."

줄리아가 관자놀이를 문지르며 몸을 돌려 마크가 들어오도록 길을 비켜 주었다.

"샘이 아기 때 우리는 울 때마다 '알아, 알아.'라면서 노리개 젖꼭지를 물려 주곤 했어. 그래서 샘은 그걸 자기만의 '알아'라고 부르기 시작했지. 당신이 뭐든 다 안다니까 딱 그 말이 생각나. 오랫동안 잊고 있었네." 그러고는 믿을 수 없다는 듯이 고개를 가로저으며 말했다. "그게 이번 생에서 일어났던 일이기는 할까?"

"이번 생이지. 사람이 다를 뿐."

곧 깨어지리라는 걸 알고 있는 창문 같은 목소리로 그녀가 말했다. "나는 좋은 엄마야, 마크."

"그래, 알아."

"난 진짜로 좋은 엄마야. 열심히 노력하는 정도가 아니야. 좋은 엄마야."

그들 사이의 거리가 한 발 정도로 가까워졌다. 마크가 말했다. "당신은 좋은 아내고, 좋은 엄마고, 좋은 친구야."

"정말 열심히 노력한다고."

제이컵이 아거스를 집에 데려왔을 때 줄리아는 배신감을 느꼈다. 제이컵에게는 분노한 모습을, 아이들에게는 기뻐하는 모습을 보여 주었다. 하지만 사실 개를 훈련하고 돌보는 법에 대한 책을 읽는 수고를 한 사람은 그녀였다. 책은 대부분 사전 지식 없이도 충분히 이해할 만한 내용이었지만 그녀가 한 가지 놀란 것은 개에게 "안 돼."라고 말해서는 안 된다는 조언이었다. 그것은 실존주의적 평가, 즉 개의 가치에 대해 안 돼라는 말을 하는 것과 같은 것이다. 안 돼가 개의 이름인 것처럼, "너는 안 돼야."라고 들릴 수도 있다. 그러므로 그렇게 말하는 대신 작게 혀 차는 소리를 내거나 "응, 그래." 하거나 손뼉을 쳐야 한다. 개의 정신적 능력에 대해 어떻게 이렇게 많이 알 수 있는지, 혹은 "응, 그래."라고 하는 것이 왜 훨씬 나은지 줄리아로서는 알 도리가 없었지만 무언가 그럴듯하고 심지어 의미심장해 보였다.

줄리아에게는 좋은 사람이라는 실존적 평가가 필요했다. 누군가가 그녀에게 다시 이름을 붙여 주고, 그 이름을 불러 주는 것을 들어야 했다. "당신은 좋은 사람이야."

마크가 그녀의 뺨에 손을 갖다 댔다.

그녀가 반걸음 뒤로 물러섰다.

"뭐 하는 거야?"

"미안해. 부적절하게 느껴졌어?"

"당연하지. 당신은 제이컵을 알잖아."

"그래."

"그리고 내 아이들도 알고."

"알지."

"그리고 내가 아주 힘겨운 상황을 겪는 것도 알고. 샘과 심하게 싸운 것도 알아."

"그래."

"그런데 당신의 반응이 나에게 키스하려는 거야?"

"키스하려던 거 아니야."

그녀가 오해했을까? 그럴 리 없었다. 그러나 그가 키스하려 했다고 증명할 수도 없는 노릇이었다. 어느 쪽이든 그녀는 작아 져서 닫힌 문 아래로 걸어가 벽장 속으로 숨어 버리고 싶은 기분이었다.

"좋아, 그럼 뭐 하려던 거였어?"

"아무 짓도 하려고 하지 않았어. 당신은 위안이 필요했고 당신에게 손을 뻗는 게 자연스럽게 느껴졌어."

"당신에게는 자연스러웠겠지."

"미안해."

"그리고 난 위안이 필요하지 않아."

"난 좋게 받아들여질 거라 생각했어. 그리고 누구나 위안이 필요해."

"내 얼굴을 만져 주면 좋아할 줄 알았단 말이야?"

"그랬어. 나에게 방으로 들어오라고 몸을 비켜 주는 걸 보고. 나를 보는 당신의 시선을 보고. 당신이 '좋은 엄마야.'라고 말하면서 한 걸음 더 다가오는 걸 보고."

그녀가 그랬던가? 그 순간을 기억했지만 틀림없이 그가 그녀 쪽으로 다가왔다.

"하, 내가 원했단 말이지."

그녀가 먼저 느끼고 알던 것을 제이컵이 먼저 표현했다는 이유만으로 그에게 그렇게 심하게 군 것일 수도 있을까? 잔인함으로 균형을 맞출 필요는 없었다. 균형을 맞추는 길은 바람을 피우는 것뿐이지만 그녀는 그러지는 않을 것이다.

"거짓말 아니야, 줄리아. 당신은 거짓말이라고 생각하겠지만......."

"맞아."

"아니야. 당신 입장을 곤란하게 했다면 미안해. 그러려던 건 전혀 아니야."

"당신은 외로워. 나는 일회용 밴드처럼 보이고."

"난 외롭지 않고 당신도......."

"위로가 필요한 사람은 당신이야."

"우리 둘 다 그랬지. 우리 둘 다 그래."

"나가 줘."

"알았어."

"그런데 왜 가지 않는 거야?"

"당신이 내가 나가기를 원하지 않는다고 생각하니까."

"내가 어떻게 증명해야 해?"

"나를 밀어낼 수도 있지."

"난 당신을 밀어내지 않을 거야, 마크."

"방금 당신이 왜 내 이름을 불렀다고 생각해?"

"당신 이름이니까."

"뭘 강조한 거냐고? 가라고 말할 때는 내 이름을 부르지 않았잖아. 밀어내지 않을 거라고 말할 때만 이름을 불렀어."

"맙소사, 그냥 가, 마크."

"좋아." 그가 그렇게 말하고 문 쪽으로 돌아섰다.

그녀는 비상사태가 무엇인지 몰랐다. 아는 것은 그녀의 뇌 속에 있는 트라우마 센터가 모든 것을 소비하고 있다는 것뿐이었다. 그 가장자리에는 코네티컷 거리의 집에서 진드기를 찾아 내 잡던 낯선 즐거움이 여전히 안전하게 남아 있었다. 그러나 트라우마가 즐거움의 냄새를 맡고 공격했다. 매일 밤이 끝날 때마다 그녀는 물기 없는 욕조에 앉아 스스로를 억눌렀다. 그녀가 그러지 않으면 아무도 그러지 않을 것이므로.

"안 돼, 기다려." 줄리아가 말했다. 그가 돌아서서 그녀를 마주하고 섰다. "난 위로가 필요했어."

"하지만 난……."

"아직 말 안 끝났어. 난 정말 위로가 필요했고, 그런 뜻을 전했던 게 틀림없어. 설령 그럴 의도가 없었거나 알아차리지 못했더라도."

"그렇게 말해 줘서 고마워. 그리고 우리가 다 터놓기로 했으니 하는 말인데, 내가 당신 쪽으로 다가갔어."

"나한테 거짓말했구나."

"아니야. 그저 달리 방법을 찾지 못해서……."

"나한테 거짓말하고 내가 스스로를 의심하게 만들었어."

"난 그저 방법을……."

"내가 맞았다는 거 알아." 그녀가 말을 멈추었다. 작은 기억이 작은 웃음을 대체했다. "키스 말이야. 샘이 예전에 키스를 뭐라고 불렀는지 지금 막 기억났어."

"뭐라고?"

"상황에 따라 몇 가지 다른 이름으로 불렀어. 피해를 입힌 데 대한 보상으로 하는 키스는 '더 낫게 만들기' 키스였어. 할아버지가 해 주시는 키스는 '사랑하는 우리 아이' 키스. '그 얼굴'은 할머니의 키스였고. '당신'은 즉흥적인 키스들 중 하나였어. 지금 당장 당신에게 키스해야겠다 키스. 그런 것들은 항상 '당신'이라고 불렀던 것 같아."

"아이들은 참 대단해."

"뭘 알기 전까지는 진짜 그렇지."

마크가 팔짱을 끼고 말했다. "그러니까 이런 거야, 줄리아……."

"이런, 강조하는군."

"당신한테 키스하려고 했다고."

"그랬어?" 그녀는 방금 전의 당황스러움에서 풀려났을 뿐 아니라 자신이 선택해서 편집한 기억 속에서 처음으로 원했다.

"진실을 말한 거야."

"왜 나한테 키스하려고 했어?"

"왜냐고?"

"내 기분을 낫게 해 주려고?"

"당신 키스를 하려고 했지."

"알았어."

"그래서 눈은 감지 않기로 한 거야?"

"뭐?"

"안다며."*

그녀가 눈을 감고 그에게 다가가서 물었다. "상황이 나빠질까?"

"아니."

그녀가 그에게 반걸음 더 다가가서 물었다. "약속하는 거야?"

"아니."

더는 다가갈 거리가 없었다.

그녀가 물었다. "뭘 약속할 수 있어?"

그가 약속했다. "상황이 달라지리라는 거."

---

* 영어 단어 'see'의 '보다'와 '알다'라는 두 가지 의미를 이용한 말장난.

3부
유대인의 주먹 사용법

펜 쥐기, 주먹 날리기, 자위

"이건 농담인가?" 어브가 워싱턴 국립공항으로 차를 몰고 가면서 물었다. 블록 가족은 그곳을 레이건 국립공항이라고 부르느니 비행기 여행을 취소했을 것이다. 어브는 자신이 혐오하는 것과 맞서기를 즐겼고, 그가 끔찍이도 혐오하는 요르단강 서안지구의 새로운 정착촌 건설에 관해 균형 잡힌 내용이 나오고 있었기 때문에 NPR의 방송을 틀어 놓았다. 어브는 NPR을 혐오했다. 그것은 형편없는 정책일 뿐 아니라 벽장 속에 틀어박혀 나오지 못하는 계집애라든가, "설마 나 안경 썼는데 때릴 거야?" 하고 놀라 눈을 휘둥그레 뜨고 묻는 겁쟁이의 태도였다.(그리고 그들은 남녀노소를 불문하고 모두 한 목구멍에서 다른 목구멍으로 옮겨 간 듯 똑같은 목소리를 공유하는 것 같았다.) "청취자가 지원하는 라디오"라는 미덕으로는, 진짜 책가방*은 물론이고, 자존감 있는 사람은 아무도 책가방이라는 단어를 쓰지 않는다는 사실조차 바꾸지 못

한다. 하여간 《뉴요커》를 한 사람이 몇 부나 정기 구독해야 한단 말인가?

"흠, 이제 답을 알겠다." 어브가 기도문을 외는 중이거나 파킨슨병 환자인 것처럼 혼자 만족해서 고개를 끄덕거렸다.

"뭐를요?" 제이컵이 미끼를 그대로 지나치지 못하고 물었다.

"누가 나한테 여태껏 들어 본 가운데 진짜로 가장 엉터리에 도덕적으로 혐오스러운 데다 지루하기만 한 라디오 프로그램이 뭔지 묻는다면 말이다."

어브의 반사적 반응에 제이컵 역시 반사적으로 반응했다. 그들은 말솜씨 면에서는 두어 마디만 주고받아도 러시아 결혼식에 참석한 춤꾼들이 돼 버리곤 했다. 팔짱을 끼고 뭐든 발로 걸어차는 사람들.

"그리고 어쨌거나 그건 자기 의견을 피력한 거예요." 제이컵이 이 화제를 더 끌고 가지 말아야겠다고 느끼며 말했다.

"흠, 그 바보 천치의 의견은 틀렸어……."

맥스가 뒷좌석에서 아이패드에서 눈도 들지 않은 채 미국 공영 라디오를 옹호하고 나섰다. "의견은 틀릴 수 없어요."

"그러니까 그 바보 천치의 의견이 천치 같은 이유는 이렇다." 어브가 왼쪽 손가락으로 '왜냐하면'이라고 말할 때마다 강조 표시를 했다. "왜냐하면 반유대주의자들만 반유대주의로 이끌릴 수 있기 때문이야. 끔찍한 표현이지. 또 왜냐하면 이런 괴물들한테 기

---

* satchel. 옛날에는 아이들의 책가방으로 주로 쓰였으나 현재는 어른들도 널리 사용하는 가방의 한 종류.

꺼이 말을 걸 의향이 있다고 암시만 해도 매너셰비츠 와인을 기름 불에 던지는 격이기 때문이야. 왜냐하면 (충분한 이유가 있는데) 그들의 병원에는 우리 병원을 겨눈, 자신들로 꽉 채운 로켓탄이 가득하기 때문이야. 왜냐하면 하루를 마무리하면서 우리는 쿵파오 치킨을 즐기고 그들은 죽음을 즐기기 때문이야. 그리고 이거야말로 정말 제일 먼저 말했어야 하는데, 왜냐하면 단순하고 부인할 수 없는 사실은…… 누가 뭐래도 우리가 옳기 때문이야!"

"맙소사, 차선 지키세요!"

어브가 무릎으로 운전대의 균형을 잡으면서 또 다른 수사적 표현에 쓰기 위해 다른 손까지 폈다. "……그리고 하여간 왜 버클리 대학 생활 협동조합 앞에서 항의용 스티커를 얻는 비유대인 스카우트 무리나 가자 '이른바' 시티에 돌을 던지는 쿠피아* 쓴 원숭이들 때문에 우리 야물크들이 모여야 한단 말이냐?"

"적어도 한 손은 운전대를 잡으세요, 아빠."

"내가 사고라도 낼까 봐?"

"그리고 원숭이라는 말은 삼가 주세요."

어브가 계속 무릎으로 운전하면서 손자에게 고개를 돌렸다. "너도 들어 봐라. 타자기 100만 대 앞에 원숭이 100만 마리를 앉혀 놓으면 『햄릿』이 나온단다. 타자기 20억 대 앞에 20억 마리를 앉혀 놓으면……."

"길 좀 보세요!"

---

* 아랍 남자들이 머리에 쓰는 사각형 천.

"코란이 나오는 거야. 웃기지, 응?"

"인종 차별주의자." 맥스가 웅얼거렸다.

"아랍인은 인종이 아니란다, 애야. 민족이지."

"타자기는 뭐예요?"

"그것도 말해 주마." 어브가 제이컵에게 고개를 돌리고 다른 여섯 개의 손가락을 여전히 치켜든 채 남은 검지로 가리키며 말했다. "유리로 된 집에 사는 사람들은 돌을 던져선 안 돼. 하지만 고향이 없는 사람들이야말로 정말로 그런 짓을 해선 안 된다. 그들이 던진 돌이 샤갈의 창문*을 깨뜨리기 시작하면 우리가 쓰레받기를 들고 무릎을 꿇고 유리 조각을 쓸 거라 생각하면 안 된단 말이다. 우리가 그 미치광이들보다 똑똑하지만 그렇다고 그 놈들만 미친 짓을 할 수 있다는 뜻은 아니야. 아랍인들은 우리에게도 돌이 있지만 우리 새총은 디모나에 있고, 긴 숫자 열을 문신한 팔에 붙은 손가락을 버튼 위에 올리고 있다는 걸 알아야 해!"

"다 끝나셨어요?" 제이컵이 물었다.

"뭐가 말이냐?"

"잠시 지구로 다시 안내해 드리자면 타미르를 데리고 돌아가는 길에 할아버지를 뵈러 들러야 하지 않을까 생각 중이었어요."

"왜?"

"할아버지가 이사 때문에 틀림없이 우울해하고 계실 테니

---

* 예루살렘 하다사 대학교 의료 센터의 예배당에 있는 마르크 샤갈의 스테인드글라스 작품을 말한다.

까……."

"우울해질 능력이 있다면 칠십 년 전에 벌써 자살하셨을 거
다."

"망할!" 맥스가 아이패드를 매직스크린처럼 흔들어 대며 소
리쳤다.

"아버지는 우울해하지 않으셔." 어브가 말했다. "늙으신 거지.
나이 들면 우울해지는 것처럼 보이지만 그렇지는 않아."

"죄송해요." 제이컵이 말했다. "제가 깜박했어요. 우울한 사
람은 아무도 없는데 말이에요."

"아니, 내가 미안하다. 내가 잊었어. 모든 사람이 우울한데 말
이다."

"제가 치료받는 걸 비꼬시는 건가요?"

"그건 그렇고, 너는 어떤 벨트로 할 거냐? 갈색? 검은색? 그
리고 그걸 네 목에 감으면 네가 이기는 거냐?"

제이컵은 그 말을 받아칠지 그냥 넘길지 고민했다. 실버스
박사라면 이를 이분법적 사고라 부르겠지만 실버스 박사가 이분
법적 비판에 기대는 것 자체가 이분법적이었다. 그리고 아버지
의 말에 휘둘리기에는 할 일이 너무 많은 아침이었다. 그래서 언
제나처럼 그냥 넘겼다. 아니, 그렇다기보다는 흡수했다.

제이컵이 말했다. "할아버지께는 힘겨운 변화예요. 마지막
이니까요. 전 단지 우리가 세심하게……."

"아버지는 인간 굳은살이야."

"속에서는 여전히 피 흘리고 계세요."

맥스가 신호등을 가리켰다. "초록 불은 가라는 뜻이에요."

그러나 어브는 운전하는 대신 샛길로 빠진 이야기를 본래 하던 주장으로 되돌리려 했다. "중요한 건 이거야. 전 세계의 유대 인구를 다 합해 봤자 중국 인구의 오차 범위보다 적은 정도밖에 안 되고 모두가 우리를 증오해." 그가 뒤에서 빵빵대는 소리를 무시하고 말을 계속했다. "유럽은…… 이제 유대인을 증오하는 대륙이 됐어. 프랑스인들, 그 줏대 없는 계집애 같은 것들은 우리가 사라져도 눈물 한 방울 흘리지 않을 거다."

"무슨 말씀이세요? 프랑스 총리가 코셔* 시장이 공격당한 후에 한 말 기억 안 나세요? '프랑스를 떠나는 유대인 한 명 한 명이 사라진 프랑스의 일부입니다.' 뭐, 그 비슷한 말이었는데."

"별 시답잖은 소리. 프랑스의 사라진 일부를 위해 건배하려고 무대 뒤에 1942년산 샤토 상 드 쥐프 한 병을 아껴 두었을 텐데. 영국인, 스페인인, 이탈리아인. 그들이 사는 이유는 우리를 죽게 만드는 거라고." 그가 머리를 창밖으로 빼고 고개를 돌려 빵빵대는 운전자에게 소리 질렀다. "난 개새끼야, 개새끼! 귀는 안 먹었어!" 그러고는 다시 제이컵에게 말했다. "유럽에서 우리가 믿을 만한 친구는 독일인뿐이야. 그런데 그들이 언젠가 죄의식과 전등갓에서 벗어날 날이 오리라는 걸 누가 의심하겠니? 그리고 조건이 맞아서 미국이 우리가 시끄럽고 냄새나고 너무 나대고 너무 똑똑해서 아무에게도 도움이 되지 않는다고 판단하게

* 유대교의 식사에 관련된 율법을 따르는 정결한 음식.

되리라는 걸 누가 의심하겠니?"

"저요." 맥스가 무언가를 확대해 보느라 화면을 짚은 두 손가락을 벌리면서 말했다.

"얘, 맥스." 어브가 백미러로 보면서 말했다. "넌 고생물학자들이 왜 반유대주의가 아니라 뼈를 찾아다니는지 아니?"

"ADL*이 아니라 고생물학자라서요?" 제이컵이 대답했다.

"땅 파기를 좋아해서란다. 알겠니?"

"아뇨."

"아버지 말씀이 모두 사실이라도 아닌 건……." 제이컵이 말했다.

"무조건 맞아."

"아니에……."

"맞아."

"하지만 설령 그렇다 쳐도……."

"온 세상이 유대인을 증오해. 넌 유대인이 문화계에 많다는 걸 반론으로 삼으려 하겠지만 그건 군중이 판다를 보러 동물원에 간다는 이유로 온 세상이 판다를 사랑한다고 말하는 거랑 똑같아. 세상은 판다를 증오해. 판다들이 죽기를 바라. 그리고 세상은 유대인을 증오해. 늘 그래 왔어. 앞으로도 변함없이 그럴 테고. 그래, 더 고상한 단어를 쓸 수도 있고, 정치적 맥락을 인용할 수도 있겠지만 증오는 언제나 증오고 우리는 언제나 유대인이기

---

* 미국 최대의 유대인 단체인 반명예훼손연맹.

때문이야."

"저는 판다 좋아해요." 맥스가 끼어들었다.

"넌 좋아하지 않아." 어브가 정정해 주었다.

"반려동물로 한 마리 있으면 흥분될 거예요."

"네 얼굴을 뜯어 먹을 거다, 맥시."

"굉장해요."

"아니면 적어도 우리 집을 차지하고 특권 의식을 가지고 우리를 지배할 거야." 제이컵이 덧붙였다.

"독일인들은 유대인 아이들이라는 이유로 150만 명을 죽이고 삼십 년 후에 올림픽을 개최했어. 그리고 그들이 올림픽으로 얼마나 잘됐는지 봐라! 유대인들은 살아남기 위해 아슬아슬하게 전쟁에 이기고 언제까지나 불가촉천민의 위치에 있어. 왜일까? 거의 절멸당할 뻔한 지 겨우 한 세대가 지났는데, 왜 유대인들의 생존 의지가 정복하려는 의지로 비치게 됐을까? 스스로에게 물어보렴. 왜일까?"

그의 왜일까는 질문이 아니었다. 수사적 물음조차 아니었다. 떠미는 것이었다. 손이 하고 싶지 않은 것을 강요하는 뻣뻣한 팔이었다. 모든 것에 강제적인 면이 있었다. 아이작은 이사를 하고 싶어 하지 않았다. 그들이 그로 하여금 억지로 이사하게 만들고 있었다. 샘이 성인이 되고 싶은 단 한 가지 이유는 자신 아닌 다른 사람과의 성관계였다. 그러나 그들은 그가 쓰지 않았다고 한 말에 대한 사과를 억지로 강요하고 있었다. 그래서 그는 그가 믿지 않는 가족들, 믿지 않는 친구들, 신 앞에서 의미도 모르는 말을 기계적으로 외워 암송해야 했다. 줄리아는 결코 지어지지 않을 야심 찬 건물들로부터 돈은 있으나 만족하지 못하는 사람들의 욕실과 주방 리노베이션으로 관심을 옮겨야 했다. 그리고 그들의 관계가 모든 관계가 그렇듯 순순히 눈을 감고 잊어 주는 덕에 유지되고 있음을 생각한다면, 전화 사건은 결혼이 버텨 내지 못할 조사를 강요하고 있었다. 어브가 외국인 혐오에 빠진 것조차 보이지 않는 손에 이끌린 결과였다.

캐리커처가 되고 싶은 사람은 아무도 없다. 자신의 축소판이 되고 싶은 사람은 아무도 없다. 유대인 남자나 죽어 가는 사람이 되고 싶은 사람은 아무도 없다.

제이컵은 남에게 강요하기도 강요받기도 싫었지만 그가 뭘 어쩌겠는가? 할아버지가 엉덩이뼈가 으스러져 버림받은 노인들이 다 그런 운명에 처하듯이 병실에서 죽을 날을 기다리며 앉아 있어야 하는가? 유대교가 죽도록 지루하고 위선으로 가득하다는 이유만으로 샘이 왕과 예언자들까지 거슬러 올라가는 의식의 실을 끊게 놔두어야 하는가? 그럴지도 모른다. 랍비의 사무실에서 그는 기꺼이 가위를 쓸 준비가 되었다고 느꼈다.

제이컵과 줄리아는 바르 미츠바를 이스라엘에서 치르는 문제를 놓고 의논했다. 도피 형태의 유대 성년식인 셈이었다. 어쩌면 그것이야말로 바르 미츠바를 하지 않고서도 하는 길일지도 모른다. 샘은 끔찍한 생각이라며 반대했다.

"왜 끔찍한데?" 제이컵이 왜 그런지 뻔히 알면서 물었다.

"정말로 그게 아이러니라는 걸 모르시겠어요?" 샘이 되물었다. 제이컵은 많은 아이러니를 알았고, 샘이 생각하는 것이 그중 어느 것인지 궁금해 듣고 싶었다. "이스라엘은 유대인들이 박해를 피해 도망가기 위한 곳으로 세워졌어요. 그런데 우리가 유대교를 피해 도망가는 꼴이 된다고요." 말 한번 잘했다.

그래서 바르 미츠바는 교인이 되려면 방문할 때마다 2500달러를 지불해야 하는 유대교 회당에서 열리고, 아무리 그럴듯하게 꾸며 대도 멋지지도 젊지도 않고 랍비도 아닌 젊은 멋쟁이 랍비의 주재로 치러질 터였다. 파티는 레이건 공항이 우리의 불행을 끝내기 위해 이렇게 가까이 있고, 줄리아와 샘이 미크로네시아를 대표하고 있는 곳인 힐튼 호텔에서 열릴 것이다. 밴드가 호라* 춤곡과 멋진 록 음악을 연주할 수 있을 것이다. 물론 그런 밴드는 라이브 음악 역사상 존재한 적이 없지만, 제이컵은 사람들이 어느 시점에 볼 속에 숨겨 두었던 캡슐을 깨물면서 너무 많은 걸 느끼지 않기를 바란다는 걸 알았다. 섬세하게, 분위기 있게 다룰 주제는 샘의 가족의 디아스포라가 될 것이다.(이것은 줄리아의 생각이었다. 바르 미츠바의 주제가 좋은 아이디어가 될 수만 있다면 충분히 괜찮은 주제였다.) 그들은 미국, 브라질, 아르헨티나, 스페인, 오스트레일리아, 남아프리카 공화국, 이스라엘, 캐나다 등 가족이 퍼져 나간 각각의 나라를 대표하는 테이블을 놓을 것이다. 그리고 카드가 놓인 자리에 앉는 대신 손님들은 각각의 나라들 중 한 곳의 '여권'을 받게 될 것이다. 테이블은 지역 문화와

---

* 루마니아, 이스라엘의 원을 그리며 추는 춤.

랜드마크를 반영하도록 디자인할 것이다. 섬세한 주의가 필요하고 우아한 취향을 살리기가 가장 어려운 부분이 이것이다. 그리고 센터피스에는 가계도와 현재 그 지역에 사는 친지들의 사진을 넣을 것이다. 뷔페는 브라질의 페이조아다, 스페인의 타파스, 이스라엘의 팔라펠, 뭔지 몰라도 캐나다에서 먹는 음식 등 지역색이 있는 음식들로 차려질 것이다. 파티 선물은 다양한 지역의 스노글로브가 될 것이다. 이스라엘에는 눈보다 전쟁이 많겠지만 중국인들은 영리해서 미국인들이 뭐든 다 살 정도로 둔해 빠졌다는 걸 잘 안다. 특히 유대교를 실천하지 않으면서 자식들에게는 유대 정체성을 불어넣으려고 기를 쓰는 유대계 미국인들은 말할 것도 없다.

"내가 질문했잖아." 어브가 혼자 하고 있는 논쟁으로 제이컵을 다시 끌어왔다.

"아버지가요?"

"그래. 왜일까?"

"왜냐니, 뭐가요?"

"뭔지는 중요하지 않아. 우리에 대해 어떤 질문을 하건 답은 다 똑같다. 왜냐하면 온 세상이 유대인을 증오하기 때문이다."

제이컵이 맥스 쪽으로 몸을 돌렸다. "넌 유전이 운명이 아니라는 거 알지?"

"아빠 말이 맞겠죠."

"네 할아버지 머리를 저 지경으로 만든 대머리 유전자를 아빠가 피했듯이, 너도 그럭저럭 괜찮았던 사람을 우리 어머니와 결혼한 남자로 바꿔 놓은 정신 이상 증상을 피할 수 있을지 몰라."

어브가 과장되게 긴 한숨을 토해 내고는 일부러 진지한 척 잔뜩 힘주어 말했다. "내가 의견을 하나 내도 괜찮겠냐?"

제이컵과 맥스가 그 말에 동시에 웃음을 터뜨렸다. 제이컵은 그런 느낌, 자연스럽게 피어나는 부자간의 동지애가 좋았다.

"들을지 말지는 네 마음이다. 하지만 마음의 짐을 털어 버리고 싶구나. 너는 인생을 낭비하고 있어."

"오, 그게 다예요?" 제이컵이 받아쳤다. "전 또 뭐 대단한 얘기를 하신다고."

"내가 보기에 너는 대단한 재능과 심오한 감정을 타고났어. 대단히 지적인 사람이야."

"제가 보기에 할아버지께서는 항의를 너무 많이 하시고요."

"그런데 몇 가지 아주 잘못된 선택을 했어."

"어떤 선택을 꼬집어 염두에 두신 것 같네요."

"그래, 그 멍청한 드라마 대본 쓰는 거 말이다."

"그 멍청한 드라마를 400만 명이 봐요."

"첫째, 그래서 어쨌다고? 둘째, 어떤 400만 말이냐?"

"그리고 비평가들에게도 찬사를 받고 있어요."

"체육도 못 가르칠 인간들이 찬사를 보내지."*

"그리고 그게 제 일이에요. 그걸로 가족을 부양한다고요."

---

* "행동할 수 있는 사람은 행동하라. 행동할 수 없는 사람은 가르치라."라는 말에 우디 앨런이 영화에서 "가르칠 수 없는 사람은 체육을 가르쳐라."라는 말을 더했다.

"그걸로 돈을 버는 거겠지. 다른 방법으로도 가족을 부양할 수 있어."

"제가 피부과 의사라도 돼야 하나요? 그게 저의 재능과 감정, 지성을 잘 써먹는 건가요?"

"너는 능력에 걸맞은 일을 하고 본질에 대해 나름대로 정의 내린 것을 표현해야 해."

"그러고 있어요."

"아니, 너는 네 치질을 광나게 닦아 줄 자격도 없는 놈의 서사시적 용의 모험 속의 i에 점을 찍어 주고 t에 선이나 그어 주고 있어. 너는 그런 일이나 하려고 이 땅에 온 게 아니야."

"그래서 이제 제가 무슨 일을 하려고 이 땅에 왔는지 말씀해 주시려고요?"

"그게 바로 내가 하려는 거다."

제이컵이 노래를 불렀다. "내 젊은 시절이었나, 어린 시절 어딘가에서 아주 못된 짓을 한 게 틀림없네."

"내가 말하려던 건……."

"외로우신 아버지 어브 말 위에 높이 앉으셨네, 랄라 늙으신 랄라 늙으신 랄라 랄라 호."

"그래 너 재치 있다. 알겠다, 프랑켄슈타인."

"나쁜 조언, 나쁜 조언, 내 조국을 절대 축복하지 않으리."

잠시의 틈을 노려 어브가 말했다. "제이컵, 너는 네 민족의 창조되지 않은 양심을 영혼의 대장간에서 벼려야 해."

영혼 없는 "우와."

"그래. 우와."

"잘 못 들었는데, 한 번만 더 말씀해 주실래요?"

"너는 네 민족의 창조되지 않은 양심을 영혼의 대장간에서 벼려야 해."

"그 일은 아우슈비츠의 오븐이 하지 않았나요?"

"그들은 파괴했지. 난 벼리는 얘기를 하는 거야."

"갑자기 저에게 신뢰의 한 표를 주시다니 감사하지만……."

"난 그 투표함을 꽉 채웠다."

"그런데 제 영혼의 대장간은 그 정도로 뜨거워지지 않아서 요."

"그건 네가 사랑받는 데 너무 목을 매서 그런 거다. 마찰이 있어야 열이 나지."

"그게 무슨 말씀이신지도 모르겠어요."

"샘의 학교에서 일어난 깜둥 사건이랑 같은 거다."

"샘 형은 여기서 빼 주는 게 좋을 것 같은데요." 맥스가 제안했다.

"살면서 어디를 보든 똑같아." 어브가 말했다. "너는 우리가 수천 년 동안 해 온 것과 똑같은 실수를 하고 있어……."

"우리요?"

"우리가 사랑받을 수만 있다면 안전하리라고 믿는 거지."

"대화가 어디로 가는지 도통 감을 못 잡겠어요. 유대인에 대한 증오로 돌아갈까요?"

"돌아간다고? 아니다. 떠난 적도 없는 데로 돌아갈 수는 없어."

"그 드라마는 오락물이에요."

"네가 그 말을 믿는다고는 믿지 않는다."

"흠, 이제 우리가 할 얘기는 다 한 것 같군요."

"네가 스스로를 믿는 것보다 내가 너를 더 믿어 주니까?"

"아버지가 제일 먼저 지적하시듯이 협상 파트너 없이는 협상을 할 수 없으니까요."

"누가 협상을 하는데?"

"아버지는 대화를 못 하시잖아요."

"정말이다, 제이컵. 잠시라도 경계를 풀고 스스로에게 물어 보렴. 사랑을 미친 듯이 갈구해서 뭐 하겠니? 너는 예전에는 정직한 책들을 썼어. 정직하고 정서적으로 야심 찬 책들. 그 책들은 수백만 명의 독자를 찾지는 못했을지 몰라. 너를 부자로 만들어 주지 못했을지도 모르고. 하지만 그 책들은 세상을 풍요롭게 만들었을 거야."

"그리고 아버지는 그 책들을 싫어하셨고요."

"그래, 맞아." 그가 자동차 미러를 전혀 확인하지 않고 차선을 바꾸며 말했다. "그 책들을 싫어했지. 책의 여백에 내가 뭐라고 썼는지 절대 보면 안 된다. 하지만 누가 네 드라마를 싫어하는지 아니?"

"제 드라마 아니에요."

"누구의 것도 아니지. 너는 고마워하는 수많은 좀비들을 위해 많은 시간을 버렸어."

"그래서 이건 텔레비전에 대한 비판인가요?"

"텔레비전도 비판해야지." 그가 공항 출구로 들어서며 말했다. "하지만 이건 네 드라마에 대한 비판이야."

"제 드라마 아니라고요."

"그럼 드라마를 하나 가져 봐."

"하지만 저는 이의 요정한테 답례로 줄 게 하나도 남지 않았어요."

"노력은 해 봤니?"

"노력해 봤느냐고요?"

그보다 열심히 노력한 사람은 아무도 없었다. 드라마를 가지기 위해서는 아니었다. 아직 그럴 때가 아니었다. 드라마를 쓰기 위해서였다. 십 년이 넘도록 제이컵은 그의 영혼의 허리가 휘도록 대장간에 석탄을 퍼 넣었다. 그 비밀, 언어를 통해 그의 민족을 구원한다는 완전히 헛된 임무에 헌신했다. 그의 민족? 그의 가족. 그의 가족? 그 자신. 어떤 자신? 그리고 구원도 딱 들어맞는 표현은 아닐지 모른다.

「항상 죽어 가는 민족」이 바로 아버지가 바란다고 생각하는 것, 그러니까 산꼭대기에서 들려오는 뿔피리 소리였다. 아니면 적어도 지하실에서 들려오는 소리 없는 외침이든가. 그러나 어브가 그것을 읽을 기회가 있었다면 끔찍이 싫어했을 것이다. 소설에 대해 느끼는 것보다 훨씬 폭넓은 혐오를 느꼈을 것이다. 본질에 대한 제이컵의 정의가 아주 추악해질 수도 있었지만, 그보다도 벼려진 양심의 날카로운 끝이 누구를 겨누어야 할지에 대해 근본적으로 의견이 일치하지 않았다.

그리고 훨씬 큰 문제가 있었다. 그 드라마가 제이컵의 할아버지를 죽일 것이다. 비유적 의미가 아니었다. 문자 그대로 그를 죽일 것이다. 뭐든 다 견디고 살아남을 수 있는 사람이라도 결코 거울을 이기고 살아남지는 못할 것이다. 그래서 제이컵은 걸어 잠근 책상 서랍에 있는 그의 가슴속에 그것을 숨겼다. 그리고 점점 그것을 남들과 공유할 수 없게 될수록 점점 더 헌신적으로 굴었다.

그 드라마는 드라마 집필을 시작하는 것으로 시작되었다. 드라마의 등장인물은 제이컵의 실제 삶 속에 있는 인물들이었다. 불행한 아내(그런 식으로 묘사되기를 원치 않는), 세 아들(한 명은 성년의 문턱에 이르렀고, 한 명은 극단적 자의식의 문턱에 있으며, 한 명은 정신적 독립의 문턱에 있는), 공포에 질리고 외국인 혐오에 빠진 아버지, 조용히 실을 짜고 푸는 어머니, 우울한 할아버지. 언젠가 드라마를 공개한 다음 자전적 요소가 얼마나 들어 있느냐는 질문을 받는다면 이렇게 말할 것이다. "그건 제 삶이 아니지만 저입니다." 그리고 아마 실버스 박사가 되겠지만 누군가가 그의 삶이 얼마나 자전적인지 묻는다면 이렇게 말할 것이다. "그건 제 삶이지만 저는 아닙니다."

그 드라마는 제이컵의 삶에서 변화하는 사건들과 보조를 맞추어 집필돼 갔다. 아니면 그의 삶이 글쓰기와 보조를 맞추었다. 때로는 어느 쪽인지 구분하기 어려웠다. 제이컵은 전화기를 하나 더 사기 몇 달 전에 이미 전화기가 발각되는 사건에 대해 썼다. 너무도 어설픈 심리학이어서 실버스 박사에게 가서 일 분에 6달러짜리 상담을 할 것도 없이 혼자 수십 시간 동안 썼다. 그러나 단지 심리적인 것만은 아니었다. 줄리아가 직접 썼나 싶을 정도로 그녀가 제이컵이 쓴 것과 무섭도록 비슷하게 말하거나 행동할 때가 있었다. 전화기를 발견한 날 밤 그녀가 물었다. "우리가 서로보다 아이들을 더 사랑한다는 게 슬퍼?" 바로 그 말이 단어의 순서조차 똑같이 몇 달 전부터 이미 대본에 있었다. 제이컵의 대사이기는 했지만.

대부분의 사람이 어떻게든 피하고 싶어 하는 순간들을 제외하면 삶은 퍽이나 느리고 재미없고 밋밋하고 시시했다. 제이컵은 그 문제인지 축복인지 모를 것에 대한 해결책으로, 드라마의 극적인 사건을 바꾸는 대신 점점 많은 도구를 만들어 냈다. 그의 작품의 진정성은 그의 삶에서의 진정성 결여에 대한 유일한 해독제였다.

이십사 년 전, 인내심 부족이 기타에 대한 열정을 압도하던 시절 그는 가상의 밴드를 위한 앨범 커버를 디자인하기 시작했다. 그는 수록곡 목록과 가사, 해설을 썼다. 엔지니어, 프로듀서, 매니저 등 존재하지도 않는 사람들에게 감사를 전했다. 『아무것도 꾸준히 하지 않기(Steady Diet of Nothing)』*에서 저작권 표시 문구를 베꼈다. 지도를 옆에 펴 두고 미국 투어 일정을 짜고 그 다음에는 그의 심리적, 정서적 인내심의 한계를 고려해 월드 투

---

* 미국 밴드 푸가지가 1991년 발표한 앨범.

어 일정을 짰다. 파리, 스톡홀름, 브뤼셀, 코펜하겐, 바르셀로나, 마드리드를 일주일 만에 도는 건 무리일까? 특히 길에서 여덟 달을 보낸 후에? 그리고 견딜 만하다 해도 그런 식으로 몰아붙이면 결국은 그들이 믿는 것, 성취하기 위해 그렇게 열심히 일한 모든 것이 위험에 처할 텐데 무슨 소용이 있겠는가? 그는 등판에 날짜들을 인쇄한 티셔츠를 디자인해서 실제로 만들어서 실제로 입었다. 그러나 그는 바레 코드*조차 잡을 줄 몰랐다.

그 드라마와 그의 관계는 그런 식이었다. 현실이 가로막힐수록 관련된 것들은 점점 팽창했다.

그는 드라마에 대한 '지침서'를 만들고 끝도 없이 추가해 나갔다. 언젠가 그 드라마를 만들 사람들을 위한 설명서 같은 것이었다. 그는 등장인물 각각의 모든 배경 정보를 모은, 계속 수정되는 자료집을 만들었다.

샘 블록

곧 13세가 됨. 블록 형제 중 맏이. 모든 시간을 아더 라이프의 가상 세계에서 보냄. 모든 옷의 맞음새를 싫어함. 덩치들이 당하는 동영상 보기를 좋아함. 성적으로 이중의 의미가 있는 표현을 무시하거나 하다못해 알아채지 못하는 능력이 문자 그대로 전혀 없음. 현재의 깨끗한 이마를 위해 미래의 여드름 흉터로 뒤덮인 몸을 받아들이려 함. 그가 가진 긍정적 자질들이 널리 알려지면서

---

* 한 손가락(주로 검지)로 둘 이상의 줄을 누르는 기타 코드.

도 절대 사람들 입에 오르내리지 않기를 간절히 바람.

게르숌 블루멘베르크

오래전에 죽음. 안셀의 아들이자 아이작의 아버지. 어빙의 할아 버지. 이름이 영원히 잊힌 사람의 손자. 드로호비치의 위대한 랍비. 불타는 유대교 회당에서 죽음. 예루살렘에 차디찬 대리석 벤치가 있는 같은 이름의 작은 공원이 있음. 악몽에만 나타남.

줄리아 블록

43세. 건물을 한 번도 지어 본 적이 없다는 점 때문에 속으로는 스스로 건축가라고 말하기를 부끄러워하지만 건축가. 엄청난 재능을 지녔고 비극적으로 과중한 부담을 지고 있으며 영원히 인정받지 못하지만 주기적으로 낙천적이 됨. 맥락만 완전히 바꾸면 자신의 삶도 완전히 바뀔지 자주 궁금해함.

그리고 배경의 목록이 있는데, 그것에 포함된 것은 짧은(언제나 늘어나지만) 장소 설명, 미래의 소도구 담당 부서를 위한 수백 장의 사진, 지도, 평면도, 부동산 목록, 일화들이다.

뉴어크 거리 2294번지

블록 가족의 집. 꽤 좋은 편이지만 제일 좋은 정도는 아님. 그래도 좋음. 가능한 한도에서 제일 좋지는 않지만. 힘닿는 데까지 신경 쓴 인테리어. 좋은 고가구도 좀 있지만 대부분은 이베이나 에

치에서 산 것. 이케아 가구.(가죽 손잡이, 앞면을 모양내 깎은 수납장.) 벽에 한데 모아 건 사진들.(공평하게 제이컵의 가족과 줄리아의 가족을 반씩 나누었다.) 편암 조리대 위에 놓인 윌리엄스 소노마 유리병에 든 아몬드 가루. 잠재력을 채식 칠리 요리에 허비하고 있는 대형 라컹슈 가스오븐레인지의 오른쪽 뒤편 버너 위에 놓인, 쓰기에는 너무 아름다운 청록빛 르크루제 냄비. 읽으려고(혹은 적어도 일부라도 보려고) 산 책 몇 권. 매우 폭넓은 호기심을 가진 아주 특별한 부류라는 인상을 주기 위한 다른 책들. 『특성 없는 남자』*의 케이스에 든 두 권짜리 판본처럼 책등이 아름다워서 산 책들. 약장 가운데 서랍의 《뉴요커》 더미 아래 있는 히드로코르티손 아세테이트 좌약. 높은 선반 신발 속 바이브레이터. 홀로코스트와 관계없는 책들 뒤에 있는 홀로코스트에 대한 책들. 그리고 주방 문틀을 따라 올라가는 블록 집안 아이들의 성장 표.

이사해야 할 때가 왔을 때 그 문턱에서 머뭇거렸다. 그 문틀만은 놔 버릴 수가 없었다. 아빠 곰 의자는 잊고 그에 딸린 발 받침도 잊어라. 촛대와 램프는 잊어라. 우리가 함께 산, 나의 영웅들 중 하나인 벤 샨**의, 진위 여부를 전혀 알 수 없는 「눈먼 원예가」도 잊어라. 쓸쓸한 느낌의 난은 잊어라. 어느 날 오후 줄리아가 나가고 없을 때 일자드라이버의 도움을 빌려 문틀을 벽에서 느슨하게 떼어 내 자동차에 세로로 집어넣고(한쪽 끝은 뒤쪽 유리창에, 다른 쪽 끝은 앞 유리에 닿게) 아

---

* 독일 작가 로베르트 무질의 소설.
** 미국의 사회주의 리얼리즘 화가.

이들의 성장 기록을 새집으로 싣고 갔다. 이 주 후 페인트공이 그 위에 페인트칠을 했다. 나는 나의 후회스러운 기억에서 가장 좋은 것에 선을 다시 그었다.

그리고 가장 야심 찬(혹은 가장 신경질적이거나 병적인) 것은, 더 많은 말이 필요하기 때문에 대본만으로는 전달할 수 없는 것을 전달하기 위해 배우들에게 주는 지침들이다. 늦은 웃음을 연기하는 법, "네 이름이 뭐야?"를 연기하는 법, 자살 나이테를 연기하는 법……. 각 화마다 대략 스물일곱 쪽밖에 안 되었다. 한 시즌마다 10화씩뿐이었다. 배경 약간, 회상 두어 번, 본론에서 벗어난 데다 서투르게 삽입한, 플롯을 끌고 나가지는 않아도 동기를 채워 줄 정보들. 그래서 훨씬 많은 말이 필요했다. 불만족에 대한 욕구를 연기하는 법, 사랑을 연기하는 법, 언어의 죽음을 연기하는 법……. 그 지침들은 교훈적인 잔소리를 무책임하게 늘어놓는다는 점에서는 유대인 어머니 같고, 모든 감정을 은유와 굴절로 모호하게 만들려 한다는 점에서는 유대인 아버지 같았다. 미국인을 연기하는 법, 착한 소년을 연기하는 법, 시간의 소리를 연기하는 법……. 지침서는 길이와 깊이 면에서 금세 대본 자체를 뛰어넘었다. 설명하려는 것을 압도하는 설명 자료였다. 그래서 유대적이었다. 제이컵은 모든 것을 구원할 무언가를 만들고 싶었으나 그러는 대신 설명하고 설명하고 또 설명했다.

시간의 소리를 연기하는 법

줄리아가 전화기를 발견한 날 아침 어브와 데버러가 브런치를 먹으러 왔다. 그때 벤지가 무엇을 알았는지는 나도 벤지도 결코 알지 못하겠지만 벤지를 둘러싼 모든 것이 무너지고 있었다. 어른들이 이야기를 나눌 때 벤지가 주방으로 다시 들어와서 물었다.

"시간의 소리요. 무슨 일이 일어났어요?"

"무슨 말이니?"

"아시잖아요." 그가 작은 손을 휘저으며 말했다. "시간의 소리요."

그가 무엇을 알게 되었는지 알아차리기까지 좌절스러운 오 분 정도의 시간이 걸렸다. 우리 냉장고가 수리 중이어서, 어디에나 있지만 거의 알아차리기 어려운 웅 소리가 주방에서 들리지 않았다. 그는 사실상 가정생활의 전부를 그 소리가 들리는 범위 안에서 보냈고, 그래서 삶에서 일어나는 일을 그 소리와 관련짓게 되었다.

나는 그의 오해가 정말 좋았다. 그것은 오해가 아니었기 때문에.

할아버지는 죽은 형제들의 울음소리를 들었다. 그것이 그의 시간의 소리였다.

아버지는 맹비난을 들었다.

줄리아는 아이들의 목소리를 들었다.

나는 침묵을 들었다.

샘은 성적으로 이중적인 의미가 있는 말과 애플 제품이 켜지는 소리를 들었다.

맥스는 아거스가 낑낑대는 소리를 들었다.

아직 집의 소리를 들을 수 있을 만큼 어린 사람은 벤지뿐이었다.

어브가 창문 네 개를 모두 내리고 제이컵에게 말했다. "넌 패기가 없어."

"그리고 아버지는 지성이 없으시죠. 우리를 합하면 완전히 불완전한 사람이 되겠네요."

"진심으로 하는 말이다, 제이컵. 무엇이 그렇게 미친 듯이 사랑을 갈구하게 만드니?"

"진심이에요, 아빠. 무엇이 그렇게 미친 듯이 진단을 내리고 싶게 만들까요?"

"난 너를 진단하는 게 아니야. 너 자신을 설명해 주는 거지."

"그럼 아빠는 사랑이 필요하지 않으세요?"

"할아버지로서는 필요하지. 아버지이자 아들로서도 그렇고. 유대인으로서는? 필요 없어. 웬 5등급 영국 대학에서 최근의 해양 생물학 발전에 대한 웃기지도 않은 학회에 참석하지 못하게 우리를 막았다고? 누가 상관한대? 스티븐 호킹이 이스라엘에 가지 않을 거라고? 내가 안경 쓴 사지 마비 환자를 팰 사람은 아니다만 우리가 그에게 목소리를 도로 내놓으라 해도 할 말은 없을 거다. 너도 알다시피 그의 목소리는 이스라엘 기술자들이 만든 거잖냐. 그리고 우리가 거기 있을 동안 그래야 내 목숨을 구할 수 있다면 반이스라엘 유엔에서 기꺼이 내 자리를 내주겠다. 유대인들은 전 세계 역사에서 가장 영리하고 가장 약한 민족이 됐어. 자, 내가 항상 옳은 건 아니야. 나도 알아. 하지만 난 항상 강해. 그리고 우리 역사가 우리에게 무언가 가르쳐 준 게 있다면 그건 옳은 것보다 강해지는 게 더 중요하다는 거다. 아니면 착한 것보다 말이다. 난 차라리 그르고 악해도 살아 있는 쪽을 택하겠다. 튀튀*를 입은 주교나 뇌수종에 걸린 땅콩 농부 대통령이나 《뉴욕 타임스》기명 논평란에서 이래라저래라 떠들기만 하는 내시 같은 사이비 사회학자나 누구고 나에게 축복을 내려 주겠다는 놈들 다 필요 없어. 온 나라들을 위한 빛** 따위는 필요 없단 말이다. 내가 원하는 건 불태워지지 않는 거야. 살아 있는 동안에는 인생은 길고 역사는 짧은 기억일 뿐이야. 미국은 인디언들을 자기네 방식대로 처리했다. 오스트레일리아랑 독일이랑 스페인……. 그들도 다 자기들이 해야 할 일을 했지. 그게 뭐 큰일이었냐? 자기네 역사책 몇 쪽에 유감스럽다고 하고 끝이잖아? 미적지근한 사과를 일 년에 한 번씩 하고 아직 일이 덜 끝난 부분에 대해서는 보상금이나 좀 주고 말잖아? 할 일을 해치웠을 뿐이고 삶은 계속되었지.”

“무슨 말씀이세요?”

“아무것도 아니다. 그냥 얘기하는 거다.”

“뭐예요? 이스라엘이 집단 살해라도 저질러야 한다는 거예요?”

---

* 발레용 치마.

** 구약 성경에서 예언자 이사야가 하느님의 왕국이 온 세계를 영적, 도덕적으로 안내하는 멘토라는 의미로 쓴 표현.

"그건 네 표현이고."

"아빠가 하신 말씀이에요."

"내 말은, 내 말뜻은 이스라엘이 다른 나라들처럼 자존감 있고 자기를 방어할 수 있는 나라가 되어야 한다는 거다."

"나치 독일처럼요."

"독일처럼. 아이슬란드처럼. 미국처럼. 죽 있어 왔고 사라지지 않을 모든 나라들처럼."

"참 고무적이네요."

"그런 일이 일어나는 동안에는 보기 좋지 않겠지만 지금부터 이십 년 후에 5000만의 유대인이 독일과 중국 사이의 최대 규모의 경제로 수에즈 운하부터 석유가 나는 지역들까지 이스라엘 땅을 전부 채우면⋯⋯."

"이스라엘은 독일이랑 중국 사이에 있지 않아요."

"텔아비브에서 올림픽이 열리고 예루살렘에 파리보다 많은 관광객이 몰리면 코셔 소시지 만드는 법을 다들 화제로 삼지 않겠니?"

어브가 심호흡을 하고 자신만 접근할 수 있는 무언가에 동의한다는 듯이 고개를 끄덕였다.

"세계는 언제나 유대인을 미워할 거야. 다시 생각해 보면 그 증오는 무엇과 관계있을까? 우리는 그걸 부인할 수도 있고 극복하려 노력할 수도 있어. 심지어 클럽에 들어 우리 스스로를 증오하기로 할 수도 있지."

"클럽이라고요?"

"그런 사람들 너도 알잖아. 살기 위해 코를 부러뜨리느니 이른바 비중격 만곡증을 고치려 하는 유대인들 말이다. 티나 페이*가 유대인이 아니라거나 이스라엘 방위군이 있다는 걸 인정하기를 거부하는 유대인들. 랄프 로렌(원래 이름은 리프시츠), 위노나 라이더(원래 이름은 호로비츠), 조지 소로스, 마이크 월러스 같은 소위 짝퉁 유대인들, 영국에 사는 유대인들 상당수가 그렇지. 빌리 조엘, 토니 주트, 밥 실버스……."

"빌리 조엘은 유대인이 아니에요."

"무슨 소리, 유대인이야."

"「이탈리아 레스토랑의 장면들(Scenes from an Italian Restaurant)」은요?"

"중국 식당 아니야?"

"아니에요."

"요는 유대인의 주먹은 자위하고 펜을 쥐는 것 이상의 일을 할 수 있다는 거다. 필기도구를 놓으면 남을 때리는 도구를 얻게 된단다. 이해하겠니? 아인슈타인이 한 명 더 필요한 게 아니야. 맨 앞에서 공을 쳐 내는 쿠팩스**가 필요하다고."

"아빠는 그 생각은 안 해 보셨어요……." 제이컵이 말을 시작했다.

"그래, 아마 해 봤을 거다."

"저는 아빠의 우리에 포함되지 않는다는 거요?"

---

* 코미디언, 영화배우 겸 시나리오 작가.
** 미국의 프로 야구 선수 샌디 쿠팩스.

"너는 미치광이 물라*가 핵무기 암호로 하는 짓은 생각 안 해 봤냐?"

"그래서 우리의 정체성이 미친 이방인들의 손에 달려 있다고요?"

"네가 스스로 정체성을 만들어 내지 못한다면."

"저한테 뭘 원하세요? 이스라엘을 위해 스파이 노릇이라도 하라고요? 모스크에 자살 폭탄이라도 던져요?"

"네가 중요한 걸 쓰기를 바란다."

"우선 제가 쓰는 건 많은 사람들에게 중요해요."

"아니, 그들을 즐겁게 해 주는 거지."

제이컵은 맥스와 전날 밤 나눈 대화를 떠올리고 그의 드라마가 한 해 동안 미국에서 출간된 모든 책을 합친 것보다 많은 수익을 냈다는 사실을 지적할까 생각했다. 그것은 사실이 아닐지 몰라도 그는 가짜 권위를 내세우는 법을 알았다.

"네 침묵을 내 말을 알아들었다는 뜻으로 이해하마." 어브가 말했다.

"아빠는 독선적인 블로그나 계속하시고 저는 상도 받은 텔레비전 일에 신경 쓰게 놔두시는 게 어때요?"

"얘야, 맥시, 너 마카베오 가문**의 시대에 상 받은 오락물을 누가 만들었는지 아니?"

"제발 좀 알려 주세요." 맥스가 화면에 붙은 먼지를 불며 말

---

* 이슬람교의 율법학자.
** 기원전 2세기경 시리아의 지배하에 있을 때 유대 민족의 지도자 가문.

했다.

"모르지. 우리는 마카베오 가문만 기억하니까."

제이컵이 정말로 생각한 것은 이런 것이었다. 그의 아버지는 무식하고 자아도취적이며 자신만 옳은 줄 아는 돼지이다. 결벽증이 있는 데다 공처가여서 자신의 위선과 감정적 무능, 정신적 유치함이 얼마나 심각한지도 모른다.

"그럼 우리 합의한 거냐?"

"아뇨."

"그러니까 합의했지?"

"아니라니까요."

"네가 내 의견에 동의해 줘서 기쁘다."

그러나 그를 용서해 주자는 주장도 있었다. 분명히 있었다. 좋은 사람들. 아름다운 의도들. 상처들.

제이컵의 전화기가 울렸다. 그의 진짜 전화기였다. 줄리아였다. 진짜 줄리아. 그는 아버지와의 대화를 피하기 위해서라면 열렸든 닫혔든 아무 창으로나 뛰어내리고 싶을 지경이었지만 전화를 받기가 겁났다.

"여보세요?"

"……."

"왜 아니겠어?"

"……."

"그런 공간이 있기는 하대?"

"……."

"내 생각도 그래. 폭탄 문제가 아니라⋯⋯."

"⋯⋯."

"나 차에 있어."

"⋯⋯."

"비행기가 일찍 도착한대."

"⋯⋯."

"맥스가 그랬어."

"⋯⋯."

"맥스, 너 엄마한테 인사할래?"

"⋯⋯."

"호텔에 있어? 소리가 들리네."

"⋯⋯."

"줄리아한테 안부 전해 주렴."

"아빠가 안부 전하래."

"⋯⋯."

"줄리아도 안부 전하래요."

"그리고 벤지는 우리 집에서 잘 놀았고, 죽지 않았다고 얘기
해 주렴."

"아빠가 당신한테 벤지가 아빠 집에서 잘 놀았다고 말해 주
라셔."

"⋯⋯."

"고맙대요."

"엄마한테 안녕이라고 해 주세요."

"맥스도 안녕이래."

"……."

"엄마도 안녕이래."

"……."

"어디 보자. 아거스는 나이가 아주 많아. 그건 다시 확인했어. 관절 통증에 쓸 새로운 약을 받았어. 용량을 늘렸어. 잘 버틸 거야."

"……."

"할 수 있는 게 없어. 수의사가 사랑하는 존재들을 잘 돌봐주는 게 대단한 영광이라느니, 그런 일은 한 번밖에 안 생긴다느니 장광설을 늘어놨어."

"그러지 않았어요." 맥스가 말했다.

제이컵이 어깨를 으쓱했다.

"그리고 엄마한테 수의사가 아거스를 안락사시켜야 한다고 그랬다고 전해 주세요."

"잠깐만." 제이컵이 줄리아에게 말하고 전화기 소리를 줄였다.

"수의사는 그렇게 말하지 않았어, 맥스."

"엄마한테 말하세요."

제이컵이 전화기 소리를 다시 올리고 말했다. "맥스가 나더러 수의사가 아거스를 안락사시켜야 한다고 생각한다고 말해 주래. 수의사는 그런 말을 안 했지만."

"했어요, 엄마!"

"……."

"했대."

"……."

"삶의 질 등에 대해 좋은 대화를 했어."

"……."

"가는 길에 포트 리노 공원에 데려가서 내 어린 시절 얘기를 좀 해 줬지."

"……."

"맥도날드 먹었어요."

"……."

"부리토."

"……."

"아니, 전자레인지에 돌려서."

"……."

"당연하지. 당근이랑. 후무스도."

제이컵이 몇 가지 손동작으로 맥스에게 엄마가 그가 채소를 먹었는지 물었다고 알렸다.

"……."

"그럴게."

"……."

"하나 더, 어젯밤에 샘의 아바타에 약간 문제가 생겼어."

"……."

"아더 라이프에서. 그 애 아바타 말이야. 우리가 그걸 좀 만졌거든."

"아빠가죠." 맥스가 정정했다.

"……."

"아니, 아마 아닐 거야. 맥스가 아바타를 만지작거리다가……."

"뭐라고요? 아빠, 그건 사실이 아니잖아요. 엄마, 아니에요!"

"그래서 내가, 저기, 관심을 좀 보이고 싶었거든. 그러다가 결국 같이 하게 됐어. 대단한 건 아니야. 그냥 돌아다니고 살펴보고 그랬지. 하여간. 그러다가 우리가 아바타를 죽였어."

"우리가 그런 게 아니라니까요. 아빠가 그랬지요. 엄마, 아빠가 아바타를 죽였어요!"

"……."

"샘의 아바타. 그래."

"……."

"고의는 아니었어."

"……."

"죽은 건 어쩔 수 없어, 줄리아."

"……."

"어젯밤에 기술 지원 센터랑 한참 동안 통화했다고. 어느 정도는 예전대로 돌려놓을 수 있을지 몰라도 그러려면 메시아한테 불러 갈 때까지 그 애 컴퓨터 앞에 앉아 있어야 할 거야."

"……."

"코리하고는 적어도 일 년은 연락을 안 했는데."

"……."

"그의 전화를 받지도 않다가 이제 와서 이런 일로 전화하기는 좀 그렇잖아."

"……."

"그리고 우리한테 필요한 게 컴퓨터 천재는 아닌 것 같은데. 내가 알아볼게. 하지만 병과 죽음 얘기는 이 정도로 해 두고. 아이들은 어때? 잘 놀아?"

"……."

"그 유명한 빌리는 만났어?"

"유명한 빌리?" 어브가 백미러에 비친 맥스에게 물었다.

"샘 형 여자 친구예요." 맥스가 말했다.

"……."

"그리고?"

"……."

"샘은 걔 어디가 좋대?"

"……."

"기분 나쁘게 받아들이지 않을게."

"……."

"마크는?"

"……."

"마크도 있어서 좋아?"

"……."

"마크가 마리화나를 변기에 버리거나 프렌치 키스 타임을 막아야 했어?"

"프렌치 키스는 혀를 쓰는 거죠?" 맥스가 어브에게 물었다.

"물론이지."

"……."

"무슨 일 있어?"

"……."

"뭐라고?"

"……."

"문제가 생겼구나. 그렇게 들려."

"……."

"진짜로 무슨 일이 있구나."

"무슨 일인데요?" 맥스가 물었다.

"……."

"좋아, 하지만 적어도 나한테 뭐랑 관계된 일인지는 말해 줄 수 있잖아. 안 그러면 앞으로 여섯 시간 동안 내가 얼마나 심란하겠어?"

"……."

"그런 뜻으로 한 말은 아니었어."

"……."

"줄리아, 무슨 일이야?"

"진짜로, 무슨 일이냐?" 어브가 드디어 관심을 보이며 물었다.

"……."

"아무 일도 아니라면 우리가 아직도 그 얘기를 하고 있지는 않겠지."

"……."

"좋아, 알았어."

"……."

"잠깐, 뭐라고?"

"……."

"줄리아?"

"……."

"마크가 그랬다고?"

"……."

"왜 그런 망할 짓을 했대?"

"말조심." 맥스가 말했다.

"……."

"그는 유부남이잖아."

"……."

"하지만 유부남이었지."

"……."

"당신은 내가 어떡하면 좋겠어? 내 부두 인형이라도 찌를까?"

제이컵은 아버지와 아들이 대화를 듣지 못하도록 라디오를 켰다. 영국 문법학자가 동음 반의어, 그러니까 상반되는 의미를 동시에 갖는 단어들에 대한 열정을 나누고 있었다. 'oversight'에는 '감독하다'와 '보지 못하다'라는 두 가지 뜻이 다 있다. 케

이크에 설탕을 뿌리거나 농작물에 살충제를 뿌릴 때도 'dust'를
쓰지만 가구의 먼지를 털어 없앨 때도 'dust'를 쓴다. 집이 폭풍
우를 견뎠다고 할 때나 지붕널이 비바람에 낡았다고 할 때나 다
'weather'를 쓴다.

"……."

"그건 공정하지 않아."

"……."

"그럴 수도 있지. 하지만 공정하지 않을 때 하는 말이기도
해."

"……."

"물론 그렇지."

"……."

"그러니까 이건 타이밍을 봤을 때 가장 히스테릭한 우연의
일치일 뿐이야. 왜냐하면……."

"……."

"아."

"……."

"그러니까 제발 무슨 일인지 말해 줘. 균형을 맞추려는 게
아니라면……."

"……."

"좋아."

"……."

"좋아."

"……."

"바로 그게 내가 하는 방식이야, 그래."

"……."

"둘 다."

"무슨 일이에요?" 맥스가 아빠에게 물었다.

"아무것도 아니야." 제이컵이 그에게 대답하고 다시 줄리아에게 말했다. "맥스가 나한테 무슨 일이냐고 물어봤어."

"……."

"하지만 아빠 화났잖아요." 맥스가 말했다.

"사는 게 다 화나게 만든단다." 어브가 말했다. "피가 축축한 것처럼."

"딱지예요." 맥스가 지적했다.

제이컵이 라디오 소리를 훨씬 크게, 공격적일 정도까지 올렸다. 그는 콘크리트에 발을 굳게 디디고 있을 때까지는 단단히 고정돼 있었다. 아틀라스가 지구를 떠받치고 있었고, 지구는 아틀라스가 어딘가 다른 곳으로 가는 길에 그를 떠받쳐 주었다. 지구가 떠나자 아무도 남지 않았다.

"……."

"더 이상 당연한 건 없어."

"……."

"집으로 돌아올 거야?"

"……."

"난 이해가 안 돼, 줄리아. 정말로."

"……."

"하지만 당신이 며칠 전에 침대에서 말했잖아. 그건 당신이……."

"……."

"당신은 막지 않았다고만 말했어. 이걸 믿을 수가 없어. 당신을 믿을 수 없다고."

"너희한테 방을 하나 따로 주랴?" 어브가 제이컵에게 속삭였다.

"……."

"이제 알겠어. 당신이 어젯밤에 전화하지 않은 이유를."

"……."

"미크로네시아가 폭탄을 갖고 있기는 해?"

"……."

제이컵이 전화를 끊었다.

그들은 서로 싸우고 있었고, 전투에 함께 참전했다.

어브가 말했다. "맙소사, 대체 무슨 일이냐?"

"그게……."

"아빠?"

생각이 떠오르자마자 이내 털어 버리기는 했지만 제이컵은 잠깐이나마 아버지와 아들에게 모든 것을 털어놓을까 생각했다. 그러면 기분은 좋아지겠지만 그가 나쁜 놈이 될 터였다.

"그건. 그건 다 실용적인 잡다한 얘기들이었어요. 이따가 언제 집에 올지, 이스라엘 친척들이 어디에서 자고 무엇을 먹을지하는 얘기들요."

물론 어브는 그의 말을 믿지 않았다. 물론 맥스 역시 그 말을 믿지 않았다. 그러나 제이컵은 자신의 말을 거의 믿다시피 했다.

그는 스스로 빠져나온 삶에 달라붙었다.

사뭐라는 말

빌리는 총회 발언을 준비하고 있었다. 태평양 제도 포럼의 비생산적인 대회가 끝나고 미크로네시아 대표단은 마크의 방에 다시 모여 예정된 통금 시간이 지나도록 토론한 끝에, 안전하게 해체하여 처리할 능력이 있고 믿을 만한 제삼자라면 누구에게라도 폭탄을 넘겨주기로 근소한 표차로 결정했다. 그때 그녀의 전화기에서 아델의 「당신 같은 사람(Someone Like You)」의 첫 두 단어가 울렸다. 그 정도면 그 노래가 완전히 저급하다고 생각하지 않는다는 사실을 남들에게 들키지 않고도 감정의 소용돌이를 일으키기에 충분했다. 샘의 문자가 오면 울리도록 특별히 맞춰 놓은 곡이었다. 그녀는 "나 들었어."가 들리기를 바라는 한편 바라지 않는 마음으로 전날 밤부터 줄곧 전화기를 손에서 놓지 않았다.

연설문 쓰고 있어?

뭐 때문에 내가 너랑 얘기하고

싶어 할 거라고 생각해

네가 방금 그 말을 썼다는 사실

누군가가 이모티콘을 발명해야 해

누군가가 발명해야 했던 말에 대해

내가 얼마나 상처받았는지 나타내는

미안해

사실 이건 게르니카야

······

어디 갔어?

게르니카를 찾아보느라고

물어봐도 됐을 텐데

너 같은 사람은 아무도 없어,

그리고 너는 절대

그 누구와도 같지 않아

그 말 탐폰 상자 옆면에서 뗐어?

???

더 노력해 봐

에메트 히 하셰커 하토브 베요터

어떤 진실? 그리고 어떤 거짓말?

진짜진짜 좋아······

그 말은 거짓말이야

그리고 진실은?

사랑

방금 제일 하기 어려운 말을 했니?

아니, 가장 쉬운 말이었어

왜 나한테 그렇게 못되게 굴었어?

얘기 좀 하나 해도 돼?

그래

여덟 살 때 왼손이 으스러졌어

무거운 철문 틈에 끼어서

손가락 세 개가 잘려서

다시 붙여야 했지

손톱이 모두 짓이겨졌어

손이 다 자라면

가짜 손톱을 붙일 거야

하여간 대개는 손을 주머니에 넣고 다녀

앉아 있을 때는

손을 허벅지 밑에 넣고

알아

몇 번인가 난

네 얼굴을 만지고 싶었어

정말?

아주아주 여러 번

그런데 왜 그러지 않았어?

내가 여기 있나이다   377

내 손

            내가 손을 보는 게 두려웠어?

응

그리고 내가 보는 것도

            다른 손을 쓰면 됐잖아

그 손으로 너를 만지고 싶어

그게 중요해

            나도 네가 그 손으로

            나를 만져 주면 좋겠어

진짜?

            ……

어디 갔어?

            방금 전화기를 가슴에 갖다 댔어

심장 뛰는 소리가 들렸어

            우리가 통화 중이 아닌데도?

응

            원한다면 내 얼굴 만져도 돼

난 아킬레스처럼 문자를 해

하지만 실생활에서는 계집애야

            난 실생활에서는 페미니스트야

관용적 의미로 한 말인 거 알잖아

            그래, 너 여자애 아니라는 거 알아

그럼 내가 너를 제대로 속인 거네

절대 큰소리로 웃지 않을게

상처 줘서 미안해

왜 그랬어?

나 스스로를 상처 입히는
비겁한 방법이었으니까

이번 일에서 정말 힘들었던 건
난 항상 너를 이해하고 싶은데
어젯밤에는 이해하지 못했어
그게 두려워

내 사과를 받아 주는 거야?

프란츠 로젠츠바이크가
종교를 믿느냐는 질문을 받고 한
유명한 대답과 같아

"아직 아니다"

기억력 대단하네

아직 아니야?

아직 아니야

하지만 받아 줄 거지

아킬레스의 발뒤꿈치에
상처를 입었는지 여부가
어째서 중요한지 궁금해한 적 있어?

거기가 그에게서 유일하게
불사가 아닌 부분이었으니까

그래서? 그러면 그는 다리를 절뚝이는

불멸의 존재가 된 거잖아

왜인지 너는 아는 것 같네

알아

진짜진짜, 진짜 알면 좋겠다

진짜진짜, 진짜진짜, 진짜

네가 '좋다'는 말을 부술 때까지

백만 조각으로

사랑으로

그러니까 말해 줘

그건 그의 발뒤꿈치가

유일하게 불사가 아니었기 때문만은 아니야

그의 모든 필멸성이 발뒤꿈치에 있었던 거야

고층 건물에 있는 사람들이

모두 지하실로 이동하고 나서

건물이 홍수에 잠기듯이

그리고 다른 층에서 일하고

다른 상황이었다면

한 번도 만나지 못했을 사람들이

이야기를 나누고

저녁을 먹으러 나가기로 하고

계속 같이 저녁을 먹으러 나가고

서로의 가족을 만나고

휴일을 함께 보내고

결혼을 하고

아이들을 낳고

그 아이들이 아이들을 낳고

그 아이들이 아이들을 낳고

                              하지만 그들은 익사했어

그래서?

어쩌면 거리꼈는지도 모른다

이스라엘 친척들을 우리 이스라엘 친척들이라고 부르는 사람은 제이컵뿐이었다. 다른 가족들에게 그들은 그 이스라엘 친척들이었다. 제이컵은 이스라엘 친척들을 그리 좋아하지 않았고 그들에 대한 소유권을 주장하고 싶은 마음도 없었지만, 그들은 가까운 혈연인 만큼 동기간의 따뜻함을 요구했다. 혹은 그가 그런 따뜻함을 느껴야 한다고 생각했다. 그들이 더 편한 사람들이었다면 더 쉬웠을 것이다.

그는 어릴 때부터 타미르와 알고 지냈다. 제이컵의 할아버지와 타미르의 할아버지는 갈리치아에 있는 아주 작은 유대인 촌에 사는 형제였다. 규모도 작고 중요하지 않은 마을이라 독일인들은 마지막 남은 유대인들까지 싹 없애 버리기 위해 그 지역을 두 번째로 쓸고 갈 때에야 비로소 그 존재를 알았다. 그들은 일곱 형제였다. 아이작과 베니는 200일이 넘도록 구덩이에 함께 숨어 있다가 그 후로는 숲속에 살면서 나머지 다섯 형제가 겪은 운명을 피했다. 베니가 나치를 죽였을지도 모른다든가 아이작이 유대인 소년을 구해 주었을지도 모른다든가 등등 제이컵이 그 시기에 대해 주워들은 이야기 뒤에는 그가 결코 주워듣지 못할 이야기들이 열 가지는 숨겨져 있었다.

형제는 난민 수용소에서 함께 삼 년을 보냈고, 거기에서 자매를 만나 그들과 부부가 되었다. 두 쌍은 아이를 하나씩 낳았고 둘 다 사내아이였다. 어브와 슐로모였다. 베니는 가족을 데리고 이스라엘로 이주했고, 아이작은 미국으로 갔다. 아이작은 베니를 절대 이해하지 못했다. 베니는 아이작을 이해했지만 결코 용서하지 않았다.

이 년이 안 되어 아이작과 부인 세라는 흑인 거주 지역에 유대 식품 잡화점을 열고 생활을 꾸려 갈 수 있을 만큼 영어를 배우고 저축을 시작했다. 어브는 내야 플라이를 배우고, 워싱턴 D. C. 거리의 알파벳순, 음절순 작명 논리를 배우고, 자기 집의 모습과 냄새를 부끄러워하는 법을 배웠다. 어느 날 아침 마흔두 살의 어머니가 가게를 열러 아래층으로 내려갔다가 쓰러져 죽었다. 왜 죽었을까? 심장 마비였다. 뇌졸중이었다. 살아남았기 때문이었다. 너무나 높고 두꺼운 침묵이 어머니의 죽음을 둘러싸고 세워져 아무도 중요한 세부 사항은 전혀 알지 못했을 뿐 아니라 다른 이들이 무엇을 아는지조차 알지 못했다. 수십 년이 지나 아버지의 장례식에서 어브는 어머니의 죽음이 자살은 아니었을까 생각하게 된다.

모든 것이 기억해서는 안 되거나 잊어서는 안 될 것이었고, 그들은 미국이 그들을 위해 해 준 일을 되풀이해 이야기를 하고 또 했다. 제이컵이 자랄 때 할아버지는 미국의 영광에 대한 이야기들로 그를 즐겁게 해 주었다. 엘리스섬에서 그에게 이름을 바꾸라고 요구하지 않았다든가(그가 스스로 선택한 이름이었다.) 조금이라도 반유대주의적 낌새를 느껴 본 적이 한 번도 없다든가 하는 이야기였다. 미국이 보인 것은 무관심뿐이었고, 그것은 사랑보다 위대하다. 더 신뢰할 만하므로.

베니와 아이작은 마치 가족 간의 친밀한 관계를 만들면 시간을 거슬러 올라가 독일 민족들을 패배시키고 모두를 구할 수 있다는 듯이 몇 년에 한 번씩 서로를 방문했다. 아이작은 베니와 그의 가족에게 비싸 보이는 선물을 잔뜩 안기고 "제일 좋은" 2등급 식당에 데려가고(그러려면 한 달은 식비를 아껴야 했다.) 워싱턴을 구경시켜 주기 위해 일주일간 가게 문을 닫았다. 그리고 그들이 가고 나면 아이작은 그들이 오만하고 편협하며 진짜 유대인은 미국 유대인들이고 이 이스라엘 괴짜들은 짐승을 제물로 바치고 왕을 섬기는 히브리인들이라며 그들이 왔다 간 기간의 두 배는 되는 시간을 불평하며 보냈다. 그러고는 반드시 우애 좋게 지내야 한다고 되풀이해 말했다.

제이컵은 이스라엘 친척들(그의 이스라엘 친척들)이 낯설면서도 친숙한, 수수께끼 같은 존재임을 알게 되었다. 그는 그들의 얼굴에서 가족의 얼굴을 보았지만 자신의 얼굴에서는 보지 못한 것, 강하고 자연스럽고 남의 눈을 의식하지 않는 무언가 역시 보았다. 기나긴 세월의 진화가 한 세대에 응축된 것이었다. 그들은 남에게는 전혀 신경 쓰지 않았다. 제이컵의 가족이 하는 일이라고는 남에게 신경 쓰는 것뿐이었다. 그것이 그들의 일이었다.

제이컵은 열네 살 때 처음으로 이스라엘을 방문했다. 그가 바란 적 없는 늦은 바르 미츠바 선물이었다. 블루멘베르크 집안의 다음 세대는 블록 집안의 다음 세대를 통곡의 벽으로 데려갔고, 제이컵은 그 벽의 틈새에 암 치료법이나 손상되지 않은 오존층처럼 사실은 관심 없지만 빌어야 한다고 아는 것들을 기원하는 기도문을 넣었다. 그들은 키릴 문자가 흘러내리는 반쯤 젖은 신문지를 읽는 나이 많고 덩치 큰 유대인들 틈에 섞여 함께 사해 바다를 떠다녔다. 아침 일찍 마사다*에 오르고, 유대인 자살자들의 손바닥에 쥐여 있었을지 모를 돌멩이들을 주머니에 넣었다. 미슈케놋 셰아나님** 위에서 석양을 배경으로 풍차를 구경했다. 제이컵의 증조부 게르솜 블루멘베르크의 이름을 딴 작은 공원에도 갔다. 그는 사랑받는 랍비였고, 그의 사도들 중 살아남은 이들은 그의 기억을 충실히 따라 다른 랍비를 택하지 않고 스스로 사라지는 쪽을 택했다. 40도였다. 대리석 벤치는 서늘했지만 그의 이름이 새겨진 금속 명판은 너무 뜨거워서 손을 댈 수 없을 정도였다.

어느 날 아침 바다를 따라 하이킹을 하러 차를 타고 가는 길

---

* 이스라엘 남쪽에 우뚝 솟은 거대한 바위 절벽에 자리 잡은 고대의 왕궁이자 요새.
** 19세기 예루살렘 성벽 밖에 건설한 거주 지역.

에 공습 사이렌이 울렸다. 제이컵은 눈을 휘둥그레 뜨고 아버지
와 마주 보았다. 타미르의 아버지 슐로모가 차를 세웠다. 그들은
고속도로 위에 있었다. "차가 고장 났나?" 어브가 마치 공습 사이
렌이 촉매 변환 장치에 금이 갔다는 신호라도 되는 듯이 물었다.
슐로모와 타미르가 좀비들처럼 멍한 결의에 찬 모습으로 차에서
내렸다. 고속도로에 있는 모든 사람이 자기 차에서, 화물 트럭에
서, 오토바이에서 내렸다. 완벽한 침묵에 빠진 채 서 있는 수천의
유대 좀비들. 제이컵은 이것이 종말인지 핵겨울의 오만한 인사
같은 것인지 훈련인지 아니면 어떤 국가적 관습인지 알 수 없었
다. 마치 거대한 사회 심리 실험에 속아 넘어간 사람들처럼 어브
와 데버러, 제이컵은 다른 이들이 하는 대로 말없이 차 옆에 서
있었다. 사이렌이 그치자 사람들은 마치 아무 일도 없었다는 듯
이 생기를 되찾았다. 그들은 다시 차에 타고 가던 길을 갔다.

어브는 무지를 드러내기가 두려워 물어보지 않을 게 분명
했으므로 데버러가 무슨 일이 일어난 것이냐고 묻지 않을 수 없
었다.

"욤 하쇼아*예요." 슐로모가 말했다.

"그건 나무들을 위한 건가요?" 제이컵이 물었다.

슐로모가 대답했다. "유대인들을 위한 거란다. 베어 넘겨진
사람들."

"쇼아란 '홀로코스트'를 뜻한단다." 어브가 마치 자신은 다

---

* 2차 세계 대전 중 나치에게 학살된 유대인들을 추모하는 날. 1월 16일.

알고 있었다는 듯이 제이컵에게 말했다.

"하지만 왜 다들 멈춰서 말없이 서 있어요?"

슐로모가 대답했다. "다른 일을 하는 것보다 그게 제일 덜 잘못된 것 같아서."

"그리고 사람들이 무얼 쳐다보는 건가요?" 제이컵이 물었다.

슐로모가 대답했다. "자기 자신이지."

제이컵은 그 의식에 매혹되는 동시에 혐오를 느꼈다. 유대계 미국인들의 홀로코스트에 대한 반응은 "절대 잊지 마라."였다. 잊어버릴 가능성이 있기 때문이었다. 이스라엘에서는 이 분간 요란한 공습 사이렌을 울렸다. 그러지 않으면 사이렌을 결코 멈추지 못할 테니까.

슐로모는 베니가 그랬듯이 과한 주인이었다. 그는 생존의 존엄성에서는 자유로워졌지만 그보다 훨씬 나아갔다. 그리고 어브는 존엄성 따위는 신경도 쓰지 않았다. 그들은 누가 계산하느냐를 놓고 다투느라 숱하게 식사를 망쳤다.

"그거 손도 대지 마!"

"너나 손대지 마!"

"나를 모욕하지 말라고!"

"내가 너를 모욕한다고?"

"넌 우리 손님이야!"

"넌 우리를 초대한 주인이고!"

"다시는 너랑 밥 먹나 봐라."

"말만 바꿔 봐라."

관대함을 두고 다투는 이런 실랑이가 진짜 모욕으로까지 발전한 일도 한 번 이상이었다. 한 번인가 두 번 이상 멀쩡한 돈이 찢어졌다. 모두 이긴 것인가, 아니면 모두 진 것인가? 왜 꼭 둘 중 하나여야 하는가?

제이컵이 가장 뚜렷이, 예민하게 기억하는 것은 하이판 언덕 위에 있는 아르데코 양식의 이 층짜리 건물인 블루멘베르크 가족의 집에서 보낸 시간이었다. 모든 외벽이 돌로 만들어졌고 온종일 양말을 뚫고 냉기가 느껴졌다. 집 전체가 블루멘베르크 공원의 벤치 같았다. 아침 식사로는 어슷하게 썬 오이와 치즈 큐브가 있었다. 기묘하게도 방이 두 개뿐인 '동물원'으로 여행도 갔다. 뱀과 작은 포유동물이 있었다. 타미르의 어머니는 점심 식사로 곁들임 요리들을 해서 어마어마하게 늘어놓곤 했다. 샐러드 대여섯 가지에 찍어 먹는 소스도 그 정도였다. 블록 가족은 집에서는 텔레비전을 잘 켜지 않았다. 블루멘베르크 가족은 텔레비전을 좀처럼 끄지 않았다.

타미르는 컴퓨터에 집착했고 제이컵이 워드 프로세서를 갖기도 전에 RGB 포르노를 잔뜩 가졌다. 당시 제이컵은 반스앤드노블 서점에서 참고서들 사이에 야한 잡지를 숨기고 『탈무드』 연구자가 신의 뜻을 찾는 열정으로 젖꼭지와 음모를 찾아 속옷 카탈로그를 뒤졌고, 화면은 차단되지만 소리는 들리는 성인 채널의 신음 소리에 귀를 기울였다. 온갖 음란한 것들 중에서도 가장 근사한 것은 호텔에서 가족, 성인, 성인 할 것 없이 모든 영화에 대해 제공하는 삼 분짜리 프리뷰였다. 제이컵은 10대 때 벌써 자위의 동어 반복성을 깨달았다. 성인 영화를 삼 분만 봐도 볼 가치가 있는 영화라는 확신을 준다면 더는 볼 필요가 없다. 어쨌든 타미르의 컴퓨터는 한 시간에 젖꼭지 두 개의 속도로 포르노를 다운로드했지만 그 정도야 시간 낭비라고 할 수 있겠는가.

한번은 모자이크 처리된 여성이 경련하듯이 다리를 폈다 오므렸다 하는 모습을 보고 있었다. 초당 6프레임으로 만들어진 애니메이션이었다. 타미르가 제이컵에게 자위하고 싶으냐고 물었다.

제이컵은 그의 친척이 농담하는 줄 알고 톰 브로코*처럼 비꼬는 목소리로 말했다. "아니."

"좋을 대로 해." 타미르가 이렇게 말하고 손바닥에 시어버터 로션을 짜더니 자기 좋을 대로 하기 시작했다.

제이컵은 그가 바지 속에서 단단해진 음경을 꺼내 로션을 끝까지 바르고 문지르기 시작하는 것을 지켜보았다. 일이 분쯤 후 그가 무릎을 꿇고 몸을 일으켜 음경 끝을 화면에 바짝 갖다 댔다. 정전기가 일 정도로 가까웠다. 그의 음경은 굵었고, 그것을 인정하지 않을 수 없었다. 그러나 제이컵은 자신의 것보다 긴지는 확신하지 못했다. 어둠 속에서는 그들의 음경의 차이를 말할 수 있을 것 같지 않았다.

"기분이 어때?" 제이컵은 묻자마자 그런 괴이한 질문을 던진 자신을 책망했다.

그때 대답처럼 타미르가 책상 위에 있는 상자에서 휴지를

---

* 미국의 NBC 방송 앵커.

뽑아 그것에 대고 신음하면서 사정했다.

왜 제이컵이 그런 것을 물었을까? 그리고 왜 타미르는 그때 절정에 올랐을까? 제이컵의 질문 때문이었을까? 그것이 제이컵의 (순전히 무의식적이었지만) 의도였을까?

그들은 십여 차례 나란히 자위를 했다. 물론 서로 몸을 만지지는 않았지만 제이컵은 타미르의 조용한 신음 소리가 언제나 억제할 수 없는 것일까 궁금했다. 그것에 무언가 수행적인 면이 있는 것은 아닐까. 그들은 나중에도, 삼 분 후에도, 삼십 년 후에도 그런 시간에 대해 절대 이야기하지 않았다. 그러나 그러한 일들이 둘 중 누구에게도 수치심을 일으키지는 않았다. 그들은 의미를 걱정하기에는 너무 어렸고, 잃어버린 것을 숭배하기에는 나이가 너무 많았다.

포르노그래피는 그들의 인생 경험 사이에 벌어져 있는 틈새들 가운데 한 가지 예에 불과했다. 타미르는 제이컵의 부모가 아이들끼리만 노는 생일 파티에 그를 보내 주기 전부터 혼자 학교에 걸어 다녔다. 진녹색 채소들로 가득한 비행기가 제이컵의 입속에서 가설 활주로를 찾을 때 타미르는 자기 저녁을 직접 요리했다. 타미르는 제이컵보다 먼저 맥주를 마셨고, 제이컵보다 먼저 담배를 피웠고, 제이컵보다 먼저 수음을 했고, 제이컵보다 먼저 체포당했고(제이컵은 평생 체포될 일이 없을 것이다.), 제이컵보다 먼저 해외여행을 했고, 제이컵보다 먼저 실연을 겪고 성숙해졌다. 타미르가 M16을 받았을 때 제이컵은 유레일패스를 받았다. 타미르가 위험한 상황에서 빠져나오려 소득 없이 애쓸 때 제이컵은 그런 상황으로 제 발로 찾아 들어가려 소득 없이 애썼다. 열아홉 살에 타미르는 남부 레바논에 있는 반쯤 묻힌 초소, 1.2미터 높이의 콘크리트 뒤에 있었다. 제이컵은 이 년 동안 묻혀 있던 벽돌로 건축해 실제보다 오래돼 보이는 뉴헤이븐 기숙사에 있었다. 타미르는 제이컵에게 분개하지 않았다. 선택할 수 있었다면 그는 제이컵이 되었을 것이다. 그러나 그는 자신의 친척만큼 밝은 사람을 알아보는 데 필요한 밝음을 어느 정도는 잃어버렸다. 그가 성장할 동안 제이컵은 안으로만 자랐다. 그가 조국을 위해 싸울 동안 제이컵은 뉴욕이 다른 어느 곳보다 크게 그려진 멍청한 《뉴요커》 포스터가 이 벽에 더 어울릴지 저 벽에 더 어울릴지 논쟁하느라 온밤을 지새웠다. 그가 살해당하지 않으려고 애쓸 때 제이컵은 지루해 죽지 않으려고 애썼다.

타미르는 군복무를 마치고 드디어 자신의 생각대로 자유롭게 살 수 있게 되었다. 그는 돈을 벌어서 무엇이든 사고 싶어 한다는 의미에서 매우 야심적이었다. 일 년 후 대학을 그만두고 첨단 기술 스타트업 기업들 중 첫 번째 회사를 세웠다. 그런 회사들 중 거의 대부분이 망했지만 망하지 않은 회사 몇 개면 500만 달러를 벌 수 있었다. 제이컵은 너무 질투가 나서 타미르에게 그의 회사가 무엇을 하는 곳인지 설명하는 기쁨을 허락하지 않았지만 추측하기는 어렵지 않았다. 대다수의 이스라엘 첨단 기술이 그렇듯이 군사 기술을 민간 생활에 적용했을 것이다.

타미르의 집과 차와 여자 친구들의 가슴은 방문할 때마다 커져만 갔다. 제이컵은 존경하는 척하는 표정 뒤에 그만큼의 반감을 드러냈지만 결국 그의 모든 감정적인 개 호루라기는 타미르의 감정적 음치에 의미를 잃었다. 왜 제이컵은 친척의 행복을 기뻐해 줄 수 없었을까? 타미르는 누구 못지않게 좋은 사람이었다. 다만 너무 성공하다 보니 그가 지닌 충분히 좋은 가치가 점점 발휘되기 어려워졌다. 필요한 것보다 너무 많이 가지면 혼란을 겪는다. 누가 그를 비난할 수 있었겠는가.

제이컵은 할 수 있었다. 제이컵은 필요한 것보다 덜 가졌기 때문에 비난할 수 있었다. 그는 여전히 명예롭고 야심 차고 빈털터리나 다름없는, 작품을 거의 쓴 적도 없는 소설가였다. 그리고 그것은 전혀 혼란을 일으키지 않았다. 그의 삶에서 점점 커지는 것은 아무것도 없었다. 그가 쌓아 올린 크기를 유지하는 것만도 끊임없는 투쟁이었다. 근사한 물질을 소유하지 않은 사람들에게는 과시할 근사한 가치가 있다.

아이작은 언제나 타미르를 좋아했다. 제이컵은 그 이유를 도저히 알 수 없었다. 그의 할아버지는 성년이 지난 친척들과는 잘 지내지 못하는 것 같았다. 그런 친척들에는 일주일에 한 번씩 자식들에게 그와 스카이프 통화를 하게 하고, 그를 병원에 데려가고, 베이킹파우더를 다섯 통 가격에 여섯 개 살 수 있는 멀리 떨어진 슈퍼마켓까지 차로 태워다 주는 사람들까지 포함되었다. 모두가 아이작을 무시했지만 제이컵이 제일 덜했고, 타미르가 제일 심했다. 그러나 아이작은 제이컵 여섯 명을 타미르 다섯 명과 바꾸었을 것이다.

타미르. 그래, 그 애는 좋은 손자야.

그가 그렇게 좋은 사람이 아니라도, 아이작의 손자가 아니라도.

어쩌면 아이작이 사랑한 것은 거리였는지도 모른다. 부재했으므로 신화가 가능했던 반면, 제이컵은 완벽하게 좋은 사람이 되기에는 모자란 부분이 점점 늘어난다고 평가당하는 저주를 받은 것인지도 모른다.

제이컵은 아이작이 유대인 요양원으로 이사하기 전에 보러 오라고 타미르를 설득하려 했다. 누군가가 죽어서 방이 비기를 기다리는 열여덟 달의 연옥 기간이 있었다. 그러나 타미르는 그 사건의 의미를 인정하지 않았다.

"난 지난 십 년 동안 여섯 번 이사했어." 그는 이런 내용으로 이메일을 보냈지만 다만 이런 식으로 썼다. "10년간 이사 6번." 메시지 따위에 신경 쓸 짬이 없다는 듯이.

제이컵이 답장을 보냈다. "물론 그랬겠지. 하지만 더 크고 좋은 곳으로 옮긴 거잖아. 장애인 보호 시설이 아니라."

"돌아가시면 갈게. 됐지?"

"그때 오는 게 할아버지께 의미가 있을지 모르겠다." 제이컵이 답장을 보냈다.

"그리고 샘의 바르 미츠바에 갈게." 타미르가 답장을 보냈다. 그때는 아직 일 년이 남고 행사를 치를 게 확실할 때였다.

"할아버지가 그때까지 잘 버티시면 좋겠다." 제이컵이 썼다.

"할아버지처럼 말하네."

그해가 지나고 아이작은 잘 살아남았다. 그의 것이 되었어

야 할 각양각색의 방에 웅크리고 있는 무례한 유대인들도 마찬
가지였다. 그러나 그때 드디어 짜증스러운 기다림이 끝났다. 누군
가가 고관절이 부러져 죽으면서 아이작이 명단 맨 위에 올랐다.
샘의 바르 미츠바가 드디어 다가왔다. 그리고 제이컵의 전화기
에 따르면 이스라엘 사람들이 드디어 착륙했다.

"들어 봐." 어브가 주차장으로 들어갈 때 제이컵이 맥스에게
말했다. "우리 이스라엘 친척들은……."

"아빠의 이스라엘 친척들이죠."

"우리 이스라엘 친척들은 세상에서 제일 편한 사람들은 아
니야……."

"우리는 세상에서 제일 편한 사람들인가요?"

"아랍인들이 제대로 한 일을 한 가지 말해 주마." 어브가 비
뚜로 주차된 차 때문에 짜증을 내며 말했다. "여자들에게 운전면
허를 주지 않는 거야."

"우리는 세상에서 두 번째로 어려운 사람들이지." 제이컵이
맥스에게 말했다. "네 이스라엘 친척들 다음으로. 하지만 내가 말
하려는 건 우리 친척들이 고집 세고 건방지고 돈을 밝힌다는 점
으로 이스라엘이라는 나라를 판단하면 안 된다는 거야."

"용기, 정의, 독창성으로도 유명하지." 어브가 차의 시동을
끄면서 말했다.

"그들이 이스라엘인이라서 그렇다는 게 아니에요." 제이컵이
대꾸했다. "그냥 그들이라서 그렇다는 거예요. 그리고 그들은 우
리 친척이에요."

결국 집은 완벽하다

지하실에는 그림 속 들판의 짚단처럼 말아 놓은 뽁뽁이 뭉치들이 있었다. 결코 일어나지 않을 일을 위해 수년 동안 저장된 수십 리터의 갇힌 공기라 할 수 있었다.

벽은 텅 비어 있었다. 물려받은 상과 졸업장들은 떼어 냈고, 케투바,* 샤갈 전시회 포스터 복제본, 결혼사진, 졸업 사진, 바르 미츠바 사진, 브리스** 사진, 액자에 넣은 초음파 사진도 다 치워지고 없었다. 액자에 넣은 사진이 하도 많아서 마치 벽을 가리려는 것처럼 보였었다. 그런데 그 사진들이 없으니 변색된 사각형 자국이 너무 많이 남았다.

중국제 장식 소품들도 찬장에서 치워져 서랍에 들어가 있었다.

* 유대인들의 결혼 계약서.
** 유대인들이 생후 여드레째에 하는 할례 의식.

냉장고 위의 변색되지 않은 사각형들이 아름답고 똑똑하고 종양이 없는 증손주들의 사진이 있었던 자리를 드러내고 있었다. 남은 것은 학년 기념사진 세 장과 여섯 개의 감은 눈이 다였다. 비시니애크의 사진들에 십 년 만에 처음으로 손을 대서 바닥으로 옮겼다. 한때 냉장고를 뒤덮었던 사진과 카드들은 이제 하나씩 지퍼락 비닐봉지에 담겨 커피 테이블을 뒤덮고 있었다. 아이작이 이 많은 봉지를 모아 둔 건 다 이 순간을 위해서였다. 그는 비닐봉지들을 쓴 다음 씻어서 수도꼭지에 씌워 말렸다.

　　침대 위에는 사랑하는 이들에게 나눠 줘야 할 물건 더미가 더 많이 쌓여 있었다. 마지막 이 년은 그가 지닌 모든 것을 나누어 주는 과정이었다. 이제 남은 것은 가장 떠나보내기 어려운 것들이었다. 감정적인 애착 때문이 아니라 도대체 누가 그런 것들을 원할까 싶어서였다. 그에게는 진짜 괜찮은 은 제품이 좀 있었다. 아름다운 자기 찻잔도 있었다. 그리고 고생을 좀 하고 천갈이 비용을 들일 생각을 한다면 의자도 두어 개는 둘 수도 있었다. 그러나 누가 한때 포장한 상자들의 주름이 아직 남아 있는 포장지들을 집으로, 하다못해 제일 가까운 쓰레기장까지라도 가져가려 하겠는가?

　　그것들이 그곳에 있다는 이유로 가져온 제약 회사들의 홍보용 포스트잇 메모지, 쇼핑백, 작은 스프링 제본 공책, 너무 큰 펜 따위를 누가 가지려 하겠는가?

　　지금은 산부인과 전문의가 된 사람의 탄생을 축하하는 키두시*에서 집어 온, 딱딱하게 굳은 젤리 빈이 든 상자. 누가 그런 것을 원하겠는가?

손님이 없으면 코트를 보관할 필요가 없으므로 현관 옷장은 그에게 필요하지 않은 뽁뽁이 비닐을 더 많이 보관해 두기에 적당한 장소였다. 여름이면 비닐이 팽창해 옷장 문이 눌렸다. 그 압력으로 경첩 핀이 1000분의 1도 시계 반대 방향으로 돌아갔다.

산 사람들 가운데 누가 그가 주려고 남겨 둔 것을 원하겠는가?

그러면 과연 무엇이 정적을 방해하고, 무엇이 갑작스럽게 소란을 일으켜 냉장고에 마지막 남은 진저에일 거품을 깨웠을까?

★ 유대교에서 안식일이나 축제일 밤에 포도주를 통해 신을 찬미하는 기도 의식.

이스라엘인들이 왔다!

타미르가 흘러넘치는 면세품 봉투 두 개와 함께 바퀴 달린 여행 가방 세 개를 간신히 끌고 왔다. 어떤 품위 없는 똥 같은 것 때문에 친척들을 그렇게 오래 기다리게 한 것인가. 스와치 시계? 향수? 작은 엠앤드엠즈 초콜릿으로 가득 찬 커다란 플라스틱 엠 앤드엠?

그는 봐도 봐도 놀라웠다. 여기 제이컵이 이 세상 누구보다 많은 유전자를 공유하는 사람이 있었다. 그러나 행인들 중 그들의 관계를 짐작이라도 하는 사람이 몇이나 되겠는가. 그의 피부색은 햇볕에 노출됐기 때문이고, 그들의 체격 차이는 식단과 운동, 의지력 때문이었지만 그의 날카로운 턱, 튀어나온 이마, 손마디와 귀의 털은 어떤가? 그의 발 크기, 완벽한 시력, 베이글을 구울 동안 수염이 다 자라는 능력은 어떤가?

그가 아이언 돔 요격기처럼 제이컵에게 곧장 다가와 두 팔을 벌려 그를 껴안고 입을 크게 벌려 키스한 다음 팔을 뻗으면 닿을 거리만큼 떨어졌다. 제이컵의 어깨를 꽉 잡고 마치 그를 먹어 버리거나 강간이라도 하려는 듯이 위아래로 훑어보았다.

"확실히 이제 우리는 애가 아니군!"

"우리 애들조차도 애가 아닌걸."

그의 가슴은 넓고 단단했다. 제이컵 같은 사람이 타미르 같은 사람에 대해 그 위에다 글을 쓰기에도 좋을 정도였다.

다시 한번 그가 제이컵을 두 팔 벌려 껴안았다.

"너 그 셔츠는 뭐야?" 제이컵이 물었다.

"웃기지?"

"그렇기는 한데, 무슨 뜻인지는 모르겠는걸."

"'네 얼굴을 보니 술 한잔 해야겠다.' 알지, 네 얼굴 보니 내가 술 한잔 해야겠다."

"뭐, 네가 너무 못생겨서 내가 술 한잔 해야 한다고? 아니면 내가 네 표현 덕분에 술 마시고 싶은 내 마음을 알 수 있다고?"

타미르가 바락에게 몸을 돌리고 말했다. "봐, 내가 뭐랬어?"

바락이 고개를 끄덕이고 웃음을 터뜨렸다. 제이컵은 그게 무슨 뜻인지도 몰랐다.

타미르가 마지막으로 미국에 온 지도 거의 칠 년이 다 되었다. 제이컵은 결혼한 후로는 이스라엘에 가지 않았다.

제이컵은 그에게 좋은 소식만 보냈다. 그중 상당수는 좀 과장되었고, 일부는 순전히 거짓이었다. 밝혀졌듯이 타미르 쪽에서도 나름대로 부풀리고 거짓말을 해 왔지만, 진실을 알리면 전쟁을 치러야 할 터였다.

모두 돌아가며 포옹을 했다. 타미르가 진짜로 어브를 땅에서 번쩍 들어 올리는 바람에 어브가 살짝 방귀를 뀌었다. 항문으로 하임리히 구명법*을 한 셈이었다.

"제가 아저씨를 방귀 뀌게 만들었어요!" 타미르가 주먹 쥔 손을 쳐들며 외쳤다.

"그냥 가스가 좀 나온 거다." 어브가 말했다. 실버스 박사라면 차이 없는 구별이라고 말했을 것이다.

"제가 또 방귀 나오게 해 드릴게요!"

"그러지 않으면 좋겠구나."

타미르가 다시 어브를 얼싸안고 이번에는 더 세게 누르면서 번쩍 들어 올렸다. 과연 다시 효과가 있었고, 이번에는 효과가 훨씬 더 좋았다. 더 좋다는 표현이 딱 맞았다. 타미르가 그를 내려놓고 심호흡을 한 다음 다시 한번 팔을 활짝 벌렸다.

"이번에는 똥이 나오게 해 드리죠."

어브가 팔짱을 꼈다.

타미르가 껄껄 웃고는 말했다. "농담이에요, 농담!"

어브만 빼고 다들 웃었다. 제이컵이 몇 주 만에 처음으로 들은 맥스의 쾌활한 웃음이었다. 몇 달 만일지도 모른다.

그러고서 타미르가 바락을 앞으로 끌어내고는 그의 머리카락을 헝클어뜨리며 말했다. "이것 봐. 얘도 남자가 됐어, 안 그

---

* 기도에 이물질이 걸린 사람을 뒤에서 안고 흉골 밑을 세게 밀어 올려 토하게 하는 처치법.

래?"

남자가 정확히 맞는 말이었다. 그는 석회암을 깎아 모피로 잔뜩 치장한 듯이 위풍당당했다. 가슴 근육은 너무 빽빽해서, 그 안에 들어온 것은 무엇이든 영원히 가둬 버릴 듯한 세 겹으로 곱슬거리는 털만 없다면 동전을 던져도 맞고 튕겨 나갈 듯했다.

형제들과 있을 때는 맥스도 완연히 소년이었다. 그러나 바락과 있으니 작고 약하고 진짜 남자 같지 않아 보였다. 그리고 모두 그것을 알아차린 듯했다. 누구보다 맥스가 그랬다. 그는 워싱턴 힐튼 호텔에 있는 엄마의 방 쪽으로 가만히 반걸음 물러섰다.

"맥스!" 타미르가 그 소년 쪽으로 눈을 돌리며 외쳤다.

"그렇습니다."

제이컵이 당황해서 쿡쿡 웃었다. "그렇습니다? 진짜로?"

"그냥 나온 말이에요." 맥스가 공격적인 태도로 말했다.

타미르가 그를 대충 훑어보더니 말했다. "너 채식주의자처럼 보인다."

"부분 채식주의자요." 맥스가 대답했다.

"너 고기도 먹잖아." 제이컵이 말했다.

"알아요. 부분 채식주의자처럼 보인다고요."

바락이 딱히 이유도 없이 맥스의 가슴에 주먹을 한 방 날렸다.

"아야! 이게 무슨……."

"장난이야. 장난." 바락이 말했다.

맥스가 가슴을 문질렀다. "장난치다 흉골 부러뜨리겠네."

"밥 먹을까?" 타미르가 자신의 배를 두드리며 물었다.

"우선 할아버지를 뵈러 가는 게 어떨까?" 제이컵이 제안했다.

"먹게 하려무나." 어브가 두 사람 중 하나를 선택함으로써 편을 갈랐다.

"까짓 거 그렇죠." 제이컵이 카프카가 쓴 말을 기억해 내고 말했다. "너 자신과 세상의 투쟁에서 세상 편에 서라."

타미르가 공항 터미널을 둘러보며 손뼉을 쳤다. "판다 익스프레스다! 최고지!"

그는 돼지고기볶음면을 먹었다. 어브는 불쾌감을 감추기 위해 안간힘을 썼지만 아무리 애를 써도 잘되지 않았다. 타미르가 토라에 나오는 인물은 당연히 아니지만 적어도 토라의 원칙 정도는 지킬 수 있을 것이다. 그러나 어브는 좋은 주인이었고, 핏줄은 핏줄이었다. 그는 이가 맞닿을 정도로 혀를 꽉 깨물었다.

"세계 최고의 이탈리아 음식을 바로 지금 어디서 구할 수 있는지 알아?" 타미르가 포크로 돼지고기 조각을 찌르면서 말했다.

"이탈리아?"

"이스라엘."

"나도 그 얘기 들었다." 어브가 말했다.

제이컵은 그런 터무니없는 이야기를 늘어놓게 놔둘 수 없었다.

"네 말은 이탈리아 이외에 최고의 이탈리아 음식이란 뜻이겠지."

"아냐, 지금 바로 요리한 최고의 이탈리아 음식은 이스라엘에서 만든 거다, 이 말이야."

"그렇군. 하지만 너는 이탈리아 빼고는 이스라엘이 최고의 이탈리아 음식을 만드는 나라라는 미심쩍은 주장을 하는 거잖아."

"이탈리아를 포함해서." 그가 포크를 들지 않은 손으로 주먹을 쥐었다 펴기만 했는데 손마디에서 관절 꺾이는 소리가 났다.

"그건 절대 불가능해. 최고의 독일 맥주가 이스라엘산이라는 말이나 마찬가지야."

"그게 바로 골드스타지."

"그거 나도 아주 좋아한다." 어브가 덧붙였다.

"아버지는 맥주 드시지도 않잖아요."

"그래도 마실 때는."

"하나 물어볼게." 타미르가 말했다. "세계 최고의 베이글을 만드는 곳이 어디지?"

"뉴욕."

"맞아. 세계 최고의 베이글은 뉴욕에서 만들어. 이제 너한테 물어볼게. 베이글은 유대 음식일까?"

"네 말이 무슨 뜻인지에 따라 다르겠지."

"파스타가 이탈리아 음식인 것처럼 베이글이 유대 음식일까?"

"비슷하지."

"그럼 내가 또 물어볼게. 이스라엘은 유대인의 조국일까?"

"이스라엘은 유대인의 국가지."

타미르가 앉은 자리에서 몸을 죽 폈다.

"내 주장에서 네가 동의하지 않아야 할 부분은 그게 아니었어."

어브가 제이컵을 힐끗 보았다. "물론 유대인의 조국이지."

"조국의 의미에 따라 다르겠지." 제이컵이 말했다. "조상의 조국을 뜻하는 것이라면……."

"너는 무슨 뜻으로 말하는 거야?" 타미르가 물었다.

"우리 가족의 출신지 말이야."

"그게 어디인데?"

"갈리치아."

"하지만 그 전에."

"뭐, 아프리카?"

어브가 목소리를 당밀처럼 뚝 떨어뜨렸는데 달콤하지는 않았다. "아프리카라고 제이컵?"

"그건 복불복이죠. 원한다면 나무나 대양으로도 거슬러 올라갈 수 있다고요. 어떤 사람들은 에덴으로 거슬러 올라가잖아요. 아버지는 이스라엘을 택하셨죠. 저는 갈리치아를 택한 거예요."

"넌 갈리치아인이라고 느끼냐?"

"미국인이라고 느껴요."

"난 유대인이라고 느낀다." 어브가 말했다.

타미르가 마지막 돼지고기 조각을 입에 쏙 넣으며 말했다. "진실은 넌 줄리아의 젖꼭지를 느낀다는 거야."

난데없이 맥스가 물었다. "화장실이 깨끗할까요?"

제이컵은 궁금해졌다. 맥스의 질문이, 자리를 피하고 싶은 마음이, 그의 아버지가 어머니의 가슴을 만져 본 지 몇 달이 되었다는 것을 알거나 직관적으로 눈치챘기 때문일까?

"화장실이 다 그렇지, 뭐." 타미르가 말했다.

"그냥 집에 갈 때까지 기다릴게요."

"가야겠으면 갔다 와. 참는 건 좋지 않아." 제이컵이 말했다.

"누가 그래?" 어브가 물었다.

"아빠 전립선요."

"내 전립선이 너한테 말하디?"

"안 가도 돼요." 맥스가 말했다.

"참는 건 좋아." 타미르가 말했다. "그건 마치…… 뭐라더라? 큐겔*은 아니고……."

"갔다 와, 알겠지, 맥스? 만약을 위해."

"그냥 내버려 두려무나." 어브가 이렇게 말하고는 타미르에게 말했다. "케겔 운동 말이지. 그리고 네 말이 백번 옳다."

"전 갈게요. 왜인지 아시죠? 제 전립선은 소중하니까요." 제이컵이 말했다.

"전립선이랑 결혼하시든가요." 맥스가 말했다.

제이컵은 소변을 꼭 보고 싶지는 않았지만 갔다. 그래서 음경을 드러낸 채 서서 의미 없이, 만약을 위해 잠시 시간을 보냈다.

---

* 수플레나 푸딩과 비슷한 유대 요리.

그의 아버지뻘 되는 남자가 옆에서 소변을 보고 있었다. 그의 소변은 끊이지 않고 계속 나오기보다 확 쏟아졌다 가늘어졌다 해서 제이컵의 신임받지 못하는 귀에는 마치 어떤 징후처럼 들렸다. 남자가 작게 끙 하고 신음 소리를 내자 제이컵은 반사적으로 힐끗 위를 쳐다보고 화장실(극히 짧은 순간의 알은척만 용인되는 곳)이라는 것도 잊은 채 그 남자와 짧은 미소를 교환했다. 제이컵은 그 남자가 아는 사람이라는 느낌을 강하게 받았다. 소변기 앞에서 그런 느낌이 드는 때가 자주 있었지만 늘 그랬듯이 이번에는 확실했다. 저 얼굴을 전에 어디에서 보았더라? 초등학교 때 선생님이었던가? 아들들의 선생 중 한 명이던가? 아버지의 친구 중 한 사람인가? 그는 잠깐 그 낯선 사람이 동유럽 출신인 줄리아의 옛 가족사진 속 인물들 중 한 사람이고, 경고를 전해 주러 시간을 거슬러 여행해 온 것이라고 믿었다.

그는 거품이 이는 소변 줄기와 다른 많은 것들이 그렇듯, 어쩔 수 없을 때까지는 그 죽음을 절대 생각해 보지 않은 허리의 느린 죽음에 대한 생각으로 돌아갔다가 문득 기억해 냈다. 스필버그였다. 일단 그 생각이 마음속에 떠오르자 의심의 여지가 없어 보였다. 틀림없이 그 사람이었다. 그는 음경을 내놓은 스티븐 스필버그 옆에 서서 음경을 내놓고 있었다. 이 얼마나 놀라운 우연인가?

제이컵은 20세기의 마지막 4분의 1동안 모든 유대인이 그랬듯이 스필버그의 날개 밑에서 자랐다. 아니, 그의 날개의 그림자 밑이라고 해야 할 것이다. 그는 「E. T.」를 개봉 첫 주에, 모두

업타운에서 세 번 보았고, 자전거 추격전이 절정에 이르는 장면을 손가락 사이로 볼 때마다 너무 재미있어서 문자 그대로 참을 수가 없었다. 「인디아나 존스」를 보았고, 그다음 것과 그다음 것도 보았다. 「영혼은 그대 곁에」도 끝까지 자리를 지키려 했다. 완벽한 사람은 없다. 스필버그가 「쉰들러 리스트」를 만들기 전에는 없었다. 스필버그는 더 이상 그가 아니라 그들의 대표였다. 그들? 살해당한 수백만 명. 아니, 제이컵은 생각했다. 우리의 대표지. 살해당하지 않은 이들. 그러나 「쉰들러 리스트」는 우리, 살해당하지 않은 이들을 위한 것이 아니었다. 그들을 위한 것이었다. 그들? 물론 살해당한 이들은 아니다. 그들은 영화를 볼 수 없다. 우리가 아닌 그들 모두, 그러니까 비유대인들을 위한 것이었다. 일반 대중이 해마다 그의 은행 계좌에 입금을 하지 않을 수 없는 스필버그 덕분에 드디어 그들로 하여금 우리의 부재를 보게 할, 독일 셰퍼드의 똥에 그들의 코를 문대게 할 방법이 생겼으니까.

그리고 맙소사, 그는 사랑을 받았다. 제이컵은 영화가 지나치게 감상적이고 과장되며 키치로 뒤범벅돼 있다는 걸 알았다. 그러나 그는 깊이 감동받았다. 어브는 희망을 주는 홀로코스트 이야기를 하기로 한 것, 선한 독일인이라는 통계상 무시해도 좋을 소수의 종이 만들어 낸 해피 엔딩을 의도적으로 내놓기로 한 선택을 맹렬히 비난했다. 그러나 어브조차 더할 수 없이 감동받았다. 아이작은 이루 말할 수 없이 감동받았다. 봤지, 우리가, 내 부모가, 내 형제가, 내가 무슨 짓을 당했는지 봤지? 모두가 감동받았고, 모두가 감동받는다는 것이야말로 궁극적인 미학적, 지적, 윤리적 경험임을 납득하게 되었다.

제이컵은 스필버그의 음경을 슬쩍 확인하려 했다. 유일한 문제는 어떤 핑계로 하느냐였다.

해마다 하는 건강 검진은 늘 슐레싱어 박사가 제이컵 앞에서 무릎을 꿇고 그의 고환을 감싸 쥔 채 그에게 고개를 돌리고 기침을 해 보라고 하는 것으로 끝났다. 그 경험은 남자들 사이에서는 보편적이면서 보편적으로 불가해한 일인 것 같았다. 그러나 기침을 하고 고개를 돌리는 것은 고환과 관련 있었다. 그래서 제이컵은 기침을 하면서 슬쩍 보았다. 그 논리에 허점이 없지는 않았으나 그럴듯하게 느껴졌다.

크기는 인상적이지 않았다. 스필버그는 대다수의 창백한 유대 할아버지들보다 길지도 짧지도 굵지도 가늘지도 않았다. 딱히 바나나 같지도 않고, 추 같지도 않고, 그물 무늬가 있지도 않고, 전구같이 생기지도 파충류 같지도 않고, 얇은 층이 져 있지도 않고, 버섯 같지도 않고, 정맥이 튀어나오지도 않고, 매부리코처럼 생기지도 삐딱하지도 않았다. 눈에 띄는 것은 없는 것이 없다는 점이었다. 다시 말해 그의 음경은 할례를 받지 않았다. 제이컵은 온전한 음경을 보는 시각적 충격에 노출된 적이 거의 없어서 자신이 본 것을 확신하기 어려웠고, 자세히 보자니 위험이 컸다. 그러나 한 번 더 볼 필요가 있다는 것은 확실했다. 소변 볼 때의 예의를 빌려 반사적으로 힐끗 보고 기침을 알리바이 삼을 수 있었는지 몰라도 섹스를 하자고 제안이라도 하지 않고서는 그 장면으로 돌아갈 방법이 전혀 없었다. 스필버그가 「A. I.」를 만들지 않은 세상에서조차 그런 일은 일어나지 않을 터였다.

네 가지 선택지가 있었다. (1) 그를 스티븐 스필버그로 잘못 보았고 그의 음경을 할례받지 않은 것으로 잘못 보았다. (2) 그를 스티븐 스필버그로 잘못 보았고 그의 음경을 할례받지 않은 것으로 제대로 보았다. (3) 그는 스티븐 스필버그지만 그의 음경을 할례받지 않은 것으로 잘못 보았다. 물론 그는 할례를 받았다. (4) 스티븐 스필버그는 할례를 받지 않았다. 만약 그가 도박꾼이라면 (4)에 가진 칩을 다 걸 것이다.

제이컵은 물을 내리고(얼굴이 벌게졌다.) 무언가를 해 볼 틈도 없을 만큼 잽싸게 손을 씻고 급히 일행에게 돌아갔다.

"내 옆에서 누가 소변봤는지 짐작도 못 할 거야."

"하느님 맙소사, 아빠."

"비슷해. 스필버그였어."

"그게 누군데?" 타미르가 물었다.

"진심이야?"

"왜?"

"스필버그라고. 스티븐 스필버그."

"들어 본 적 없는데."

"잠깐만." 제이컵은 여전히 타미르가 어디까지 연기를 하는 건지 확신할 수 없었다. 타미르는 무엇보다도 영리하고 세속적이며 지루함을 참지 못하는 사람이라 할 수 있었다. 그러나 무엇보다도 멍청하고 자기밖에 모르며 저 잘난 맛에 사는 사람이라고도 할 수 있었다. 그에게 유머 감각이 있다 쳐도 그것은 옥수

수 전분보다 말라 비틀어졌다. 무엇 덕분에 그가 제이컵에게 일종의 심리적 침술을 시행할 수 있었을까? 바늘이 그냥 들어왔을 뿐인가? 아픈가? 그건 순전히 헛소리인가? 그가 이스라엘의 이탈리아 음식에 대해 한 말이 진담일 리는 없었다. 그렇지 않은가. 스필버그를 모른다는 이야기는? 말도 안 되는 이야기이면서 전적으로 그럴 법했다.

"그거 굉장한데." 어브가 말했다.

"그리고 가장 굉장한 점은?" 제이컵이 몸을 앞으로 내밀고 속삭였다. "그는 할례를 받지 않았어요."

맥스가 두 손을 번쩍 쳐들었다. "무슨 짓을 하신 거예요, 화장실에서 그 사람 고추에 뽀뽀라도 하셨어요?"

"스필버그라는 사람이 누군데 그래?" 타미르가 물었다.

"우리는 소변기 앞에 있었어." 그리고 그저 확실히 해 두려고 말했다. "그리고 물론 그의 고추에 뽀뽀하지 않았어."

"그럴 리 없다." 어브가 말했다.

"알아요. 하지만 제 두 눈으로 똑똑히 봤다니까요."

"왜 아빠의 두 눈으로 남의 음경을 확인하셨어요?" 맥스가 물었다.

"스티븐 스필버그잖아."

"왜 그 사람이 도대체 누구인지 아무도 알려 주지 않는 거야?" 타미르가 말했다.

"네가 그가 누구인지 모른다니 믿을 수가 없어서 말이지."

"왜 내가 모르는 척을 하겠어?" 타미르가 정말로 믿지 않을 수 없는 투로 말했다.

"그게 미국 유대인들의 성취를 우습게 여기는 너의 기묘한 이스라엘 방식이니까."

"그러면 왜 내가 그걸 알고 싶어 하겠어?"

"네가 나한테 말해 줘야지."

"좋아." 타미르가 오렌지 소스 여섯 팩 가운데 입가에 묻은 나머지를 차분하게 닦아 내며 말했다. "말해 주기 싫으면 관둬." 그가 일어나 양념이 놓인 곳으로 갔다.

"다시 가서 확인해 봐. 네 소개도 하고." 어브가 말했다.

"그런 짓은 절대 안 하실 거예요." 맥스가 자기 어머니가 쓸 법한 말투로 말했다.

어브가 눈을 감고 말했다. "정말 충격적이다."

"알아요."

"무얼 믿으면 좋단 말이냐?"

"알아요."

"그동안 내내 그의 싸구려 홀로코스트 이야기가 홀로코스트에 대한 보상이라고 생각했는데."

"이제 싸구려가 된 건가요?"

"줄곧 싸구려였어." 어브가 말했다. "하지만 그건 우리의 싸구려였지. 이제는…… 의심해 봐야겠구나."

"그가 유대인 같지 않은 건 아니……."

그러나 제이컵은 말을 끝맺지 못했다. 혹은 그럴 필요가 없었다. 가능성이 일부라도 현실이 되자마자 다른 어떤 것도 존재할 자리가 없어졌다.

"좀 앉아야겠다." 어브가 말했다.

"앉아 계시잖아요." 맥스가 그에게 말했다.

"바닥에 앉아야겠다고."

"그러지 마세요." 제이컵이 말렸다. "더러워요."

"이제는 모든 게 더럽다." 어브가 말했다.

침묵 속에서 그들은 수백 명의 사람들이 음식을 잔뜩 쌓은 접시를 들고 비틀비틀 균형을 잡고 가다가 몸을 홱 틀어 닿지 않도록 비키는 모습을 쳐다보았다. 아마도 더 고차원적인 생명체가 있다면, 그들 사이에도 데이비드 애튼버러* 비슷한 존재가 있을 것이다. 그 '사람'은 이렇게 최면을 거는 듯 지켜보는 특징을 가진 인간들에 대해 훌륭한 미니시리즈 한 회분을 만들어 낼 수도 있을 것이다.

맥스가 누구에게랄 것도 없이 알아들을 수 없는 말을 중얼거렸다.

"뭐라고?" 제이컵이 물었다.

"아무것도 아니에요."

"뭐라고 했는데?"

"아무것도 아니라니까요."

"「죠스」는 정말 끔찍한 영화야." 어브가 말했다.

그때 타미르가 돌아왔다. 그들은 자신들의 생각에 너무 깊

---

* 영국의 동물학자이자 방송인.

이 빠져서 그가 얼마나 자리를 비웠는지도 알아차리지 못했다.

"자, 들어 봐." 그가 말했다.

"뭘?"

"그는 소변 보는 데 문제가 있어."

"그라니?"

"스티브."

어브가 자기 뺨을 찰싹 때리고 아메리칸 걸의 대표 매장을 처음 찾았을 때처럼 꽥 소리를 질렀다.

"왜 그가 누구인지 내가 알 거라고 생각하는지 알겠어. 아주 인상적인 이력이더군. 내가 무슨 말을 할 수 있겠어? 난 영화를 잘 안 봐. 영화를 본다고 돈이 생기지는 않지. 하지만 만들면 많은 돈이 생겨. 그가 30억 달러 이상의 가치가 있는 사람이라는 거 알아? 300만이 아니라 30억?"

"정말?"

"그가 나한테 거짓말할 이유가 없잖아."

"하지만 그가 왜 너한테 말을 해 줘?"

"내가 물어봤으니까."

"그의 가치가 얼마인지?"

"응."

"그리고 할례를 받았는지도 물어봤고?"

"그랬지."

제이컵이 타미르를 껴안았다. 그럴 생각은 아니었다. 그저 팔이 그를 향해 올라갔다. 타미르가 정보를 갖다 주어서가 아니었다. 그에겐 제이컵에게는 없고 갖고 싶지 않지만 없어서 너무나도 아쉬운 모든 자질이 있었다. 자신만만함, 두려움이 필요치 않은 대담함, 두려움이 필요한 대담함, 남의 눈을 전혀 신경 쓰지 않는 태도. "타미르, 넌 아름다운 인간이야."

"그래서……?" 어브가 애원조로 물었다.

타미르가 제이컵 쪽으로 몸을 돌렸다. "하여간 그는 너를 알아. 너를 알아보지는 못했지만 네 이름을 댔더니 첫 번째 책을 읽었다고 하더라. 진짜인지는 몰라도 그 책 판권을 살 생각도 해봤대."

"정말?"

"진짜 그렇게 말했다니까."

"스필버그가 그 책을 영화로 만들었다면 난……."

"자, 우선 곁가지부터 얘기해 보자." 어브가 말했다. "반소매더냐?"

타미르가 소다수 잔을 흔들어 한곳에 몰려 있던 얼음조각들을 흩어지게 했다.

"타미르?"

"내가 말을 안 해 주면 더 재미있으리라는 데 우리 둘이 의견을 같이했죠."

"우리?"

"스티브랑 저요."

제이컵이 껴안았을 때와 마찬가지로 자기도 모르게 그를 밀쳤다.

"헛소리 집어치워."

"이스라엘인은 헛소리 절대 안 해."

"이스라엘인은 헛소리밖에 안 해."

"우린 한가족이다." 어브가 애원했다.

"네. 그리고 가족한테 비밀을 지키지 못한다면 누구한테 비밀을 지킬 수 있겠어요?"

"그럼 나는 가족과 연을 끊겠다. 이제 말해 보렴."

타미르가 그릇에 남은 볶음면을 모으며 말했다. "비행기 타고 돌아가기 전에 말할게요."

"뭐라고?"

"가기 전에 말씀드린다고요."

"설마 농담이겠지."

그가 진담을 할 수 있을까?

"진담이에요."

어브가 테이블을 주먹으로 쾅 내리쳤다.

"맥스에게 말해 줄게요." 타미르가 말했다. "바르 미츠바 선물을 미리 주는 셈 치고요. 그 정보를 어떻게 할지는 그의 자유예요."

"바르 미츠바를 하는 사람은 샘 형인데요." 맥스가 말했다. "제가 아니고요."

"그야 그렇지." 그가 윙크하며 말했다. "아주 이른 바르 미츠바 선물이야."

그가 맥스의 어깨에 손을 올리고 그를 가까이 끌어당겼다.

입술을 맥스의 귀에 거의 닿을 듯이 바짝 대고 속삭였다. 그러자 맥스가 미소를 지었다. 깔깔 웃었다.

차로 걸어가면서 어브가 계속해서 제이컵에게 타미르의 가방을 하나 받아 주라고 신호를 보냈고, 제이컵은 계속해서 타미르가 원하지 않는다는 신호를 보냈다. 그리고 제이컵은 맥스더러 바락에게 말 좀 하라고 신호를 보냈고, 맥스는 아버지가 하라고 다시 신호를 보냈다. 그들은 남자 넷에 아직 덜 자란 남자 하나였지만, 서로 거의 아무것도 전달하지 못하고 거의 아무도 속이지 못하는 바보 같은 손짓만 했다.

"할아버지는 어떠셔?" 타미르가 물었다.

"무엇에 비해서?"

"내가 마지막으로 뵀을 때에 비해서 말이야."

"그게 십 년 전이야."

"그러니까 아마 더 늙으셨겠네."

"며칠 후에 이사하실 예정이야."

"알리야*를 하신다고?"

"응. 유대인 요양원으로."

"얼마나 남으셨대?"

"지금 할아버지가 얼마나 더 사실 것 같으냐고 묻는 거야?"

"그렇게 간단한 얘기를 참 복잡하게도 하는구나."

---

* 실향 상태의 유대인이 이스라엘 땅으로 이주하는 것.

"의사가 얘기해 준 정도만 말해 줄 수 있어."

"그래서?"

"오 년 전에 이미 돌아가신 거나 다름없대."

"의학의 기적이네."

"진짜 그렇지. 할아버지에게는 너를 보는 게 최고의 소원이실 거야."

"네 집으로 가자. 짐 놓고, 줄리아를 만나고…….'"

"줄리아는 오후 늦게야 돌아와."

"그럼 간단히 밥 먹고 농구나 한 판 할까? 네 시청각 기기도 좀 보고."

"우린 그런 거 없어. 그리고 할아버지는 보통 아주 일찍 잠자리에 드시니까…….'"

"넌 우리 손님이다." 어브가 타미르의 등을 두드리며 말했다. "너 하고 싶은 대로 하자꾸나."

"물론이지." 제이컵이 할아버지와 맞선 싸움에서 세상의 편을 들었다. "나중에 뵈러 가면 되지, 뭐. 내일 가든가."

"할아버지 드릴 할바*를 좀 가져왔어."

"당뇨병이 있으신데."

"아랍 시장에서 산 거야."

"응, 할아버지의 당뇨병은 어디에서 샀는지하고는 상관없어."

---

* 깨와 꿀로 만드는 터키 과자.

타미르가 기내용 가방에서 할바를 꺼내 포장을 뜯고 한 조각 꺼내 자기 입에 넣었다.

"제가 운전할게요." 제이컵이 차로 다가가면서 어브에게 말했다.

"왜?"

"제가 운전할 거니까요."

"넌 고속도로 잘 못 타지 않냐?"

"무슨 말씀이세요." 제이컵이 타미르에게 무시하는 듯한 미소를 슬쩍 보내며 말했다. 그러고는 어브에게 힘주어 말했다. "열쇠 주세요."

차에서 타미르는 오른쪽 발바닥을 앞 유리에 대고 교통 단속 카메라를 지나칠 때마다 가랑이를 벌렸다. 그가 깍지 낀 손을 머리 뒤에 받치고 고개를 끄덕이며 말을 시작했다. "솔직히 말해서 나 돈 엄청 벌어." 또 시작이군. 제이컵이 생각했다. 타미르를 서툴게 흉내 내는 사람을 흉내 내는 타미르. "첨단 기술 산업은 미쳤고, 난 꽤 영리한 데다 용감하기도 해서 딱 시기에 맞게 많은 일에 뛰어들었어. 성공의 비밀은 지능과 용기의 결합이야. 세상에 똑똑한 사람은 많고, 세상에 용감한 사람도 많지만 똑똑하면서 용감한 사람을 찾으려면 주위에 잘 없거든. 그리고 난 운이 좋았어. 봐, 제이크……." 왜 제이컵의 이름을 제멋대로 잘라서 불러도 괜찮다고 생각할까? 제이컵이 이유를 분석할 수는 없더라도, 설령 그렇게 불러 주는 것을 좋아한다 하더라도 그것은 공격 행위였다. "난 운을 믿지 않지만 딱 맞는 시기에 딱 맞는 장소에 있는 게 중요하다는 건 누구나 인정할 거야. 운도 다 자기 할 탓이라고 하지. 내 말이 그 말이야."

"다들 하는 말이기도 하지." 제이컵이 지적했다.

"하지만 우리가 모든 걸 통제할 순 없어."

"이스라엘은 어떠냐?" 어브가 뒷좌석에서 물었다.

"이스라엘요?" 또 시작이군. "이스라엘은 잘나가요. 밤에 텔아비브 거리를 걸어 보세요. 전 세계에서 거기보다 많은 문화를 접할 수 있는 곳은 없을걸요. 도시들이 얼마나 깨끗한지 몰라요. 경제는 또 어떻고요. 우리는 예순여덟 살이 됐어요. 아저씨보다 젊죠. 인구는 겨우 700만 명이고, 천연자원도 없고, 끝나지 않을 전쟁을 하고 있어요. 그런데도 우리는 나스닥에 미국 다음으로 많은 회사를 갖고 있어요. 중국, 인도, 영국보다 많은 벤처 기업이 있고, 세계 어느 나라보다(여러분 나라도 포함해서) 많은 특허를 보유하고 있어요."

"다 잘되고 있구나." 어브가 확인해 주었다.

"어느 시대의 어느 곳도 지금 이스라엘만큼 잘나간 적은 없어요."

"로마 제국 수준이야?" 제이컵은 무엇이라도 물어봐야 할 것 같았다.

"로마 제국이 지금 어디 있어?"

"로마인도 그리스인에게 똑같은 질문을 했지."

"우리는 지금 네가 놀러 왔던 데랑 다른 아파트에 살아. 계속 이사를 다녀. 이익이 많이 나거든. 일반적인 의미에서도 좋고.

요즘은 삼층집에서 살아. 침실이 일곱 개에다…….”

“여덟 개예요.” 바락이 정정했다.

“맞아. 여덟 개야.”

이건 퍼포먼스야. 제이컵은 스스로에게 상기시켰다. 혹은 질투심이 이는 걸 느끼면서 스스로를 납득시키려 했다. 늘 하는 짓이잖아. 나를 더 왜소하게 만들려는 게 아니야. 타미르가 말을 이었다. “침실이 여덟 개야. 노암이 군대에 가서 이제 우리 식구는 넷뿐이지만. 한 명당 침실 두 개씩이지. 하지만 난 넓은 게 좋아. 손님이 많기도 하지만 꼭 그래서도 아니야. 넓게 쓰는 게 좋아서그래. 방 두 개는 내 사무용이고, 리브카는 명상을 즐겨. 아이들에게는 에어 하키가 있고, 게임기도 있거든. 독일제 테이블 축구대도 있고. 나한테 조수가 하나 있는데, 내 사업이랑은 상관없고그냥 생활 관련해서 도움을 줘. 내가 이랬거든. ‘세상에서 제일좋은 테이블 축구대 하나 찾아줘.’ 그러면 그렇게 해 줘. 몸매가죽이는 데다 뭐든 말만 하면 찾아온다니까. 진짜 끝내주지. 그 테이블 축구대는 일 년 동안 빗속에 내놓아도 끄떡없을 거야.”

“이스라엘에는 비가 내리지 않잖아.” 제이컵이 말했다.

“내려.” 타미르가 반박했다. “하지만 네 말이 맞아. 진짜 이상적인 기후야. 하여간 그 위에 마실 것을 놔두는데, 자국이 남던가, 바락?”

“아뇨.”

“그래서 제일 최근에 이사한 새 아파트를 돌아보다가 리브카를 불렀지. ‘어?’ 그러니까 리브카가 이랬어. ‘이렇게 큰 아파트에는 뭐가 필요할까?' 그래서 내가 이렇게 말했어. 많이 살수록 더 많이 팔아야 해."

"너 진짜 책을 써도 되겠다." 제이컵이 등에서 작은 가시를 뽑아 타미르의 등에 꽂으며 말했다.

"그래야 해." 어브가 타미르의 등에서 작은 가시를 뽑아 제이컵의 대동맥에 꽂으며 말했다.

"그리고 리브카에게 다른 얘기도 했어. 돈을 갖는 쪽은 언제나 부자들이 될 거야. 그러니까 다들 부자들이 갖고 싶어 할 것을 가지고 싶어 하지. 무언가가 값이 나갈수록 더 비싸지는 법이거든."

"하지만 그건 그냥 비싼 게 비싸다는 말이잖아." 제이컵이 반박했다.

"바로 그거야."

"흠." 제이컵의 마음속에서 선한 부분이 속삭였다. "언젠가 너희 집 꼭 보고 싶다."

"이스라엘에 와 봐야 돼."

제이컵이 미소 지으며 말했다. "그 아파트가 나한테 올 수는 없어?"

"그럴 수도 있지. 하지만 그건 미친 짓일 거야. 하여간 조만간 다른 아파트로 옮길 거야."

"흠, 그럼 그것도 보고 싶다."

"그리고 침실들…… 침실들을 보면 진짜 흥분할걸. 다 독일제야."

어브가 신음했다.

"그런 정교한 세공은 어디에서도 못 찾을 거야."

"넌 찾을 수 있는 것 같은데."

"음, 미국에서는 못 찾는다고. 몸매 좋은 내 개인 비서 말이야, 나한테 변기를 찾아 줬는데, 카메라가 달려 있어서 누가 접근하는지 인식하고 미리 맞춰 둔 설정으로 바꿔 줘. 리브카는 시트가 차가운 걸 좋아해. 난 엉덩이 털이 그슬릴 정도로 뜨거운 게 좋고. 야엘은 변을 볼 때 거의 서서 보다시피 하는 걸 좋아하거든. 바락은 뒤를 보고 앉지."

"저는 뒤를 보고 앉지 않아요." 바락이 자기 아버지의 어깨를 주먹으로 쳤다.

"내가 미쳤다고 생각하겠지." 타미르가 말했다. "아마 나를 좋게 보지 않을 거야. 심지어 속으로는 나를 비웃을지도 모르지. 하지만 난 내 이름을 아는 변기를 가진 사람이야. 온라인에서 쇼핑을 하는 냉장고도 가졌다고. 너는 일본산 고카트나 타고 다니고."

제이컵은 타미르가 미쳤다고 생각하지 않았다. 그가 자신의 행복을 과시하고 강요하고 싶어 한다는 사실이 슬프고 설득력 없다고 생각했다. 안쓰럽기도 했다. 그런데 그 지점에서 감정의 논리가 무너졌다. 제이컵이 응당 타미르를 싫어해야 할 모든 이유 때문에 오히려 그가 더 가깝게 느껴졌다. 질투심에서가 아니라 애정에서였다. 그는 타미르의 뻔뻔스러운 나약함을 사랑했다. 자신의 추함을 감출 능력이 없는 것을, 감추려 하지 않는 것을 사랑했다. 이러한 노출이야말로 제이컵이 가장 원하는 것이면서 그에게 가장 허락되지 않는 것이었다.

"그럼 상황은 어떠냐?" 어브가 물었다.

"무슨 상황요?"

"안전 말이다."

"뭐가요? 식품 안전요?"

"아랍인들 말이야."

"어느 아랍인요?"

"이란. 시리아. 헤즈볼라. 하마스. IS. 알카에다."

"이란인은 아랍인이 아니에요. 페르시아인이에요."

"그렇게 생각하면 밤에 잠이 더 잘 오겠구나."

"상황은 좋아질 수도 있고 나빠질 수도 있어요. 게다가 제가 아는 정도는 벌써 다 아시잖아요."

"나야 신문에 나온 것만 알지." 어브가 말했다.

"그럼 저는 소식을 어디에서 듣겠어요?"

"그러니까 그곳에서 느껴지는 건 어떠냐?" 어브가 캐물었다.

"노암이 군 라디오 방송국 디제이라면 제가 더 행복하겠냐고요? 물론이죠. 하지만 제 기분은 괜찮아요. 바락, 넌 괜찮니?"

"그럼요."

"이스라엘이 이란을 폭격할 것 같으냐?"

"저야 모르죠." 타미르가 대답했다. "아저씨는 어떻게 생각하세요?"

"그래야 한다고 생각하세요?" 제이컵이 물었다. 그는 팔 뻗으면 닿을 데 있는 이 미국 유대인의 피에 대한 욕망, 병적인 호기심에 도저히 면역이 되지 않았다.

"당연히 그래야 하고말고." 어브가 말했다.

"이란을 폭격하지 않고도 폭격할 방법이 있다면야 좋겠지요. 다른 건 아무 소용 없을 거예요."

"그래서 네 생각은 어떤데?" 제이컵이 물었다.

"방금 말했잖아. 이란을 폭격해야 한다고 생각한다잖아." 어브가 말했다.

"전 아저씨가 이란을 폭격해야 한다고 생각해요." 타미르가 어브에게 말했다.

"미국이?"

"그것도 좋겠지요. 하지만 제 말은 특별히 아저씨가 하셔야 한다고요. 아저씨가 이란을 폭격하셔야 해요. 좀 전에 보여 주신 것 같은 생물 무기를 쓰셔도 되고요."

다들 그 말에 웃음을 터뜨렸다. 특히 맥스가 신나게 웃었다.

"진지하게 하는 얘기다. 네 생각은 어떠냐?" 어브가 재차 물었다.

"진지하게 하는 얘기예요. 모르겠어요."

"그럼 넌 그래도 괜찮으냐?"

"아저씨는 괜찮으세요?"

"난 괜찮지 않다. 난 우리가 너무 늦기 전에 이란을 폭격해야 한다고 생각해."

그 말에 타미르가 대꾸했다. "그리고 전 너무 늦기 전에 지금의 그 우리가 누구인지를 분명히 해야 한다고 생각해요."

타미르가 하고 싶어 하는 이야기는 오로지 돈에 관한 것뿐이었다. 이스라엘 사람들의 평균 수입, 자신의 안락한 가구의 크기, 사이코패스 같은 적들에게 에워싸인, 끔찍하게 뜨거운 조국의 잘라 낸 손톱 조각에서의 비할 데 없는 삶의 질.

어브가 하고 싶어 하는 이야기는 상황에 관한 것뿐이었다. 언제 이스라엘이 안전을 쟁취해서 우리를 자랑스럽게 해 줄까? 미국기업연구소*의 식당에서 친구들을 약올려 줄 내부 정보라도 없을까, 아니면 그의 블로그에 누구의 핀이라도 뽑아서 던질 만한 게 없을까? 우리가, 너희가, 이런저런 것에 대해 무언가를 하기에 딱 맞는 때가 아닐까?

제이컵이 하고 싶어 하는 얘기는 죽음 가까이에서 사는 것에 관한 것뿐이었다. 타미르는 사람을 죽여 본 적이 있을까? 노암은? 동료 군인들이 고문하거나 고문당한 이야기를 들어 봤을까? 그가 직접 본 것 중에서 최악은 어떤 것이었을까? 제이컵이 함께 자란 유대인들은 얼굴 근육만 움직여서 조종사용 선글라스를 고쳐 쓰고, 개성 없는 볼보 왜건의 라이터를 누르면서 푸가지의 가사를 분석했다. 라이터가 튀어나오면 도로 눌렀다. 그 어떤 것에도 절대 불이 붙지 않았다. 그들은 스포츠에는 서툴렀지만 온라인 스포츠 게임에는 뛰어났다. 싸움은 피했으나 논쟁은 즐겼다. 그들은 이민자들, 생존자들의 자식이고 손주였다. 자신들

---

* 미국의 공화당계 정책 연구 기관.

의 약점을 과시함으로써 스스로를 정의했고, 그것을 자랑스러워
했다.

그러나 그들은 근육에 중독되었다. 글자 그대로의 근육은
아니었다. 그들은 그런 것은 의심스럽고 우스꽝스러우며 한심하
다는 걸 알았다. 아니, 그들은 유대인의 두뇌를 근육에 적용한 것
에 격하게 끌렸다. 갑주를 두른 그리스 코끼리의 배 밑으로 굴
러 들어가 부드러운 옆구리를 칼로 찌르는 마카베오 가문 사람
들, 거의 불가능해 보이는 일을 수단과 방법을 가리지 않고 어떤
결과가 되든 해치우는 모사드,* 너무나 초자연적으로 복잡하고
똑똑해서 유대인의 지문을 남기지 않을 수 없었던 컴퓨터 바이
러스들. 당신들은 우리를 방해할 수 있다고 생각하는가? 우리를
괴롭힐 수 있다고 생각하나? 그럴 수도 있다. 그러나 두뇌는 종
이가 바위를 이기는 것만큼이나 확실하게 근육을 이긴다. 우리
는 당신을 배울 것이다. 우리는 책상에 앉아서 제일 마지막까지
버틸 것이다.

그들이 벤지의 강박 장애 마블 매드니스** 창작품 속의 구
슬처럼 주차장 출구를 찾아냈을 때 제이컵은 비로소 설명할 수
없이 평화로운 기분을 느꼈다. 그렇게 쏟아 버렸는데도 왜 아직
컵이 반이나 차 있는 것일까? 아니면 웰부트린*** 부스러기가
뇌의 이 사이에 끼었다가 소화되지 않은 행복을 제공하는 것일

---

* 이스라엘 정보 기관.
** 구슬을 움직여 제한 시간 안에 미로를 통과하는 비디오 게임.
*** 우울증 치료제.

까? 컵은 아직도 족히 반은 차 있었다.

그렇게 뻔뻔하고 정당하고 명예롭기까지 한 항변을 끝없이 하고도 샘은 바르 미츠바 수업에 모습을 나타냈다. 그리고 그가 저지르지 않은 범죄 아닌 범죄에 대해 사과해야 할 테지만, 비마에 모습을 드러내긴 할 것이다.

참을 수 없는 광신적 애국주의 허풍선이이지만 어브는 늘 그 자리에 있었고, 자기 나름으로 다정했다.

그렇게 오랫동안 거짓 약속을 늘어놓았는데도, 아들이 요르단강 서안 지구에서 복무 중인데도 타미르는 이곳에 왔다. 그는 자신의 아들을 데려왔다. 그들은 가족이었고, 가족으로 있었다.

하지만 제이컵은 어떤가? 그는 그 자리에 있었나? 그의 마음은 예상했던 방식은 아니지만 계속해서 마크와 줄리아 쪽으로 자석처럼 끌려갔다. 그는 줄리아가 다른 남자들과 섹스하는 상상을 자주 했다. 그러면 참을 수 없이 괴로운 한편 짜릿한 흥분을 느꼈다. 그런 생각을 하고 싶지 않았지만 성적 환상은 있어서는 안 될 일을 원하는 법이다. 그는 둘이 철물점에서 만난 후 섹스하는 상상을 했다. 그러나 막상 그들 사이에 무슨 일인가가 일어나고 보니 마음이 편안해졌다.(그들이 벌써 잤을 가능성도 충분히 있었다.) 환상이 갑자기 너무 고통스러워져서가 아니라 갑자기 충분히 고통스럽지 않아졌던 것이다.

이제 그의 아내가 적어도 키스한 남자와 함께 호텔에 있는 상황에서 가족들을 가득 태운 차를 운전하면서, 그의 상상은 과녁의 중심을 찾았다. 같은 차였지만 타고 있는 사람들이 달랐다.

줄리아가 백미러를 보고 벤지가 늘 그러듯이 잠에 빠져드는 걸 본다. 몸을 곧게 죽 펴고, 목도 꼿꼿이 펴고, 시선은 정면을 향하고, 눈이 말 그대로 알아차리기 어려울 만큼 서서히 감긴다. 눈길을 잠시 돌렸다가 다시 봐야 눈치챌 수 있을 정도다. 그 육체성, 그러한 느린 동작을 목격할 때 연상되는 연약함은 당혹스러우면서도 아름답다. 그녀가 길을 본다. 거울을 들여다본다. 길을 본다. 거울 속의 벤지를 볼 때마다 그의 눈은 일이 밀리미터씩 더 감겨 있다. 잠에 빠지는 과정은 꼬박 십 분이 걸린다. 매 초가 그의 느리게 감기는 반투명한 눈꺼풀 속으로 가늘어지면서 끌려 들어간다. 그리고 눈이 완전히 감기기 직전에 마치 자신의 촛불을 불어 끄듯이 짧은 숨을 후 내쉰다. 남은 길은 속삭임이다. 도로의 파인 곳들이 모두 달 분화구처럼 느껴진다. 달에는 1972년 아폴로 조종사 찰스 듀크가 두고 온 가족사진이 있다. 그 사진은 수백 년 동안 바뀌지 않고 사진 속 부모와 자식들, 그 손주의 손주의 손주들은 물론이고 인간 문명보다 오래 그곳에 남아 있을 것이다. 죽어 가는 태양이 삼켜 버릴 때까지. 그들은 집 앞에 차를 대고, 엔진을 끄고, 안전벨트를 풀고, 마크가 벤지를 안으로 옮긴다.

그것이 그의 새로운 다른 어딘가였고, 주차장 출구에 도착했을 때도 그의 마음은 그곳에 있었다. 타미르가 지갑으로 손을 뻗었지만 어브가 더 빨랐다.

"다음번에는 제가 낼게요." 타미르가 말했다.

"그러렴." 어브가 말했다. "다음번에 국립공항을 나갈 때는 너한테 주차 요금을 내게 하마."

차단기가 올라가고 차에 탄 후로 처음으로 맥스가 입을 열었다. "라디오 켜 주세요, 아빠."

"뭐?"

"그거 못 들으셨어요?"

"뭘 들어?"

"그 사람 부스에서요."

"요금 정산원 말이냐?"

"네. 라디오 방송요."

"아니."

"뭔가 큰일이 터졌어요."

"무슨 일?"

"내가 모든 걸 해야 해?" 타미르가 투덜거리며 라디오를 켰다. 뉴스 중간이라서 처음에는 무슨 일이 일어났는지 이해할 수 없었지만 그 규모에 대해서는 맥스가 옳았음이 확실했다. NPR의 보도는 객관적이었다. 뉴스는 중동에서 건너오고 있었다. 아직은 초기여서 거의 알려진 것이 없었다.

제이컵의 마음은 위안을 찾을 수 있는 곳, 일어날 수 있는 최악의 시나리오로 달려갔다. 이스라엘인들이 이란에 대한 공격을 개시했거나 그 반대의 일이 일어났다. 아니면 이집트인들이 스스로를 공격했다. 버스가 폭발했다. 비행기가 공중에서 납치당했다. 누군가가 모스크나 유대교 회당에 총알 세례를 퍼붓고 사람이 붐비는 곳에서 칼을 휘둘렀다. 핵폭발로 텔아비브가 증발

해 버렸다. 그러나 일어날 수 있는 최악의 시나리오란 당연히 예측할 수 없다.

아더 라이프는 아무도 없을 때조차 계속된다. 삶이 그러하듯. 샘은 모의 유엔 총회에 있었다. 그때 그의 엄마가 그에게 쪽지를 건넸다. "벽 너머가 보여. 너도 보이니?" 그러나 그의 첫 번째 유대교 회당의 잔해가 두 번째 회당의 기초 옆에서 어른거리고 있었다. 그의 스테인드글라스에 새겨졌던 유대인의 현재의 파편들, 파괴에 의해 비춰진 조각들이 돌무더기 속에 흩어져 있었다.

진짜 진짜

힐튼 호텔의 인터내셔널 볼룸에는 유엔 총회를 본떠 탁자들과 의자들이 둥그렇게 배치되어 있었다. 대표단은 전통 의상을 입었다. 일부 학생들이 그 지역 억양을 흉내 내 말하려고 하자 간사들 중 한 명이 그런 아주 나쁜 발상은 그만둬 줄 것을 요청했다.

사우디 대표단의 연설이 끝나 가고 있었다. 히잡을 쓴, 어리고 억양이 센 라틴 아메리카계 여자아이가 손을 덜덜 떨면서 가늘고 떨리는 목소리로 말했다. 줄리아는 긴장한 아이들을 보는 게 싫었다. 그 여자애에게 가서 기운이 날 만한 격려의 말을 해주고 싶었다. 삶은 변하고, 약했던 것이 강해지는 법이며, 꿈이었던 것이 현실이 되어 새로운 꿈을 불러온다고 설명해 주고 싶었다.

소녀가 발표가 거의 끝나 간다는 데 기쁜 기색을 숨기지 못하고 말했다. "그래서 우리가 바라는 바는 미크로네시아 연방 공화국이 정신을 차리고 신중하게, 신속히 조치를 취해 국제원자력기구에 폭탄을 넘기는 것입니다. 그것뿐입니다. 감사합니다."

희미하게 박수 소리가 일었고 거의 줄리아의 박수 소리였다. 방 앞에서 의장 역을 맡은, 염소수염을 기르고 찍찍이 지갑을 뒷주머니에 꽂은 간사가 말했다.

"감사합니다, 사우디아라비아. 그리고 이제 미크로네시아 연방 공화국 대표의 연설을 듣겠습니다."

조지타운 데이 학교 대표단에게 모든 주의가 쏠렸다. 빌리가 일어섰다.

"좀 아이러니하군요." 그녀가 말을 하면서 연설문을 살피는 척 무심하게 분위기를 압도하고 있음을 보여 주며 연설을 시작했다. "사우디 대표단이 우리에게 뭘 해야 할지 말해 주다뇨. 자기 나라에서는 수영을 하는 것조차 불법인데 말입니다. 그냥 그렇다는 말입니다."

아이들이 와 하고 웃었다. 사우디 대표는 잔뜩 움츠러들었다. 빌리가 짐짓 과장된 몸짓으로 책상 위에 종이를 판판하게 펼치고 말을 계속했다.

"유엔의 동료 회원 여러분, 미크로네시아 연방 공화국을 대신하여 저는 핵 위기로 알려져 온 것에 대해 말씀드리고 싶습니다. 미리엄 웹스터 사전에서는 위기를……." 그녀가 휴대 전화를 터치하고 읽었다. "'진지하게 주의를 기울일 필요가 있는 어렵거나 위험한 상황'으로 정의합니다. 이것은 위기가 아닙니다. 우리 상황에서 어렵거나 위험한 것은 전혀 없습니다. 사실 여기 우리에게 있는 것은 기회입니다. 미리엄 웹스터 사전에서는 기회를 이렇게 정의합니다…… 잠시만요…….”와이파이가 잘 안돼서 북마크해 둔 페이지를 띄우는 데 계획했던 것보다 시간이 오래 걸렸다. “여기 있습니다. ‘무언가가 이루어질 수 있는 시간 또는 상황.’ 우리가 선택한 운명은 아니지만 피할 뜻도 없습니다. 오랫동안, 1000년 동안 혹은 수백 년 동안 미크로네시아의 선량한 국민들은 어쨌든 우리의 위축된 존재를 우리의 팔자로, 우리의 짐으로, 우리의 운명으로 알고 주어진 상황을 그대로 받아들이기만 했습니다.”

줄리아와 샘은 대표단의 양쪽 끝에 앉아 있었다. 줄리아는 노란색 메모지에 벽돌담을 그리면서 아침에 제이컵과 한 통화를 되새겼다. 그녀의 팔자, 그녀의 짐, 그녀의 운명. 왜 그때 그렇게 해야 한다고 느꼈을까? 진심으로 말하든가 적어도 입을 다물었어야 할 때 성급하게 반응해 버렸을 뿐 아니라 맥스와 어브까지 십자 포화에 끌려 들어갈 수 있는 위험한 짓을 해 버렸다. 그들이 옆에서 무언가를 듣고 알았을까? 제이컵이 뭐라고 설명해야 했을까, 그가 어떻게 했을까? 셋 중 누군가가 타미르와 바락에게도 통화 이야기를 했을까? 그것이 그녀가 바라던 것일까? 다 날려 버리길 원했을까? 이제 그녀의 담이 종이의 4분의 3을 덮었다. 벽돌이 1000개는 될지도 모른다.

빌리가 연설을 계속했다. “상황이 곧 변할 것입니다, 대표단 여러분. 미크로네시아는 이제 그만이라고 말할 것입니다. 괴롭힘도, 굴종도, 찌꺼기를 먹는 것도 이제 그만입니다. 동료 대표단 여러분, 상황이 곧 변할 것입니다. 다음의 요구 사항들을 필두로 (절대 끝으로가 아닙니다.)……."

벽돌담 꼭대기와 메모지 끝 사이의 남은 공간에 줄리아가 이렇게 썼다. "벽 너머가 보여. 너도 보이니?" 그녀가 종이를 반으로 접고 다시 반으로 접어서 대표단을 따라 죽 전달했다. 샘은 그것을 읽으면서 어떤 감정도 내비치지 않았다. 그가 같은 종이에 무언가를 적더니 접고 다시 접어서 줄리아에게 다시 보냈다. 종이를 펼쳤고 처음에는 그가 쓴 것이 보이지 않았다. 벽 위, 그녀가 글씨를 쓴 빈 공간에는 아무것도 없었다. 그녀는 벽돌을 살펴보았다. 아무것도 없었다. 그를 쳐다보았다. 그가 손가락을 활짝 편 채 손을 자기 앞에 펼쳐 들었다가 손바닥이 위로 향하게 뒤집었다. 노란 종이를 뒤집어 보니 샘이 그곳에 적어 놓았다. "벽 반대편은 벽이 아니네요."

대표단의 나머지 사람들이 합의했던 원고와 확 달라진 그녀의 연설을 따라가느라 애를 먹을 동안, 빌리는 수사적 천장을 부수고 있었다. "미크로네시아는 앞으로 유엔 안전보장이사회의 한 자리를 차지할 것입니다. NATO 회원으로 승인받을 것입니다. 네, 아시다시피 우리는 태평양에 있지만요. EU, NAFTA, UNASUR, AU, EAEC 파트너들과도 무역에서 우월적 지위를 점할 것입니다. 연방준비공개시장위원회의 임명 회원이 될……."

간사가 방으로 뛰어 들어왔다.

"회의 진행을 방해해서 미안합니다. 하지만 알려야 할 것이 있어서. 중동에서 방금 큰 지진이 일어났어요."

"그거 진짜예요?" 보호자들 중 한 명이 물었다.

"진짜예요."

"얼마나 큰 지진인데요?"

"기록적인 규모라고 했어요."

"하지만 핵 위기 같은 진짜예요? 아니면 진짜 진짜예요?"

줄리아의 전화기가 진동했다. 데버러였다. 모의 위기가 진짜 위기에 자리를 내주는 동안, 그녀가 급히 구석으로 가서 전화를 받았다.

"어머님?"

"애, 줄리아."

"별일 없으세요?"

"벤지는 잘 있다."

"어머님 이름이 뜬 거 보고 겁이 났어요."

"그 앤 괜찮아. 영화 보고 있단다."

"다행이네요. 놀랐어요."

"줄리아." 그녀가 길게 심호흡을 뱉으며 알리기를 미루었다. "끔찍한 일이 일어났단다, 얘야."

"벤지한테요?"

"벤지는 아무 문제 없다니까."

"어머니도 어머니시잖아요. 무슨 일이 있는 거라면 말씀해주세요."

"말하다마다. 그 애는 괜찮다, 줄리아. 잘 있어."

"벤지랑 통화하게 해 주세요."

"벤지 일이 아니야."

"세상에, 그럼 제이컵이랑 맥스한테 무슨 일이 생겼나요?"

"아니다. 그 애들도 괜찮아."

"정말이죠?"

"네가 집으로 가야겠다."

아, 슬프도다

알려진 것이 거의 없었고, 알려진 것이 거의 없다는 점이 사람들을 공포로 몰아넣었다. 진도 7.6의 지진이 저녁 6시 23분에 카일라의 이스라엘 정착지 바로 바깥쪽, 사해 깊은 곳의 진앙에서 발생했다. 이스라엘, 요르단, 레바논, 시리아 전역의 전기가 거의 끊겼다. 요르단강 서안 지구의 도시 예리코와 요르단의 살트와 암만이 가장 심각한 피해를 입은 것으로 보였다. 예리코의 성벽은 3400년 전 무너졌고, 많은 고고학자들은 그것이 여호수아의 나팔 소리가 아니라 강진으로 인한 것이라고 주장했다.

첫 번째 소식은 예루살렘의 구도시에서 왔다. 전통적으로 예수가 매장된 곳이자 기독교에서 가장 성스럽게 여기는 곳으로, 1927년 지진으로 심하게 파괴된 십자군 시대 성묘 교회가 몇 명인지 알려지지 않은 관광객과 목사들이 안에 있는 가운데 일부 붕괴되었다. 유대교 회당들과 예시바,* 수도원, 모스크, 마드라사**도 폐허가 되었다. 성전산에 대해서는 아무 소식도 없었는데, 별일이 없어서이거나 소식을 아는 이들이 전하지 않았기 때문이었다.

한 민간인 기술자가 NPR과 인터뷰를 하고 있었다. 진행자는 아마 키가 작고 대머리일 로버트 시겔이라는 유대인인 듯한데, 흥분한 목소리로 말을 시작했다.

시겔: 인터뷰 음질이 좋지 않은 점 미리 사과드립니다. 보통은 유선 전화가 불통이면 휴대 전화를 씁니다. 하지만 휴대 전화 서비스도 사용할 수 없는 상황이라서 호로비츠 씨가 위성 전화로 말하고 있습니다. 호로비츠 씨, 들리세요?

호로비츠: 네, 전화 연결되었습니다.

시겔: 지금 상황이 어떤지 전문가의 소견을 말씀해 주시겠습니까?

호로비츠: 전문가의 소견으로는, 네, 하지만 여기 선 한 인간으로서도 저는 이스라엘이 대재앙적 지진을 겪었다고 말씀드릴 수 있습니다. 보이는 것이라고는 온통 파괴뿐입니다.

시겔: 선생님은 안전하시겠죠?

호로비츠: 안전은 상대적인 단어죠. 제 가족은 살아 있고, 제 말을 들으실 수 있으니 저도 살아 있습니다. 저보다 안전한 사람들도 있

---

* 정통파 유대교도를 위한 대학.
** 이슬람교 고등 교육 시설.

습니다. 덜 안전한 사람들도 있죠.

왜 이스라엘 사람들은 묻는 것에만 답을 하지 못할까? 제이컵은
궁금했다. 대재앙이라는 말 자체가 고전적인 이스라엘식의 과장
법이라고 생각했지만 대재앙의 한복판에서조차 이스라엘인들은
이스라엘인답지 않은 간명한 답은 내놓지 못했다.

시겔: 호로비츠 씨, 이스라엘 공공 기관의 기술자라고 하셨죠, 맞
지요?

호로비츠: 기술자이고 정부 프로젝트의 고문도 맡고 있고, 대학에
서……

시겔: 기술자로서 이 정도 규모의 지진이 미칠 잠재적 효과에 대
해서는 어떻게 보십니까?

호로비츠: 좋지 않습니다.

시겔: 좀 더 자세히 말씀해 주실 수 있을까요?

호로비츠: 이스라엘에 있는 65만 개의 건축물 중에서 이런 재난
을 견딜 수 있는 것은 절반도 채 안 됩니다.

시겔: 고층 건물들이 무너질까요?

호로비츠: 물론 무너지지 않을 겁니다, 로버트 시겔 씨. 고층 건물
들은 이보다 훨씬 심한 지진도 견디도록 설계되었습니다. 제가 가장
우려하는 것은 삼 층에서 팔 층까지의 건물들입니다. 무너지는 건물
은 많지 않겠지만 사람이 살 수 있는 건물이 거의 없을 겁니다. 이
스라엘이 1970년대 후반에야 건축 법규를 도입했고, 그 후로도 한

번도 실행한 적이 없다는 것을 기억하셔야 합니다.

시겔: 왜 그렇습니까?

호로비츠: 다른 일들에 신경을 쓰느라요.

시겔: 분쟁 말씀이시군요.

호로비츠: 분쟁이라고요? 분쟁 한 가지뿐이라면 무척 운이 좋았다고 해야겠지요. 대부분의 건물은 콘크리트로 지어졌습니다. 아주 견고하고 철저한 공학 기술입니다. 이스라엘인 같은 건물이라고 해도 좋을 것입니다. 폭발적으로 증가하는 인구를 감당하기에는 아주 좋습니다만 현재의 상황에서는 이보다 나쁠 수가 없지요.

시겔: 요르단강 서안 지구는 어떻습니까?

호로비츠: 뭐가 어떻냐는 말입니까?

시겔: 그곳 건축물들은 이런 지진에서 어떨까요?

호로비츠: 팔레스타인 민간 기술자한테 물어보셔야 할 겁니다.

시겔: 저, 물론 노력해 보겠지만…….

호로비츠: 하지만 저한테 물어보셨으니까 말씀드리자면 완전히 파괴되었다고 봐야겠지요.

시겔: 죄송합니다, 뭐가 말입니까?

호로비츠: 요르단강 서안 지구요.

시겔: 파괴되었다고요?

호로비츠: 모든 건축물요. 전부요. 수많은 사망자가 날 겁니다.

시겔: 수천 명 선으로요?

호로비츠: 이런 말을 하기는 유감스럽지만 벌써 수만 명이 죽었어요.

시겔: 선생님 가족에게 가 보고 싶으시겠군요. 하지만 보내 드리기 전에 이 사태가 어떻게 전개될지 예상해 주시겠습니까?

호로비츠: 어느 정도 기간을 말씀하시는 겁니까? 몇 시간? 몇 주? 한 세대?

시겔: 시간으로 시작하죠.

호로비츠: 앞으로 몇 시간이 이스라엘에는 결정적일 겁니다. 지금은 우선순위를 정하는 게 가장 중요합니다. 전국적으로 정전되었고, 며칠 동안 대도시에서조차 정전이 계속될 겁니다. 예상하실 수 있겠지만 군사적 수요가 최우선순위가 될 겁니다.

시겔: 그런 말씀을 하시다니 놀랍군요.

호로비츠: 유대인이신가요?

시겔: 그게 무슨 관계가 있는지는 모르겠습니다만 네, 맞습니다.

호로비츠: 유대인이면서 놀라셨다니 제가 놀랄 일이군요. 하지만 왜 유대인인 것이 관계있느냐고 질문하는 사람은 미국 유대인뿐일 겁니다.

시겔: 이스라엘의 안보를 걱정하시는 겁니까?

호로비츠: 당신은 걱정되지 않으시나요?

시겔: 호로비츠 씨…….

호로비츠: 이스라엘의 전략적 우위는 기술적인 것인데, 지진으로 그 이점이 크게 감소되었습니다. 파괴로 말미암아 절망과 불안이 야기될 겁니다. 그리고 조직적이든 의도적이든 폭력으로 발전하겠지요. 이미 그런 일이 일어나지 않았다 해도 곧 이스라엘 국경으로 엄청난 사람들이 밀려드는 광경을 보게 될 겁니다. 요르단강 서안, 가

자, 요르단, 레바논, 시리아에서요. 시리아가 이미 난민 문제를 겪고 있다는 사실은 굳이 말씀드릴 필요도 없겠지요.

시겔: 그 사람들이 왜 아랍 세계에서 철천지원수로 보는 나라인 이스라엘로 갈까요?

호로비츠: 그들의 철천지원수에게 최고의 의술이 있으니까요. 그들의 철천지원수에게 식량과 물이 있으니까요. 그리고 이스라엘은 그들을 들일지 말지 선택해야 할 겁니다. 그들을 들이면 한정된 귀한 자원을 공유해야 하죠. 다른 사람들을 살리기 위해 이스라엘인들이 죽게 될 겁니다. 하지만 그들을 들이지 않으면 총알이 날아오겠지요. 그리고 당연히 이스라엘의 이웃들 또한 선택해야 할 겁니다. 자기네 시민들을 보호할지 아니면 이스라엘이 갑자기 취약해진 상황을 이용할지.

시겔: 함께 맞은 비극이 그 지역에 화합을 가져오기를 바랍시다.

호로비츠: 네, 하지만 희망은 갖되 안이해지지는 말아야지요.

시겔: 그리고 장기적으로는 어떨까요? 한 세대 후에 대한 견해에 대해 말씀하셨죠?

호로비츠: 물론 무슨 일이 벌어질지는 아무도 알 수 없지만 이스라엘이 현재 직면한 상황은 1967년이나 1973년, 심지어 이란이 핵위협을 했을 때보다 훨씬 위협적입니다. 당장 눈앞에 닥친 문제는 국가 안보를 유지하고, 시민들을 구조하고, 필요한 이들에게 식량과 의술을 제공하고, 전기, 가스, 수도와 기타 공공 서비스를 신속하고 안전하게 복구하는 것입니다. 그다음에는 나라를 재건해야 한다는 과업도 있습니다. 그것은 한 세대에 걸친 도전이 될 겁니다. 그리고

마지막으로 아마도 가장 어려운 것은 유대인들을 떠나지 않게 잡아
두는 일이 될 겁니다.

시겔: 무슨 뜻이죠?

호로비츠: 젊고 야심차며 이상주의적인 이스라엘인들에게는 이스
라엘을 떠날 이유가 한두 가지가 아닙니다. 이런 말을 들어 보셨겠
지요. "낙타 등을 부러뜨린 마지막 지푸라기."

시겔: 네.

호로비츠: 낙타의 등 위에서 수천 채의 건물이 무너졌어요.

제이컵: 베이 이즈 미르.*

제이컵은 딱히 무슨 말을 하려던 것은 아니었고, 물론 베이
이즈 미르라고 말할 생각도 아니었다. 그도 그럴 게, 아무도 베이
이즈 미르 같은 말을 실제로 하진 않는다.

"이거 큰일이구나." 어브가 고개를 저으며 말했다. "정말정
말 여러 가지로 큰일이야."

제이컵의 마음이 묵시록적 광경으로 순간 이동했다. 타미
르의 예전 침실에 있던 바퀴 달린 침대로 무너지는 천장. 석회암
석판 아래 갇힌 가발 쓴 여자들. 마사다의 잔해들의 잔해. 그는
이제 산산이 부서져 돌무더기가 된 블루멘베르크 공원의 대리석
벤치를 상상했다. 대재앙이 틀림없지만 그는 두 가지 전혀 다른
점에서 내재앙이라고 생각했다. 당연히 대재앙이어야 했다는 점

---

* Vey iz mir. '아, 슬프도다.'라는 뜻의 히브리어.

과 대재앙이기를 그가 바랐다는 점이었다. 그는 두 번째 의미를 인정할 수 없었지만 부인할 수도 없었다.

타미르가 말했다. "좋지는 않아요. 하지만 그렇게 큰일도 아니에요."

"집에 전화하겠니?"

"들으셨잖아요. 전화가 불통이라고요. 그리고 제 목소리를 듣는다고 누구한테 도움이 되겠어요?"

"정말이냐?"

"그들은 괜찮아요. 정말로요. 우리는 새 건물에 살아요. 저 사람이 말했듯이 이런 사태에 대비해 만들어진 건물이에요. 여기 고층 건물보다 나아요. 진짜라니까요. 그 건물에는 비상 발전기도 있어요. 두 대일걸요. 그리고 방공호에는 몇 달도 버틸 수 있는 식량이 있어요. 그 방공호가 아저씨가 사시던 포기보텀의 아파트보다 좋다니까요. 거기 기억하세요?"

제이컵은 그 아파트를 기억했다. 그곳에서 오 년을 살았다. 하지만 훨씬 선명히 기억하는 것은 타미르의 어린 시절 집에 있던 방공호였다. 그곳에 채 오 분도 있지 않았는 데도. 이스라엘에 처음으로 여행 가서 마지막 날이었다. 데버러와 타미르의 어머니 아디나는 아이작을 위해 무언가 맛있는 것을 찾아 사서 돌아올 생각으로 시장에 갔다. 커피를 놓고 거의 활짝 웃는 듯한 표정으로 어브가 슐로모에게 집에 방공호가 있는지 물었다.

"당연하지." 슐로모가 대답했다. "그게 법이야."

"집 아래에?"

"당연하지."

그게 법이야만으로 어브가 알아들었어야 했던 것이 두 번째 당연하지로 분명해졌다. 슐로모에겐 폭격이 있을 때나 지하 방공호가 필요했고, 폭격이 없을 때는 그것을 끄집어내고 싶지 않았다. 그러나 어브가 더 나아갔다. "우리한테도 좀 보여 주지? 제이컵이 봤으면 하는데." 집 아래에?로 슐로모가 알아들었어야 했던 것이 제이컵이 봤으면 하는데로 분명해졌다. 어브는 그냥 넘어가지 않을 생각이었다.

30센티미터 두께의 문을 제외하고는 방에서 별다르게 특이한 점은 눈에 띄지 않았다. 습기가 차서 콘크리트 바닥에 물기가 맺혀 있었다. 불빛은 색도 질감도 흐릿했다. 그 위로 소리가 구름처럼 모이는 듯했다. 타미르의 가족은 셋뿐이었지만 벽에는 방독면이 네 개 걸려 있었다. 세 개를 사면 하나 더 주는 행사 때 샀을까? 하나는 가사도우미나 앞으로 생길지 모르는 아이를 위한 것이었을까? 엘리야*를 위한 것이었을까? 제이컵의 가족이 있을 때 화학전이 터지면 어떤 수칙에 따랐을까? 비행기에서처럼 아이들을 챙기기 전에 어른들이 스스로를 먼저 챙겨야 했을까? 제이컵은 아버지의 방독면에 비친, 자신이 질식하는 모습을 보게 됐을까? 어머니가 절대 그런 일이 일어나게 놔두지는 않을 터였다. 하지만 그때 어머니 역시 질식해서 죽어 가고 있을 수도 있다. 물론 아버지는 어머니에게 방독면을 줄 것이다. 그리지 않

★ 기원전 9세기경 북이스라엘에서 활동한 예언자.

겠는가? 어머니가 타미르의 방독면을 쓰고 있어서 그럴 필요가 없는 경우가 아니라면 말이다. 어른들은 자신의 아이들보다 스스로를 먼저 챙겨야 할까, 아니면 모든 아이들보다 스스로를 먼저 챙겨야 할까? 만약 가사도우미도 있다면 그녀가 정말로 제이컵의 부모한테 방독면 하나는 내놓으라고 요구할까? 타미르는 제이컵보다 몇 달 일찍 태어났다. 그러면 상대적으로 말해서 둘 중에는 그가 어른일까? 어떤 시나리오를 생각해 보아도 제이컵이 화학전의 희생자 신세를 면할 가능성은 없었다.

"이 쓰레기장에서 나가자." 타미르가 제이컵에게 말했다.

제이컵은 나가고 싶지 않았다. 그는 이스라엘에서의 남은 시간을 그 방을 구석구석 살펴보며, 방에 대해 알아 가며, 방에 있는 자신에 대해 알아 가며, 그냥 그곳에 있으면서 보내고 싶었다. 그곳에서 점심을 먹고 싶었고, 자신의 옷과 여행 가방과 짐을 가져와 그 난공불락의 벽 뒤에서 두어 시간을 더 보낼 수 있다면 마지막 남은 관광도 포기하고 싶었다. 사실은 그 정도가 아니었다. 공습경보를 듣고 싶었다. 욤 하쇼아를 위한 가짜 경보가 아니라 그는 면하게 될 완전한 파괴를 알리는 경보를.

"가자." 타미르가 이상할 만큼 세게 그의 팔을 잡아끌었다.

미국으로 돌아오는 비행기에서, 대서양 1만 미터 상공에서 제이컵은 또 다른 계단으로 이어진 방공호 밑의 방공호에 대한 꿈을 꾸었다. 그러나 이 두 번째 방공호는 아주 거대해서 전 세계로 혼동될 정도였고, 하도 많은 사람을 수용할 수 있어서 전쟁이 일어날 수밖에 없었다. 그리고 폭탄이 두꺼운 문 이쪽 세상에 떨어지기 시작하자 반대편의 세상이 방공호가 되었다.

거의 십 년이 지나서 타미르와 제이컵은 포기보텀의 집에서 발전한 아파트에서 발전한 아파트의 돌아다닐 수 없을 만큼 좁은 주방 식탁에서 여섯 개들이 맥주를 나눠 마시고 있었다. "나 만나는 사람 있어." 제이컵이 처음으로 소리 내서 말했다.

그리고 그로부터 거의 이십 년이 지나서 수도 한가운데를 달리는 일제 차 안에서 이스라엘인 친척, 그러니까 제이컵의 이스라엘인 친척이 말했다. "하여간 그렇게까지 되지는 않을 거야."

"뭐까지?"

"방공호가 폭격을 맞는 지경까지. 전쟁까지."

"누가 전쟁이 난대?"

"곧 알게 되겠지." 타미르가 혼잣말처럼 말했다. "이스라엘은 '긴급 사태 대책'을 뜻하는 히브리어야."

그들은 그 후로 한동안 말없이 달렸다. NPR은 신뢰성이 부족한 뉴스 치고는 최선을 다했고, 타미르는 휴대 전화에 빠져 있었다. 아마도 태블릿 컴퓨터이거나 심지어 텔레비전일 수도 있었다. 제이컵은 미친 듯이 쉬지 않고 자신의 전화기를 확인하면서도, 전화기라면 죄다 싫어졌다. 전화기는 사용자에게 뇌종양을 유발하는 것보다 훨씬 나쁘다고 생각했다. 어째서일까? 그의 전화기가 그의 삶을 파괴하고 있다는 게 싫어서? 아니면 전화기가 그의 삶을 망친 건 아니지만 그에게 자신의 삶을 스스로 망쳐 버릴 간단하고 사회적으로도 용인되는 수단을 제공해 줘서? 아니면 다른 사람들이 점점 더 흥미로운 메시지를 받는 것 같아서? 아니면 전화기가 그의 실패의 원인이 되리라는 것을 죽 알았기 때문일지도 모른다. 어떻게까지는 몰라도.

타미르의 전화기는 유독 짜증스러웠다. 바락의 것도 그랬다. 그것들은 전화기 계의 SUV였다. 제이컵은 그들의 전화기 화면이 얼마나 선명한지, 수신이 얼마나 잘되는지, 다른 허접한 기기들과 얼마나 연결하기 쉬운지에는 관심이 없었다. 바락은 미국에 처음 온 것이었다. 미국이 세계 역사상 가장 위대한 나라까지는 아니더라도 적어도 고개를 들고 볼 만한 볼거리 몇 개쯤은 제공했다. 대관절 어떤 뉴스 사이트가 몇 초 간격으로 "붐 샤카라카!" 같은 소리를 내보내는지는 모르지만, 그들은 뉴스를 검색하는지도 모른다.

"노암은 어때?" 제이컵이 물었다.

"그가 어떠냐니?"

"지금 어디 있어?"

"지금 이 순간에?" 타미르가 말했다. "우리가 말하는 이때? 나도 몰라. 아버지하고 계속 연락하는 게 국가적 중대사도 아닌데, 뭘."

"마지막으로 얘기해 본 건 언제였어?"

"헤브론에 있을 때였어. 하지만 틀림없이 대피했을 거야."

"헬리콥터로?"

"나도 모르지, 제이컵. 내가 어떻게 알겠어?"

"그럼 야엘은?"

"괜찮아. 야엘은 아우슈비츠에 있어."

붐 샤카라카!

"뭐?"

"수학여행 갔어."

그들은 말없이 조지 워싱턴 공원 도로를 달렸다. 에어컨이 보이지 않는 틈을 통해 스며 들어오는 습기와 싸웠고, 제이컵과 어브가 나누는 잡담이 창문을 내리누르는 어색한 침묵과 싸웠다. 라디오 수신기를 든 비행기광들과 아들을 안은 아버지들이 초대형 여객기의 착륙 장치에 손을 뻗으면 거의 닿을 듯한 그래블리포인트를 지나고, 갈색의 포토맥강 건너편 오른쪽의 국회의사당을 지나고, 어째서 워싱턴 기념비의 흰색이 3분의 1쯤에서 위로 살짝 달라지는지에 대한 불가피한 설명을 해야 할 지점을 지났다. 그들은 금빛 말들 사이로 메모리얼 브리지를 건너 링컨 기념관의 뒤편, 어디로도 이어지지 않는 듯한 계단을 빙 돌아서 록 크리크 공원 도로의 흐름 속으로 미끄러져 들어갔다. 케네디 센터의 테라스 아래와 워터게이트 발코니의 거칠거칠한 표면 옆을 지나서 수도 문명의 전초 기지로부터 멀리 떨어진 시내의 곡선을 따라갔다.

"동물원이네." 타미르가 전화기에서 고개를 들고 쳐다보며 말했다.

"동물원이야." 제이컵이 되풀이했다.

어브가 몸을 앞으로 내밀었다. "알다시피 우리가 제일 좋아하는 유인원인 벤지와 데버러가 아마 지금 저기 있을 거야."

동물원은 타미르와 제이컵의 우정, 그들의 가족애의 근원에 있었다. 그것은 그들의 어린 시절과 성인 시절 사이의 문턱을 의미했다. 그리고 제이컵의 삶의 중심에 있었다. 제이컵은 자신의 임종 장면을 자주 생각했는데, 특히 삶을 낭비하고 있다는 기분이 들 때면 그랬다. 최후의 순간이 오면 언제로 돌아가고 싶을까? 그는 줄리아와 여관에 도착했던 두 번의 시간을 떠올릴 것이다. 샘이 다쳐서 미라처럼 붕대와 거즈로 겹겹이 감아 조그만 주먹이 만화에 나오는 것처럼 커다래진(세상에서 가장 크고 가장 쓸모없는 주먹이었다.) 아이를 집으로 데리고 돌아오던 때를 떠올릴 것이다. 동물원에서의 그 밤을 떠올릴 것이다.

그는 타미르도 그 생각을 해 본 적이 있을지, 지금 그 생각을 하고 있을지 궁금했다.

그때 타미르가 땅속까지 울릴 듯한 걸걸한 웃음을 터뜨렸다.

"뭐가 우스운데?" 제이컵이 물었다.

"내가. 이 기분이."

"어떤 기분인데 그래?"

그가 다시 웃었다. 그의 가장 훌륭한 연기일까?

"질투."

"질투? 네 입에서 그런 말이 나올 줄은 몰랐는데."

"나도 이런 기분을 느낄 줄 몰랐어. 그래서 우습다는 거야."

"무슨 말인지 모르겠어."

"노암은 결국 나보다 나은 이야기를 가지게 될 거야. 질투가 나. 하지만 괜찮아. 그렇게 돼야지."

"그렇게 돼야 한다고?"

"더 나은 이야기를 가져야 한다고."

어브가 말했다. "전화를 해 보지 그러냐?"

제이컵이 말했다. "옛날 옛적에 삶이 너무 만족스러워서 삶에 대해 이야기할 것이 하나도 없다는 사람이 있었지."

"해 볼게요." 타미르가 긴 숫자 열을 눌렀다. "소용없겠지만 해 보라고 하시니 하는 거예요. 해 볼게요." 잠시 후 녹음된 히브리어 메시지가 차 안을 채웠다. 타미르가 전화를 끊었고, 이번에는 어브가 재촉하지 않았는데도 다시 전화를 걸었다. 그는 들었다. 그들 모두 귀를 기울였다.

"통화 중이에요."

베이 이즈 미르.

"조금 있다가 다시 해 보지그래?"

"뭐 하러요."

"쓸데없이 불안하게 만들고 싶지는 않지만 집에 가 봐야 하지 않아?" 제이컵이 말했다.

붐 샤카라카!

"어떻게 돌아가겠어?"

"공항으로 돌아가서 항공편을 확인해 보면 어떨까?" 제이컵이 제안했다.

"이스라엘을 드나드는 항공편은 전부 취소됐어."

베이 이즈 미르.

"어떻게 알아?"

타미르가 자신의 전화기를 들어 보이며 말했다. "넌 내가 게임이라도 하는 줄 알았어?"

붐 샤카라카!

두 번째 회당

지각을 지닌 회당 같은 건 없지만, 샘은 모든 것이 갈망할 수 있다고 믿었듯이 모든 것이 어느 정도는 자신의 임박한 종말을 의식한다고 믿었다. 그는 마지막 잉걸불이 웅웅거릴 때면 불에게 이렇게 말하곤 했다. "이제 됐어." 오수 처리 장치로 물을 내려보내기 전에 3억 년 묵은 정자에게 사과했다. 지각이 없는 회당은 없다.

모의 유엔에서 집으로 돌아와 샘은 시드니 공항 밖으로 뛰쳐나가는 흡연자처럼 곧장 아더 라이프로 달려갔다. 그의 아이패드 화면에 메모가 떴다. 사만타의 죽음과 아버지의 죄(책임져야 할 과오), 자신의 심한 죄책감(책임져야 할 과오를 저질렀다는 느낌)에 대한 맥스의 설명이었다. 샘은 그 메모를 두 번 읽었다. 분명히 이해하기 위해, 그리고 현실을 직시해야 할 순간을 지연시키기 위해서였다.

그는 맥스가 냉소적인 농담을 한 게 아니라는 사실을 알고도 흥분해서 날뛰지 않는 데 대해 스스로 놀랐다. 왜 아이패드를 침대 기둥에 박살 내거나 그런 말을 들을 이유가 없는 누군가에게 돌이킬 수 없는 말을 외치거나 하다못해 울기라도 하지 않았을까? 그는 사만타의 죽음에 무관심하지 않았고 당연히 그것은 "게임일 뿐"이라는 깨달음에 이르지도 못했다. 그것은 게임에 불과하지 않았다. 사만타는 자신의 임박한 죽음에 대해 어떤 인식을 가졌을까? 지각이 없는 아바타는 없다.

그가 증조할아버지와 하는 스카이프 대화는 언제나 "네가 보인다."로 시작해서 "다음에 보자."로 끝났다. 샘은 이런 대화가 그들의 마지막 대화가 될 수도 있다는 것, 어느 순간에는 그 사실을 어떤 식으로든 어느 정도 인정해야 한다는 게 마음에 걸렸다. 샘은 전날 아침 일찍 모의 유엔에 가려고 급히 짐을 싸면서 증조할아버지와 스카이프를 했다. 아이작은 해가 뜨기 전에 일어나 해가 지기 전에 잠자리에 들었다. 그들의 대화는 결코 오분을 넘기지 않았다. 스카이프를 하는 데는 요금이 전혀 들지 않는다고 아무리 설명해 주어도 아이작은 길게 통화해도 요금이 더 나오지 않는다는 사실을 믿으려 하지 않았다. 그날의 통화는 특히 짧았다. 샘은 곧 떠날 현장 학습에 대해 애매모호하게 설명하고, 아픈 데 없고 배가 고프지도 않다고 안심시켰다. 그러고는 "사귀는 사람"이 없다고 했다.

"그리고 바르 미츠바 준비는 다 됐니?"

"그럭저럭요."

그러나 "엄마가 아래층에서 기다려서 이제 가야겠어요."라고 말하며 막 스카이프를 끄려고 할 때 샘은 익숙한 불편함(다만 이번에는 절박함 혹은 갈망과 함께)을 느꼈다. 그 갈망이 자신의 것인지는 확실치 않았다.

　　아이작이 말했다. "가렴. 가라. 벌써 너무 오래 통화했구나."

　　"할아버지를 사랑한다는 것만 알아주세요."

　　"그래, 안다, 알지. 그리고 나도 너를 사랑한다. 그래, 이제 가렴."

　　"그리고 할아버지가 이사하시게 돼서 속상해요."

　　"가라, 사멜레."

　　"왜 그냥 계시면 안 된다는 건지 모르겠어요."

　　"더는 내가 앞가림을 할 수 없으니까 그렇지."

　　"제 말은 여기에 말이에요."

　　"사멜레."

　　"왜요? 저는 이해가 안 돼요."

　　"내가 계단을 오르내릴 수가 없단다."

　　"그럼 의자식 리프트 같은 걸 사 드리면 되죠."

　　"그건 아주 비싸단다."

　　"제 바르 미츠바 비용을 쓰면 돼요."

　　"약도 아주 많이 먹어야 해."

　　"저도 비타민을 아주 많이 먹어요. 엄마는 그런 걸 잘 알아요."

　　"너를 속상하게 하고 싶지는 않지만 난 이제 곧 혼자 목욕을 하거나 화장실에 가지도 못하게 될 거다."

"벤지도 혼자 목욕 못 해요. 우리는 늘 아거스의 똥을 치워 주고요."

"난 아이가 아니야. 개도 아니고."

"알아요. 제 말은 그저……."

"내가 가족을 돌본단다, 사멜레."

"할아버지는 아주 잘 돌봐 주세요. 하지만……."

"가족이 나를 돌보는 게 아니고."

"저도 알아요. 하지만……."

"그리고 그게 다란다."

"제가 아빠한테 부탁드려……."

"아니다." 아이작이 샘이 들어 본 적 없는 엄한 투로 말했다.

"어째서요? 틀림없이 아빠도 괜찮다고 할 거예요."

긴 침묵이 흘렀다. 아이작이 눈을 깜박이지 않았다면 샘은 화면이 멈추었나 생각했을 것이다. "안 된다고 했다." 아이작이 마지막으로 엄하게 말했다.

연결이 약해지고 픽셀이 확대되었다.

샘이 무슨 짓을 한 것일까? 잘못된 일, 매정한 일, 하지만 그게 무엇일까?

애정을 보이려다 무심결에 준 상처가 무엇이건 보상하고 싶은 마음에 그가 주저하며 말했다. "그리고 저 여자 친구 있어요."

"유대인이냐?" 얼굴이 불과 몇 개의 픽셀로 확대된 아이작이 물었다.

"네." 샘이 거짓말을 했다.

"나랑 다음에 보자." 아이작이 말하고는 스카이프를 껐다.

두 글자를 덧붙였을 뿐인데 모든 것이 달라졌다. 갈망은 샘의 증조할아버지의 것이었다.

샘의 두 번째 회당은 그가 떠났을 때 그대로였다. 그곳을 탐색할 아바타가 없어서 샘은 잠깐 둘러볼 땅딸막한 인물을 대충 급히 만들었다. 토대를 다지고 벽을 세웠지만 석고판이 없어서 벽을 통해 화살을 쏠 수도, 다 내다볼 수도 있었다. 샘은 새로운 아바타가 남자임을 알았다. 그는 한쪽 벽으로 가서 감옥 창살 같은 샛기둥을 잡고 밀어 쓰러뜨렸다. 샘이 아바타를 조종하는 동시에 구경했다. 그가 다른 벽으로 가서 밀어 무너뜨렸다.

샘은 파괴하려는 게 아니었고, 그는 샘이 아니었다. 그는 더 넓은 공간에서 공간을 만들고 있었다. 그는 자신이 누구인지 아직 알지 못했다.

온 사방으로 뻗어 나가던 건물이 오도 가도 못하게 된 등반가의 시커멓게 변한 손가락처럼, 군대를 수도로 후퇴시키는 무너져 가는 제국처럼 중심을 향해 오그라들고 있었다. 이제 사교실도 없고, 농구 코트나 탈의실도 없고, 어린이 도서실도 없고, 교실도 없고, 관리인이나 성가대 선창자나 랍비를 위한 사무실도 없고, 예배실도 없고, 성소도 없었다.

그 모든 벽이 무너지고 무엇이 남았을까?

여섯 개의 방.

샘은 이런 구성을 의도한 적이 없었고 그냥 만들었다. 그리고 그는 샘이 아니었다.

식당, 거실, 주방. 복도. 욕실, 손님용 침실, 텔레비전 방, 침실.

무언가가 부족했다. 그것은 무언가를 향한 갈망이었다.

그는 첫 번째 회당의 잔해로 가서 돌무더기 한 줌과 나일강을 따라 흘러 내려가는 모세를 그린, 거의 온전한 상태의 유리창을 가져왔다. 주방 창문 하나를 모세가 그려진 창으로 바꾸고 냉장고 속 진저에일들 사이에 돌무더기를 넣었다.

그래도 여전히 부족한 것이 있었다. 여전히 갈망이 있었다.

지하실. 지하실이 있어야 했다. 지각이 있는 회당, 지어지고 있을 때조차 파괴되고 있음을 의식하는 회당은 지하를 갈망했다. 그는 삽을 살 돈이 없어서 손을 사용했다. 무덤처럼 지하를 팠다. 그가 느낄 수 없는 팔이 느낄 수 없게 될 지경까지 팠다. 파낸 흙 뒤에 한 가족이 숨어도 될 정도까지 팠다.

그러고 나서 자신이 해낸 작업 안에, 자신이 그린 동굴 그림 속에 있는 동굴 화가처럼 섰다.

나랑 다음에 보자.

샘은 자신에게 흰머리를 주고, 데스크톱에 파이어폭스를 다시 설치하고 구글에서 검색했다. 뽁뽁이 비닐 만드는 법.

지진

그들이 집에 도착해 보니 줄리아가 양팔로 무릎을 감싸고 현관 계단에 웅크리고 앉아 있었다. 아주 미세한 움직임에도 흩날리는 분필 가루처럼 햇살이 그녀의 머리카락에 내려앉아 있었다. 그때 그 순간에 그녀를 그곳에서 보니 제이컵의 마음속에 자갈처럼 가라앉아 있던 분노가 자연스레 떨어져 나갔다. 그녀는 바로 그 순간에는 그의 아내가 아니었다. 그가 결혼한 여자가 아니었다. 역학이 아니라 사람이었다.

그가 다가가자 줄리아가 희미한 미소, 체념의 미소를 지어 보였다. 그날 아침 공항으로 떠나기 전에 그는 《내셔널 지오그래픽》에서 망가진 기후 위성에 대한 토막 기사를 읽었다. 그 위성은 원래 목적이었던 일이 뭐였건 더 이상 수행할 수 없게 되었지만, 포획하는 데 비용이 너무 많이 들고 굳이 그럴 필요도 크지 않아서 아무것도 하지 않고 행성 궤도를 돌다가 결국 지구로 추락하게 될 것이다. 그녀의 미소는 그 위성처럼 멀었다.

"여기서 뭐 해?" 제이컵이 물었다. "늦게나 돌아올 줄 알았는데."

"몇 시간 일찍 돌아오기로 결정했어."

"형은 어디 있어요?" 맥스가 물었다.

"당신이 결정할 수 있는 일이야? 보호자인데도?"

"마크에게 문제가 생기면 내가 십오 분 안에 가기로 했어."

제이컵은 그 망할 이름은 듣기도 싫었다. 가슴속에 다시 자갈이 가라앉는 것을 느꼈다.

"샘은 위층에 있어." 줄리아가 맥스에게 말했다.

"나랑 같이 가도 돼." 맥스가 바락에게 말했고, 둘은 안으로 들어갔다.

"난 큰일 좀 봐야겠다." 어브가 발을 끌며 지나갔다. "그러고서 다시 합류하마. 왔니, 줄리아."

타미르가 차에서 나와 팔을 내밀었다.

"줄리!"

그녀를 줄리라고 부르는 사람은 아무도 없었다. 타미르조차 그녀를 줄리라고 부르지 않았다.

"타미르!"

그가 그녀를 포옹하고 극적인 제스처를 취했다. 그녀를 멀찍이 세워 놓고 위아래로 훑어보더니 뒤로 돌려 세우고는 자세히 살펴보았다.

"혼자만 안 늙었네." 그가 말했다.

"더 어려지지는 않아요." 그녀가 그의 아첨에 맞장구를 치고 싶지 않고, 그렇다고 무시해 버리기도 내키지 않아 애매하게 대답했다.

"어려졌다고는 안 했어요."

둘이 함께 웃었다.

제이컵은 모든 것을 성적으로 보는 타미르를 미워하고 싶었지만 그런 습성이 타고난 것인지 환경 탓인지 알 수 없었다. 타미르의 방식 가운데 어디까지가 그저 이스라엘 방식이고 문화적 오해인지 알 수 없었다. 그리고 어쩌면 모든 것을 성적으로 볼 때조차 모든 것에서 성적인 의미를 제거하는 게 제이컵의 방식일지도 모른다.

"며칠 더 머문다고 해서 다들 기뻐해요." 줄리아가 말했다.

제이컵은 왜 아무도 지진 이야기를 하지 않을까 의아했다. 줄리아는 그들이 아직 그 소식을 듣지 못한 줄 아는 걸까? 신중하고 조심스럽게, 방해받을 염려 없이 그 소식을 전하고 싶은 걸까? 아니면 아직 듣지 못했나? 더 혼란스러운 것은 어째서 뭐든지 떠들어 대는 타미르가 그 얘기를 하지 않을까 하는 것이었다.

"오기가 쉽지는 않으니까요." 타미르가 말했다. "제수씨도 알지 않느냐고 말하고 싶지만, 모를 테죠. 하여간 좀 더 일찍 와서 이 기회를 최대한 활용해야겠다고 생각했지요. 바락에게 미국 친척들과 사귈 기회도 주고요."

"그리고 리브카는요?"

"못 와서 미안하대요. 정말 오고 싶어 했는데."

"별일 없지요?"

제이컵은 그녀가 대놓고 묻는 데 대해 놀라면서 자신이 자제하고 있음을 상기했다.

타미르가 대답했다. "그럼요. 전에 해 놓았어야 할 일 몇 가지를 다 처리하지 못해서요. 자, 제이크 말이 제수씨가 음식을 좀 준비했다던데요?"

"그이가요?"

"난 그런 말 안 했어. 당신이 오후 늦게나 돌아올 거라 생각했는데."

"부인한테 거짓말하면 안 되지." 타미르가 제이컵에게 눈짓하며 말했다. 제이컵이 줄리아는 그것을 보지 못했으리라 생각해서 그녀에게 말했다. "타미르가 나한테 눈짓을 했어."

"음식을 좀 준비해 보죠." 줄리아가 말했다. "들어가세요. 맥스가 짐을 어디에 둘지 알려 줄 거예요. 그러고 나서 식탁에 모여 어떻게 지냈는지 더 얘기 나눠요."

타미르가 집으로 들어갈 때 줄리아가 제이컵의 손을 잡았다. "잠깐 얘기 좀 할 수 있어?"

"그 얘기는 안 했어."

"알아."

"저들 때문에 미치겠어."

"할 얘기가 있어."

"다른 얘기야?"

"응."

몇 년 후 제이컵은 이 순간을 거대한 전환점으로 기억하게 될 것이다.

"무슨 일이 있었어." 그녀가 말했다.

"알아."

"뭐라고?"

"마크."

"아니." 줄리아가 말했다. "그거 말고. 내 일 말고."

그러자 제이컵이 안도감이 와락 밀려오는 것을 느끼며 말했다. "아, 맞아. 우리도 벌써 들었어."

"뭐라고?"

"라디오에서."

"라디오?"

"응, 끔찍하더라. 그리고 정말 무시무시해."

"뭐가?"

"지진 말이야."

"아." 줄리아가 분명하면서도 혼란스러운 투로 말했다. "지진. 맞아."

바로 그때 제이컵은 그들이 여전히 손을 잡고 있음을 깨달았다.

"잠깐, 당신이 하던 얘기는 뭐였어?"

"제이컵……."

"마크."

"아니, 그거 아니야."

"운전하면서 내내 그 생각을 했어. 별별 생각을 다 했어. 전화를 끊고 나서 난……"

"그만해. 제발."

그는 피가 조수처럼 얼굴로 확 몰렸다가 순식간에 빠져나가는 걸 느꼈다. 그가 무언가 끔찍한 짓을 한 게 분명했지만 그것이 무언지는 알 수 없었다. 전화는 아니었다. 그것에 대해서는 더 알아야 할 것도 남지 않았다. 수년에 걸쳐 현금 자동 입출금기에서 뽑은 돈인가? 그가 원한다고 인정하기도 부끄러웠던 바보 같고 무해한 것들 때문에? 무엇일까? 그녀가 그의 이메일을 훑어봤나? 이해해 주거나 적어도 동정해 줄 만한 사람들에게 그녀에 대해 뭐라고 말했는지 보았나? 그가 어떤 기기에 흔적을 남긴 것은 멍청해서였을까, 아니면 무의식에 지배된 행동이었을까?

그가 자신의 손 위에 놓인 그녀의 손 위에 손을 얹었다. "미안해."

"당신 잘못이 아니야."

"정말 미안해, 줄리아."

그는 정말정말 미안했지만 무엇에 대해서였을까? 사과할 것이 너무 많았다.

결혼식에서 제이컵의 어머니가 그는 전혀 기억하지 못하고 사실이라 믿지도 않으며 그로 인해 상처까지 받은 이야기를 꺼냈다. 사실이 아니라도 상처받을 수 있었으니까. 그것이 그를 노출시켰으니까.

"여러분은 어쩌면 제 남편이 이야기하길 기대했을지도 모르겠군요." 데버러가 이렇게 시작하며 웃음을 끌어냈다. "평소에는 그이가 이야기를 한다는 걸 알고 계셨겠지요. 계속요."

더 큰 웃음이 터졌다.

"하지만 이번에는 제가 하고 싶었어요. 오늘은 언젠가 내 손을 놓고 다른 사람의 손을 잡을 수 있도록 내가 낳아 키우고 내 모든 것을 준 내 아들의 결혼식이에요. 훌륭하게도 남편은 반박도 불평도 하지 않았어요. 그저 나를 삼 주 동안 침묵으로 대했지요." 더 큰 웃음이 터져 나왔다. 특히 어브가 크게 웃었다. "제 평생 가장 행복한 삼 주였답니다."

더 큰 웃음소리.

"우리 신혼여행 잊지 말라고!" 어브가 외쳤다.

"우리가 신혼여행을 갔던가요?" 데버러가 물었다.

더 큰 웃음소리.

"유대인들은 서로 결혼 서약을 주고받지 않는다는 걸 알아채신 분이 있는지 모르겠군요. 서약은 예식에 내포되어 있다고 하지요. 유대식은 정말 멋지지 않나요? 아마도 인생에서 가장 중요할 순간에 자신의 평생의 동반자 앞에, 자신의 신 앞에 서서 말할 필요가 없다고 생각한다니요? 유대인이 말할 필요가 없다고 보는 게 그것 말고 뭐가 있을지 생각할 수가 없네요."

더 큰 웃음소리.

"우리가 얼마나 기묘하면서 설명하기 쉬운 사람들인지 아무리 말해도 모르실 거예요. 하지만 여러분 중에는 저와 생각이 같은 분들도 있을 테고, 가족 간의 서약을 들어야 하는 분들도 있을 겁니다. '부유할 때나 가난할 때나, 병들 때나 건강할 때나.' 그건 우리의 말은 아닐지 몰라도 우리의 집단 무의식 속에 있어요.

제이컵이 어릴 때 일 년간······." 그녀가 어브를 쳐다보며 말했다. "일 년보다 훨씬 길었나요? 일 년 반쯤?" 그러고는 다시 하객들 쪽으로 시선을 돌렸다. "실제보다 길게 느껴진 시간이었지요." 웃음소리. "제이컵이 장애가 있는 척했답니다. 어느 날 자신이 맹인이라고 선언하면서 시작되었지요. '하지만 넌 눈을 감고 있잖니.' 제가 그 애한테 말했지요."

더 큰 웃음소리.

"그 애가 이렇게 대답하더군요. '볼 게 아무것도 없으니까 그러는 것뿐이에요. 그래서 눈을 쉬는 거예요.' 제이컵은 고집 센 아이였어요. 며칠, 몇 주 동안이나 계속 뻗댈 수 있었어요. 여보, 그 애 고집이 어디서 왔는지 알겠어요?"

웃음소리.

어브가 외쳤다. "내가 물려주고 당신이 키웠잖아!"

다시 웃음소리.

데버러가 말을 이었다. "그 애는 사나흘을 죽 맹인 흉내를 냈어요. 아이가 아니라 누구라도 눈을 계속 감고 지내기에는 긴 시간이죠. 하지만 그러다 어느 날 저녁을 먹으러 와서 속눈썹을 깜박이더니 다시 은그릇을 능숙하게 다루게 됐어요. '네가 회복된 걸 보니 기쁘구나.' 제가 말했지요. 그 애가 어깨를 으쓱하고는 제 귀를 가리켰어요. '그게 뭐니, 애야?' 그 애가 찬장으로 가서 펜과 종이를 가져와 이렇게 썼어요. '죄송해요. 저는 소리를 못 들어요. 농인이에요.' 어브가 말했지요. '넌 농인이 아니야.' 제이컵이 입 모양으로 말했어요. '농인이에요.'

한 달쯤 후에 그 애가 셔츠 등 쪽에 베개를 집어넣고 절뚝이며 거실로 들어왔어요. 아무 말도 않고 책장으로 절뚝거리며 가서 책 한 권을 뽑아 다시 절뚝거리며 나갔어요. 어브는 '잘 가라, 콰지모도.'라고 소리치고는 읽던 책을 계속 읽었어요. 이번에는 또 다른 것으로 넘어갔구나 생각한 거지요. 제가 제이컵을 따라 그 애 방으로 가서 침대에 나란히 앉아 물었어요. '척추뼈가 부러졌니?' 그 애가 고개를 끄덕였어요. '그럼 끔찍하게 아플 텐데.' 그 애가 고개를 끄덕였어요. 제가 빗자루로 등을 쳐서 척추뼈를 다시 맞춰 주겠다고 제안했어요. 그 애는 이틀을 그러고 돌아다녔답니다. 결국 회복되었지요.

이 주쯤 지나서 제가 침대에서 책을 읽어 주고 있었지요. 그 애는 등에 집어넣었던 베개를 베고 있었어요. 그 애가 잠옷 윗도리 소매를 걷어 올리더니 이렇게 말했어요. '어떻게 됐는지 보세요.' 무얼 봐야 하는지 몰랐지만 보는 척은 해야 할 테니까 이렇게 말했지요. '너무 끔찍하구나.' 그 애가 고개를 끄덕였어요. '심하게 데었어요.' 그 애가 말했지요. '그래 보인다.' 제가 맞장구를 쳐 주고는 팔을 아주 부드럽게 쓰다듬었어요. '잠깐만, 약장에 연고가 좀 있어.' 제가 로션을 가지고 돌아갔어요. '심한 화상에 쓰는 거란다.' 저는 병 뒤의 설명을 읽는 척했어요. '화상 부위에 듬뿍 발라 주래. 마사지하듯이 피부에 스며들게 문질러 주고. 아침이면 말짱하게 다 나을 거라는구나.' 저는 삼십 분쯤 아이 팔을 문질러 주었어요. 즐겁고, 사려 깊고, 친밀하고, 분명 마음을 안정시켜 주는 마사지였어요. 다음 날 아침 그 애가 우리 침대로 오더니 자기 팔을 보여 주며 이렇게 말했어요. '약이 잘 들었어요.' 제가 대답했지요. '기적이구나.' 그 애가 말했어요. '아니에요. 약이 들었을 뿐이에요.'"

더 큰 웃음소리.

"약이 들었을 뿐이에요. 아직까지도 줄곧 그 생각이 난답니다. 기적이 아니라 약이 들었을 뿐이라고.

장애와 부상은 계속 이어졌어요. 갈비뼈에 금이 가고, 왼쪽 다리에 감각이 없어지고, 손가락이 부러지고. 하지만 횟수는 점점 줄어들었어요. 그러더니 맹인이 되었다고 한 지 일 년쯤 지난 어느 날 아침 제이컵이 아침을 먹으러 내려오지 않았어요. 가끔씩, 특히 아빠랑 늦게까지 볼티모어 오리올스 팀의 경기를 본 다음 날이면 늦잠을 자는 때가 있었지요. 제가 그 애 방문을 두드렸어요. 아무 대답도 없었어요. 문을 열어 보니 가슴 가운데 쪽지를 놓은 채로 침대 위에 팔다리를 쭉 펴고 꼼짝도 않고 누워 있었어요. '저는 아주 심하게 아파요. 오늘 밤에 죽을지도 몰라요. 지금 저를 보고 계시고, 제가 움직이지 않는다면 그건 제가 죽었기 때문이에요.' 이게 게임이라면 그 애가 이겼을 거예요. 하지만 이건 게임이 아니었어요. 화상 입은 데 크림은 발라 줄 수 있어요. 부러진 척추뼈를 맞춰 줄 수도 있지만 죽은 사람한테는 해줄 수 있는 게 아무것도 없어요. 저는 우리가 비밀스럽게 이해하며 친밀감을 나누는 것을 좋아했지만 더는 이해할 수 없었어요.

거기 누워 있는 아이, 꼼짝도 하지 않는 극기심 강한 아이를 보았지요. 저는 울기 시작했어요. 지금 막 울려는 것처럼요. 제이컵의 시체 곁에서 무릎을 꿇고 울고 또 울었어요."

어브가 댄스 플로어로 나와 데버러를 감싸안았다. 그가 그녀의 귀에 대고 무언가를 소곤거렸다. 그녀가 고개를 끄덕이고 역시 무언가를 속삭였다. 그가 또 뭐라고 속삭였다.

그녀가 진정하고 말했다. "많이 울었어요. 그 애 가슴에 머리를 대고 갈비뼈 사이에 눈물이 작은 강처럼 흐르도록 울었어요. 너는 정말 말랐더랬다, 제이컵. 아무리 먹어도 너는 뼈뿐이었어. 뼈뿐이었어." 그녀가 한숨을 내쉬었다.

"너는 나를 한참이나 그대로 내버려 두더니 기침을 했지. 다리를 홱 움직이고 다시 기침을 하고 천천히 살아났어. 네가 자신을 스스로 위험에 빠뜨릴 때보다 화가 난 적은 없단다. 길 양쪽을 잘 보지 않을 때, 가위를 함부로 쓸 때면 너를 때려 주고 싶었어. 진짜로 때려 주지 않고는 참을 수가 없었어. 내가 가장 사랑하는 것을 어떻게 그렇게 함부로 다룰 수 있었니?

하지만 그때는 화가 나지 않았어. 심한 충격을 받았을 뿐이지. '다시는 그런 짓 하지 마.' 너에게 말했어. '다시는, 다시는 그런 짓 하면 안 돼.' 여전히 똑바로 누운 채 네가 고개를 돌려 나를 쳐다보았어. 기억나니? 그러더니 이렇게 말했어. '하지만 전 해야 해요.'"

데버러가 다시 울기 시작하면서 어브에게 자신이 읽던 종이를 넘겼다.

"병들 때나 건강할 때나, 제이컵과 줄리아, 내 아들과 며느리야, 오직 병이 있을 뿐이란다. 어떤 이들은 맹인이 되고, 어떤 이들은 농인이 되지. 척추뼈가 부러지는 이들도 있고, 심한 화상을 입는 사람들도 있어. 하지만 네가 옳았다, 제이컵. 다시 그런 짓을 해야 할 때가 올 거야. 게임이나 연습, 무언가를 전달하려는 고통스러운 노력이 아니라 진짜로, 영원히."

어브가 종이에서 눈을 들어 데버러를 보며 말했다. "맙소사, 데버러, 너무 우울한 얘기잖아."

더 큰 웃음소리. 그러나 이번에는 떨리는 목구멍에서 나오는 소리. 데버러도 웃으며 어브의 손을 잡았다.

그가 계속 읽어 나갔다. "병들 때나 병들 때나. 그게 내가 너희에게 바라는 거란다. 기적을 찾거나 기대하지 마. 기적 같은 건 없어. 더는 없단다. 그리고 가장 아픈 상처에 쓸 치료제도 없어. 서로의 고통을 믿고 그것을 위해 있어 주는 것만이 약이란다."

남편과 아내로서 처음으로 사랑을 나눈 후 제이컵과 줄리아가 나란히 누워 있었다. 나란히 그들은 천장을 보았다.

제이컵이 말했다. "우리 엄마 연설 근사했어."

"맞아." 줄리아가 말했다.

제이컵이 그녀의 손을 잡고 말했다. "하지만 농인 부분만 진짜였어. 나머지는 다 사실이 아니야."

십육 년 후 그의 세 아이의 어머니와 단둘이 그들의 집 현관 계단에서 무한한 천장만 머리에 이고 서서, 제이컵은 그의 어머니가 한 말이 전부 사실임을 알았다. 그가 기억할 수 없더라도,

일어난 적이 없더라도. 그는 자신을 보이게 할 다른 방법을 알지 못했기에 병을 택했다. 그를 찾는 사람들에게조차 자신을 보이게 할 수 없어서.

그러나 그때 줄리아가 그의 손을 꼭 잡았다. 세계는 아니었다. 그저 애정이 전해질 만큼의 힘이었다. 그는 사랑을 느꼈다. 배우자의 사랑인지, 함께 자식을 키우는 부모로서의 사랑인지, 낭만적인 사랑인지, 친구 같은 사랑인지, 용서하는 사랑인지, 헌신적인 사랑인지, 체념하고 감수하는 사랑인지, 고집스레 희망을 버리지 않는 사랑인지 그 종류는 중요하지 않았다. 그는 자신의 삶에서 너무 많은 부분을 문지방에 서서 사랑을 분석하고 위안을 보류하고 행복을 강요하며 보냈다. 그녀가 아직 남편인 그의 손을 더 힘주어 잡고 말했다. "당신 할아버지가 돌아가셨어."

"미안해." 그가 말했다. 그의 척추뼈에서 우러나온 말이었다.

"미안하다니?"

"잠깐, 뭐라고? 못 들었어."

"당신 할아버지 말이야. 돌아가셨다고."

"뭐라고?"

4부
5천 년 동안의 15일

2일째

잔해 속에 갇혀 있는 사람이 몇 명쯤 되겠느냐는 질문에 이스라엘 복구 노력 담당자가 이렇게 대답한다. "하나는 1만만큼 더 많지요." 그러자 기자가 다시 묻는다. "1만 명이라고 보시는 겁니까?"

3일째

이스라엘 내무부 장관실에서 낸 성명 : "지금은 사소한 다툼을 벌일 때가 아닙니다. 이슬람교도들이 통제권을 원한다면 갖게 하십시오. 그들의 성지들을 보호하고 싶다면 그것도 좋습니다. 하지만 두 가지를 한꺼번에 하는 건 안 됩니다."

와크프*가 그 말에 대답한다. "시온주의자들은 역사적으로 아랍인들을 과소평가하고 빌린 것을 돌려주지 않았습니다."

그 말에 내무부 장관 본인이 답한다. "이스라엘은 절대 평가하지 않고, 이스라엘은 절대 빌리지 않습니다."

4일째

《뉴욕 타임스》편집장: "많은 독자들이 어제 1면에 게재된 중동의 사상자 예상 수치에서 '불균형'이라는 단어를 쓴 데 대해 반응을 보내왔습니다."

레바논에서 헤즈볼라 지도자가 다음과 같은 말이 포함된 텔레비전 연설을 한다. "지진은 자연이 한 일이 아니었습니다. 그것은 지진이 아니었습니다."

CBS 저녁 뉴스 앵커: "그리고 드디어 오늘 밤 희미한 희망의 빛이 잔해 속에서 비쳤습니다. 나블루스에서 부모와 세 자매를 잃은 세 살짜리 팔레스타인 소녀 아디아의 이야기입니다. 소녀는 성조차 모르는 채 폐허 속을 헤매다가 미국인 사진 기자 존 터의 손을 잡고 놓으려 하지 않았습니다."

5일째

이스라엘 대사의 답변: "우리가 피 흘려 가며 '일방적이고, 서투르고, 거칠게' 구조해 준 일본 시민 서른여섯 명에게 비행기에 태워 성전산으로 도로 데려다주기를 원하는지 물어봐야 할

---

* 이슬람의 종교 재단.

것 같다."

폭스 뉴스의 군사 전문 분석가가 물자 수송을 위해 터키가
이스라엘 영공을 통제받지 않고 이용하는 문제에 대해: "이스라
엘의 무대응은 전례 없는 협조의 제스처이거나 이스라엘 공군이
전례 없이 약해졌다는 신호이거나 둘 중 하나입니다."

형제 넷을 잃은 스물두 살의 아랍계 이스라엘 시민이 설명
한다. "유리병은 무기로는 쓸모가 없고 상징으로도 치명적이지
요." 더는 즉흥적이지 않은 폭동은 원한을 뜻하는 '다마르'로 알
려졌다.

시리아 대통령: "지금 당장 효력을 발휘하는 휴전과 전략적
제휴에는 규모가 가장 큰 열한 개의 반군이 포함될 것입니다."

6일째

로마에서 교황이 발표한다. "바티칸은 성묘의 복구를 위해
자금을 지원하고 감독하겠습니다."

그리스 정교회 최고 종교 회의의 반응: "바티칸은 그런 일을
해서는 안 됩니다."

아르메니아 교회 총주교의 반응: "폐허를 바꿔서는 안 됩니
다."

영국 의회는 "영국의 원조 물자를 이스라엘의 유통 체계를 통해 수송하지 않고 미리 정한 수취인들에게 직접 인도하는 것을 조건으로 하는" 결의안을 통과시킨다.

캘리포니아 하원(이자 유대인) 의원: "이스라엘이 가장 광범위하고 가장 효율적인 복구 노력을 감독하는 데 온 힘을 쏟고 있다는 것은 의심의 여지가 없다. 이스라엘이 영토를 장악할 수 없는 상황이 분명하지만 국민들에 대한 책임을 포기할 수도 없다."

독일 총리: "유럽에서 이스라엘과 가장 가까운 벗으로서 우리는 이스라엘에 이 비극을 아랍 이웃들에게 다가갈 기회로 활용하라고 충고합니다."

요르단 왕이 이스라엘 총리에게 보낸 비밀 성명: "원조가 너무나 급한 상황이라 더는 어디서 나오는지 따질 계제가 아닙니다."

대답: "요청입니까, 협박입니까?"

대답: "진술입니다."

미국·이스라엘 공공문제위원회가 "이스라엘의 수호자"와 "이스라엘의 배신자" 두 가지로 공직자 명단을 만들겠다고 발표한다. 이름은 매일 공개될 것이다. 첫 번째 명단에는 수호자 512명, 배신자 123명이 있다.

암만에 붙은 포스터: 콜레라를 막자.

7일째

이집트 외무부의 답변: "100만 인 행진과 관련하여 우리는 자유로운 국민들이 지진으로 고통받는 희생자들에 대한 동포애를 보이고자 하는 것을 막을 수 없습니다."

터키 대사가 유엔에 한 주장: "이스라엘이 이스라엘 해역에 들어오도록 허용된 원조선의 수를 반으로 줄였습니다."

알 자지라의 주장: "요르단강 서안 지구에 보내야 할 의약품이 이스라엘이 통제하는 국경 검문소에서 막혀 있습니다."

미국 국무부 장관의 주장: "이스라엘은 선의를 가진 파트너들과 충분히 협력하고 있습니다."

시리아의 주장: "우리는 자위 목적으로 지상군을 남쪽 국경으로 이동시켰습니다."

세계보건기구의 발표: "팔레스타인 영토와 요르단의 10여 개 도시에서 지금 막 확인된 유행성 콜레라는 여진이나 전쟁보다 훨씬 위험합니다."

이스라엘 총리와의 전화 통화에서 미국 대통령은 이스라엘이 "요청하는 것은 무엇이건 제한 없이" 확보하도록 돕겠다는 미국의 약속을 재확인하면서 이렇게 덧붙인다. "이 끔찍한 재난은 중동 원칙에 있어 근본적인 변화를 불러올 것입니다."

CNN 앵커가 이어폰에 집게손가락을 대며 말한다. "말을 끊어서 죄송합니다. 지금 막 현지 시간으로 오후 8시 직전에 다시 진도 7.3의 대지진이 중동을 강타했다는 소식이 들어왔습니다."

8일째

이스라엘 국회에 보안 화상 회의로 전달된 이스라엘 토목 공학 본부의 보고: "더는 사용할 수 없을 정도로 파괴된 중요한 건물들로는 국방부 본부, 로드의 지구물리연구소, 벤구리온 국제공항, 텔노프와 하초르 공군 기지가 있습니다. 모든 고속도로가 적어도 일부는 차단되었습니다. 남북 도로의 접근이 구십 분간 봉쇄되었습니다. 철도는 운행이 불가능합니다. 항구는 최소한으로만 제 기능을 하고 있습니다. 통곡의 벽이 일부 무너졌어도 성전산은 아직 온전하지만 지질학적 문제가 더 생긴다면 파국이 올 가능성이 높습니다."

여진에 뒤이어 사우디아라비아와 요르단은 '임시 통합' 협정에 서명한다. 사우디아라비아의 전례 없는 대규모 원조 행렬에 지상군이 포함된 이유를 묻자 사우디 왕이 이렇게 답한다. "복구를 지원하기 위해서입니다." 200기의 전투기가 포함된 이유를 묻자 그가 이렇게 답한다. "포함시키지 않았습니다."

이스라엘은 '트란스아라비아'를 인정하지 않으려 하므로 그 이름으로 부르기도 거부한다.

이란이 약속한다. "요르단에 이란보다 나은 동맹은 없을 것입니다." 그럼으로써 트란스아라비아를 인정하기를 거부한다.

유엔 인권이사회에서 "점령지에서 이스라엘이 일방적으로, 예고도 없이, 완전히 철수함으로써 야기된 파멸적 위기"를 비난하는 결의안을 통과시킨다. 기권한 회원국은 없다. 결의안에 반대표를 던진 회원국도 없다.

이집트가 이스라엘과의 조약을 어떤 의미에서 철폐하고 있는지 묻자 이집트 육군 참모 총장이 이렇게 대답한다. "이제 모든 협정과 합의가 처음 이루어진 때와는 상황이 달라졌습니다." 이집트가 이스라엘 국가를 계속 인정할 것이냐는 질문에 대해: "그 문제는 별 의미가 없습니다."

이스라엘에서 온 분자 생물학자가 논문 발표를 하는 조지타운 대학 강의실 밖에서 울리는 소리: "이스라엘은 수치스러운 줄 알라! 이스라엘은 수치스러운 줄 알라!"

수호자 375명, 배신자 260명.

"그리고 드디어 오늘 밤 전 세계 수많은 사람들의 마음을 사로잡은 이야기의 최근 소식을 전해 드립니다. 어린 아디아의 이야기입니다. 아디아가 머물던 임시 고아원이 어제의 여진으로 일부 무너졌음을, 우려스럽지만 희망을 갖고 기도하는 마음으로 전해 드립니다. 아디아와 많은 이들의 행방이 알려지지 않은 상황이지만 건물에 있던 일부 사람들이 탈출할 수 있었던 것으로 보입니다.”

9일째

이스라엘 극단주의자 무리가 수리공으로 위장하고 바위 사원에 침입해 불을 지른다. 방화범들은 곧바로 구금된다. 이스라엘 총리가 “방화 시도”를 “테러리스트의 음모”로 칭하는 성명을 발표한다.

《파이낸셜 타임스》: “하마스가 IS에 충성을 맹세함으로써 무슬림 세계의 전례 없는 통합을 향해 한 걸음 더 내딛었다.”

이스라엘 보건부 장관이 총리에게 올린 보고: “병원들은 수용 능력의 5000퍼센트까지 가동 중이고, 미국으로부터의 물자 유입은 양도 속도도 충분치 않습니다. 콜레라의 확산을 피할 수 없고, 이질과 장티푸스도 마찬가지입니다. 전쟁이 다가오고 있으니 우선순위를 놓고 어려운 결정을 내려야 합니다.”

테헤란의 아자디 광장에서 급히 하게 된 연설에서 약 20만 명으로 추산되는 군중을 앞에 놓고 아야톨라*가 읊조린다. “오, 유대인들이여, 그대들의 때가 왔도다! 그대들은 바위 사원을 불태웠고, 이제 그대들의 불에 불이 화답하리라! 우리가 그대들의

---

* 이슬람교 시아파에서 고위 성직자에게 수여하는 칭호.

도시와 마을과 학교와 병원과 그대들의 집을 전부 불태우리라! 단 한 명의 유대인도 무사하지 못하리라!"

10일째

일일 국정 담화에서 이스라엘 총리가 말한다. "오늘 아침 우리가 취한 행동의 이유는 간단합니다. 성전산에서 와크프를 배제하고 이를 통제하기 위해 이스라엘 방위군을 배치함으로써 전 세계에 바위 사원이 입은 피해가 최소한임을 보여 주고, 그곳이 위험에 처해 있다면 보호할 수 있기 때문입니다."

유럽 최대의 슈퍼마켓 체인 세 개에서 항의 시위대가 두려워 판매대에서 코셔 식품을 치운다. 이에 대한 반응으로 한 토리당 하원 의원이 다음과 같이 트위터에 쓴다. "유대인은 이스라엘인이 아니다! 감히 그런 짓을! #유대인은코셔다."

미국 정치 논평가가 시리아, 이집트, 레바논, 트란스아라비아의 공동 선전 포고에 대해: "이스라엘 방위군이 성전산을 장악한 데 대한 당연한 반응이지만 벌써 일주일 전부터 로켓포 공격과 공중전이 있었습니다. 선전 포고는 이를 공식화했을 뿐입니다."

예루살렘의 초정통파 사이에서 "메시아가 곧 오신다."는 루머가 퍼진다.

미국 대통령의 의회 합동 연설: "이스라엘은 즉시 성전산의 통제권을 국제 평화 유지군에 넘기고 어떤 군사적 보복도 삼가야 하며, 점령지에서의 구조 노력에 다시 참여해야 합니다. 이스라엘이 그들의 책임을 다하면 미국도 조건 없이 무제한적으로 지원할 것입니다."

미국·이스라엘 공공문제위원회에서 미국 대통령을 배신자 명단에 추가한다.

11일째

《가디언》사설: "문제는 성전산에 누가 이스라엘 국기를 올렸느냐가 아니라 왜 아직까지 내리지 않았느냐이다. 이스라엘의 무대응은 상황을 악화시키려는 의도인 듯하다."

IS의 칼리프가 "불신자 시리아 정부와 헤즈볼라"와의 일시적 통합을 선언한다.

터키 공군 대변인: "우리 항공 통제 시스템을 공격해 오늘 아침 여러 건의 추락 사고를 일으킨 컴퓨터 바이러스는 전쟁 행위였습니다."

이스라엘 총리가 미국 대통령에게 이스라엘은 의혹이 제기된 바이러스를 만들지도, 실행하지도 않았다고 단언한다.

미국 대통령이 터키 총리에게 전쟁에 관여하지 않겠다고 약속하면 그 대가로 전례 없는 원조와 최신 무기를 제공하겠다고 제안한다.

알제리, 바레인, 코모로, 지부티, 이라크, 이란, 쿠웨이트, 리비아, 모리타니, 모로코, 오만, 파키스탄, 카타르, 소말리아, 수단, 튀니지, 아랍에미리트, 예멘이 이스라엘에 전쟁을 선포한다.

미국이 하푼 미사일 60기, M1A1 에이브람스 주력전차 '업그레이트 키트' 185대, F16 전투기 20대, 미국산 헬파이어 II 미사일 500기의 이집트 판매에 대한 "집행 보류" 조치를 종료한다. 국무부는 논평을 거부한다.

컬럼비아 대학교 힐렐* 지부장이 유대인 학생들이 이끄는 첫 번째 반이스라엘 시위에 대해: "정의 추구는, 특히 이를 위해 자기성찰과 겸허함이 요구될 때 우리가 완수해야 할 가장 중요한 임무입니다. 유대인 학생들이 유대 민족과 세계를 풍요롭게 하도록 그들의 삶을 풍요롭게 만들어야 합니다."

CNN: "네게브의 비행장으로 가던 미국 화물기가 추락했다는 소식이 들어왔습니다."

---

* 유대계 대학생 지원 단체.

수호자 289명, 배신자 246명.

12일째

《뉴욕 포스트》표지: "허위 사원"이라는 헤드라인 밑에 여전히 올라 있는 이스라엘 국기!

알바니아, 아제르바이잔, 방글라데시, 감비아, 기니, 코소보, 키르기스스탄, 몰디브, 말리, 니제르, 세네갈, 시에라리온, 타지키스탄, 투르크메니스탄, 우즈베키스탄이 이스라엘에 전쟁을 선포한다.

아야톨라가 발표한 "이란의 아랍 형제들"에게 보내는 공개 서한은 이렇게 끝맺는다. "우리를 전투의 무대로 들이기를 꺼린다면 그대들 자신이 종말을 맞을 것이다. 우리가 서로 어떻게 다르건 지금은 우리가 나서야 할 순간이다."

미국 국무부 장관이 이스라엘 총리에게 전쟁과 이스라엘의 핵무기에 대한 통제권을 넘겨준다면 그 대가로 "필요한 만큼의 원조"를 해 주겠다고 제안한다. 이스라엘 총리가 그 제안을 그 자리에서 거절하고 이렇게 묻는다. "왜 지금 당장 미국 대통령이 나와 통화를 하지 않는 겁니까?"

텔아비브의 젊은 어머니: "로켓포는 무자비하지만 대피소가 도시의 하수로 잠겼어요. 무슨 일이 일어나건 바깥에서 기다릴

밖에요."

브뤼셀에서 유엔 사무총장이 연설에서 이렇게 말한다. "중동에서의 재앙은 실패한 실험을 보여 줍니다."

이스라엘이 "유대 국가를 파괴하려 하는 모든 이들에 맞서" 전쟁을 선포한다.

13일째
NPR: "그동안에는 '100만 인 행진'이 이름값을 한 적이 한 번도 없었습니다. 제대로 행진의 꼴을 갖추었을 때도 수가 50만 명에 미치지 못했습니다. 하지만 이제 그것은 기원은 제각각이지만 예루살렘이라는 목표를 공유하는 조직되지 않은 수많은 운동입니다. 어떤 이들은 그 수를 200만 명까지 헤아립니다."

퓨 리서치 센터에서 실시한 여론 조사 결과, 미국 유대인의 58퍼센트가 미국이 참전해야 한다고 믿는 것으로 나온다.

AP 통신 보도: "네게브 사막에서 여러 베두인 부족이 이스라엘 당국이 디모나의 핵 시설 인근 유대 주민들에게는 요오드산 칼륨을 나눠 주고 있으나 자신들에게는 주지 않는다고 주장합니다."
이스라엘은 이에 대해서건, 터키의 호전적 표현에 대해서

건, 이스라엘이 시리아, 이집트, 레바논, 트란스아라비아의 최대 규모 도시들의 민간 시설을 표적으로 삼는다는 주장에 대해서건, 트란스아라비아군의 관광 도시 에일라트 점령에 대해서건, 이스라엘군에서 이스라엘계 아랍인들을 무조건 추방하기로 한 이스라엘 방위군의 결정에 대해서건 아무 반응도 내놓지 않고서 "예비군 지원"을 위해 열여섯 살 이상의 모든 유대인 남성과 여성을 징집한다.

미국 전역의 주요 신문에 백 명의 복음주의 지도자들이 서명한 전면 광고가 실린다. "우리는 모두 시온주의자입니다."

유엔의 성명: "2000만 명을 넘을 것으로 추산되는 지진 난민, 지진이나 전쟁보다 많은 사망자를 내고 있는 콜레라, 이질, 장티푸스의 유행, 식수, 식량, 의약품의 태부족으로 중동은 전례 없는 규모의 인도주의적 위기에 직면해 있습니다. 지금 당장 굳은 결의로 이 위기에 대응하지 않는다면 앞으로 수십 년간 전 세계적으로 지속될 불안정과 2차 세계 대전 이후 최대의 민간인 생명 손실에 직면할 것입니다."

14일째

트란스아라비아 대변인: "베들레헴과 헤브론은 정복된 것이 아니라 수복되었습니다. 모로코, 알제리, 리비아, 파키스탄의 우리 용감한 형제들이 없었다면 이 역사적 승리는 가능하지 않았을 것입니다."

미국 대통령이 이스라엘 총리에게: "그건 모사드가 한 일입니다. 우리 비행기와 터키 비행기 말입니다."

"그 지역에서 우리와 교전하지 않는 마지막 나라, 더구나 우리의 가장 가깝고 가장 필요한 동맹의 비행기를 격추시켜서 이스라엘에 무슨 이득이 되겠습니까?"

"스스로에게 물어보십시오."

"맹세컨대 이스라엘은 미국 비행기의 격추와 절대 관련 없습니다."

터키가 "시온주의 국가에 맞서 우리 무슬림 형제들과 힘을 합해" 전쟁을 선포한다.

수호자 310명, 배신자 334명.

이스라엘 총리에게 전달된 군사적 평가: "이스라엘 방위군은 북부와 동부에서 붕괴 직전입니다. 시리아 육군 5, 7, 9사단이 골란 고원을 완전히 장악했고, 갈릴리를 함락하기 위해 공격을 준비하고 있습니다. 트란스아라비아군이 네게브 사막으로 침투했습니다."

이스라엘 정착민 대변인이 소개에 저항하며: "우리는 우리 집에서 죽겠습니다."

15일째
이스라엘 총리에게 전달된 국방부의 보고서

다음은 전쟁에서 승리하기 위한 세 가지 실행 가능한 전략을 요청하신 데 대한 답입니다.

전략 1: 소모전
이스라엘에는 우수한 의료 자원이 있고 전염병이 전투보다 빠른 속도로 사람들을 죽이고 있습니다. 공격하는 입장보다 방어하는 입장이 유지하는 데 힘이 덜 듭니다. 방어선을 후퇴시키고, 아직 굳건한 군 배치를 강화하고, 생물학적으로 전쟁을 승리를 이끄는 것입니다. 의료 물자와 더 중요하게는 식수 보급을 방해함으로써 이 과정을 촉진할 것입니다. 이 점에 관해서는 더 많은 사전 대책을 선택할 수 있는데, 이 부분은 직접 말씀드리겠습니다.

전략 2: 압도적 행동
핵 공격이 가장 압도적인 전력 과시가 되겠으나 보복과 미국의 반응을 포함해 결과를 통제할 수 없다는 점에서 너무 많은 위험이 따릅니다. 그 대신 두 가지 극적인 고전적 공격, 즉 동쪽에서의 공격과 서쪽에서의 공격을 추천하고자 합니다. 서쪽에서 가장 효과적인 표적은 아스완 댐입니다. 이집트 인구의 95퍼센트가 나일강에서 19킬로미터 이내에 거주하고, 아스완 댐이 이집트 전력의 절반 이상을 공급합니다. 댐이 파괴되면 나세르호가 흘러내려 사실상 이집트 전역에 홍수가 날 것입니다. 수백만에 이르는 엄청난 민간인 사상자가 날 게 틀림없습니다. 이집트의 사회 기능이 마비될 것입니다. 동쪽에서는 트란스아라비아의 주요 유정을 폭격해 아랍의 전쟁 수행 능력에 심각한 타격을 줄 수 있습니다.

전략 3: 역디아스포라

전쟁으로 미국과 이스라엘의 지도자 간, 미국 유대인과 이스라엘 유대인 간의 점점 커지는 격차가 드러났지만, 이스라엘이 총리의 연설로 막을 내리는 적절한 홍보 캠페인을 펼쳐 10만 명의 미국 유대인에게 전쟁을 지원하기 위해 이스라엘로 오도록 설득하는 것입니다.

인력, 장비, 전략적 초점을 군사 작전의 계획과 실행에서 이쪽으로 돌려야 하므로 수송 면에서 막대한 비용이 들 것입니다. 절대다수의 지원자들이 군사 훈련이 전혀 안 돼 있고 경험도 없을 테니 전투 상황에 투입하지 못할 것이고, 히브리어도 못 할 것입니다. 하지만 이들의 존재가 미국의 군사적 행동을 압박할 것입니다. 미국 대통령은 800만 명의 유대인이 학살당하는 것은 볼 수 있어도 10만 명의 미국 유대인이 죽게 내버려 둘 수는 없을 것입니다.

각하의 답에 따라 상세하고 충실한 행동 방침을 준비하겠습니다.

(2권으로 이어짐)

옮긴이 송은주

이화여자대학교 영어영문학과를 졸업하고 동 대학원에서 박사 학위를 받은 후 런던대 SOAS에서 번역학을 공부했다. 이후 인문과학원 HK연구교수를 거쳐 현재 건국대학교 글로컬문화전략 연구소 연구원으로 일하고 있다. 옮긴 책으로 『클라우드 아틀라스』, 『블랙스완그린』, 『피렌체의 여마법사』, 『광대 샬리마르』, 『순수의 시대』, 『엄청나게 시끄럽고 믿을 수 없게 가까운』 등이 있고, 저 서로는 『당신은 왜 인간입니까』가 있다. 『선셋 파크』로 유영번역상을 수상했다.

내가 여기 있나이다 1

1판 1쇄 찍음 2019년 6월 11일
1판 1쇄 펴냄 2019년 6월 20일

지은이 조너선 사프란 포어
옮긴이 송은주
발행인 박근섭, 박상준
펴낸곳 (주)민음사

출판등록 1966. 5. 19. 제16-490호
서울시 강남구 도산대로 1길 62(신사동)
강남출판문화센터 5층 06027
대표전화 02-515-2000 팩시밀리 02-515-2007
www.minumsa.com

한국어 판 ⓒ (주)민음사, 2019. Printed in Seoul, Korea

ISBN 978-89-374-4062-5 04840
ISBN 978-89-374-4061-8 04840 (세트)